suhrkamp taschenbuch 3566

Als der New Yorker Repräsentant von Corpus AG, einer weltweit agierenden Firma, ist Joachim Streif mit seinen achtunddreißig Jahren weit gekommen. Doch plötzlich hagelt es Vorwürfe gegen ihn, bei einer großen Akquisition versagt zu haben. Der wahre Schuldige aber am Mißlingen jenes Projekts ist Streifs Chef, der seinen »Schützling« – und Mitwisser – nun in die Enge treibt. Streif wird aus New York abgezogen und mit einem Job in den Niederungen der AG abgefunden, wo er eine Demütigung nach der anderen erfährt. Da plant Streif, sich zu rächen – und bereitet sorgfältig seine Vergeltung vor.

In *Streif* erzählt Hubertus von Thielmann vom wachsenden moralischen Verfall auf höchster wirtschaftlicher Ebene, vom Spiel um Macht und Einfluß, an dessen Ende bedeutende Unternehmen zugrunde gehen, Hunderttausende die Arbeit verlieren und nur wenige gewinnen. *Streif* ist ein packender und mitreißender Roman, geschrieben von einem, der bis ins Detail erlebt hat, wovon er erzählt.

Hubertus von Thielmann, geboren 1936 in Breslau, war bis zum Ende der neunziger Jahre Manager in einem deutschen Weltkonzern und lebt in Buenos Aires. Im Suhrkamp Verlag hat er bisher die Romane *Forbes Park* (1999, st 3008) und *Maroun* (2000, st 3219) veröffentlicht.

Hubertus von Thielmann
Streif
Roman

Suhrkamp

Umschlagabbildung: photonica/Bruno Ehrs

suhrkamp taschenbuch 3566
Erste Auflage 2004

Satz: Jung Crossmedia, Lahnau
Druck: Nomos Verlagsgesellschaft, Baden-Baden
Printed in Germany
Umschlag nach Entwürfen von
Willy Fleckhaus und Rolf Staudt
ISBN 3-518-45566-4

1 2 3 4 5 6 - 09 08 07 06 05 04

Für Dudu

1

Streif saß mit Nina auf der Terrasse des Penthouses, das sie seit zweieinhalb Jahren hoch über der Fifth Avenue bewohnten. In der Ecke, in der sie beide lasen, waren sie vom Wind geschützt. Es war ein ungewöhnlich warmer Sonntagnachmittag im Dezember. Unter ihnen rumorte die Stadt. Der Himmel über New York war grau. Dunst verhüllte den Central Park, die Stadt verschwamm im Smog. Nina las »W« und Streif in einer Akte. Er bereitete sich auf den Besuch seines Chefs, Aschmunaydt, vor, der am Abend aus Düsseldorf ankommen sollte.

Seit über zwanzig Jahren arbeitete Streif in der Corpus AG. Nach der Lehre war er sehr bald nach Übersee geschickt worden und hatte, immer von einem Land zum anderen, früh überleben gelernt.

Streif hatte sein Hemd ausgezogen. Nina war nackt, Schweißtropfen liefen über ihren flachen Bauch auf den Nabel zu. Streif schwitzte selten. Er war achtunddreißig und noch immer ein hervorragender Squashspieler. Nina, mit der er seit vierzehn Jahren verheiratet war, war zwei Jahre jünger. Sie hatten keine Kinder, Nina konnte keine bekommen. Streif schlug die Akte zu und sah Nina an.

»Möchtest du was trinken?« fragte sie.

Er öffnete die Gürtelschnalle.

»Konzentrier dich auf deinen Chef.« Nina holte aus der Küche Weißwein und Sodawasser. Sie war in einem Vorort von Lübeck aufgewachsen, wo ihr Vater Schrankenwärter war. Wahrscheinlich hatten die vorbeirasenden Züge Ninas Wunsch nach Reisen und Ferne geweckt. Wer ihr Fernweh hatte wachsen lassen, war ihr Französischlehrer gewesen, der sie mit fünfzehn in sein Bett genommen und von da an nur noch Französisch mit ihr gesprochen hatte. Nina lernte Sprachen im Handumdrehen. Nach dem Abitur sprach sie bereits vier: Englisch, Italienisch, das sie als Aushilfe in einem italienischen Lokal gelernt hatte, Französisch und Türkisch, das sie von den Kindern der Nachbarn aufgeschnappt hatte, die alle Türken waren. Sie hatte Verschiedenes studiert, aber nichts abgeschlossen. Nachdem sie sich mit Informatik und Russisch befaßt hatte, arbeitete sie in einem Reisebüro, wo sie dann Streif kennengelernt hatte. Nach vierzehn Tagen hatten sie beschlossen zu heiraten.

Nina füllte die Gläser. Streif wollte den Pareo von ihren Hüften streifen, was sie nicht zuließ. Für den Abend hatte sie sich mit einem jungen Perser verabredet.

»Was liest du eigentlich, Joachim?« Sie zeigte auf den Aktenordner, auf dessen Rücken in roten Buchstaben stand: KEO Corporation.

Aschmunaydt wurde von seinem Stellvertreter, Paul Kampe, begleitet. Sie passierten den Zoll. Aschmunaydt hatte vor wenigen Wochen seinen sechzigsten Geburtstag mit viel Pomp in der AG feiern müssen. Kampe war zwölf Jahre jünger. Die beiden Männer begrüßten Streif, der sie um einen Kopf überragte. Aschmunaydt war etwas größer als Kampe und sehr viel massiger. Er war breitschultrig, der Bauch massiv und hoch angesetzt. Kampe war schmalbrüstig, sein Bauch birnenförmig.

Streif blickte auf Aschmunaydts Tonsur, die grauen Haare, und mußte wie so oft an den Jesuitenpater denken, der ihn in Religion unterrichtet hatte. Kampes blonde Haare waren stark ausgedünnt. Der Scheitel saß tief an der rechten Schläfe. Einige Strähnen waren in die beginnende Stirnglatze gekämmt.

Kampe wünschte nichts mehr, als Aschmunaydts Nachfolger zu werden. Die knapp fünf Jahre, die er noch warten mußte, erschienen ihm oft unerträglich. Was konnte noch alles passieren, auch wenn er keine Konkurrenten mehr fürchten mußte, die alle auf der Strecke geblieben waren. Dafür hatten er und sein Schwiegervater gesorgt.

Streif griff nach Aschmunaydts Aktenkoffer.

»Nicht doch!« sagte Aschmunaydt.

Streif nahm ihm den Koffer ab. Die drei Männer gingen nebeneinander durch die Ankunftshalle, vorbei an einer Gruppe Zeugen Jehovas in safrangelben Gewändern. Sie umrundeten eine Gruppe von Demonstranten. »Close the Ozonhole!« schallte es ihnen entgegen.

»Wir sind nicht von der Chemie«, brummte Aschmunaydt.

Draußen wartete der Chauffeur, neben den sich Streif setzte.

»Wir kaufen die KEO«, sagte Aschmunaydt hinter ihm.

»Bitte nicht!« Streif drehte sich um.

»Warum sind Sie so dagegen?« fragte Aschmunaydt.

»Sie haben sich doch die Bilanzen angeschaut.«

»Wer glaubt denn an Bilanzen«, sagte Kampe.

»Und meine Berichte?« fragte Streif. »Die haben Sie doch gelesen.«

»Sie sind gegen McCumber«, entgegnete Aschmunaydt. »Ich bin mit ihm seit vielen Jahren befreundet.«

»Mit McCumber kann man nicht vorsichtig genug sein«, sagte Streif.

»Kennen Sie ihn?« fragte Kampe.

»Wer nicht!«

»Corpus wird mit E-Werken und Gasturbinen auch in den Staaten vorne liegen«, bemerkte Aschmunaydt. »Wir kaufen einen Riesenumsatz und einen erstklassigen Standort dazu.«

»Am Rand der Bronx«, sagte Streif. »Dort wird wegen jedem Furz gestreikt.«

»Aber bitte«, unterbrach ihn Kampe.

»Der Umsatz stimmt nicht«, sagte Streif. »Die haben vorfakturiert, und die Garantien, die sie für die von ihnen gebauten Kraftwerke geben mußten, können leicht ins Auge gehen.«

»Umweltschutz«, sagte Aschmunaydt. »Ich habe alle entsprechenden Analysen gelesen.«

Sie fuhren in einen Tunnel, in tiefgelbes Licht hinein. Streif hatte nicht erwartet, daß Aschmunaydt so stark an der KEO interessiert sein würde. Wie konnte er ihm das auszureden? Er kannte Aschmunaydt gut genug, um zu wissen, wie schwierig das war. Kampe hatte er wohl mitgenommen, um ihn mit in die Verantwortung zu nehmen. Streif ahnte nicht, daß Kampe und vor allem dessen Schwiegervater über den Aufsichtsrat Druck auf Aschmunaydt ausübten, in den Staaten zu akquirieren.

»Die Technologie der KEO ist nicht die beste«, gab Streif zu bedenken. »In der Branche ist das bekannt.«

»Heute sehen Sie nur schwarz.« Aschmunaydt gab Streif von hinten einen Klaps. »Was ist mit Ihnen los?«

Streif antwortete nicht, er war beunruhigt. Kampe zupfte an seinen hellblonden Augenbrauen und schwieg. Sie fuhren aus dem Tunnel in das diesig graue Licht des Abends.

Vor dem Eingang des Pierre sprang der Fahrer aus dem Wagen und half Aschmunaydt beim Aussteigen. Zwei schwarze Pagen stürzten auf die Limousine zu. Die drei Männer traten durch eine Drehtür des Hotels und blieben im Foyer stehen.

»Wir essen im Colonial«, sagte Streif. »Ich habe reserviert.«

Kampe schüttelte den Kopf. »Ich habe zu tun.«

Aschmunaydt betrachtete Streif, der auf einmal müde aussah. Er mochte Streif. Mit einem Sohn wie ihm hätte er dem Alter unbesorgt entgegensehen können. Aschmunaydt hatte nur einen Sohn, und der hielt ihn noch immer in Atem, obwohl er nur wenige Jahre jünger als Streif war. Er sah kurz zu Kampe und dachte: Wichser. Streif war froh, daß Kampe arbeiten wollte. Er würde mit Aschmunaydt allein sein, und vielleicht konnte er ihm doch die KEO ausreden.

»Wann soll ich Sie abholen?« fragte er ihn.

»Das Abendessen fällt heute aus.« Aschmunaydt tastete über seinen Bauch.

Er wäre gern mit Streif zusammen gewesen, aber für diesen Abend hatte er sich etwas anderes vorgenommen. Einen Gutteil der Nacht würde er nicht im Pierre verbringen. Im Laguna Rock hatte er selbst ein Zimmer reserviert, dort würde er eine der jungen Mulattinnen aussuchen. Die meisten kamen aus der Karibik und warteten in einem Salon zwischen nachgemachten französischen Stilmöbeln auf betuchte Kunden. Je älter Aschmunaydt wurde, desto jünger waren die Mädchen geworden. Er schämte sich auch nicht mehr wie früher. Jetzt gab er seinem Drang widerstandslos nach.

»Schade«, sagte Streif und meinte es auch so. »Machen wir alle noch ein paar Hausaufgaben.«

Aschmunaydt sah ihm nach. Schade, dachte auch er, aber sein Bedauern war schwächer als das von Streif. In ihm spannte sich die Erregung. Er hatte vier Wochen Enthaltsamkeit hinter sich.

Kampe sah auf die Uhr. »Es ist noch früh am Abend, vielleicht sollten wir noch einige Takte über die KEO sprechen.«

Allein schon die »Takte« ärgerten Aschmunaydt. Im Flugzeug hatte er sich neben Kampe meist schlafend gestellt. Er konnte Kampe nicht ausstehen, und nicht nur, weil dieser die Tage zählte, bis er seine Nachfolge antreten würde. Aschmunaydt hatte den Vormarsch des hochintelligenten und skrupellosen Kampe nicht verhindern können. Er war selten einem Mann begegnet, der so vom Ehrgeiz getrieben war – und der war schon für Kampes

Eheschließung entscheidend gewesen. Sein Schwiegervater hatte noch immer großen Einfluß in deutschen Wirtschaftskreisen.

Aschmunaydt wußte, daß Kampe ihn ablehnte. Wie tief diese Abneigung war, hätte er sich nicht vorstellen können.

McCumbers Swan lag in einem Jachthafen am Hudson River. Das Boot war in Skandinavien gebaut worden. McCumber hatte es eigenhändig über den Atlantik gesegelt. Es hieß Fortune III und hatte ihm viel Glück gebracht.

Für die Jahreszeit war es ein erstaunlich warmer Morgen. Die Sonne schien von einem wolkenlosen Himmel. Aschmunaydt ging an teuren Jachten und Motorbooten entlang. Er fühlte sich wohl und entspannt. Die Mulattin hatte sich seiner wie eine Geliebte angenommen. Kampe und Streif folgten ihm über den Quai. Ein magerer Mann mittleren Alters kam ihnen winkend entgegen. Williams, Aschmunaydt und Streif kannten ihn.

»McCumbers oberste Schranze«, sagte Streif zu Kampe.

Die Fortune III lag am Ende des Quais, dahinter weitete sich der Fluß. Sie maß über fünfzig Meter, die hohen Maste stachen in den Himmel.

»McCumber hätte uns auch in seinen Learjet einladen können«, sagte Streif, und Kampe flüsterte: »Ein Luxus ist das.«

»Der wird als erstes abgeschafft«, brummte Aschmunaydt.

Am Heck erwartete sie McCumber, der in Aschmunaydts Alter war, aber jünger aussah. Er war groß und schlank, seine vollen blonden Haare begannen gerade erst zu ergrauen. Alle Welt wußte, daß er ritt und segelte und lange Polo gespielt hatte. Nun hatte er keine Lust mehr, sich um die KEO zu kümmern, die ein Familienbetrieb war, in dem sich jeder mit jedem zerstritten hatte. McCumber war der Präsident und Hauptaktionär. Leichtfüßig lief er über einen schmalen Steg auf die Deutschen zu. Er schlug Aschmunaydt herzlich auf die Schulter. Streif fragte er nach Ninas Befinden, während er Kampe die Hand gab. Der Steg schwankte unter Aschmunaydts Gewicht. Ein Matrose wollte ihm helfen.

»Ich kann das allein«, sagte er.

Kampe blieb auf der Mitte des Stegs stehen, wippte, hielt das Gesicht in die Sonne und atmete tief ein.

»Passen Sie auf!« rief McCumber.

Dann mußten sie die Schuhe ausziehen. Ein philippinischer Matrose brachte Segelschuhe.

»Muß das sein?« fragte Kampe.

»Sie waren wohl noch nie auf einem Boot«, sagte Aschmunaydt. Kampe schwieg, und Aschmunaydt fügte hinzu: »Auf so einem wahrscheinlich nicht.«

Streif spürte die Spannung zwischen den beiden Männern jetzt noch deutlicher als auf der Fahrt zum Jachthafen. Er hoffte, Kampe würde es nie schaffen, an Aschmunaydts Stelle zu treten. Aber bis zu dessen Pensionierung waren ja noch fünf Jahre Zeit. Aschmunaydt war von der Jacht begeistert und wäre am liebsten im Cockpit sitzen geblieben. Das bräunliche Flußwasser roch nach Chlor. Ein toter Hund wurde vorbeigetrieben. Kampe rümpfte die Nase. Aschmunaydt blickte ihn scharf an. Kampe schluckte.

Die Kajüte war so groß wie eine deutsche Sozialwohnung. Ein Butler servierte Kaffee und Fruchtsäfte. Sie setzten sich an einen langen rechteckigen Tisch. An den mit Teakholz getäfelten Wänden hingen gerahmte Fotos, McCumber zu Pferde oder auf hoher See.

Streif packte die Akten aus, schon lange nicht mehr hatte ihn ein derart schlechtes Gefühl erfüllt. Aschmunaydt saß zwischen Streif und Kampe gegenüber von McCumber und einem jüngeren Mann, der Madorek hieß und aus einer der Kajüten getreten war. Auf dessen länglichem Kopf wuchsen kaum noch Haare. Auffallend waren seine gelben, vorstehenden Zähne. Streif konnte sich nicht erinnern, je einen Menschen mit so langen Vorderzähnen gesehen zu haben. Der Motor wurde gestartet. Sie tuckerten den Fluß abwärts.

»An der KEO sind nicht nur Sie interessiert«, begann McCumber. »Die Japaner sind schon länger hinter uns her.«

»Wie gut«, entgegnete Streif. »Dann sind Sie nicht traurig, wenn es mit uns nichts wird.«

»Das werden wir auch nicht sein.« McCumber sah über Aschmunaydt hinweg in einen Spiegel und strich über seine Haare. »Aber Turbinen, Dieselmotoren, Stahl und vor allem unser Kraftwerkbereich würden gut zu Ihnen passen.«

»Sie kaufen einen Konkurrenten«, sagte Madorek und fletschte die Zähne.

»Für Erweiterungen ist auf dem Gelände kaum Platz.« Streif wünschte nichts mehr, als daß aus der Akquisition nichts würde. »Außerdem ist das Werk vom sozialen Umfeld her nicht gerade vorteilhaft gelegen.«

McCumber sah Streif kampflustig an. »Wenn Sie dort Ihre tollen Partys veranstalten wollen, müssen sie sich allerdings nach etwas anderem umsehen.«

»In die Bronx würde jeder gern einmal eingeladen werden«, sagte Streif, und Madorek fügte hinzu: »In die Ausläufer, um präzise zu sein.«

»Die Präzision Ihrer Auskünfte haben Sie sonst nicht so ernst genommen.« Streif löste den Blick von Madoreks Zähnen.

»Was soll das heißen?« fragte McCumber. »Sie kaufen die neueste Technologie für Gasturbinen.«

»Lange wird sie es nicht bleiben«, sagte Kampe.

»Das liegt an Ihnen, aber wenn Sie meinen ...« McCumber griff hinter sich und spielte mit einer Reitpeitsche.

Aschmunaydt sagte: »Unsere Forschung und Entwicklung werden wir mit der KEO zusammenlegen.«

»Das ist doch klar!« rief Streif. »Wir wissen aber nicht genug über die Garantien, die Sie für die von Ihnen gebauten Kraftwerke geben mußten. Darüber sind Ihre Auskünfte einfach zu schwammig.«

»Mein Lieber, jetzt hören Sie aber auf.« Aschmunaydt blickte Streif mahnend an. »Wir sind nicht hier, um uns zu streiten.«

»Er will nur zeigen, daß er sein Geld wert ist.« McCumber war sichtlich verärgert. »Unsere Forschung wurde Ihnen vorgeführt. Sie kaufen die Katze nicht im Sack.«

»Forschung ist die Suche nach der Stecknadel im Heuhaufen«, ließ Kampe von sich hören.

»Vielleicht ist das bei Ihnen so, aber in der KEO wurde die Forschung durchorganisiert.« McCumber klopfte mit der Reitpeitsche an seine Brust.

»Wir bezweifeln nicht den Wert Ihrer Entwicklungsarbeit«, suchte Aschmunaydt zu beschwichtigen.

»Sie tun aber so!« McCumber schlug mit der Peitsche auf den Tisch.

»Es gibt noch andere Interessenten.« Williams steckte endlich den Kaugummi, mit dem er gespielt hatte, in den Mund.

»Wissen die doch, Keith, jetzt rede ich!« McCumber hob eine Akte hoch und ließ sie auf den Tisch fallen. »Unser Preis ist achthundert Millionen.«

»Sie wollten sehr viel weniger«, stieß Aschmunaydt aus.

»Ein festes Angebot haben wir nie gemacht«, sagte Madorek.

Streif schrieb auf einen Zettel, Limit sechshundert, wenn überhaupt. Ein Dampfer kam ihnen entgegen. Die Jacht schaukelte in dessen Bugwellen. Anzeichen von Seekrankheit traten in Kampes Gesicht. Er wankte aus der Kabine. Kaum war er im Freien, entspannten sich seine Züge, obwohl die Fortune III noch heftiger schwankte.

Er hockte sich auf das Deck und sah durch die Bullaugen

in die Kabine, in der McCumber und Aschmunaydt mit den Händen gestikulierten. Ihre Lippen bewegten sich schnell, kein Wort war zu hören. Kampe lächelte in sich hinein.

Streif redete auf Aschmunaydt und McCumber gleichzeitig ein. Den Preis nannte er eine Unverschämtheit und wollte das Gespräch unterbrechen. Aschmunaydt sollte sich den Kauf noch einmal durch den Kopf gehen lassen und McCumber Vernunft annehmen. Heftig atmend krempelte Aschmunaydt die Ärmel hoch. Die Luft war schwer geworden. Kampe hatte es sich im Cockpit bequem gemacht.

McCumber stand auf. »Schade um den schönen Tag, aber abkochen lasse ich mich nicht.«

»Jetzt setzen Sie sich mal wieder«, sagte Aschmunaydt.

McCumber ließ sich angewidert in den Sessel fallen. »Sie haben mir lächerliche fünfhundert Millionen geboten und nach endlosem Hin und Her fünfhundertachtzig. Mein letztes Angebot sind siebenhundertfünfzig Millionen Dollar.«

Streif fuhr sich mit dem Taschentuch über die Stirn und überschlug die Kalkulation auf seinem Taschenrechner. Er hoffte, McCumber machte Ernst und gäbe nicht weiter nach, dann wäre der Kauf geplatzt.

»Bestimmt nicht zu diesem Preis«, sagte er mit Nachdruck, was McCumber erboste. »Schluß, Jungs!« rief er. »Wir haben genug Zeit vertrödelt.«

»Sechshundertfünfzig«, krächzte Aschmunaydt.

»Nein!« rief Streif. »Bitte nicht!«

»Regen Sie sich nicht so auf, das ist jetzt meine Sache.« Aschmunaydt ließ seine Hand auf Streifs Arm fallen.

»Wir sitzen in einem Boot«, flüsterte Streif auf deutsch. »Lassen Sie die KEO sausen, ich bitte Sie darum.«

»Sechshundertfünfzig können Sie vergessen!« McCumber blickte Aschmunaydt kampflustig an. »Aber wer ist eigentlich der Chef in Corpus?«

»Ich verstehe, daß Sie sich so teuer wie möglich verkaufen wollen«, entgegnete Aschmunaydt.

»Aber Sie übertreiben gewaltig.«

»Machen Sie etwas anderes?«

Kampe näherte sich der Kajüte, machte jedoch kehrt, als die Wellen eines vorbeiziehenden Tankers die Fortune III erfaßten. Die Ordner rutschten über den Tisch. McCumber hielt sie fest. » In voller Absicht vergessen Sie immer wieder unsere Lizenzen und den Goodwill.«

»Der ist doch für den Weihnachtsmann«, fiel ihm Streif ins Wort.

»Ihr Ton ist unglaublich!« rief McCumber. Aschmunaydt schaute Streif mißbilligend an und sagte leise: »Sechshundertachtzig ist mein allerletztes Wort.«

»Also gut, siebenhundertzwanzig«, gab McCumber mit Gönnermiene nach. »Wie ich dieses orientalische Gefeilsche hasse!«

»Im Orient feilscht man raffinierter.« Streif wußte jetzt, daß Aschmunaydt die KEO kaufen würde.

McCumber sah auf die Uhr: »Siebenhundertzehn Millionen, diesen Preis mache ich nur, weil ich die KEO bei Ihnen in guten Händen weiß und Japaner entsetzlich finde.«

»Ich wünschte, Sie würden die KEO behalten«, sagte Streif.

»Hören Sie damit endlich auf!« fuhr ihn Aschmunaydt an und wandte sich zu McCumber: »Sechshundertneunzig Millionen sind mehr als genug.«

McCumber schüttelte energisch den Kopf. »No, Sir, einigen wir uns auf siebenhundert, oder ich lasse sofort die Segel setzen.«

Aschmunaydt senkte den Kopf. »Okay, siebenhundert.« Er wankte erschöpft aus der Kabine. Draußen saugte er die frische Luft ein. In gekrümmter Haltung kam Kampe auf ihn zu. Aus der Kabine war das Knallen eines Korkens zu hören.

Kampe deutete auf seinen Magen. »Was hat der Spaß gekostet?«

»Siebenhundert«, erwiderte Streif, der neben Aschmunaydt getreten war.

»Das ist doch viel zuviel«, sagte Kampe. »Wir hatten uns sechshundert als Limit gesetzt.«

»Was heißt das schon!« dröhnte Aschmunaydt. »Limits sind dazu da, um überschritten zu werden.«

»Aber nicht für die KEO!« entgegnete Kampe.

2

Streif konnte den Blick nicht von Aschmunaydts Händen lösen, die eine Rolle Pfefferminzdrops umschlossen. Auf den Handrücken schimmerte schwarzer Flor. Aschmunaydt kappte mit dem Daumennagel die Spitze der Rolle. Bedächtig schob er eine Pastille heraus.

So umständlich war Aschmunaydt selten. Streif spürte, daß er ihm etwas verbarg. Seit dem Kauf der KEO war ein halbes Jahr vergangen, und, wie von Streif vorausgesehen, wuchsen die Probleme und Verluste unaufhörlich.

Streif sah auf und blickte in den gelblichen Dunst Manhattans. Er versuchte, die in ihm aufsteigende Beklemmung zu unterdrücken. Dachte er später an diesen Augenblick, wurde ihm immer wieder bewußt, niemals befürchtet zu haben, daß auch er eines Tages von diesem einen bodenlosen Schrecken erfaßt werden könnte, obwohl er oft mit ansehen hatte müssen, wie ein bisher Erfolgreicher gestürzt worden war.

Aschmunaydt war in seinem Leben nie gestrauchelt. Wer so fest wie er auf den Beinen stand, konnte höchstens ein bißchen ins Schwanken geraten. Er war fest entschlossen, von seiner Macht nichts abzugeben. Zwar würde auch er den Ruhestand nicht vermeiden können, aber deshalb, so dachte er, zählte ab sechzig jeder Tag doppelt. Kräftig und untersetzt saß er Streif gegenüber, der seine langen Beine von sich gestreckt hatte.

»Wollen Sie nicht etwas Kaltes trinken?« fragte er. »Die Sitzung war doch anstrengend für Sie.«

Aschmunaydt lehnte ab. Er wünschte Streifs Schlachtung, so hießen Rausschmisse und Degradierungen in der AG, jetzt hinter sich zu bringen und hoffte, daß Streif die Fassung bewahren würde. Aschmunaydt hatte viele Gespräche dieser Art führen müssen, sie waren ihm immer unangenehm gewesen. Er quälte ungern. Mit Streif war es für ihn besonders schwierig. Sie kannten sich seit vierzehn Jahren, hatten vieles gemeinsam für die AG gedreht und waren mit den dabei verwendeten Mitteln oft genug nicht zimperlich umgegangen. Streif vertraute Aschmunaydt zutiefst, der ihn gefördert hatte. Zusammen waren sie in Corpus aufgestiegen.

»Wie wär's mit Mineralwasser?« fragte Streif. »Im Sitzungssaal war die Luft trocken.«

Aschmunaydt wehrte erneut ab und murmelte etwas von Hohlköpfen, die hauptsächlich Ungereimtes von sich gegeben hätten, das ginge nicht so weiter, beschissen, wie die Lage sei. Streif bedauerte, daß heutzutage ein Memorandum selten zu Ende gelesen werde und nur noch Zahlen zählten. Prosa sei für die meisten zu anstrengend geworden. Er redete vom Unverstand so vieler Leute, die in der AG immer wichtiger würden und nicht um zwei Ecken denken könnten. Streif redete, um zu reden. Instinktiv suchte er Zeit zu gewinnen, um Aschmunaydt umzustimmen, damit dieser nicht aussprach, was er verkünden mußte, wenn er nicht selbst die Schlinge um den Hals gelegt bekommen wollte.

Während Streif sprach, stieg in Aschmunaydt ein schmerzliches Bedauern auf, das er bis jetzt zurückgehalten hatte. Mit seinen achtunddreißig Jahren war Streif schon lange nicht mehr der junge Mann, den Aschmunaydt noch immer in ihm sah. Streif mit seinem eckigen Gesicht, in dem man sich schwer zurechtfand, und Augen, deren wechselndes Graublau so manchen irritierte. Je stärker sich Streif auf ein Thema konzentrierte, desto intensiver verfärbten sich seine Pupillen und gingen in tiefes Ultramarin über. Aschmunaydt nahm das jetzt wieder wahr.

Die Wege der beiden hatten sich zum ersten Mal in Khartoum gekreuzt. In Hitze und Staub waren sie von blauschwarzen Nubiern umringt gewesen, Funktionären, die Kredite bis ins nächste Jahrtausend gefordert hatten. Unter klappernden Ventilatoren hatte Streif auf arabisch verhandelt. Das hatte er in Shemlan, hoch über Beirut, auf Kosten der AG gelernt. So wie Streif übersetzt und die Verhandlung geführt hatte, war Aschmunaydt beeindruckt gewesen. Streif hatte ihm signalisiert, wann er in diesem nubischen Durcheinander endlich konkret werden durfte.

Damals war Aschmunaydt Abteilungsdirektor gewesen. Seine Tonsur hatte sich abzuzeichnen begonnen. Die Haare waren noch dunkel gewesen. Inzwischen hatten sich Falten in sein Gesicht eingegraben, dem die überaus kräftige Nase über dem bartdunklen Doppelkinn noch immer Kontur gab. Womit Aschmunaydt fesseln konnte, waren seine Augen. Sie konnten zu pechschwarzen Kohleschlitzen werden, böse glühen, spöttisch sprühen, aber auch freundlich glänzen. Zorn und Mißachtung, Anerkennung und Wohlwollen, alles drückte er mit ihnen aus.

Er räusperte sich: »Was Sie wissen sollten...« Dies war seine bevorzugte Formulierung, wenn er unangenehm wurde.

»Was denn?« unterbrach ihn Streif.

»Daß Sie New York verlassen werden.«

Streif wurde es mit einem Schlag eiskalt. Er faltete die

Hände über den Knien. Aschmunaydt öffnete die obersten Knöpfe seiner Weste.

»So bald wie möglich«, sagte er. »Am Wochenende sollten Sie nach Düsseldorf in die Zentrale fliegen. Bei uns hat sich viel verändert, es wird höchste Zeit, daß Sie sich mit der neuen Denke vertraut machen.«

So wie Aschmunaydt jetzt sprach, hörte es sich an wie Gedrucktes aus einem Zirkular der Personalabteilung. Streif hörte kaum noch zu. Er war geschlachtet worden, wie es daheim so schön hieß. Für jede Pleite mußte ein Schuldiger gefunden werden, und die KEO hatte sich als Riesenpleite herausgestellt. Aschmunaydt hatte nicht nur einen viel zu hohen Preis akzeptiert. Ein von der KEO in Brasilien gebautes Kraftwerk wurde technisch nicht abgenommen, und in einem mit Kohle betriebenen E-Werk in China war es zu einer schweren Explosion mit drei Toten gekommen. Ein interessantes Pumpenmodel war durch das Vertragswerk geschlüpft und an die Konkurrenz verkauft worden. Eines war sicher: Die KEO würde über Jahre Verluste machen.

»Sie werden im Stab arbeiten«, sagte Aschmunaydt. »Bis etwas Passendes für Sie gefunden worden ist.«

»Was Mieseres ist Ihnen nicht eingefallen«, stieß Streif aus, der noch der erste Mann von Corpus in den Staaten war.

»Sie haben sich schlecht verkauft ...«

»Ich wurde verkauft.«

»Reden Sie keinen Unsinn!« Und nun hörte Streif, er hätte die Situation auf den letzten Sitzungen oberflächlich, ja zu beliebig vorgetragen. Streif fragte, was Aschmunaydt mit »beliebig« meinte, der an diesem Wort Gefallen gefunden hatte. Aschmunaydt funkelte Streif an, als verbäte er sich jede weitere Bemerkung.

»Einer muß immer den Kopf hinhalten, wie beliebig das auch sein mag.« Streif wirkte ruhig, doch zerrte die Angst an ihm. Er meinte, langsam in sich zusammenfallen zu müssen, aber noch wehrte er sich. Nicht so, dachte er immer wieder, während Aschmunaydt ihm vorhielt, er wäre nicht »on the point« gewesen und hätte nicht genügend auf die bestehenden Risiken aufmerksam gemacht.

»Sie sind zu allgemein geblieben«, sagte er. »Wir haben Tiefe vermißt.«

»Die KEO konnte nichts werden, das habe ich Ihnen von Anfang an gesagt!« Streif wurde wütend, beherrschte sich aber. Noch war er angeschlagen und überrumpelt, doch schon erwachte in ihm der Wunsch nach Vergeltung.

Aschmunaydt verschlang die Hände ineinander. Die Fingernägel waren kurz geschnitten und überaus gepflegt.

»Sie sollten Ihre Versetzung nicht so tragisch nehmen.« Aschmunaydt wollte tröstlich klingen und klang wohl auch so, aber Streif kannte ihn viel zu gut. Wie oft war er dabeigewesen, wenn es einem an den Kragen gegangen war. Anfangs als Stichwort gebender Treiber, später als Gehilfe, der den Rest übernahm, vom ausgeredeten Selbstmord bis zur handfesten Erpressung. Doch den ersten, blutigen Schnitt hatte Aschmunaydt stets selbst übernommen, den hatte er nie auf andere abgewälzt. Er war kein Feigling.

»Bloß nichts tragisch nehmen, es wird schon alles wieder werden.« Sofort ärgerte sich Streif. Ohne es zu wollen, hatte er mit einem flauen Scherz eingelenkt. Viele in der AG, auch Aschmunaydt, nannten das seine diplomatische Ader. Bagatellisieren, unverbindlich fröhlich sein, das lernte man bei Corpus, und je kritischer die Situation, desto abgedroschener fielen die Sprüche aus. Aber jetzt ging es um ihn, Joachim Streif, im neununddreißigsten Lebensjahr, er war bei Gott kein Knabe mehr.

»Im Ressort Intern warten interessante Aufgaben auf Sie.« Aschmunaydt rieb die Hände, erst hastig, dann langsamer. Er war erleichtert und lächelte aufmunternd, als hätte er soeben höchste Ziele gesetzt. Sein Atem ging ruhiger. Er zog den Bauch ein. Seit längerem beabsichtigte er zu kuren, abzuspecken, wie er es nannte.

Streifs Blick fiel wieder auf Aschmunaydts Hände und blieb an den Fingernägeln hängen. Die Halbmonde in den Nagelbetten waren stark ausgebildet und leuchteten weißlich. Ein Zeichen von Klugheit, wie die Araber meinten.

Haß zog sich jetzt in Streif zusammen. Das Ressort Intern war ein Sammelbecken für Versager, auch Trinker waren hier schon untergekommen. Zwar flatterten dort nichtssagende Kopien aus vielen Abteilungen auf einen herab, doch sonst wurden hauptsächlich Nullen gedreht. Für selbstinszeniertes Ränkespiel fehlte der Boden, es sei denn, man wünschte unbedingt, einen Fensterplatz zu ergattern. Ein jüngerer Streber verteilte die Arbeit, zwei ältere Duckmäuser überwachten sie. Wollte ihn Aschmunaydt zur Kündigung treiben?

Der machte Anstalten, sich zu erheben. Mit den Händen umspannte er die Armlehnen des Sessels und winkelte die Arme ab. Als er sich mit einem Seufzer hochwuchten wollte, wurde Streif laut: »Sie haben es sich leicht gemacht, nachdem das Kind in den Brunnen gefallen ist. Aber nicht ich habe mich hinter's Licht führen lassen, Sie haben sich von McCumber über den Tisch ziehen lassen. Warum haben Sie wie wild draufgelegt? Ich habe Sie immer wieder gewarnt, aber mit Ihnen war ja nicht zu reden. Der Friendly Takeover war eben nicht so friendly. Ihr Freund McCumber hat Sie ganz schön in die Pfanne gehauen, und jetzt wissen Sie nicht, wie Sie das erklären sollen.«

Streif war in Rage geraten, wie ihn Aschmunaydt noch nicht erlebt hatte, und reagierte so, wie es Aschmunaydt befürchtet und trotzdem nicht damit gerechnet hatte.

»Bitte, beruhigen Sie sich«, murmelte er. »Sie sehen das falsch.«

»Vor allem sehe ich Ihre Charakterlosigkeit.« Streif verstummte und sagte dann leise: » Ich hatte Sie für ehrlich gehalten.«

Jetzt war es Aschmunaydt zuviel. Er setzte eine würdige Miene auf, was ihm mit zunehmendem Alter immer besser gelang, und stemmte die Fäuste in den Bauch. So hatte er schon viele überfahren. Die Brauen bogen sich zu Sicheln, seine Augen glühten. Er mußte Streifs Widerstand brechen, und zwar auf der Stelle. Streif, der ihm bisher ergeben gewesen war, sollte es bis in den eigenen Abgesang bleiben. War Streif nicht sein Produkt? Jetzt, da Aschmunaydt keinen Ausweg sah, hatte Streif den Niedergang hinzunehmen.

»Sie haben sich einmachen lassen«, fuhr er ihn an. »Sie hätten bessere Vorarbeit leisten müssen und haben schlecht recherchiert.«

»Sie wollen mich verschaukeln.« Streif holte Luft und schrie: »Sie haben sich aufs Kreuz legen lassen, und jetzt soll ich die Suppe auslöffeln!«

»Ich rate Ihnen, vorsichtiger zu sein.« Aschmunaydt schob den Kopf drohend nach vorn. »Wer wollte denn um jeden Preis nach New York? Wer lag mir dauernd in den Ohren, daß in Caracas kein Blumentopf zu gewinnen sei?« Er hielt inne, die Kunst der Pause beherrschte er wie kein zweiter. Die stummen Sekunden, die den Gegner so verunsicherten, daß er bloß noch zu hören wünschte, was folgen würde.

»Warum haben wir Ihnen das flotte Leben bezahlt?« fuhr er fort. »Das sündhaft teure Penthouse, die Clubs, die Partys und den ganzen Klimbim?« Er funkelte Streif an und verstummte wieder für einen Moment, während Streif noch immer schwieg. »Warum wohl?« rief Aschmunaydt. »Sie sollten lernen und begreifen, wie hier die Karten gemischt werden.«

»Hören Sie mit diesem Nonsens auf«, sagte Streif, aber Aschmunaydt ließ sich nicht unterbrechen: »Das wollen Sie natürlich nicht hören. Sie haben gepennt. Wann wachen Sie auf und kapieren, was Sie uns eingebrockt haben?«

Streifs Wut war nicht verraucht, doch war er fasziniert. Aschmunaydt bot einen seiner seltenen Auftritte, in denen er sich voll verausgabte. Sah er sich gefordert, schaffte er es meist mit geringerem Einsatz.

Plötzlich mußte Streif gähnen. Er hielt die Hand vor den Mund und sah über Aschmunaydt hinweg auf die Fassaden aus Glas und Stahl, die vor ihm in den Himmel ragten und um deren Spitzen Dunstschleier schwebten. Anfangs hatte ihn dieses Büro nervös gemacht, doch hatte er sich bald an das Gefühl gewöhnt, wie in einer luxuriös ausgestatteten Flugzeugkabine zu arbeiten, und nun liebte er diesen Raum.

Streif war kein Träumer, er war nur sensibel. Seine Umwelt nahm er genau wahr und ließ sie intensiv auf sich einwirken. Er war ein Mensch mit einer Vielzahl präziser, bildhafter Erinnerungen, ob aus der persischen Salzwüste, dem Gran Sertao oder Aschmunaydts Villa bei Düsseldorf.

Aschmunaydt war ganz anders. Seit über zwanzig Jahren lebte er in dem gleichen Haus, das, zweimal umgebaut, sich zu einer Villa gemausert hatte, und blickte immer in den gleichen Garten, in dem nur die Bäume gewachsen waren. Aschmunaydt haßte örtliche Veränderung, mußte aber viel unterwegs sein. Oft wußte er schon nach Tagen nicht mehr, wo er sich aufgehalten hatte. Nur was gesagt worden war, saß tief in seinem Hirn.

Er musterte Streifs Gesicht. Die Jochbeine spannten die Wangen. Das scharfe Kinn hatte ein Grübchen, und aus dem Hals trat der Kehlkopf hervor. Aschmunaydt verkniff sich ein Lächeln. Er hielt Streif für ausdauernd, geschickt und anpassungsfähig. Besondere Energien gestand er ihm nicht zu.

Streif begehrte wieder auf: »Wer hat sich denn meine Schlachtung ausgedacht. Sie oder Kampe?«

Streif sprach so betont, daß Aschmunaydt unwillkürlich an Blutwürste und Wellfleisch dachte. »Niemand will Sie schlachten«, sagte er. »Wo haben Sie bloß solche Ausdrücke her?«

»Von Ihnen.«

»Was fällt Ihnen ein!«

»Sie merken schon gar nicht mehr, wie Sie reden.«

»Und Sie schnallen überhaupt nicht, wen Sie vor sich haben.«

»Wer war's, wer will mich vernichten?« Streifs Stimme vibrierte.

»Niemand, so ein Unsinn. Sie vergessen, was man Ihnen vorwirft.«

»Sie haben nichts erklärt, Sie spielten sich nur auf.« Jetzt war Streif zu weit gegangen, aber das war ihm gleichgültig. Immerhin konnte er Nina erzählen, wie sehr er Aschmunaydt zugesetzt hatte. Nina, der es auch in New York gelungen war, sich in der Gesellschaft weit nach oben zu hangeln. Mit ihrem unstillbaren Wunsch zu gefallen hatte sie erreicht, daß ihr ein gutes Dutzend Männer tölpelhaft zu Füßen lag.

Anstatt Streif über den Mund zu fahren, sagte Aschmunaydt: »Das war alles ein bißchen viel auf einmal. Sie müssen zunächst ruhiger leben.« Er glaubte zu wissen, wie man Geschlagene nach dem Sockelsturz sanft ins Bodenlose fallen läßt, und erhob sich. Aber jetzt waren seine Bewegungen nicht mehr so schwerfällig wie am Anfang dieser unheilvollen Begegnung. Locker löste er sich aus dem Sessel und ging nahezu leichtfüßig vor den hohen Scheiben auf und ab, als hätten sie sich beide angeregt unterhalten. Mit der Hand fuhr er über die Schultern seines Opfers, eine väterlich anmutende Geste, die er sich nur erlaubte, wenn er überzeugt war, daß sie der Moment erforderte.

Streif rührte sich nicht. Er blickte zu einer im Dunst schwebenden Whiskyreklame und schwor sich, diesen

Scotch, Zeuge seiner bisher schwärzesten Stunde, nie mehr anzurühren. Er wunderte sich, zu welchen Gedanken er angesichts der eigenen Katastrophe fähig war. Ließ er sich so leicht ablenken? Konnte er sich nicht einmal auf den eigenen Zorn konzentrieren?

»Also, dann bis heute abend.« Aschmunaydt blieb in der Tür stehen und hatte die Stirn hinzuzufügen: »Sehen Sie nicht zu schwarz, auf mich können Sie immer zählen.«

»Aber natürlich«, rief ihm Streif nach. »Wir freuen uns auf Sie.«

3

Von dem, was vorgefallen war, durfte Nina noch nichts wissen. Sie hätte Aschmunaydt keine Ruhe gelassen und wäre zu einem peinlichen Auftritt fähig gewesen.

Streif küßte sie auf die Stirn, weshalb er sich ziemlich weit nach unten beugen mußte. Sie wich vor seinem feuchten Gesicht zurück. »Was ist denn los, dusch dich bitte!«

Streif war zu Fuß nach Hause gegangen, um noch nachdenken zu können. Davon, was er gerade erlitten hatte, war ihm jetzt nichts mehr anzumerken. Er wirkte ruhig, so wie immer.

Im Bad rann das Wasser an seinem schlanken, glatten Körper herunter. Er hob die Arme und atmete tief ein, aber von dem Druck, der auf seiner Brust lag, konnte er sich nicht befreien. Die Haare wusch er mit einem wohlriechenden Shampoo, das ihm Nina verschrieben hatte. New York zu verlassen wäre für sie noch viel schmerzlicher als für ihn. Düsseldorf fand sie gräßlich. Wie oft hatte sie erklärt, in diesem Spieß nicht leben zu können, und das bei einem hochbesteuerten Inlandsgehalt, in einem gemieteten Reihenhaus.

Nina hatte sich in New York eingegraben, als wollte sie hier den Jüngsten Tag erleben. Und so wie das Leben in dieser Stadt war, wenn man sich bewegte, war es das, was Nina über alles liebte.

Streif hing an ihr, in vielem war er von ihr abhängig. Seitdem er mit Nina verheiratet war, hatte es für ihn keine andere Frau gegeben. Für Nina war Streif ein sehr guter Freund geworden, der für ihren Komfort sorgte und hin und wieder mit ihr schlief.

Nina konnte andere Menschen schnell von sich begeistern, meist waren es Männer. Für das Maß an Verehrung, das Nina verlangte, wäre ein Mann ohnehin zuwenig gewesen. Ninas Wille war stärker als der von Streif. Er hatte sich ihr in vielem angepaßt und wäre gerne noch ein paar Jahre in Caracas geblieben. Im venezolanischen Chaos hatte er sich gut zurechtgefunden. Aber an ihrem fünfunddreißigsten Geburtstag hatte sich Nina New York in den Kopf gesetzt. Sie hatte ihm erklärt, daß sie sich vom Leben noch eine Menge zu erwarten und keine Zeit zu verlieren habe, und ihm vorgeworfen, er könne wohl auch in Timbuktu glücklich werden, anspruchslos, wie er sei. Immer häufiger hatte sie dann wiederholt, daß sie sich vom Leben noch eine Menge zu erwarten und keine Zeit zu verlieren habe. Man müsse Ansprüche stellen, sonst gehe man leer aus.

Damals fand Streif, daß er mit dem von ihm Erreichten recht zufrieden sein durfte, aber das konnte er vor Nina nicht zugeben. So hielt er sie hin und behauptete regelmäßig, daß er nicht von einem Tag auf den anderen versetzt werden könne. Nina riet ihm, die Firma zu wechseln, doch davon wollte Streif schon überhaupt nichts wissen. Dafür sei der von ihm angesammelte Goodwill viel zu wertvoll, womit er hauptsächlich Aschmunaydt gemeint hatte. Über ein halbes Jahr fand er Gründe, warum Caracas nicht zu verachten sei, bis sie dann eines Tages doch in New York landeten und Nina sofort nach Wohnungen zu suchen begann. Ihr Wille hatte gesiegt. Erst halbherzig, dann mit Nachdruck hatte sich Streif in der Zentrale um die Versetzung nach New York bemüht, und so, wie sich alles anließ, hatte Streif zugeben müssen, daß Nina den richtigen Riecher besessen hatte. Streifs Chef erlag fünf Monate nach Streifs Ankunft einem Herzinfarkt. Aschmunaydt fand, daß Streif lange genug in New York gewesen war, um sich einzuarbeiten. Er ernannte ihn zum Nachfolger des Verstorbenen, der den Amerikanern hatte zeigen wollen, was Arbeit sei. Seitdem lebten die Streifs in dem von Aschmunaydt als sündhaft teuer bezeichneten Penthouse.

Doch damit war es nun vorbei.

Auf der Terrasse tigerte Streif an gelbblühenden Büschen und verkümmertem Oleander entlang. Vom Geländer hielt er Abstand. Er war nicht schwindelfrei. Streif blieb stehen und beobachtete Nina, die mit der schwarzen Hilfe den Tisch deckte. Sie erwarteten ja Gäste, was Nina liebte. Der Druck in Streifs Magen nahm zu.

Die Kristallgläser und das chinesische Geschirr würden sie so bald nicht mehr benützen. Die können wir uns an den Hut stecken, dachte Streif und spielte mit dem Gedanken, alles zu verkaufen. Der Anblick seiner Frau machte ihm zu schaffen. Sie strahlte ihn an. Ihre dunklen Augen leuchteten aus dem blassen Gesicht. Sie mied die Sonne, feine Sommersprossen sprenkelten ihre Backen.

Sie litt unter ihren Brüsten, die sie zu klein fand. Keiner ihrer Liebhaber hatte ihr ausreden können, daß Männer nur üppige Busen mochten. Er beschloß, seine Beklemmung mit Alkohol zu vertreiben. Noch hatte er vierundzwanzig Stunden Zeit, bis er Nina seine schmähliche Rückkehr nach Düsseldorf beichten mußte.

Im Dunst ging die Sonne rötlich unter, der Horizont färbte sich hellviolett. Streif sah über die Stadt, die Flüsse und das Meer. Er kniff die Augen zusammen und steuerte auf die Bar im Wohnzimmer zu. Aber auch nach einem langen Schluck aus einer Whiskyflasche fühlte er sich kein bißchen besser. Das Telefon läutete, Nina hob ab. Fast alle Gespräche waren für sie.

Gerüchte, Klatsch und die wenig einfallsreichen Komplimente ihrer Verehrer sog sie durch die Leitung ein. Es war unglaublich, was sie sich alles merken konnte, welche Ehe gerade zu Ende ging, welche Affären begannen, wem der Laufpaß gegeben wurde und wer eben doch schwul war. Sie hatte mehrere Verhältnisse hinter sich gebracht und entschuldigte das damit, daß sie zu jung geheiratet hätte. Streif wäre für ein Verhältnis wie geschaffen gewesen, aber die AG hielt ihn viel zu sehr auf Trab.

Nina ging auf Menschen mit einem Lächeln zu, das Frauen in Panik versetzen konnte und Männer hellsichtig werden ließ. Alle ihre Sinne waren stark ausgeprägt. Sie aß für ihr Leben gern. Alles, was sie köstlich fand, verzehrte sie in Unmengen, ohne ein Gramm zuzunehmen. Das hatte schon vielen die Sprache verschlagen. Dazu kam ihr Lachen, das sie zuerst vibrierend hochzog und dann in hellen Tönen enden ließ. Sie mochte lateinisch aussehende Männer mit behaarten Oberkörpern, über die sie gurrend und kichernd strich, wenn ihr danach war.

In New York hatte Nina zu malen begonnen. Anfangs war sie durch die Museen gehetzt, danach hatte sie es langsamer angehen lassen und bald darauf bei einem greisenhaften Maler Stunden genommen, der nur noch an Malen dachte.

Nina zeigte Gefühl für Farben. Noch lernte sie, übereilen wollte sie nichts. Die Ansprüche in New York waren gewaltig. Aber denjenigen, der ihre erste Ausstellung veranstalten sollte, hatte sie bereits ausgeguckt. Er war ihr ergeben, aber daß sie malte, hatte sie ihm bisher verschwiegen.

Nina legte den Hörer auf. Streif trank den dritten

Whisky-Soda und entspannte allmählich. Nina spürte, daß mit ihm etwas nicht stimmte.

»Warum trinkst du jetzt schon so viel«, fragte sie. »War der Tag so schlimm?«

»Es war so, wie es mit Leuten aus der Zentrale immer ist.«

»Warum bist du so gereizt?«

»Alles x-mal zu erklären strengt an.«

»Aschmunaydt kapiert doch schnell, gerissen, wie er ist.«

Streif schwieg, er fühlte sich ertappt.

Nina und Aschmunaydt waren sich meist ausgewichen. Als Streif sie vor Jahren Aschmunaydt vorgestellt hatte, war der nicht sicher gewesen, ob sie die richtige Frau für Streif war. Sie hatte auch Aschmunaydt anfangs mit schmeichelhaften Signalen bedacht, doch ernsthaft hatte sie nie etwas mit ihm im Sinn gehabt, dem allgewaltigen Chef ihres Mannes. Das wäre ihr zu weit gegangen und gegen ihren Stil gewesen. Aschmunaydt wäre schon aus Prinzip nie auf eine solche Verlockung eingegangen. Von den Frauen der Mitarbeiter und Kunden hatte man sich fernzuhalten.

Während Nina im Bad ein Lied summte und sich schön machte, überlegte Streif, wie viele Meter Schrankwand er in Deutschland für ihre Garderobe kaufen mußte. Die Zahl seiner Anzüge hielt sich in Grenzen. Ohne Ninas Betreiben wären es noch weniger gewesen. Bereits der Kauf eines Pullovers machte ihn fast krank. Er wählte eine dunkelblaue Krawatte mit roten Punkten. Blau paßt zu Blau, dachte er und stellte den Kragen seines hellblau gestreiften Hemdes auf.

Er sah sich im Spiegel. Die Augen lagen tief in den Höhlen. Er sah müde aus und hätte sich am liebsten im Bett die Decke über die Ohren gezogen. Er ärgerte sich, er wollte nicht wehleidig sein. Aber das war er auch nie gewesen, schon als Junge nicht. War er von Stärkeren verdroschen worden, waren ihm Tränen der Wut über die Backen gelaufen.

Aggressiv wurde er selten, aber feige war er nie. Noch heute wurmte es ihn, daß er im Schulhof der Herausforderung eines sehr viel kräftigeren Jungen, der sich mit ihm hatte schlagen wollen, ausgewichen war. Zimborwski hatte der rotblonde, muskelstrotzende Sohn schlesischer Flüchtlinge geheißen. Streif hatte befürchtet, Zimborwski, von dem es hieß, er habe einem Jungen ein Auge ausgeschlagen, würde ihm das Genick brechen. Er hatte Streif die Prügelei wie ein Duell angeboten. Nach einigen Ausflüchten war Streif davongelaufen. Zimborwski hatte ihn verhöhnt. Die halbe Schule hatte das mit angesehen.

Stunden später hatte er sich geschworen, so etwas nie wieder geschehen zu lassen. Der Wunsch, sich gegen Aschmunaydt zu wehren, wuchs in Streif.

Aschmunaydt überreichte Nina einen Strauß roter und weißer Nelken, die sie gräßlich fand. Typisch Corpus, dachte sie, bedankte sich und schnüffelte an den Blüten. Vor Aschmunaydt hatte sie Respekt, aber einschüchtern ließ sie sich nicht von ihm. Nach Aschmunaydt reichten ihr zwei Männer aus der Zentrale die Hand, deren Namen sie augenblicklich wieder vergaß. Der eine, ein älterer Glatzkopf, pries die Aussicht und Lage des Penthouses in einer Art, aus der Nina den Neid herauszuhören glaubte, doch war es nur Häme. Der andere Begleiter Aschmunaydts war ein jüngerer, wächserner Mann, der Minter hieß. Er schwieg zu allem und war zu Streifs Nachfolger ernannt worden. Seit einer Stunde wußte Minter das.

»In New York läßt es sich schon aushalten«, sagte Aschmunaydt zu Minter, dem alles noch peinlich war und der einen gequälten Blick zur Decke schickte. Streif schöpfte sofort Verdacht. Also Minter, dachte er. Für ihn war es höchste Zeit, wieder etwas zu trinken.

Aschmunaydt unterhielt sich mit Nina. Daß sie noch nichts wußte, hatte er gleich erkannt. Er hatte sich vor ihr aufgepflanzt und duftete nach einem Toilettenwasser, das Nina unmöglich fand. Der Zweireiher war immerhin seiner Figur bekömmlich, und daß der gestärkte Hemdkragen in den Nacken schnitt, nahm sie hin. Die graue Krawatte mit den eingewebten Silberstreifen fand sie jedoch bestenfalls komisch.

Aschmunaydt wirkte keineswegs wie ein Buchhalter auf Amerikareise. An seiner Autorität ließ er keinen Zweifel und trat sehr sicher auf. Nina amüsierte ihn. Über das, was sich mit ihr anstellen ließ, mußte er nicht lange nachdenken. Er mochte kastanienbraunes Haar, das locker auf einen bloßen Rücken fiel.

Nina erzählte und schwärmte von New York, als lebte sie hier seit ihrer Kindheit, und davon, daß sie aus diesem Paradies durch nichts zu vertreiben sei. Nach so vielen Ländern im Dienst der AG habe sie das verdient. Nina wurde Aschmunaydt unheimlich. War sie etwa noch raffinierter, als er vermutet hatte? Nun rühmte sie ihn als den guten Stern ihres Mannes. Er spürte, daß in dieser Frau, die so unbekümmert daherredete, Kraft steckte, trotz aller Ticks, die sie trieben. Aschmunaydt fragte sich, wie Streif die nächsten Tage überstehen würde. Er zweifelte, daß Streif seiner Frau gewachsen war. In all den Jahren hatte er darüber hinweggesehen. In Kairo war Nina so gleichbleibend freundlich gewesen wie in Teheran, Casablanca, Santiago oder Caracas, Stationen der Streifs, Städte, in denen Nina seinetwegen, Aschmunaydts, gelebt und die sie erlebt hatte. Das Dinnerparlando war zwar überall das gleiche, was sich jedoch außerhalb der Salons abspielte, unterschied sich erheblich voneinander.

Aschmunaydt und Nina waren sich bei aller Gegensätzlichkeit in einem gleich: Sie hatten Streif zu einer Art Untertan gemacht. Von den Menschen, die ihnen erhalten blieben, forderten beide weitgehende Unterwerfung. Prallten solche Charaktere aufeinander, blieb einer auf der Strecke.

Unterdessen waren alle Gäste eingetroffen, drei Ehepaare und ein Junggeselle. Die Männer leiteten Firmen, die für die AG wichtig waren. Aschmunaydt hatte sie einmal außerhalb des Büros treffen wollen. Zu den Riten seiner Reisen gehörten solche Abendessen. Dieses kam für Streif einer Henkersmahlzeit gleich.

Aschmunaydt unterhielt sich mit einem Mann seines Alters und beobachtete Streif, der sich Minter vorgenommen hatte. Streif klang gelassen. Mühsam beherrscht, dachte Aschmunaydt, der mit halbem Ohr zuhörte. Er war Streif für dessen Gefaßtheit dankbar. Minter konnte es mit Streif nicht aufnehmen, unerfahren, wie er war. In der Zentrale war er durch organisatorische Vorschläge angenehm aufgefallen. Sparmaßnahmen gefielen immer. Minter hatte sie sauber erdacht, doch waren sie sinnlos, weil sie sich als undurchführbar herausstellten. Das wiederum hatte niemand zugeben wollen, und so war Minter unbeschadet davongekommen.

Er würde die Verluste der KEO nicht vermeiden können und sich die Finger gehörig verbrennen. Als er für Streifs Nachfolge vorgeschlagen wurde, hatte sich Aschmunaydt für ihn stark gemacht. Ein zweiter, jedoch schwacher Sündenbock war ihm nur recht. Ein starker Nachfolger hätte nach kurzer Zeit Krach geschlagen.

Aschmunaydt gab Minter höchstens ein Jahr, dann würde auch er aus New York abgezogen und in aller Stille geschlachtet werden. Dieser Spinner, dachte er, wenn der erst draußen ist.

Wie Aschmunaydt sich bewegen konnte! Er verteilte Bemerkungen nach links und rechts, fing Konversation auf, beherrschte sie kurz und gab sie weiter. Sein Englisch war perfekt, nur sein Akzent war ein wenig seltsam, hart und fränkisch. Aber das machte ihm nichts aus, sollten diese Amerikaner doch Deutsch lernen.

Er blickte zu Streif, der mit einer korpulenten Endvierzigerin redete, die ihn anhimmelte. Hungrig geworden blinzelte er Streif komplizenhaft zu, aber Streif sah durch ihn hindurch. Die vermeintliche Freundschaft von einst war zerbrochen.

Weitere Whisky-Sodas ließen Streif diesen Abend ungebeugt überstehen.

Endlich bat Nina zum Abendessen. Dieser Moment war für sie der Höhepunkt des Abends. Gleich würden die ersten Entzückensrufe zu hören sein. Die Gläser funkelten, die Leuchter flackerten. Festlich, festlich, dachte Aschmunaydt, aber einem gewissen Pomp konnte auch er sich nicht entziehen. Er suchte Ninas Blick und stimmte in den Chor der Hochrufe mit ein. Streif hätte sich am liebsten die Ohren zugehalten. Plötzlich schwindelte es ihn. Er klammerte sich an die Lehne eines Sessels.

»Ist Ihnen nicht gut?« fragte eine ältere Dame. Streif straffte sich, verwünschte den gebohnerten Fußboden und warnte vor der Glätte des New Yorker Parketts. Sein Lachen danach geriet etwas zu laut.

Aschmunaydt war nichts entgangen. Er saß neben Nina, die von vergangenen Tagen erzählte. Wilde Geschichten, die Aschmunaydt aus der sicheren Ferne der Zentrale miterlebt hatte. Damals in Damaskus, in der Omayadenmoschee, hatten sie einen Freund getroffen, der mit seinem Einfluß verhindert hatte, daß der AG von den Syrern übel mitgespielt wurde, obwohl sie allen Grund dafür gehabt hätten. Oder in Teheran während der Revolution: Vor dem Bürohaus der AG hatten zwanzigtausend Studenten auf der Straße gehockt und lautstark dem Schah den Tod gewünscht.

Die Amerikaner hingen an Ninas Lippen. Die Streifs waren ein wirklich faszinierendes Paar, besonders interessant.

Aschmunaydt sprach kaum mit Streif, der ihm schräg gegenübersaß und ein Glas Rotwein nach dem anderen leerte. So wie es für Streif in der Zentrale aussah, waren alle seine bravourösen Taten vergessen.

Aschmunaydt wurde nachdenklich, aber das verging wieder.

4

Am nächsten Morgen regnete es leicht. Der Nebel hing in den Straßenschluchten der Stadt. Streif sah zu seinem Büro hoch und fuhr sich über das heiße Gesicht. Der Alkohol pochte in seinen Adern. Er wollte nicht sentimental werden und suchte dagegen anzugehen.

»Tu was, mach was!« hätte Nina gesagt, aber das würde er erst am Abend zu hören bekommen. In der letzten Nacht hatte sie ihn umarmen wollen, aber er hatte sich von ihr losgemacht und sich fest in die Bettdecke gerollt. Die Scham vor dem, was ihn in der AG erwartete, hatte ihn aller Gefühle beraubt.

Für Nina war der Abend erfolgreich verlaufen. Aschmunaydt hatte sich für die Einladung bedankt und war länger als üblich geblieben. Daß er auf ausreichendem Schlaf bestand, war in der AG bekannt. »In meinem Alter«, pflegte er zu sagen, wenn er ungeniert die Tafel aufhob.

Streif trat in die Eingangshalle, die hoch wie ein Kirchenschiff war. Es roch nach dem immer gleichen Reinigungsmittel. Nach Klinik. Der Marmorboden glänzte wie jeden Morgen. Er horchte auf das Klicken seiner Absätze, er war allein. Streif war Frühaufsteher. Nina hatte nichts dagegen. Verschwand er im Bad, hatte sie das Bett für sich allein.

Als Streif an dem kubanischen Officeboy vorbei in sein Büro trat, empfingen ihn Aschmunaydt und Minter. Sie gaben sich die Hand. Minter bot Streif eine Zigarette an, die er dankend ablehnte. Seit über einem Jahr rauchte er nicht mehr. Minter steckte sich eine HB an, er war nervöser als Streif, der gierig den Rauch einzog.

»Was Sie wissen sollten«, begann Aschmunaydt und sagte dann das, was Streif schon wußte. Minter faltete die Hände und preßte die Fingerspitzen auf die Knöchel, die weiß anliefen. Verlegenheit und zuckender Triumph mischten sich in ihm. Sein bleiches Gesicht rötete sich. Er kaute auf den Lippen.

Streif hörte Aschmunaydt aufmerksam zu. Ihm war, als wohnte er der Verlesung seines Urteils bei, eines Fehlurteils, obgleich Aschmunaydt anerkennende Worte für ihn fand. Minter sollte bloß nicht denken, er würde leichtes Spiel haben und auf den Trümmern seines Vorgängers groß herauskommen.

»Erfolg ist eine relative Sache«, sagte Aschmunaydt.

»Wirklich?« fragte Streif. »Meinen Sie, daß Mißerfolge zu Erfolgen werden können, wenn sie gut verpackt sind?«

»Die Verpackung ist der halbe Markt«, fiel Minter dazu ein, der es wissen mußte. Bei »Marketing für Fortgeschrittene«, einem der vielen Kurse, die er auf Kosten der AG besucht hatte, hatte er als Drittbester abgeschnitten, obwohl er noch nie einen Kunden zu Gesicht bekommen hatte.

Aschmunaydt streifte die Jacke ab und begann Minter einzuführen. Er fing damit an, wie man sich im Ausland bewege und welche Hindernisse dabei zu überwinden seien, was Minter zunehmend verwirrte. Mit deutscher Wesensart sei in vielen Ländern eine Menge Porzellan zerschlagen worden und in den Staaten ganz besonders. Aschmunaydt sah Minter scharf an, der für ihn bereits das Mal des Untergangs auf der Stirn trug. Minter tat so, als lauschte er konzentriert, doch nahm er nicht ein Wort in sich auf. Er war viel zu aufgeregt.

Streif blickte aus dem Fenster in den Nebel, der sich allmählich gelb verfärbte. Die umliegenden Bürotürme waren nur in den Konturen zu erkennen wie die Kanten von Graten von Bergen. Einen Moment fühlte er sich wie im Zimmer eines Berghotels mit Sicht auf schlechtes Wetter. Den Käse, den Aschmunaydt von sich gab, empfand er als Zumutung. Aber Aschmunaydt sprach mit der Überzeugungskraft des Allwissenden. Minter war völlig durcheinander.

Nun nahm sich Aschmunaydt die Notwendigkeit von Kontakten vor. Wie man zu diesen kam, überging er, als seien sie einfach da. Die Ehefrauen spielten dabei eine wichtige Rolle, belehrte er Minter, wechselte aber gleich das Thema, da ihm Nina in den Sinn kam. Es blieb unklar, welche Aufgabe den Frauen zukam.

Frau Minter hatte mit ihrer Verklemmtheit schon viele vor den Kopf gestoßen. Hätte Aschmunaydt sie gekannt, hätte er sich vielleicht doch länger über die Bedeutung der Ehefrau eines Managers ausgelassen, nur um Minter die Hölle heiß zu machen.

Streif war klar, daß Aschmunaydt Minter keine Chance gab. Die KEO würde auch ihm den Hals brechen.

Aber das war alles nichts Neues. Den Schachzug, die versalzene Suppe von anderen auslöffeln zu lassen, hatte Aschmunaydt nicht als erster ersonnen. Wer die Macht besitzt, zieht den Kopf am leichtesten aus der Schlinge.

Aschmunaydt war jetzt bei der bösen Konkurrenz angelangt und klang bedrohlich.

»Die sind alle bei der Mafia in die Lehre gegangen«, sagte er. »Und haben mit Auszeichnung abgeschlossen.«

Minter stand der Schweiß auf der Stirn. Er begann zu ahnen, wieviel Aschmunaydt von ihm erwartete.

Die Raumkühlung fiel mit einem Mal aus. Die Luft wurde wie Gelee. Streifs Sekretärin servierte Mineralwasser. Aschmunaydt knöpfte das Hemd auf. Ein dreieckiger Ausschnitt des schwarzgrauen Fells, das seine Brust bedeckte, wurde sichtbar. Nina hätte ihre helle Freude daran gehabt.

Streif fieberte darauf, es Aschmunaydt irgendwie heimzuzahlen. Indessen gab sein Chef Haarsträubendes über die Praktiken im amerikanischen Stahlhandel zum besten. Was er erzählte, war ein Bruchteil dessen, was Streif mitgemacht hatte. Streifs Wut schwoll an, er wünschte nur noch Vergeltung. Noch war es ein unklares Gefühl, das ihn durchlief, dem er aber noch keine klare Richtung zu geben vermochte. Er war noch zu sehr von Aschmunaydt enttäuscht, dem er bedingungslos vertraut hatte, der für ihn mehr als nur Chef gewesen war, und gepeinigt von den Demütigungen, die in der Zentrale auf ihn warteten.

Aus den Augenwinkeln beobachtete er Aschmunaydt, der die Ärmel hochkrempelte, die Arme auseinanderschwang und seine gespreizten Hände hob und senkte. Er hatte Minter etwas gefragt, der keine Antwort fand und auch keine finden konnte, da Aschmunaydts Frage nicht zu beantworten war. Minters Brille beschlug, Schweiß rann über seine Backen. Sein Hemd war durchgeschwitzt, die Kragenspitzen bogen sich. Der hellrote Krawattenknoten war naß geworden und in Weinrot übergegangen. Minter wagte es nicht, die Jacke auszuziehen oder den Schlips zu lockern.

Aschmunaydt knöpfte das Hemd bis zum Bauch auf und strich über die Brust. Er ließ Minter nicht aus den Augen, der nun etwas völlig Unverständliches stammelte. Aschmunaydts Lider zogen sich unter den erstaunlich langen Wimpern zu Schlitzen zusammen. Minter glaubte schon, daß Aschmunaydt eingeschlafen sei, doch schon fuhr dieser hoch: »Die Hitze hat Ihnen wohl das Gehirn eingetrocknet!«

»Nein, nicht«, erwiderte Minter.

»So eine Scheiße!« Aschmunaydt wischte sich mit dem Taschentuch über den Nacken. »Eine Luft wie im Puff.«

Minter grinste und traute sich jetzt, die Brille zu putzen. Streif lächelte undeutsam. Die leichten Falten auf seinen mageren Backen vertieften sich. Er wirkte freundlich, friedlich. Aschmunaydt war sich aber dessen nicht so sicher. Auch ihm war öfter verborgen geblieben, was Streif wirklich dachte. Daß Streif kaum schwitzte, regte ihn jedoch auf.

»Warum unternehmen Sie nichts«, rief er. »Kann man die Fenster nicht öffnen?«

»Die sind versiegelt«, sagte Streif. »In dieser Höhe ist das so.«

»Warum denn das?« Aschmunaydt stieß einen fränkischen Fluch aus.

»Damit niemand aus dem Fenster springt«, erwiderte Streif.

»Wegen der Versicherung«, flüsterte Minter.

Gereizt sagte Aschmunaydt: »Als erstes sorgen Sie für eine funktionierende Aircondition, Minter. Das ist ja nicht zum Aushalten, viehisch ist das.«

»Ja, viehisch«, sagte Minter.

»Einfach unerträglich!« stieß Aschmunaydt aus.

»Nicht zu ertragen«, sagte Minter.

»Sie Memme!« fuhr ihn Aschmunaydt an. »So schlimm ist es auch wieder nicht.« Er schneuzte in sein schweißgetränktes Taschentuch. Aschmunaydt litt, als wäre die Aircondition nur deshalb ausgefallen, um ihn ganz persönlich zu quälen. Eine solche Panne hatte in einem derart teuren Büro nicht vorzukommen.

Streif hatte Aschmunaydt noch nie leiden gesehen. Zusammen waren sie im Jeep von Kabul über den Khyberpass nach Peshawar gefahren und hatten sich auf Kamelen durch den Sinai schaukeln lassen. Touren mit dem Anstrich von Abenteuer, die aber nicht so abenteuerlich waren, wenn man sie in allen Einzelheiten vorbereitete, so wie es sich für Vorstände auf Reisen gehörte. Anstrengend waren sie trotzdem gewesen, doch hatte Aschmunaydt nie geklagt. Nichts war ihm zuviel gewesen, Hitze, schmerzende Glieder, gebratene Hammelhoden oder gekochte Schafsaugen. Ein Sandsturm hatte ihn keine Miene verziehen lassen. Den Kopf in Tücher gehüllt und einen Schwamm vor dem Mund, hatte er einen halben Tag auf dem Boden gehockt, während feinster Sandstaub wie aus einem Sandstrahlgebläse durch das Zelt geblasen wurde. Er hatte alles klaglos hingenommen, weil er auf alles gefaßt gewesen war und sogar gehofft hatte, daß etwas passierte.

Um so erstaunter war Streif jetzt, einen leidenden Aschmunaydt vor sich zu sehen. Streif machten Hitze und Schwüle nichts aus. Im Gegenteil, sie belebten ihn. Nur auf Kälte reagierte er empfindlich.

Ohne daß es Streif bewußt war, hatte ihm Aschmunaydt eine Spur gewiesen. Bis er diese erkennen würde, mußte er jedoch den ätzenden Geschmack der Niederlage noch sehr viel gründlicher ausgekostet haben. Täglich tausend Stiche, das kannte er noch nicht, oder die Einsamkeit, in der sich die Wut ballte und Hemmungen davonspülte.

Minters Jacke war durchgeschwitzt, tellergroße Flecken breiteten sich von den Achselhöhlen über Arme und Rükken aus. Seit dem letzten Rüffel Aschmunaydts hatte es Minter nicht gewagt, die Stimme zu heben.

Aschmunaydt dozierte über die Probleme der Personalführung in einer großen Gesellschaft, und eine solche übernahm Minter, wenn auch nur für kurze Zeit. Jetzt gab ihm Aschmunaydt bloß noch neun Monate, bis er vom Sperrfeuer der Zentrale waidwund geschossen sein würde. Es ließe sich auch einrichten, daß er den Fangschuß von den übernommenen KEO-Leuten erhielte. Aschmunaydt dachte an Madorek, doch würde ein Teil dieser famosen Manager mit Minter über die Wupper gehen. So wurden Rausschmisse von Stabsbullen in der Zentrale bezeichnet.

»Sie werden dreitausend Mitarbeitern ein Vorbild sein«,

sagte Aschmunaydt. »Wir erwarten von Ihnen eine Menge organisatorischer Veränderungen.«

»Ordnung muß sein.« Minter nickte. Streif dachte an den Unsinn, den Minter in seinen Zirkularen verbreitet hatte.

»Der Job ist Ihnen wie auf den Leib geschnitten.« Aschmunaydt rieb sich die Hände. »So hochkarätig, wie Sie in diesem Metier sind.«

Minter dankte höflich, der untertänige Ton reizte Aschmunaydt, der nun bemerkte: »Sie werden restrukturieren.«

Minter zuckte zusammen: »Sie meinen, entlassen?«

»Sie werden nicht zu knapp hinlangen müssen.«

»Wie ist der Personalchef?« fragte Minter. »Wir brauchen einen guten.«

»Und Anwälte«, fügte Streif hinzu. »Personalprobleme gibt es nur bei der KEO.«

Aschmunaydt wollte Streif schon über den Mund fahren, da setzte die Aircondition wieder ein. Erst war es ein zunehmendes Knacken, das dann leiser wurde und in ein gleichbleibendes Summen überging. Wie ein Eishauch fielen die ersten kalten Luftwellen auf die drei Männer herab. Aschmunaydt fröstelte und knöpfte das Hemd zu. Minter hatte schon wieder eine Zigarette angezündet, verschluckte sich und bekam einen Hustenanfall.

»Hören Sie zu qualmen auf«, herrschte ihn Aschmunaydt an. »Ich möchte nicht wissen, wie Ihre Lunge aussieht.«

Minter drückte die Zigarette aus und versuchte zu lachen, doch wurde nur ein Krächzen daraus. Streif dachte voller Widerwillen an das Mittagessen mit den Direktoren der American Corpus und der KEO. Noch war er ihr aller Präsident, der Bevollmächtigte der AG in den Staaten. Aschmunaydt hielt bestimmt eine Rede – vor der graute es Streif am meisten.

Das Essen für Streif und Minter fand in einem Club statt, in dem mit einer Art ausgeleierter Tennisschläger auf Filzbälle gedroschen wurde. Nur Engländer konnten sich das ausgedacht haben. Der Klub war alt, jedenfalls für amerikanische Verhältnisse. An den Wänden mahnte gerahmte Tradition zu Gelassenheit.

Aschmunaydt hatte sich vor dem Essen massieren lassen, ausgiebig geduscht und ein Wässerchen über sich versprüht. Er genoß es, massiert zu werden, besonders von jungen Frauen. Als letzter stieß er zu den Geladenen, die in einem Raum des Clubs um einen mit Wachsblumen dekorierten Tisch herumstanden. Minter unterhielt sich mit dem Kaugummi kauenden Williams, den Aschmunaydt am liebsten als ersten entlassen hätte. Er hatte sich absichtlich verspätet. Durch seine Abwesenheit war er um so gegenwärtiger geworden. Streif trat auf ihn zu. Unter seinen Augen lagen Ringe.

»Na endlich.« Er hätte gern auf diese Abfütterung verzichtet, aber Aschmunaydt hatte auf dem Mittagessen bestanden. Die Riten der AG verlangten das, auch wenn einer vorzeitig und unrühmlich abgezogen wurde.

Streif stellte Aschmunaydt jedem der Anwesenden vor, obgleich das nicht nötig gewesen wäre. Aschmunaydt verfügte über ein ausgezeichnetes Namensgedächtnis, das er sich anerzogen hatte. Er schüttelte zwölf Hände. Den Druck der KEO-Direktoren spürte er stärker als den der Deutschen.

Sie setzten sich. Minter und Streif saßen zu seiten von Aschmunaydt, der Kommende und der Scheidende. Keiner zweifelte daran, daß Streif in Ungnade gefallen war. Es kursierten bereits die unglaublichsten Gerüchte, die um so unglaublicher waren, da Streif sich als kluger und beliebter Chef erwiesen hatte.

Sicherlich sprach er öfter einmal wie aus der Ferne, aber

zuhören konnte er, und Entscheidungen schob er nicht auf.

Aschmunaydt führte das Messer an sein Glas. Die Stimmen verstummten. Über seine Rede hatte er nicht nachgedacht, viel wollte er ohnehin nicht sagen.

Er hieß Minter willkommen, wünschte ihm Glück und Erfolg und einige Unwahrheiten mehr. Er hörte nicht auf, von Minters Geschick zu sprechen, und gestand diesem Qualitäten und Erfahrungen zu, die Minter nicht haben konnte, über die Streif jedoch im Übermaß verfügte. Aschmunaydt ließ Minter in einem Licht erstrahlen, das dieser nie entfachen würde, in dessen Schein jedoch Streif viele Jahre gestanden hatte. Er belud Minter mit Vorschußlorbeeren, die Streif als Anerkennung verdient hätte, und setzte Erwartungen in Minter, die dieser nie erfüllen würde, und noch immer blieb Streif unerwähnt.

Endlich fand Aschmunaydt einige freundliche Worte für ihn. Er wünschte ihm Kraft und Ausdauer für neue Aufgaben, die den ganzen Mann erforderten, als hätte Streif das nicht viele Male bewiesen.

Auf dem Weg zum Flughafen blieb Aschmunaydt einsilbig. Streif und Minter begleiteten ihn, so wie es sich gehörte. In Minter pulsierte Tatendrang. Seine Frohgestimmtheit nervte Aschmunaydt und Streif.

Dem werden sie noch gehörig die Fresse polieren, dachte Aschmunaydt, und Streif hätte am liebsten laut »aufhören!« gerufen.

Beim Abschied gerieten alle drei ins Stocken. Aschmunaydt wollte nur noch von den beiden Männern weg, vor allem von Streif, der in Gedanken bei Nina war, aber auch von Minter, den sein Aufstieg sichtlich benebelte.

»Vielen Dank für alles!« rief er Aschmunaydt unterwürfig nach.

5

Als Streif nach Hause kam, lag Nina in einem Malerkittel bäuchlings auf dem Sofa und telefonierte. Sie sprach Spanisch. Streif berührte mit den Lippen ihre Stirn, sie redete weiter. Die Venteras waren auf Durchreise in New York. Streif hörte die Namen von Freunden und Bekannten, das Neueste aus Caracas, den allerletzten Klatsch. In der Küche setzte er Wasser auf. Er wollte Kaffee trinken, den Alkohol hob er sich für später auf. Wie sollte er nun Nina das Desaster beibringen, in kleinen Schüben oder alles auf einmal? In drei Tagen würden sie in ein Flugzeug nach Deutschland steigen.

Er stützte sich auf die Fensterbank und blickte auf eine Brücke, deren geschwungene Eisenträger Schatten auf das Wasser warfen. Er war versucht, das Gespräch auf den nächsten Tag zu verschieben. Er hätte einen Abend gewonnen, an dem er so getan hätte, als sei alles in Ordnung. Wie oft hatte er die Wahrheit von Mitarbeitern ferngehalten und Panik vermieden. Er hatte dabei Zeit gewonnen, um sich arrangieren zu können, während ihm Aschmunaydt in der AG den Rücken freigehalten hatte.

Streif goß kochendes Wasser in die Tasse. Schäumend stieg der Kaffee auf. Nina telefonierte noch immer. Er nippte an dem Kaffee, der heiß durch seine Kehle lief, und entschloß sich, jetzt gleich mit ihr zu reden.

Am liebsten hätte er Nina den Hörer aus der Hand gerissen. Nun war von einem gewissen Gonzalo Frana die Rede, einem berufsmäßigen Bankrotteur, der weiterhin in Freuden lebte. So einer imponierte Nina. Alle, die sich bewegten, kraftvoll lebten und geschickt an etwas drehten, durften sich ihrer Bewunderung sicher sein. Eben die Macher, dachte Streif.

Hätte er zusammengezählt, was er alles für Corpus auf

die Beine gestellt hatte, wäre er leicht in diese elitäre Kaste einzugliedern gewesen. Er hatte jedoch nie ein Wort darüber verloren, der heile Schein der AG mußte gewahrt bleiben.

Streif leerte die Tasse, sah aus dem Fenster und nahm kaum wahr, daß auf der Brücke zwei Busse ineinander verkeilt waren.

Endlich legte Nina auf. »Rate mal, wer hier in New York ist.«

»Gonzalo Frana«, sagte er, der es natürlich nicht war, doch nun erfuhr er, daß dieser das Luz Celeste, den schicksten Nachtclub in Caracas, eröffnet hatte.

»Also, wer ist es?«

»Jorge und Martha«, erwiderte sie beglückt. »Sie kommen gleich vorbei, wir gehen mit ihnen essen.«

»Liebling.« Er lispelte vor Aufregung und trippelte auf sie zu. Nina fiel das, hochgestimmt, wie sie war, nicht auf. Die Venteras waren ein Ehepaar, mit dem man sich sehen lassen konnte, und ihn, Jorge, den Haciendero und Polospieler, hatte sie schon immer in ihr Herz geschlossen.

»Liebling!« Streif machte vor ihr halt.

»Ist was, wie siehst du denn aus?«

»Wir verlassen New York.«

Er war erleichtert, jetzt war es heraus. Nina sah ihn an, als wäre er ihr auf den Fuß getreten. Sie wollte es nicht glauben, das durfte nicht sein.

»Du bist wohl nicht gescheit«, rief sie. »Bist du betrunken?«

»Nicht im geringsten.« Streif suchte den Arm um sie zu legen, den sie abschüttelte.

»Gib zu, daß das nur einer deiner unkomischen Witze ist?«

»Es ist leider so.« Er setzte sich neben sie.

»Und wohin geht die Reise?« Sie richtete sich kerzengerade auf und rückte von ihm ab.

»Zurück in die Zentrale.«

Sie spürte, daß es ihm ernst war, und rang mit der sie anfallenden Panik. »Wer hat sich das ausgedacht?«

»Aschmunaydt«, sagte er so haßerfüllt, daß sie zusammenfuhr.

»Aschmunaydt«, flüsterte sie und bereute auf der Stelle, mit dem so enthaltsam umgegangen zu sein. Hätte sie sich nicht so keusch verhalten, hätte er ihr aus der Hand gefressen, und New York wäre ihr sicher gewesen. Aber freundlich und charmant hatte Aschmunaydt immer liebenswürdig Abstand gehalten.

»Aschmunaydt«, sagte sie laut. »Dieses Schwein!«

»Der ist noch ganz was anderes.«

»Was denn?« Die Wut drohte sie zu überwältigen.

»Ach.« Streif fehlten die Worte.

»Ach!« echote sie. »Du hast schon aufgegeben, weil es unserem Herrn Aschmunaydt in den Kram paßt.«

»So ist es nicht!« rief er.

»Wehr dich!« kicherte sie. »Schlag zurück!« Sie rang nach Luft. »Aschmunaydt hat dich abgesägt, nach all den Jahren, in denen er dich ausgenützt hat.«

»Ich wurde nicht abgesägt.« Streif konnte noch nicht zugeben, daß es so war.

»Du bist es aber, man braucht dich doch nur anzuschauen.« Sie ließ ihrer Wut freien Lauf, sie tobte. Streif suchte sie zu beruhigen und wollte sie in die Arme schließen. Doch sie ließ ihn nicht an sich heran.

Es dunkelte, um sie herum leuchteten Millionen von Lichtern auf. Der Stau auf der Brücke hatte sich aufgelöst. Über die Terrasse strich der Abendwind, die Büsche bogen sich. Nina war still geworden und sah um sich. Sie dachte nicht daran, das alles aufzugeben, sang- und klanglos zu verduften, nur weil Aschmunaydt das so wollte.

»Wann hörst du auf?« fragte sie.

»Morgen.« Er kam sich wie ein Arbeitsloser vor.

»Wann reist du ab?«

»Wir fliegen am Wochenende.« Er legte Bestimmtheit in seine Stimme. Flehen und Flennen hätten nicht geholfen.

»Wann fliegst du, Samstag oder Sonntag?«

»Wann wir wollen.«

»Wenn du willst.« Sie betonte das Du unnötig stark.

»Wann kommst du nach?« fragte er und war ihr bereits entgegengekommen. Streif hing an Nina mit der Beharrlichkeit eines Elefanten. Er wollte sie nicht verlieren und fürchtete, daß dies bei zu starkem Widerstand in einer für sie wichtigen Entscheidung geschehen konnte. Nina mit allen ihren Fehlern, um nichts in der Welt hätte er ohne sie leben wollen. Sie war es, die sein Leben bereicherte, obwohl er ihretwegen oft stöhnte.

»Ich bleibe«, sagte Nina.

»Hast du dir das überlegt?«

»Ich will hier sein, und nur hier.«

»Allein?«

»Ganz allein.« Jetzt wurde sie weicher, ging sanfter mit ihm um und sagte, daß sie schon immer eine große Gemeinheit von der AG erwartet hätte. Es sei geradezu ein Wunder, daß alles so lange gutgelaufen sei. Aschmunaydt hätte sie nie über den Weg getraut, der ginge, so skrupellos, wie er sei, über Leichen. Sie rutschte an Streif heran und streichelte seinen Hals.

»In der AG haust du auf den Putz«, sagte sie. »Du mußt dich spreizen, denen mußt du von ganz links kommen. Du drohst mit dem, was du alles unter den Teppich gekehrt hast. Das sollen sie dir vergolden.«

Streif durchfuhr eine Idee, eher war es noch ein Einfall, über den er nachdenken wollte. Nina strich über seine kurz geschnittenen Locken. »Es ist höchste Zeit, denen die Zähne zu zeigen. Aschmunaydt mußt du die Hölle heiß machen. Was glaubt der eigentlich? Erst läßt er einen viele Jahre hinter Geschäften herhecheln, und wenn es ihm in den Kram paßt, hält er die Uhr an.« Sie küßte Streif. »Nein!« rief sie dann, »wenn du dir das gefallen läßt, bist du selbst schuld! Du mußt nur wirklich wollen.«

»Was glaubst du, was ich alles will.« Daß er am meisten wünschte, sie käme mit ihm, ließ er ungesagt. Es wäre zwecklos gewesen. Sie schickte ihn in einen Krieg, aus dem er nur als Sieger heimkehren durfte, einen Krieg gegen Aschmunaydt, im Grunde gegen die ganze AG.

»Du schaffst es schon«, sagte sie. »Aschmunaydt hat mit uns gemacht, was er wollte, aber damit ist jetzt Schluß.«

Nina dachte nicht daran, sich weiter von Männern wie Aschmunaydt gängeln zu lassen. Sie wußte allerdings nicht, warum er Streif hatte fallenlassen.

Streif fragte sich auch an diesem Abend, woher Nina ihre Kraft nahm. Aber eigentlich wußte er es seit langem, und auch das fesselte ihn an sie. Nur wenn es sich um sie bis zur Atemlosigkeit drehte, war sie glücklich. Sie hielt den Spruch, die Welt sei schlecht, für dumm. Dafür gäbe es zu viele gute Dinge, auf die man nicht verzichten sollte.

Dann standen die Venteras vor der Tür, sonnengebräunt und voller Unternehmungslust. So unbeschwert, wie Nina sich mit ihnen unterhielt, hätte ihr niemand das soeben mit Streif geführte Gespräch zugetraut. Nur die Venteras schienen jetzt wichtig zu sein. Wie alle, die zum ersten Mal das Penthouse betreten hatten, stießen auch sie die üblichen Ah- und Oh-Rufe aus, und auch sie hielten die Streifs für ein von Gott begünstigtes Paar. Streif suchte erneut sein Heil in einigen Whisky-Sodas. Was er über Caracas hörte, interessierte ihn nicht, der Inflation war nicht beizukommen, geschoben wurde mehr als zuvor, und das Wer-mit-Wem war ihm schon immer gleichgültig gewesen. Getrieben von Zorn und Verbitterung, liefen seine Gedanken im Kreis. Er tat so, als hörte er zu, und lachte ein paar Mal an der falschen Stelle, aber es fiel nicht weiter auf, da Nina stets abzulenken wußte.

Aufrecht, mit gekreuzten Beinen, thronte sie auf einem Kamelsattel. Ihr Spanisch war fehlerlos und ihre Laune glänzend. Sie schien wieder in Caracas zu sein.

Später gingen sie aus. Das Restaurant war derartig teuer, daß es für Damen und Herren verschiedene Speisekarten gab. Auf der Damenkarte fehlten die Preise. Solche Lokale waren Aschmunaydt zuwider, der am liebsten Beefsteak mit Bratkartoffeln und zum Nachtisch Quarkspeise mit Früchten aß.

Von verschiedenen Tischen winkten die Frauen, nickten die Männer herüber. Die Venteras fanden, daß die Streifs in New York zu Hause waren, so wie es vorher in Caracas, Casablanca und anderswo gewesen war.

Ihr könnt mich alle, dachte Streif und nahm eine tiefen Schluck vom Roten, dem teuersten Wein, den ihm der Kellner empfohlen hatte. Aus Wut über Aschmunaydt hatte er ihn bestellt.

Streif zahlte mit der Kreditkarte der Firma. Morgen würde er sie abgeben müssen.

Kampe dachte öfter an Streif und Nina. Er ahnte, daß sie ihm beide noch nützlich werden konnten, und befürchtete, Streif würde kündigen. Er ging auf seinen großen Firmen-BMW zu, der auf dem Parkplatz für Vorstände vor dem mittleren der drei silbernen Bürotürme stand. Um diese flatterten an hohen Masten grün-gelbe Corpusfahnen, auf die das Logo des Konzerns gedruckt war, ein rauchender Schornstein, der aus einem Viereck ragte.

Brunshammer, Kampes Fahrer, war mit Frau Kampe in deren Wagen unterwegs. Kampe fuhr am liebsten selbst. Er war auf den Chauffeur schon morgens eifersüchtig, wenn dieser ihn in die AG brachte. Bis zum Abend hatte er sich meistens etwas ausgedacht, um den Fahrer loszuwerden.

Kampe ließ ihn alles mögliche besorgen oder überließ ihn seiner Frau. Als Brunshammer Holz hacken sollte, hatte er sich jedoch geweigert.

Kampe liebte es, über die Autobahn, durch das Bergische Land oder hinauf zu dem Jagdhaus im Hochsauerland zu rasen, das er mit seinem Schwiegervater, Professor Fauenkirk, teilte, der ihn dazu gezwungen hatte. Auf der Jagd, so Fauenkirk, gewönne man zehnmal bessere Beziehungen als je beim Golf.

Kampe hatte Rallyes gefahren und einige auch gewonnen. Verpaßte er ein Formel-I-Rennen im Fernsehen, hatte er am nächsten Tag schlechte Laune. Seinen Jaguar, den Maserati und den Ferrari liebte er, als wären sie seine Kinder, was ihm der Schwiegervater insgeheim übelnahm, der noch immer gern Großvater geworden wäre. Doch dafür war es nun zu spät. Frau Kampe, Fauenkirks einziges Kind, war nur wenige Jahre jünger als ihr Mann. Fauenkirk bestand inzwischen auf Adoption von zwei Kindern zwischen fünf und zehn, worum sich Kampe bisher herumgemogelt hatte. Doch sonst hatte er alles klaglos auf sich genommen, was der Schwiegervater von ihm verlangt hatte, und er verlangte dauernd etwas.

Frau Kampe pflegte zu sagen: »Ohne den Alten würdest du sehr viel kleinere Brötchen backen.« Und so war es auch. Die Beziehungen Fauenkirks reichten in die Vorstände und Aufsichtsräte der meisten großen Unternehmen in der Bundesrepublik und in die Spitzen der wichtigen Parteien.

6

Als Streif am nächsten Morgen sein Büro betrat, war ihm Minter wieder zuvorgekommen. Mit gekrümmtem Rükken hockte er über einer Akte. Seine Lippen zuckten beim

Lesen. Mit Daumen und Zeigefinger zwirbelte er die äußere Ecke eines Schriftstücks, das er studierte, und sah aufreizend ausgeschlafen aus. Er hatte sich die KEO-Akte vorgenommen, wobei er natürlich nicht wußte, was sich bis zum Abschluß des Vertrages zwischen der AG und der KEO abgespielt hatte.

»Lesen Sie ruhig weiter.« Streif streckte sich.

Nach dem Abendessen waren die Streifs mit den Venteras in eine bekannte Bar gezogen und von dort in eine unbekanntere, die von denen besucht wurde, die sich in New York wirklich auskannten.

Minter bestellte bei der Sekretärin starken Kaffee, jedoch nur eine Tasse, und zwar für Streif. Die ersten vierzehn Paragraphen des unglückseligen Vertragswerks kannte er schon fast auswendig.

»Das meiste wissen Sie bereits«, sagte Streif und schlürfte Kaffee.

»Man kann nie genug wissen«, entgegnete Minter. Wie recht er hat, dachte Streif und war nicht darauf aus, Minters Wissen zu erweitern. Guten Mutes sollte er in die Fallen stolpern, die ihn erwarteten.

Streif pries die Entscheidung, die KEO erworben zu haben, und sprach von Chancen und zukünftigen Entwicklungen, von denen Minter, und das war sicher, nichts haben würde. Dieser hörte geduldig zu und fragte sich, warum Streif gestürzt worden war. In der Zentrale hatte es geheißen, Streif habe sich ungeschickt benommen und sich mit Aschmunaydt überworfen. Der tödliche Ausgang dieses Zerwürfnisses war nun bekannt. Tödlich, weil Streif für die Zentrale gestorben war. Wen Aschmunaydt einmal geschlachtet hatte, der war nie wieder aufgestanden.

Minter lenkte das Gespräch auf Aschmunaydt. Was er von Streif aufgetischt bekam, war das Bild eines gütigen, verständnisvollen Mannes, dessen Klugheit und Weitblick beispielhaft waren. Aber so leicht ließ sich Minter nicht abspeisen.

Er mißtraute Streif und wußte nicht, was er glauben sollte. Sein Mißtrauen war schon deshalb berechtigt, weil in der AG keiner keinem traute und Nachfolger ihren Vorgängern schon überhaupt nichts glauben durften. Streif setzte dem Charakter Aschmunaydts einige Zacken auf.

»Manchmal«, sagte er sinnend, »kann er auch ziemlich ruppig sein.«

»Ruppig!« rief Minter.

»Und tückisch!«

»Bitte nicht das.«

»Warum denn nicht? Überlegen Sie, mit was er täglich fertig zu werden hat! Da muß er sich schon ein bißchen anpassen.«

»Aber nicht tückisch sein.«

»So meinte ich das auch nicht. Ich dachte nur an die Tücken, mit denen er dauernd zu tun hat.«

»Das wäre geschickt«, rief Minter.

»Dann ist es eben das.« Streif stand auf und blickte in den graublauen Himmel. Ein Flugzeug senkte sich auf die Stadt und zog über ihm vorbei. Wann würde er nach New York zurückkehren? Erster Klasse, dachte er, nur das darf es sein. Wieder spürte er diesen unbändigen Wunsch nach Vergeltung. Er konnte sich nicht erinnern, jemals von diesem Gefühl besessen gewesen zu sein. Minter hatte Kaffee bestellt, wieder nur für Streif. Er rauchte Kette, aber vor Kaffee hatte er Angst. Sie sprachen nun über dies und jenes, Streif rückte mit nichts heraus, schwieg sich auch über Kampe aus, den Minter für hervorragend hielt. Streif lobte die Kollegen in der Corpus America und teilte nicht einen Hieb aus. Man hätte meinen können, daß sie ein Team von fehlerlosen Könnern bildeten.

Minter war jedoch immer weniger bei der Sache, zunehmend wurde er von seinen Gedanken über Aschmunaydt beherrscht. Vierzehn Jahre hatte er in der Zentrale gebukkelt. Der Schrecken der Vorgesetzten war nicht spurlos an ihm vorbeigegangen, und jetzt war er Aschmunaydt direkt unterstellt worden, der für ihn eine Legende war. Fasziniert vom eigenen Aufstieg, dachte er mehr an Aschmunaydt als an seine neue große Aufgabe. Unverbindlich zu gefallen, damit war er weit gekommen. Während er Aufgeschnapptes über Aschmunaydt verbreitete, erwähnte er etwas, das Streif aufhorchen ließ. Seit einigen Wochen lebe Aschmunaydt allein, seine Frau sei schwer erkrankt und liege in einer Klinik.

»Woher wissen Sie das?« fragte Streif.

Minter schwieg, Quellen verriet man nicht. Chefs und Frauen, das heizte die Phantasie an. Wer darüber etwas wußte, konnte eines Tages im Vorteil sein. Minter hoffte, in New York auf eine Goldmine zu stoßen. Ausgerechnet Aschmunaydt wollte er auf die Schliche kommen.

»So, so«, murmelte Streif. »Er lebt also allein.«

»Wie er das aushält?« fragte Minter glitschig und lachte auch so.

»Was soll er denn aushalten, glauben sie, der will noch jede Nacht vögeln?«

»Schön wäre es schon.«

»Lassen Sie das mal seine Sorge sein.« Streif ging auf die Toilette. Er wußte nicht, was er mit der Nachricht anfangen sollte, daß Aschmunaydt momentan allein lebte. Er kannte das Haus der Aschmunaydts. Bei jedem Besuch der AG war er von ihm eingeladen worden. Manchmal war auch Nina dabeigewesen. Sie hatte die Villa jedesmal spießiger gefunden. Stieg Aschmunaydt in den Keller, um einen edlen Tropfen auszusuchen, wie er zu verheißen pflegte, hatte Streif gespürt, was ihn von ihm trennte, obgleich er ihn wie einen Vater verehrt hatte. Prost gerufen, hoch die klirrenden Gläser, sich nickend in die Augen geschaut – das war nie seine Welt gewesen.

Er lebt also allein, fuhr es Streif erneut durch den Kopf.

Minter versuchte nun, Aschmunaydt als Betörer schöner Frauen darzustellen, um Streif zu verleiten, etwas von seinem Wissen preiszugeben. Er war überzeugt, daß Streif viel über Aschmunaydt wußte.

»Ist Ihnen nie seine Nase aufgefallen?« fragte er lauernd.

»Na und?«

»Männer mit solchen Zinken sollen es wild treiben«, sagte Minter, dessen Nasenspitze wie ein Hühnersterz nach oben gerichtet war.

»Wo haben Sie nur diese Sprüche her?«

»Es ist aber so«, erwiderte Minter trotzig. Plötzlich wechselte er in eine vertrauliche Tonart über und bedachte Nina mit Komplimenten. Wie hübsch, gewandt, ja geistreich sie sei und wie geschickt sie sich gesellschaftlich bewege, sei in der AG bekannt. Dann hatte er die Stirn zu fragen, ob es denn wahr sei, daß Aschmunaydt ihr sehr zugetan sei.

Jetzt reichte es Streif: »Was glauben Sie eigentlich, so beschränkt kann man doch nicht sein!«

Minter lehnte sich grinsend zurück. Er war sich nun seiner Sache sicher und bemerkte, daß es ohne Rauch kein Feuer gäbe.

»Haben Sie noch alle Tassen im Schrank?« brüllte ihn Streif an.

»Aber ganz sicher, sonst wäre ich nicht dort, wo ich jetzt bin.«

»Aber natürlich, das zeichnet Sie aus.« Streif lenkte ein, nichtige Auseinandersetzungen focht er selten aus. Weil, so sagte er sich, man mit qualmenden Trümmern nichts anfangen kann. Streif war klug, wirkte manchmal ein bißchen träge und leicht zerstreut. Die AG hatte ihn Tag und Nacht beschäftigt, doch nun nicht mehr. Jetzt beherrschte Aschmunaydt seine Gedanken, der allein in seiner Villa lebte. Morgens holte ihn der Chauffeur ab und brachte ihn abends wieder zurück, wenn er nicht verreist war.

Über Mittag blieben Streif und Minter im Büro und aßen Sandwiches. Minter war obenauf. Er fühlte sich als Sieger und ließ Streif bei jeder Gelegenheit spüren, daß es in der AG nicht gut um ihn stand. Sie blieben den Nachmittag über zusammen. Streif verriet keinen seiner Tricks, aber die hätten Minter auch nicht geholfen. Winkelzüge, Rückzüge und unerwartetes Austeilen von Schlägen lernt man nicht innerhalb weniger Stunden. Minter erzählte von Intrigen und Machtkämpfen in der AG, an denen er zu keiner Zeit teilgenommen hatte. Ab und zu erwähnte er Aschmunaydt, auch Kampe und einmal dessen Schwiegervater. Minters erfolglose Versuche, Streif auszuhorchen, endeten durchwegs in Ankündigungen, was Streif daheim alles an Frust erwartete.

Zum Abendessen waren Nina und Streif bei einem Reeder eingeladen. Nina erzählte allen, daß sie vorerst in New York allein leben werde. Ihr Mann sei nach Düsseldorf gerufen worden, um sich auf einen Mordsjob vorzubereiten. Wer zugehört hatte, nickte scheinheilig anerkennend. So plötzlich, dachten die meisten, und manche hielten ihre Anspielungen auch nicht zurück. Streif war nicht aus der Ruhe zu bringen, obwohl er zuviel trank. Er sagte immer das gleiche, daß er über die neue Aufgabe noch nicht reden mochte: »Der Neid kennt keine Grenzen, das kennen Sie doch.«

Am frühen Morgen fuhr er mit Nina nach Hause, es waren fast nur noch Taxis und Müllwagen unterwegs. Am Horizont schimmerte das erste Grau. Streif fragte sich ernsthaft, was eigentlich in ihn gefahren war, ob er nicht übertrieb und Aschmunaydt zu einer Besessenheit wurde. Schon sah er ihn im Blut schwimmen, im Wohnzimmer seiner Villa vor dem türkisen Kamin oder in seinem Studio, über dem Schreibtisch zusammengebrochen mit von sich gestreckten Armen. In diesem Raum hatte Streif mit Aschmunaydt so manchen Deal ausgeheckt.

Unsinn, dachte Streif, doch zügelte er seine Phantasie nicht, bis Nina sagte: »Ich werde nicht umziehen, das kommt nicht in Frage. Abstieg ist unverzeihlich.«

»Und wer soll das hier zahlen?«

»Wir haben doch gespart.«

Streif bremste vor Schreck. Was er auf der Seite hatte, war nicht viel. Die Ferienwohnung in Fort Lauderdale war erst zu zwanzig Prozent bezahlt und ließ sich schlecht vermieten. Der Rest steckte in Aktien, deren Kurse gerade wieder gefallen waren. Das Gefühl einer gewissen finanziellen Unabhängigkeit hatte er nie gekannt. Seine Eltern waren beide Journalisten gewesen, die über ihre Verhältnisse gelebt und kaum etwas hinterlassen hatten. Das große Ding, mit dem Streif die AG immer wieder hätte ausnehmen können, war für ihn mit seinem Stolz unvereinbar gewesen. Er gehörte zu denen, ohne die die AG nicht auskam, ein ehrlicher Gauner, durch dessen Hände sehr viel Geld gelaufen war, der hohe Schmiergelder und enorme Kickbacks ausgezahlt hatte, ohne daß er eine Mark in die eigene Tasche gesteckt hätte.

»Du weißt, daß wir nicht viel haben.«

»Warum eigentlich?«

»Nina!« rief er. »Bitte tu nicht so! Wir haben volle Pulle gelebt und das Sparen für später aufgehoben.«

»So toll war es auch nicht. Aschmunaydt hat dich bei den Gehaltserhöhungen immer hängenlassen.«

»Nein, das stimmt überhaupt nicht.«

»Verwöhnt hat er uns jedenfalls nicht. Der denkt doch nur an sich.«

Streif schwieg, es war zwecklos, mit Nina über Geld zu reden. Sie allein in New York, ihre großzügige Art zu leben, die Miete, das würde sie finanziell ruinieren. Aber Nina plante voraus. Zum Mittagessen hatte sie sich bereits gestern mit Jerry Calderleen getroffen, einem Börsenmakler, der schon lange hinter ihr her war. Nina war ihm endlich entgegengekommen, und auch die Börse war nach Wunsch gelaufen. Es war ein Glückstag für Jerry, den sie angerufen hatte, obschon er nicht mehr der Jüngste war und sich kaum noch Hoffnungen auf Nina gemacht hatte. Zweifellos zog Nina weniger betagte Männer vor, aber die Älteren und die noch Älteren hatten auch ihre Vorteile. Sie waren großzügiger, sanfter, und Nina konnte mit ihrer Jugend kokettieren.

Streif ging quer durch das Wohnzimmer auf die Bar zu, goß Scotch über die Eiswürfel, leerte das Glas und trat wieder auf die Terrasse. Er stützte sich auf das Geländer. Die Stadt schien ihm entgegenzufliegen. Ihm war, als schwebte er über einem Meer von Lichtern.

»Bist du noch gescheit?« Nina drückte sich an ihn und zog ihn zum Schlafzimmer, streichelte seine Wangen und öffnete die Hose, doch sein Glied rührte sich nicht.

»Das wird schon«, flüsterte sie und fing an, ihn auszuziehen. Stocksteif lag er später neben ihr im Bett. In seinem Kopf pulsten der Alkohol und Aschmunaydt. Wieder hatte Streif das Gefühl zu schweben. Er bewegte sich durch die Villa auf den türkisfarbenen Kamin zu. Aschmunaydt empfing ihn allein. Er streckte die Arme aus, hob und senkte sie. Doch ordnete er nichts an und kritisierte auch nicht. Jetzt bettelte er, flehte Streif an und ließ die Arme fallen. Er rang die Hände und faltete sie schließlich.

Nina beugte sich über Streif. Sie ging mit ihm wie mit einem Kranken um. Von Männern verstand sie wirklich etwas, und von dieser Erfahrung bekam Streif das Beste zu spüren. Er krümmte sich.

Streif wachte spät auf. Nina schlief immer noch. Vorsichtig stieg er aus dem Bett. In der Küche aß er Joghurt, dann suchte er im Eßzimmer in den Schubladen einer Kommode. Die Pistole fand er zwischen alten Briefen seiner Eltern. Die Sig Sauer hatte er in Damaskus gekauft. Nie war er gezwungen gewesen, die Waffe zu ziehen. Aber geübt hatte er, nachts in den Gärten der Häuser, in denen er mit Nina gelebt hatte. Ob in Caracas, Teheran oder sonstwo, hielt eine Waffe Einbrecher ab. Es sprach sich schnell herum, wenn eine Pistole im Haus war.

Streif wog die Sig Sauer in den Händen. Früher war er sich dabei immer ein bißchen lächerlich vorgekommen, jetzt nicht mehr.

Mittags war Streif zum letzten Mal in seinem Büro, in dem Minter hinter dem Schreibtisch saß. Streif beglückwünschte ihn. Minter lächelte zufrieden, er genoß die neue Macht. Wenig später erschien ein Notar. Streif unterschrieb mit kaum zitternder Hand. Nun war Minter der Präsident der American Corpus, und Streif war es gewesen. Minter schlug vor, im Tribeca Grill Mittag zu essen. Streif hatte keine Lust, und Minter ließ Hot Dogs kommen. Minter bestrich die Wurst mit Senf, leckte an ihr, bevor er in sie hineinbiß, und fragte dann: »Hat Kampe Sie öfter besucht?«

»Öfter.«

»Er war dabei, als die KEO gekauft wurde.«

»Dabei war er, aber eigentlich auch nicht.«

»Wie denn das?«

»Ist doch egal, er wurde seekrank.«

»Wie sind Sie mit Kampe ausgekommen«, fragte Minter, der vor diesem noch größere Angst als vor Aschmunaydt hatte.

»Er liebt mich.« Streif schluckte den Rest der Wurst herunter.

»Wenigstens einer«, sagte Minter.

7

Streif wartete mit Nina in der Schlange vor dem Schalter der Fluggesellschaft. Er versuchte nicht an das zu denken, was vor ihm lag, auch nicht an Aschmunaydt. Noch nie war er sich vor Nina derartig gedemütigt vorgekommen, doch zeigte er nicht seine Gefühle. Sie flüsterte, er dürfe sich nicht unterkriegen lassen, er müsse ihr das versprechen, und Streif versprach es ihr. Sie lehnte sich an ihn. Er zog sie mit sich zum Schalter. Das Übergepäck wurde anstandslos eingecheckt, noch war er VIP.

Beim Abschied umarmten sie sich hastig. Nina hatte feuchte Augen. Streif drehte sich schnell um, eine Rolltreppe transportierte ihn in die Höhe. Nina, klein und zierlich, wurde immer kleiner. Sie stellte sich auf die Zehenspitzen und schwenkte die Rosen über dem Kopf, die er einem Blumenverkäufer im letzten Moment aus der Hand gerissen hatte.

In der Ersten Klasse ließ sich Streif in den für ihn reservierten Sessel fallen. Auch damit würde es erst einmal vorbei sein. Er empfand es bereits als komisch, daß eine Stewardeß ihm den Mantel abgenommen hatte. Den angebotenen Champagner stürzte er hinunter und schüttelte sich, die Zeitungen interessierten ihn nicht. Seine Gedanken waren auf ein Ziel ausgerichtet, von dem er noch nicht wußte, wie es zu erreichen war.

Streif sah sich um. Die meisten Passagiere waren Männer, die wichtig aussahen und ebenso aussehende Akten auspackten oder bereits in solchen lasen. Streif war stolz gewesen, zum inneren Kreis der AG zu gehören, in ihr war er verwurzelt. Um sich gefühlsmäßig völlig von ihr zu trennen, mußten ihm noch einige Wunden mehr geschlagen werden.

Das Flugzeug setzte sich ruckend in Bewegung und rollte

zur Startbahn. Die Stewardessen setzten ihr Lächeln auf. Bloß keine Angst, hatte es zu bedeuten.

Die Beschleunigung drückte Streif in den Sitz. Aus den Augenwinkeln sah er zu seinem Nachbarn, einem blonden kräftigen Mann, der einige Jahre jünger als er war. Er drehte nervös an seinem Collegering. Hatte der Blonde Angst vorm Fliegen? Ein Medaillon rutschte aus seinem offenen Hemd.

»Hit first« war auf dem Medaillon zu lesen. Jemand, der einen so aggressiven Spruch auf der Brust trug, konnte kein Angsthase sein. Oder etwa doch, dachte Streif und verlangte einen Scotch on the Rocks. Er nahm sich vor, mäßig zu trinken. Als ihm das Glas gereicht wurde, leerte er es, ohne abzusetzen, zur Hälfte. Der Blonde las in einem Sportmagazin. Das Medaillon schaukelte über einem Baseballstadion, das bis auf den letzten Platz besetzt war.

Hit first, dachte Streif. Aschmunaydt hatte völlig unerwartet zugeschlagen. Was hieß da noch, sich zu wehren, wie Nina es gefordert hatte. Sich-Wehren war Verteidigung, aber er mußte attackieren. Fehlerlos angreifen, dachte Streif, absolut wasserdicht mußte der Angriff sein. Er wurde nachdenklich. Der Wunsch nach Vergeltung stieg wieder machtvoll in ihm auf.

So wie er von Nina am Flughafen Abschied genommen hatte, war ihm das fast wie eine Scheidung vorgekommen, wenn auch ohne Verletzungen und alles im Guten. Nina hatte mühelos ihre Bedingungen durchgesetzt. Natürlich bedauerte sie die Trennung, doch würde ihr Leben unverändert weiterfließen. Sie würden ja bald wieder zusammen sein. Außerdem gab es Telefone. Gleich nach der Ankunft sollte Streif sie anrufen. Sie wollte ihm auch schreiben, aber nicht zu oft. Dafür hätte sie zuwenig Geduld, aber denken würde sie an ihn, dauernd, ständig, und ihm gute Energien senden.

Nach dem dritten Whisky kam Streif sich wie ein frischgeschiedener Arbeitsloser vor. Er musterte die Mitreisenden in seiner Nähe. Ein sehr junger Mann erinnerte ihn an einen bekannten Tennisspieler. Da er nur Orangensaft trank und in einem Tennismagazin blätterte, war er es womöglich auch. Streif fiel der Name nicht ein, doch so wie die Stewardessen den Burschen verwöhnten, mußte er eine Größe sein und hätte auch Filmschauspieler sein können. Ein Star war er auf jeden Fall. So war er geboren worden, und Streif beneidete ihn ein bißchen darum. Von seinen Erfolgen hatte er nie viel Aufhebens gemacht, aber jetzt sehnte er sich nach Rampenlicht, Applaus in der AG. Und der war keineswegs zu erwarten. Dort, wohin ihn Aschmunaydt verfrachten wollte, verging die Zeit ganz langsam. Er würde viel nachdenken, über Aschmunaydt und sich. Sein Plan mußte wie eine stählerne Kette sein, in der es kein schwaches Glied gab.

Die Vorspeisen entsprachen nicht dem Prospekt der Fluggesellschaft. Streif bestand auf mehr Kaviar, da er nur mit einem Teelöffel bedacht worden war. Er wurde zu Zwiebeln und gehacktem Ei ermuntert.

»Es gibt doch genug«, sagte er.

»Sie sind nicht der einzige Fluggast.« Die Stewardeß rührte mit dem Löffel in den Zwiebeln.

»Wieviel ist davon für Ihren Freund?« Streif deutete auf die noch gut gefüllte Kaviardose. Wortlos gestand ihm die junge Frau zwei weitere Teelöffel zu.

Schräg vor Streif wandte sich ein älterer Mann stirnrunzelnd um. Seine große Nase ähnelte der Aschmunaydts. Ein anderer, auch schon älterer Mann warf Streif einen tadelnden Blick zu und schüttelte den Kopf, die gewölbten Brauen erinnerten an die Aschmunaydts.

Aschmunaydt war überall. Streif fragte sich, wie es sein würde, wenn sie sich wieder träfen. Das würde kaum in Aschmunaydts Büro sein. Bestimmt hatte er seine Sekretärin angewiesen, mit Streif keinen Termin zu vereinbaren, für den hätte er keine Zeit. Streif kannte die Sekretärin seit vielen Jahren, eine Frau mittleren Alters, rotblond und gescheit. Er hatte ihr öfter kleine Präsente mitgebracht, schnell gekauften Kitsch, Flughafenkunst. Aber gedacht hatte er an sie. Vielleicht sollte er sie zum Essen einladen, aber das war wohl doch zu plump. Besser war es, ihr in einer der Kantinen oder Cafeterien der AG beim Mittagessen zu begegnen. Das mußte sich wie zufällig ergeben, ein erster unverbindlicher Kontakt, der dann geschickt zu pflegen war. Über die Chefsekretärinnen lief alles. Gluckenhaft wachten sie über ihre Chefs und wahrten ihr Wissen.

Streif schwenkte das leere Glas in Richtung der Stewardeß, die den Kaviar hütete.

»Sie trinken eine ganze Menge«, sagte sie. »Das ist jetzt der vierte Whisky.«

»Sind Sie von der Heilsarmee?« Streif blickte zu den beiden Männern, die er mit seinem Wunsch nach mehr Kaviar verärgert hatte, der alte Ältere und derjenige, der vorerst nur älter war. Er kniff die Augen zusammen und setzte über die Nase des einen die Brauen des anderen. Es entstand ein Profil, das dem Aschmunaydts ähnelte.

»Drecksau«, flüsterte Streif zehntausend Meter über dem Atlantik. Mit jeder Minute näherte er sich Düsseldorf um über einen Kilometer, der Stadt, in der Aschmunaydt lebte. In Streif keimte eine Idee, die ihn in ihrer Kühnheit erschreckte.

Während Streif noch einen Whisky verlangte, wanderte Aschmunaydt durch seinen abendlichen Garten. Ihm war nach Bewegung zumute, er bewegte sich viel zuwenig. Nur die Füße vertreten reichte nicht. Erst vor kurzem war einer seiner Freunde einem Herzinfarkt erlegen. Der Verstorbene war ein halbes Jahr jünger als er gewesen.

Über seine Gesundheit hatte Aschmunaydt nicht zu klagen. Robust, wie er war, fühlte er sich wohl und lebte maßvoll. Aber sein Gewicht machte ihm Sorgen. Früher war er ein guter Tennisspieler gewesen. Mit den wachsenden Aufgaben in der AG hatte er das Spiel vernachlässigt und schließlich aufgegeben. Tennis wollte er nicht wieder anfangen, und Golf war ihm zu langweilig, obgleich er noch nie einen Schläger in der Hand gehalten hatte. Es mußte etwas sein, das nicht zuviel Zeit beanspruchte und ihm den Schweiß aus den Poren trieb.

Am späten Nachmittag hatte Aschmunaydt seine Frau in der Klinik besucht. Er konnte Krankenhäuser nicht ausstehen, die abgestandene Luft, den Geruch von menschlichen Ausdünstungen und Äther, überhaupt das ganze Getue und überall diese falsche Betroffenheit. Dabei wußte man doch, wie rüde die Ärzte waren, die sich am besten in Steuerfragen auskannten.

Seine Frau hatte schlecht ausgesehen. Ihr Gesicht war gelblich, wie mit Pergament überzogen gewesen. Die Augen hatten fiebrig geglänzt. Sie hatte abgenommen, aber nicht alarmierend viel. Krebs scheide vorerst aus, hatte der Arzt gesagt, ein langer ausgemergelter Kerl, dem Aschmunaydt nicht über den Weg traute. Dies jedoch mehr aus Gewohnheit.

Er hatte länger am Bett seiner Frau gesessen, die ihm durch die Krankheit entfremdet schien. Sie hatten über den Sohn und die drei Enkelkinder gesprochen, die Aschmunaydt über alles liebte, zwei Knaben und ein Mädchen, zwischen vier und acht. Sie waren das weitaus Beste, was sein Sohn bisher zustande gebracht hatte, sagte er sich öfter im stillen.

Wie es in New York gewesen war, hatte Aschmunaydt seiner Frau schon am Vorabend berichtet. Es sei so wie immer gewesen, was schon deshalb nicht stimmte, weil er das Laguna Rock zum ersten Mal besucht hatte. Seine Frau hatte sich nach den Streifs erkundigt und erfahren, es ginge ihnen gut. Streif hatte sie schon immer sympathisch gefunden. Über Nina ließ sie sich kaum je aus. Die war doch sehr anders als die Frauen, mit denen sie verkehrte.

Der Zustand seiner Frau bedrückte Aschmunaydt. Krankheit war er von ihr nicht gewöhnt. Das letzte Mal war sie in einem Krankenhaus gewesen, als sie den Sohn geboren hatte. Manchmal war es Aschmunaydt so, als nähme er seiner Frau ihren Zustand übel, was er unmöglich fand. Wenn er nur gewußt hätte, woran sie litt.

Darüber schwieg sich auch der Professor aus. Einen Verdacht mußte er doch haben. Aschmunaydt vermied es, an das Schlimmste zu denken.

Er war hungrig. Er stand in der Küche vor dem Herd, briet ein großes Steak, dachte ab und zu an Streif, aber auch an die Mulattin. Er aß das Steak am Küchentisch aus der Pfanne und tunkte Weißbrot in das auslaufende Blut. Dabei blickte er auf die gerahmten Fotos seiner drei Enkel, die an der Wand hingen. Wie auf Bestellung waren die Buben vor dem gelockten Mädchen geboren worden. Alle waren sie dunkelhaarig und hatten Aschmunaydts Augen.

Er wusch die Pfanne aus, leerte das Bierglas und stand unschlüssig in der Küche.

Er spürte, nein wußte schon, was er als nächstes machen würde.

»Verdammte Vögelei«, sagte er laut, ging in die Garage und fuhr ins Tropicana. Dort kannte er eine junge deutschstämmige Polin aus Kattowitz, die auf ihre Einbürgerung wartete. Erblickte sie Aschmunaydt, warf sie sich mit einem Freudenschrei an seine Brust.

Während sie seine Schenkel massierte, erfuhr er, daß jetzt auch zwei Mulattinnen von den Kapverdischen Inseln im Tropicana arbeiteten. Er erkundigte sich nach deren Namen, als die Polin seinen Hintern knetete, doch schwieg sie.

»Willst du mir nicht sagen, wie sie heißen?«

»Ich glaube, eine heißt Jeanette.«

»Und die andere?«

»Weiß ich nicht.« Sie klapste seine Pobacken, und er drehte sich mit stehendem Glied um.

»Und?« Die Polin streichelte sein Glied, küßte dann dessen Spitze. Als sie ein Kondom darüberstülpen wollte, flüsterte Aschmunaydt: »Bitte nicht.«

Die Polin schürzte ihre Lippen. Er verschränkte die Arme unter dem Kopf und sah ihr zu. Jeanette, dachte er.

Als Aschmunaydt mit der Polin ein Bier trank und Kraft für die zweite Runde sammelte, aß Kampe mit seiner Frau und dem Schwiegervater zu Abend. Fauenkirk war ein würdiger, weißhaariger Herr von sechsundsiebzig Jahren. Er war gekommen, um den Kampes vorzuschlagen, ohne weiteren Aufschub zwei Waisenkinder zu adoptieren. Jetzt war für ihn der Tag gekommen, an dem er unmißverständlich Ersatz für bisher entgangene Enkel verlangte.

Frau Kampe, eine leidenschaftliche Biologin, war sein einziges Kind und hatte sich mit ihrem Mann erfolgreich ums Kinderkriegen gedrückt. Daß sie ein Verhältnis mit einem forschenden Chemiker hatte, wußten weder ihr Vater noch Kampe. Sie wurde von ihrem Liebhaber gern als »fausse maigre« bezeichnet. Kampe schlief immer seltener mit seiner Frau und auch nur dann, wenn sie meinte, er müsse was für seine Prostata tun.

»Ich wünsche es«, sagte der Schwiegervater. »Und vergeßt nicht mein Alter.«

Kampe schwieg verbissen.

»Wir laufen ein hohes Risiko mit dem unbekannten Erbgut«, wandte Frau Kampe ein.

»Bei der Auswahl der Kinder kann ich ein Wort mitreden«, sagte der Schwiegervater.

»Die blonden blauäugigen kannst du dir abschminken«, rief Kampe. »Die sind vergriffen.«

Streif kam bei Regenwetter in Düsseldorf an. Mit schwerem Kopf wartete er vor dem Förderband auf seine Koffer. Einer nach dem anderen wurde aus der Luke gestoßen, fünf an der Zahl. Alles andere war bei Nina bis zu seiner Rückkehr geblieben.

Wie oft schon hatte er hier in dieser Ankunftshalle auf sein Gepäck gewartet. Stets hatte ihn ein Chauffeur von Corpus abgeholt und manchmal auch der Aschmunaydts. In Gedanken war Streif oft schon bei der nächsten Sitzung in der AG gewesen, in der er dann häufig brilliert hatte. Seine Erfolgsnachrichten waren schon nach wenigen Stunden das Gut vieler geworden. Es war unvermeidlich, davon lebten Tausende. Am gefahrlosesten überlebten diejenigen, die sich rechtzeitig an zukünftige Triumphe anhängten, begeistert über sie redeten und entsprechende Memoranden durch die AG flattern ließen.

Streif wuchtete die Koffer auf einen Gepäckkarren. Unangesprochen passierte er die Zollkontrolle und steuerte auf ein Taxi zu. Erst der dritte Taxifahrer akzeptierte seine Koffer. Die Adresse eines billigen Hotels war ihm mitgeteilt worden, in dem er vorerst kostenlos unterkommen durfte. Streif kannte das Hotel. Dort war er vor fünfzehn Jahren abgestiegen. Damals, als die Spesensätze der AG für einen jungen Mann zu nichts Besserem reichten.

Die Besitzerin hatte sich kaum verändert, nur war sie jetzt fünfzehn Jahre älter und viele Pfunde schwerer. An den Wänden des Empfangs und Treppenhauses hingen noch immer dieselben grellen Bilder. Aus dem Restaurant roch es so muffig wie eh und je.

Back in Germany, dachte Streif und machte sich daran, das Gepäck in sein Zimmer zu schaffen.

8

Am nächsten Morgen fühlte sich Streif wie zerschlagen. Nach kurzem, tiefem Schlaf hatte er kein Auge mehr zugetan. Unten war eine Hochzeit gefeiert worden. Ein Blasorchester hatte zum Tanz gespielt, Posaunen und Trompeten. Das Grölen aus rheinischen Kehlen war nach Mitternacht immer lauter geworden. Im Zimmer nebenan hatten sich zwei vergnügt, als seien sie mit einem Dampfhammer zugange. Das glückliche Paar konnte es nicht gewesen sein, das hatte sich in aller Frühe ausgiebig auf dem Gang gestritten.

Streif wälzte sich aus dem Bett und spürte den speckigen Teppichboden unter den nackten Sohlen. Er hatte vergessen, in welchem Koffer seine Pantoffeln steckten. Vielleicht hatte er sie auch in New York gelassen. Angeekelt dachte er an die vielen Schweißfüße, die diesen Boden betreten hatten. Er ging auf Zehenspitzen zur Duschkabine, in der sich ein mit gelben Flecken übersäter Kunststoffboden wellte. Es war wie in einem Bahnhofspissoir.

Während er die Zähne putzte, sah er auf die Straße. Der Asphalt glänzte im Nieselregen. Auf dem Parkplatz des Hotels standen die polierten Wagen in zwei Reihen. Streif dachte, daß er nun ein Haus und ein Auto brauchte, und beides mußte unauffällig sein. Das Haus würde er mieten, das Auto gebraucht kaufen. Die Koffer standen mitten im Zimmer, elegant und teuer. Nina hatte sie gekauft. Streif überkam ein Gefühl, als gehörten sie nicht mehr zu ihm.

Im Restaurant mischte sich der Geruch von Schweiß und verglühten Zigarettenstummeln mit dem Dauermief. Der Kaffee tat Streif gut. Leberwurst, Käse und Brotscheiben waren in Folien verpackt. Der Abfall türmte sich vor Streifs Teller. Daß ein Abfallkorb den Frühstückstisch verschönte, hatte Streif übersehen.

In der Nähe des Hotels stieg er in einen Bus. Sein Aktenkoffer war ungewohnt leicht. Er hatte nichts mehr zu besprechen, das für die AG von Bedeutung gewesen wäre.

Die Corpus AG lag am Stadtrand von Düsseldorf und erstreckte sich über ein Gelände, auf dem eine kleine Stadt Platz gehabt hätte. Drei silbern glänzende Türme machten die AG von weitem kenntlich, von diesen Türmen liefen je fünf leichtgeschwungene Gebäude, Bananen genannt, sternförmig auseinander. Zwischen ihnen wuchsen Bäume und Büsche auf gepflegtem Rasen. Weiter hinten, zur Autobahn hin, ragten Schornsteine in den Himmel. Hier wurde produziert. Die Mehrzahl der Produktionsstätten war jedoch über die ganze Welt verteilt. Corpus war ein Konglomerat. Stahl und der Bau von Kraftwerken waren die Herzstücke der Produktion, hinzu kamen Pumpen, Drehbänke, Dieselmotoren, neben Kränen und Zentrifugen.

Eine von Stacheldraht gekrönte Mauer umgab das Werk, das teilweise von Großküchen und Lagern unterhöhlt war. Buslinien, die sich in alle Richtungen erstreckten, regelten den Personenverkehr. Durch die bananenförmigen Gebäude liefen Gänge, durch deren abgestandene Luft man hastete, wenn nach einem gerufen wurde. Die allermeisten gewöhnten sich schnell an die Arbeit.

Alle maßgeblichen Entscheidungen senkten sich auf einen wie feiner Nebel, der aus den obersten Etagen der silbernen Türme drang und sich wie ein Korsett um einen legte, was von der großen Mehrzahl der Arbeitenden bald als beruhigend empfunden wurde.

In den Büros wurden Papier und Formulare bewegt, Zeitungen gelesen und Kaffee getrunken. Hin und wieder fand ein Toilettenbesuch statt, eine angenehme Abwechslung, während der man öfter etwas Klatsch aufschnappen konnte. Der Höhepunkt im Tagesverlauf war das Mittagessen.

In der Spitze des mittleren Turmes herrschte Aschmunaydt. Von tief unten kommend, hatte er den höchsten Gipfel in der AG erklommen. Niemand kannte sich im Unternehmen besser aus als er, und mit der Macht ging er meist klug um.

Streif, der hatte Pech gehabt, aber an ihn dachte Aschmunaydt an diesem Morgen mehr, als es ihm lieb war. Streif war für ihn nicht nur Untergebener gewesen. Aber einer mußte den Kopf hinhalten, bevor die Verluste einer falschen Entscheidung ausgeglichen wurden. Das gehörte zu den härteren Ritualen in der AG. Für den Reinfall mit dem Erwerb der KEO war nur Streif als Prügelknabe in Frage gekommen.

Aschmunaydt fragte sich, ob Streif kündigen würde. Es hätte ihn erleichtert, und er spielte mit dem Gedanken, Streif rufen zu lassen, um ihm eine großzügige Abfindung anzubieten. Aber wäre das nicht überstürzt gewesen? Und was Aschmunaydt als großzügig betrachtete, wäre von Streif, und erst recht von Nina, als Almosen abgetan worden.

Daß Streif nicht zu unterschätzen war, beunruhigte Aschmunaydt. Streif wußte eine Menge. Er hatte mit Aschmunaydt viele Finten und Manöver ausgeheckt und manches heiße Eisen aus dem Feuer mit Mitteln geholt, die in Deutschland als unüblich galten.

Aschmunaydt wanderte durch sein Büro. Die Weste drückte. Er mußte etwas tun, damit sie wieder paßte und ihn locker kleidete. Am Morgen hatte er sich auf die Waage gestellt. Diese verfluchten Geschäftsessen, hatte er gedacht. Aschmunaydt blieb vor einem der acht Fenster stehen und suchte Streif aus seinen Gedanken zu verdrängen. Das Telefon läutete, die ersten Besucher wurden angekündigt, ein smarter Koreaner und sein korrupter Sohn. Aschmunaydt zupfte die Weste glatt und vergaß Streif für eine Weile.

Kampe wurde wie jeden Morgen um sechs von seinem Chauffeur abgeholt. Um halb sieben war er im Büro, eineinhalb Stunden früher als Aschmunaydt. Der unter Schlaflosigkeit leidende Schwiegervater hatte ihn vor dem Frühstück angerufen und ihm von Fusionsgerüchten in der Stahlindustrie erzählt, um bald darauf auf die ersehnten Enkelkinder zu sprechen zu kommen. Blond und blauäugig sollten sie eben doch sein.

Dann hatte die Schwiegermutter das Gespräch übernommen, die gerne lang schlief, aber jeden Morgen um halb sechs mit ihrem Mann frühstücken mußte. Sie hatte sich ausgedacht, Weihnachten und Neujahr mit Tochter und Schwiegersohn in Davos zu verbringen. Ihr Mann wollte mit den Enkelkindern einen Schneemann bauen.

»Selbstverständlich«, hatte Kampe gesagt und es eilig gehabt. Heute war Streifs erster Tag in der AG – würde es auch sein letzter sein?

Mit zunehmendem Alter wurden die Schwiegereltern immer penetranter. Von seiner Mutter wurde Kampe in Ruhe gelassen. Er hatte sie in einem Altersheim untergebracht und telefonierte zweimal in der Woche mit ihr. Der Vater war mit siebzig an einem Herzschlag gestorben, wofür ihm Kampe dankbar war.

Kampes Haus, ein breitflächiger Neubau aus Glas und Beton, lag in Hubbelrath. Der Garten war doppelt so groß wie der Aschmunaydts.

Streif saß im Vorzimmer von Branshans, der für die Mariblauen im Personalwesen verantwortlich war, und wartete seit einer halben Stunde.

Die Angestellten von Corpus waren hierarchisch in Farbgruppen aufgeteilt. Je dunkler der Farbton, desto höher die Stellung. Die in die hellen Töne eingestuft waren, hatten einen langen, beschwerlichen Weg vor sich, wenn sie in dunklere vorstoßen wollten. Auf Aschmunaydts und

Kampes Firmenausweis prangte ein fingerbreiter nachtschwarzer Punkt, der dunkelste, der zu ergattern war. Streifs Punkt war marineblau. Vor gut einem Jahr war er in New York in die dritthöchste Farbklasse befördert worden.

Branshans, ein unauffälliger Mann, lispelte leicht. Dem Gespräch mit Streif sah er mit Unbehagen entgegen. Er degradierte ungern, zumal er noch nach Argumenten suchte.

Streif kam mit langen Schritten auf ihn zu. Branshans richtete sich hinter dem Schreibtisch auf und begrüßte Streif viel zu freundlich angesichts dessen, was er ihm mitzuteilen hatte. Die Luft war trocken. Es roch nach altem Papier und Mottenpulver, einem Geruch, der Branshans' Anzug entwich.

»Nun sind Sie aus New York zurück.« Branshans spielte mit einer Rolle Zitronendrops.

»Ja, ja«, sagte Streif. »Aus New York.«

Branshans überlegte zu sagen, daß Streif ja früher als vorgesehen aus den Staaten zurückgekehrt sei, fand das jedoch ungeschickt. Statt dessen begann er von New York zu schwärmen, wo er ein Wochenende mit seiner Frau verbracht hatte und das Wagnis eingegangen war, drei Stationen mit der Subway zu fahren. Streif meinte, das sei sicher nicht ungefährlich gewesen, und genau das hatte Branshans hören wollen. Er strahlte, fühlte sich in seinem Heldentum bestätigt und bedauerte um so mehr, daß er mit diesem sympathischen Mann nun über ganz andere Dinge sprechen mußte. Er suchte sich zu sammeln und ließ eine kurze Stille eintreten.

»Leider«, sagte er dann, »leider ist es mit Ihnen da drüben nicht gut gelaufen.«

»Das hängt von der Optik ab.«

»Herr Aschmunaydt«, Branshans klang ehrfurchtsvoll, »brachte von seiner letzten Reise nicht viel Gutes mit. Seine Eindrücke waren ausgesprochen ungünstig.«

»Wieso?«

Branshans schwieg. Streif sah sich um und stellte fest, daß Branshans aus vier Fenstern ins Freie schauen durfte. Auch er hatte den marineblauen Punkt auf seinem Firmenausweis errungen. Aschmunaydt sah als einziger unter den Nachtschwarzen aus acht Fenstern auf die AG.

Branshans riß an dem Stanniolpapier der Dropsrolle. Seine Hände waren auffallend weiß. Auf den Handrücken spannte sich die Haut über Fettpolstern.

Streif wiederholte seine Frage. Branshans hielt ihm die Rolle unter die Nase. Streif dankte, er hätte gern Kaffee getrunken, doch war es nicht der Moment, Wünsche zu äußern.

»Also, gut.« Branshans bemühte sich, seine Stimme fester klingen zu lassen. »Sie ließen einiges schleifen, worum Sie sich unbedingt hätten kümmern müssen.« Er schob eine der glasigen Pastillen zwischen die Lippen und zerbiß sie, knackend, splitternd.

»Was, was?« fragte Streif. »Was habe ich schleifen lassen? Wir haben jedes Jahr den Umsatz gesteigert, letztes Jahr um zwanzig Prozent, und hohe Dividenden an die AG überwiesen. Wir hatten keine Probleme mit den Behörden, es wurde nicht gestreikt, und jetzt wissen die Amerikaner endlich, wer Corpus ist. Die dachten, wir stellen Magenbitter her.«

»Aber die Firma, die Sie gekauft haben!« Branshans fiel vor Aufregung der Name nicht ein. »Die Firma, die nicht das war, was man hier erwartete.«

»Die Firma heißt KEO.«

»Um die haben Sie sich nicht genügend gekümmert. Sie hätten uns warnen müssen, aber Sie wußten nicht Bescheid oder haben sich was vormachen lassen. Das hat die AG sehr viel Geld gekostet.«

»Jetzt reicht's aber! Ich habe die KEO nicht gekauft und habe Aschmunaydt dringend davon abgeraten, aber er wollte nicht auf mich hören. Wie blöde hat er immer wieder draufgelegt. Er hat sich über den Tisch ziehen lassen, und jetzt fällt ihm nichts anderes ein, als daß ich alles vermasselt hätte.«

Branshans fiel ihm ins Wort. »Bitte, regen Sie sich nicht so auf, und seien Sie vorsichtig mit dem, was Sie sagen. Von diesem Gespräch muß ich ein Protokoll machen, ein wahrheitsgetreues, so wahr wie möglich.«

»Schreiben Sie die Wahrheit, ich bitte Sie darum!«

»Die hat Herr Aschmunaydt formuliert, daran ist nichts zu rütteln.«

»Und wie daran zu rütteln ist! Was Aschmunaydt da vorgelogen hat, ist eine Sauerei. Unvorstellbar, wie so etwas in der AG möglich ist.«

Branshans verbat sich Streifs Ton. »Wir sind zivilisierte Menschen, die in Ruhe miteinander sprechen sollten.«

Da Streif schwieg und das Foto von Frau Branshans mit der gemeinsamen Tochter in einem Silberrahmen betrachtete, hielt Branshans den Moment für gekommen, Streif mit dem Häßlichsten vertraut zu machen. Zaghaft sagte er: »Nehmen Sie es nicht zu tragisch, aber den marineblauen Punkt haben Sie verloren.«

»Wie, was denn?« fuhr Streif auf.

»Ocker«, lispelte Branshans.

»Bloß Ocker?« Streif glaubte, sich verhört zu haben.

»Tut mir leid, aber so, wie Sie sich eben benommen haben, war mir das eine Bestätigung, wie recht Herr Aschmunaydt hat. Von seiner Menschenkenntnis hat die AG schon größten Nutzen gezogen.« Branshans lief zu Hochform auf, so wie er Aschmunaydt verherrlichte. Liebedienerei machte sich stets bezahlt, aber ein falsches Wort, nach oben getragen, konnte einem den Hals brechen.

Branshans erhob sich und setzte ein Lächeln auf. Er war froh, am Ende des Gesprächs angekommen zu sein, und freute sich schon auf das Mittagessen mit einem Mausgrauen, dem er gute Chancen gab, in nicht ferner Zukunft zu den Nachtschwarzen zu gehören.

»Lassen Sie den Kopf nicht hängen«, sagte er. »Frau Meyer-Schwanenfels ist für Ocker zuständig und wird Sie betreuen.«

Branshans schrieb deren Zimmer und Telefonnummer auf einen Zettel. Streif war tiefer gefallen, als er es für möglich gehalten hätte. Unter Ocker standen nur noch Rosa, Zitronengelb und Beige. Er würde das Büro mit drei oder vier anderen teilen und aus einem Fenster schauen. Das Auto hatte er auf einem entfernten Parkplatz abzustellen, und so fort. Aber das alles war nichts, verglichen mit der Reduzierung seines Gehalts, mit der er nun zu rechnen hatte. Streifs Beförderungen hatten allesamt im Ausland stattgefunden. Sein Inlandsgehalt, das sogenannte Schattengehalt, war immer nur routinemäßig angehoben worden, aber nie seinen Leistungen entsprechend. Darüber würde dann geredet, wenn er einmal zurückkäme, hatte es stets geheißen, er solle sich keine Sorgen machen. Streif, der nie vorgehabt hatte, in den Schoß der AG zurückzukehren, hatte deshalb auch nie über das Schattengehalt verhandelt.

Er griff nach dem Zettel. »Meyer-Schwanenfels«, sagte er leise und ging auf die Tür zu.

Branshans sah ihm nach und fragte sich, wie Aschmunaydt und Kampe, ob Streif kündigen würde.

Mittags schlang Streif zwei Würstchen und eine Portion versalzenes Sauerkraut herunter. Er aß in einer Kantine, die hauptsächlich von Hilfspersonal der beigen und zitronengelben Art aufgesucht wurde. Streif hatte keine Lust, Bekannte zu treffen, die hinterhältige Fragen gestellt und sich an seinem Niedergang geweidet hätten. Oder Kollegen, die mit dem Stand ihrer Karriere und vielversprechenden Aussichten angegeben hätten.

Frau Meyer-Schwanenfels wachte in einem zwölf Quadratmeter großen Raum über alle, die mit einem ockerfarbenen Punkt auf ihrem Firmenausweis bedacht worden waren. Ihr unterstanden sechzehn Angestellte, die hauptsächlich ans Wochenende dachten. Sie blickte auf den mittleren Turm, in dessen Spitze Aschmunaydt Pläne für die Staaten schmiedete, in denen für Minter bald kein Platz mehr war. Aschmunaydt hatte bereits einen Mann seiner Wahl im Kopf. Zur rechten Zeit würde er einen Profi schicken, der, so hoffte er, mindestens so gut wie Streif war.

Frau Meyer-Schwanenfels, die zu Hause einen depressiven Mann hatte, sich ein Kind wünschte, sich dessen aber nicht sicher war, gehörte der zinnoberroten Gruppe an. Sie hatte Anrecht auf ein Einzelzimmer mit einem Fenster. Um ein zweites zu ergattern, mußte sie zu den Scharlachroten aufsteigen. Sie peilte dieses Ziel wohlgemut an, erst in vier Jahren würde sie ihren Vierzigsten feiern.

Streif klopfte an die Tür. Er hatte sich um fünf Minuten verspätet.

Unpünktlichkeit war Frau Meyer-Schwanenfels ein Greuel. Sie meinte, das ließe auf den Charakter schließen. Streif sah sie aber gespannt entgegen. Einer, der so tief gestürzt war, kam ihr selten unter die Finger. So einer kündigte lieber gleich und sparte sich den Gang zu ihr.

Mit dem Handicap von fünf Minuten belastet, ging Streif auf sie zu. Sie fand, daß er interessant aussah. Wieder einmal stellte sie fest, daß die meisten Männer besser aussahen als auf den Fotos in den Personalakten.

»Sie sind viel herumgekommen«, begann sie und zählte Streifs Stationen im Ausland auf. Sie tat so, als wüßte sie genau, wovon sie sprach, obwohl sie kaum je aus Düsseldorf herausgekommen war und jeden Sommer in der gleichen Pension in Mallorca abstieg. Das Bedürfnis der Daheimgebliebenen, nicht hinter den Vielgereisten abzufallen, sowie der Neid auf deren vermeintlich luxuriöses

Leben waren auch in ihr ständig wach. Aus Angst, bei der Farbton verbessernden Rangelei nicht zu kurz zu kommen, zogen es die meisten jedoch vor, zu Hause zu bleiben.

Die Meyer-Schwanenfels hielt in der linken Hand Streifs neuen Firmenausweis aus Kunststoff, der die Form einer Kreditkarte hatte.

»Bitte«, sagte sie und reichte Streif den Ausweis. Der okkerfarbene Fleck stach ins Auge. Streifs Schlachtung war nahezu vollzogen. Was Branshans verkündet hatte, führte die Meyer-Schwanenfels aus. »Ihren alten«, sagte sie.

Streif sah sie verständnislos an.

»Ausweis, der ist für das Archiv.«

Streif suchte nach seiner Brieftasche.

»Wie war das in New York nur möglich?« fragte sie leise, als wäre Streif ein Schüler, der soeben aus der Schule geflogen war.

»Wissen Sie das nicht?« Streif schnippte den marineblau gepunkteten Ausweis über den Schreibtisch.

Sie pickte ihn mit den Fingernägeln auf und schob ihn in einen Umschlag, an dessen Gummierung sie nicht etwa leckte, sondern ihn mit zwei Fingerspitzen befeuchtete, die sie an einem grünen Schwamm benetzt hatte. Dabei spreizte sie den kleinen Finger ab.

»Ist schon über Ihr Gehalt gesprochen worden?« fragte sie teilnahmsvoll, obschon sie genau wußte, daß dem nicht so war. Mit ihrer Frage war sie an die Spitze ihrer Macht gestoßen, die, wenn auch bescheiden, sie stets erregte. Gehälter setzte sie nicht fest, die teilte sie nur mit. Wie von ihr erwartet, verneinte Streif, und so, wie sie geklungen hatte, machte er sich auf Schlimmes gefaßt.

Bevor sie mit ihrem deprimierenden Wissen herausrückte, sagte sie: »Die Rückkehr aus dem Ausland ist immer schwierig. Man muß sich einschränken und auf vieles verzichten.« Sie warf Streif einen Blick zu, in dem er Bedauern festzustellen glaubte, doch gehörte dieser Blick zu ihren

Posen. Dann nannte sie einen Betrag, der so niedrig war, daß Streif zusammenfuhr. Er vermutete sofort, daß Aschmunaydt persönlich hinter dieser Schweinerei steckte.

Und so war es auch gewesen. Am Morgen hatte sich Aschmunaydt Streifs Bezüge vorlegen lassen und war mit seiner Kürzung bis an das Minimum der Ockerfarbenen gegangen.

»Irren Sie sich nicht?« fragte Streif.

Frau Meyer-Schwanenfels schüttelte den Kopf, sie irrte nicht. Das kam bei ihr höchst selten vor. »Da wäre noch etwas«, sagte sie in einem Ton, der nichts Gutes verhieß, und setzte ihm auseinander, wie gering seine Pension ausfiele, es sei denn, er würde befördert. »Aber damit«, sagte sie bedauernd, »ist in Ihrem Fall wohl nichts mehr drin.«

Streif fühlte sich niedergetrampelt, erniedrigt. Und in ihm breitete sich eine Kälte aus.

»Das sind ja Aussichten«, war alles, was er sagte. Mit dieser Frau war es sinnlos zu streiten. Zunächst einmal mußte er den Kopf einziehen, geräuschlos versinken und sich auf die nächsten Schritte vorbereiten.

»Daß Sie noch bei uns bleiben wollen!« wunderte sich die Meyer-Schwanenfels, wechselte aber das Thema und erklärte Streif, wo er parken dürfe, wenn er sich ein Auto leisten könne: an der äußersten Peripherie der AG. Streif würde eine Viertelstunde eher aufstehen müssen, um rechtzeitig im Büro zu erscheinen.

Streif nickte zu allem zustimmend und ließ sich darüber aufklären, welche Restaurants in der AG er besser nicht betreten sollte. Zum Schluß erfuhr er, daß er der Internationalen Kostenkontrolle zugeteilt war. Das hatte sich die Meyer-Schwanenfels als letztes aufgehoben. Eine ödere Tätigkeit gab es in der AG nicht, und auch das hatte sich Aschmunaydt ausgedacht, der Streif noch in New York eine Stelle im Ressort Intern zugesagt hatte, was schon entmutigend genug gewesen war. Die dort herrschende Langweile war, verglichen mit dem nun zu erwartenden Stumpfsinn, als spannungsgeladene Atmosphäre zu bezeichnen.

Frau Meyer-Schwanenfels rechnete noch immer damit, daß Streif das Handtuch werfen oder wenigstens protestieren würde, doch er erhob sich still, ganz still.

Sie wünschte ihm alles Gute und hoffte, er würde sich bei seiner neuen Tätigkeit wohl fühlen.

»Es wird bestimmt sehr interessant.« Streif klang kein bißchen bitter.

Abends ließ Aschmunaydt den Chauffeur vor einem Sportgeschäft halten. Er hatte beschlossen, mit Joggen zu beginnen.

Ein nachtschwarzer Kollege hatte ihm das empfohlen, fünf Kilo hätte er dabei verloren. Man würde frische Luft atmen und nicht zu viel Zeit verlieren. Zu den hügeligen Wäldern des Bergischen Landes sei es von seinem Haus nicht weit.

Wie Streif kaufte Aschmunaydt ungern ein, er überließ das seiner Frau. Lustlos bewegte er sich zwischen Fußbällen, Tennisschlägern und Sportgeräten aller Art und schob sich unerkannt durch die Menge der Kauflustigen, von denen viele in der AG beschäftigt waren.

Aschmunaydt suchte einen Verkäufer. Da diese wie Kunden aussahen, fand er keinen. Die Luft war stickig, es roch nach frisch vulkanisiertem Gummi. An einer Kraftmaschine ließ ein junger Mann seine Muskeln schwellen. Aschmunaydt schauderte es, und noch immer nahm sich niemand seiner an.

Nach dem Mittagessen hatte er sich mit Branshans verbinden lassen, von dem jedoch nur erfahren, daß Streif etwas ungehalten reagiert hatte. Branshans hatte mehr nicht zugeben wollen, denn Streifs Schlachtung kam ihm merkwürdig vor, und er wollte sich nicht weiter in diese Angelegenheit hineinziehen lassen. Kampe hatte vor Aschmunaydt angerufen und wissen wollen, ob Streif gekündigt hätte, und wenn nicht, wo er zu erreichen sei.

Aschmunaydt hatte auch mit Frau Meyer-Schwanenfels telefoniert. Er hoffte noch, Streif hätte gekündigt, oder wäre wenigstens so ausfällig geworden, daß noch härtere Konsequenzen gerechtfertigt gewesen wären. Die Meyer-Schwanenfels hatte zu Aschmunaydts Enttäuschung nur melden können, Streif wäre niedergeschlagen, vielleicht auch ein wenig verwirrt gewesen. Sie war erstaunt und dann auch stolz, von Aschmunaydt persönlich angerufen worden zu sein. Und so, wie sie sich ausgedrückt hatte, geschickt und überlegt, wie sie meinte, konnte sie nur positiv aufgefallen sein.

Aschmunaydt verstand nicht, warum sich Streif so widerstandslos abschlachten ließ. Streif war viel weicher, als er angenommen hatte. Dessen Erfolge waren wohl doch nur möglich gewesen, weil er ihm stets den Rücken gestärkt hatte. Er war eben nie viel mehr als sein verlängerter Arm gewesen.

Als er das Sportgeschäft verärgert verlassen wollte, fragte ihn ein Hüne, der wie ein Zehnkämpfer aussah: »Was kann ich für Sie tun, junger Mann?«

Unwillkürlich zog Aschmunaydt den Bauch ein und sagte, was er suchte. Sogleich hatte der Verkäufer einen knallroten Trainingsanzug parat, der Aschmunaydt zu auffällig war. »In meinem Alter«, sagte er, was ihm nie schwerfiel. Doch nun mußte er hören, daß die Auswahl für ihn beschränkt sei. Der Hüne versuchte, ihn mit gepolsterten Joggingschuhen zu trösten, die fast von allein laufen würden. Aschmunaydt probierte sie an, sie paßten. Er hielt sich Jacke und Hose vor den Leib.

»Wie von der Feuerwehr«, sagte er und ließ sich den Trainingsanzug einpacken.

»Lassen Sie es ruhig angehen«, empfahl der Hüne.

Abends rief Streif Nina an, eigentlich nur, um von sich hören zu lassen. Was er ihr tatsächlich zu erzählen gehabt hätte, wäre zu niederschmetternd gewesen, um es ihr jetzt schon mitzuteilen. Die ganze Wahrheit mußte er ihr irgendwann schonend beibringen, vielleicht in einem Brief.

Er hatte Glück, das Telefon war nicht besetzt. Nina klang fröhlich und ließ ihn kaum zu Wort kommen. Griechische Freunde waren nach New York gezogen, weil es eben der einzige Platz sei, wo es sich zu leben lohne. Nina hatte mit den Griechen zu Mittag gegessen und schwärmte von den Karajorgos, sie seien unverändert amüsant.

»Wann kommst du zurück?« fragte sie.

»Ich bin gerade angekommen, ich kann nicht hexen.« Er dachte, daß er das schon müßte, wenn er das gewohnte Leben mit Nina wiederaufnehmen wollte.

»Hast du Aschmunaydt gesehen?« fragte sie. Unvorsichtig erwiderte er, daß dazu vorerst wohl kaum Gelegenheit bestünde, was Nina sofort hellhörig machte. Streif hatte mehrmals in Aschmunaydts Büro angerufen und war in einer Art vertröstet worden, aus der unschwer zu entnehmen war, daß er keine Chance hatte, einen Termin zu bekommen.

»Laß dich nicht kleinkriegen!« mahnte sie. »Die ersten Tage in der Firma sind sicher scheußlich, aber mit Aschmunaydt mußt du am Ball bleiben.«

Streif starrte auf den Sekundenzeiger seiner Uhr. Die Zeit verstrich. Er verwünschte im stillen die Kosten dieses unnützen Gesprächs. Von Streifs Schweigen aufgebracht, dachte sie, er sei nicht ihrer Meinung. Ihr Ton wurde schärfer: »Hast du vergessen, was wir besprochen haben?«

»Ich soll Aschmunaydt den Hals umdrehen!«

Nina fand es unpassend, daß Streif sich gerade jetzt über sie lustig machte.

»Aber das willst du doch!« rief Streif lautstark in die Leitung.

Nina war kurz davor, den Hörer aufzulegen. Manchmal

erlaubte sie sich diesen Abgang. Bei vielen Männern hinterließ diese Art der Verabschiedung fade Schuldgefühle. Aber dann spürte sie doch, daß Streif Zuspruch bedurfte. Sie wurde milde und sagte ihm, daß er doch noch nie versagt hätte und daß alles wieder gut würde. Das hoffte sie wirklich.

Das Gespräch hatte sie im Bett geführt, in dem sich Parvis, der Perser, rekelte. Er konnte kein Deutsch, hatte nichts verstanden und fragte: »Wer war der Idiot?«

»Das war kein Idiot, das war mein Mann.«

»Ich dachte, der ist in Deutschland.«

»Ist er auch.« Nina rutschte auf den wohlig grunzenden Perser, spürte aber, wie sich ihr Gewissen regte. Mit einem Mal verlor sie die Lust an Parvis. Sie dachte intensiv an Streif.

»Sei nicht so lahm«, beschwerte sich Parvis.

Sie beugte sich über den jungen Mann. Aus dem Nachttisch holte sie eine Flasche Babyöl. Als sie sich aufrichtete, sagte Parvis: »Von hinten haben wir es länger nicht mehr gemacht.«

»Bei dir zu Hause mögen das die Männer so am liebsten, ich weiß.« Sie rieb sein Glied mit Öl ein.

»Vorsicht!« Er stieß leicht zu. »Bitte, jammere nicht gleich wieder.«

Nina schwang wild auf ihm hin und her. Er stöhnte unter ihr. »Bist du verrückt geworden!« brüllte er wenig später.

Sie verschwand im Bad.

»Ihr seid doch gesund?« rief er ihr wie jedesmal nach.

Sie kam zurück: »Zieh dich an!«

»Warum bist du gleich so sauer?«

»Verschwinde, bitte!«

Er sprang aus dem Bett und versuchte sie an sich zu drücken. »Ist das eine neue Masche von dir?«

»Das war's«, erwiderte sie. »In fünf Minuten bist du weg!«

»Was ist denn los?«

»Nichts.«

9

Die internationale Kostenkontrolle lag am Ende eines der bananenförmigen Gebäude. Dort meldete sich Streif am nächsten Morgen bei einem Herrn Kowalski, seinem neuen Chef. Dieser war ein dicklicher Endfünfziger, dessen aufgerissene wasserblaue Augen hinter starken Gläsern verschwammen. Kowalski war Junggeselle, der sich und anderen einzureden versuchte, vor der Pensionierung keine Angst zu haben. Vor fünf Jahren war er zu den Zinnoberroten aufgestiegen. Verspätete Anerkennung, wie er zu sagen pflegte. Ersessen, meinten diejenigen, die unter ihm dienten. Kowalski konnte sich mit seinem Namen nicht abfinden, er hätte gerne Strauß, Herkomer oder von Arnim geheißen. Am meisten liebte er Klatsch und Gerüchte aus der AG.

Die Sekretärin servierte Kaffee. Sie hatte Kowalskis Süßstoff vergessen und entschuldigte sich. Er vergab ihr, was er mit einer großzügigen Handbewegung unterstrich. Er setzte eine onkelhafte Miene auf, bemühte sich, Vertrauen einzuflößen, und fragte Streif: »Was war eigentlich zwischen Ihnen und Aschmunaydt los?«

Streif antwortete nicht gleich, was sollte er auch preisgeben? Kowalski war sein Vorgesetzter, mit dem er es sich nicht gleich verderben wollte. Den Leisetreter hatte Streif sofort in ihm erkannt.

»Es kam zu einem Mißverständnis«, gab er schließlich zu.

»Wohl ein ernstes?«

»Na ja, ziemlich.«

»Ich habe einiges läuten hören«, sagte Kowalski, der Mitglied in zwei Vereinen war, die von Corpus unterstützt wurden. Jeden Mittwoch kegelte er beim Flaschentod e.V., und am Wochenende sang er im gemischten Chor Melodia Gold. Aus beiden Vereinen sprudelten ständig neue Gerüchte und Halbwahrheiten. Im Melodia Gold hatte Kowalski von einem himmelblauen Bariton gehört, Streif hätte geschlampt. Die Besuche von Nachtschwarzen seien schlecht vorbereitet gewesen, es hätte an Informationen und Kontakten gefehlt. Streifs Frau sei wenig AG-like, aber das hätte Aschmunaydt wohl weniger gestört, der ihr sehr zugeneigt gewesen sei. Und wer wisse schon, was zwischen den beiden wirklich gelaufen sei. Da draußen im Ausland ließen sie die Puppen tanzen.

Während Streif über die Folgen von Fehlentscheidungen redete, ohne Aschmunaydt zu erwähnen, überlegte Kowalski, wie er aus Streif etwas über Nina herauslocken konnte. Daß sie allein in New York lebte, hatte ihm ein Bordeauxfarbener beim Kegeln zugesteckt. Pikantes war heute wohl von Streif nicht zu erfahren, aber mit der Zeit würde er sich ihm nicht verschließen können, das jedenfalls hoffte Kowalski.

Er sprach von der Bedeutung seiner Truppe, sie kontrolliere im Grunde die gesamte AG. Kowalski übertrieb schamlos. Der Unfug, der in der Internationalen Kostenkontrolle getrieben wurde, hätte längst eingestellt werden müssen. Doch waren Veränderungen in der AG nur mühsam durchzusetzen. Kein Nachtschwarzer war bereit, etwas von seiner Machtfülle abzugeben. Eine Macht stand gegen die andere. Wer da durchgreifen wollte, konnte sich gehörig die Finger verbrennen.

Die sechsundzwanzig Seelen, die Kowalski unterstanden, konnten dem Ruhestand unbesorgt entgegensehen. Sie waren in Rosa oder blassem Ocker steckengeblieben und sahen auf die Zitronengelben und Beigen herab. Und zu ihnen war Streif gesunken. Aber Kowalski tat so, als wäre Streif nicht degradiert worden, sondern stünde vor einer neuen Karriere. Er hatte sich vorgenommen, ihn zu motivieren. Menschenführung hielt er für seine besondere Stärke.

Zufrieden blickte er über die Stacheldrahtrollen auf der nahen Mauer und weihte Streif mit einer Feierlichkeit in seine neue Tätigkeit ein, als hinge das Wohl der AG von der Internationalen Kostenkontrolle ab.

»Sie werden Löhne und Arbeitskosten vergleichen, und zwar weltweit. Statistisches Material ist ausreichend vorhanden.« Kowalskis Blick wurde verheißungsvoll. »Es ist eine sehr wichtige internationale Studie zu machen. Sie bieten sich dafür geradezu an.«

»Interessant«, sagte Streif und trank den Kaffee aus.

»Sehen Sie!« rief Kowalski. »Das meiste haben Sie schon verstanden.«

Streif vermied es, sich vorzustellen, wie sein Bürotag aussehen würde. Kowalski senkte die Stimme: »Kampe hat die Studie angefordert. Er braucht sie für eine wichtige Entscheidung.«

Natürlich stimmte das nicht. Kowalski hatte sich die sinnlose Arbeit selbst ausgedacht, um damit den Bordeauxfarbenen, dem er unterstand, zu beeindrucken. Er hoffte, daß dieser das Zahlenwerk an den ihm vorgesetzten Himmelblauen weiterreichen würde. Noch höher war aus Kowalskis Truppe seit vielen Jahren nichts gedrungen.

»Kampe persönlich«, Streif zog demütig den Kopf ein.

»Ja, Kampe«, sagte Kowalski befriedigt. »Sie kennen ihn doch, das ist ein Mordskerl.«

»Ja, ja, wie man sich so kennt.«

»Was für ein Glück, daß wir den haben!« Kowalski erging sich in höchsten Tönen über Kampe, den er noch nie zu Gesicht bekommen hatte. Doch kegelte er im Flaschentod mit einem Zinnoberroten, der einen kannte, der mit

Kampe vor sechsundzwanzig Jahren in der AG angefangen hatte, aber bei Ocker hängengeblieben war.

Kowalski blickte Streif gespannt an. »Und dann hat Kampe ja noch seinen Schwiegervater, Professor Fauenkirk, ein ganz großes Tier. Haben Sie von dem schon mal gehört?«

»Ich habe nur über ihn gelesen, er steht ja dauernd in der Zeitung.« Streif hatte Fauenkirk allerdings einmal auf einem Empfang in New York getroffen. Der hatte dort mit Streif sowie allen anderen internationalen Wirtschaftlern wie mit Schuljungens gesprochen. Streif hatte keine Lust, mit Kowalski über Fauenkirk zu reden.

»Wir haben hier sehr viel zu tun«, sagte Kowalski. »Das werden Sie bald sehen.« Er schielte auf die Bild-Zeitung, die unberührt auf seinem Schreibtisch lag. Mit ihr verbrachte er üblicherweise die erste Bürostunde. Aber heute hatte er Streif, den ehemaligen Marineblauen, von sich einnehmen wollen. Und das schien ihm gelungen zu sein.

Streif sollte das Büro mit Brettschneider teilen, einem Mann seines Alters. Er hatte Glück gehabt und war in einem Raum gelandet, in dem nur Platz für zwei war. Das schmale Fenster galt als halbes, und damit blieb die Platzordnung unverletzt.

Brettschneiders Äußeres beruhigte durch seine Rundungen. Rund wölbte sich der Bauch, und so war auch sein Gesicht. Über prallen Backen kullerten blaue Augen. Brettschneider lachte gern, manchmal ein bißchen zuviel. Mit dem von ihm Erreichten war er nicht unzufrieden. Kowalski hatte ihm für Weihnachten Ocker versprochen, und heimlich sah Brettschneider sich schon als dessen Nachfolger. Mit den Jahren hatte der Stil seiner Memoranden eine Art Eleganz gewonnen, die niemanden zu nichts verpflichtete. Sein Schatz an Allgemeinplätzen war ausgereift. Kowalski mochte ihn, dem friedlichen Brettschneider vertraute er.

Brettschneider hatte der Ankunft Streifs gespannt entgegengesehen. Die letzten elf Jahre war er einem älteren magenkranken Mann gegenübergesessen, der sich nach einem Haupttreffer im Lotto frühzeitig in den Ruhestand verabschiedet hatte. Von Streif wußte er, daß der viel herumgekommen und schließlich abgeschossen worden war. Streif hatte für ihn einen Hauch verschlissener Prominenz. Er fieberte dessen Geschichten aus Übersee entgegen, überhaupt allen seinen Geschichten aus der Welt der AG. Ein wenig unsicher, dafür um so lauter lachend, begrüßte er Streif und hieß ihn willkommen.

»Ich bin der Neue«, sagte Streif und fragte sich, wie lange er das bleiben würde. Aber Brettschneider sah ihn als Kollegen für die nächsten fünfundzwanzig Jahre. Streif setzte sich auf den verwaisten Stuhl des Magenkranken und blickte auf einen Berg von Computerauszügen. Brettschneider hielt einen Tauchsieder in einen Topf voll Wasser, ein Privileg, das er sich selbst zugestanden hatte. Kochen, auch das von Wasser, war in den Büros nicht erlaubt. Nur in den Vorzimmern durften die Sekretärinnen für ihre Chefs Kaffee oder Tee kochen.

»Erst einmal Kaffee.« Brettschneider lachte länger.

Streif stimmte in das Lachen nicht mit ein. Ihm wurde erdrückend bewußt, wie tief ihn Aschmunaydt hatte fallen lassen. Er fühlte sich nicht nur geschlachtet, nein, wie beerdigt kam er sich vor. Und das auf Armenkosten. Fuck them all, dachte er und griff nach der Tasse.

Brettschneider hoffte etwas von Streif zu hören, was er am Abend seiner Frau berichten konnte. »Mit New York ist das hier nicht zu vergleichen«, sagte er und wünschte, sein Gegenüber würde anfangen zu erzählen.

Streif blickte auf eine spillerige Tanne, die vor der Mauer wuchs. »Nein«, sagte er. »Aber Mauern gibt es überall.«

»In New York sind sie viel höher.« Brettschneider hatte gehört, die Büros der AG befänden sich im sechsundneunzigsten Stock eines Wolkenkratzers. »Wird einem da nicht schwindelig?« fragte er.

»Manchmal schon.«

Brettschneider bot Zigaretten an und hoffte, Streif würde eine nehmen. Das hätte ein Problem des Zusammenlebens gelöst. Er hatte sich bei dem Magenkranken, einem fanatischen Nichtraucher, für jede Zigarette entschuldigen müssen. Dauernd war er in die Toilette gelaufen, um hinter einer verriegelten Aborttür zu rauchen. Er lächelte bittend. Streif zuckte es in den Fingern. Er war zu zerschlagen und gedemütigt, um zu widerstehen. Nach einem Jahr rauchte er die erste Zigarette, aber das verschwieg er. Diese Niederlage machte er allein mit sich aus.

»Gott sei Dank haben Sie nichts gegen Nikotin«, entfuhr es Brettschneider.

»Mal mehr, mal weniger.« Streif inhalierte tief.

»So ist auch der Job.« Brettschneider kreuzte auf einem Computerauszug Zahlen an, die er auf ein Formular übertrug und sie mit anderen in einer Tabelle verglich. Ab und zu tippte er auf einer Rechenmaschine herum und notierte die Ergebnisse. »Arbeiten Sie schon an der Studie für Kampe?« fragte Streif.

Brettschneider lachte röhrend. »Diese Kosten werden seit fünfzehn Jahren miteinander verglichen. Warum und für wen, weiß ich nicht.«

»Die Studie für Kampe ist was Neues, und international ist sie auch.«

»Hier ist alles international. Der Computer spuckt dreimal in der Woche Material aus, und das müssen wir verarbeiten.«

»Was machen Sie da eigentlich?« fragte Streif.

»Ich vergleiche Arbeitskosten, Stundenlöhne, die Produktivität in der Getränkeindustrie.«

Nun erfuhr Streif, daß Brettschneider die Kostenentwicklung der Getränkehersteller in Taiwan mit denen in

Mexiko und Guatemala verglich. Streif wunderte sich. »Mit Getränken haben wir doch gar nichts am Hut, am ehesten noch mit Alkoholika.«

Der Typ ist ganz in Ordnung, dachte Brettschneider. Streif schwor, bei diesem Unsinn so kurz wie möglich mitzumachen. Aschmunaydt, dachte er, du Erzsau!

»Vielleicht will Kampe diversifizieren.« Brettschneider kam sich unternehmerisch vor.

Streif war sicher, daß Kampe in einem für ihn günstigen Moment eine Untersuchung verlangte, wenn er jemals erführe, wie sie sich hier die Zeit vertrieben. Er redete so gern vom Wohl der AG und, mehr noch, von dem der Aktionäre. Widerwillig machte sich Streif an die weltweiten Kosten von Einliterflaschen aus Glas und Kunststoff.

Nach Büroschluß kaufte Streif einen gebrauchten Golf bei einem Händler, den er kannte. Dann fuhr er los und suchte ein Haus. Die Adressen hatte er aus den Immobilienanzeigen verschiedener Tageszeitungen.

Das erste Haus war nicht mehr zu vermieten. Eine Frau mit millimeterkurz geschnittenem Haar ließ ihn nicht einmal in den Garten. Die nächste Adresse stellte sich als riesige, aber völlig verwahrloste Altbauvilla heraus. Sie gehörte einem steuerflüchtigen Spekulanten, was Streif von den Nachbarn erfuhr. Als nächstes fragte er sich zu einem Bungalow durch, Marmor und Stuck hinter hohen Scheiben. Den Besitzer, einen alten Zahnarzt, zog es in den Süden. Die von ihm erwünschte Miete hätte von Streifs Gehalt nicht mehr viel übriggelassen. Und so ging es weiter, nichts kam in Frage. Am enttäuschendsten waren die Reihenhäuser, an denen Streif ohne zu halten vorbeifuhr, wenn er sie endlich gefunden hatte.

Im Hotel trank Streif zwei Schnäpse hintereinander, biß dann in eine kalte Frikadelle, die er mit Bier runterzuspülen versuchte. Während er noch würgte, begrüßte ihn ein pickliger Mann, der einige Jahre älter als er war.

»Long time no see«, sagte er und schob sich mit einer gewissen Unterwürfigkeit an Streif heran, der den Namen des Pickligen vergessen hatte.

»Blauerngroß«, stellte sich dieser jetzt vor.

Streif erinnerte sich, damals in Casablanca, als er Boß in Marokko gewesen war, der jüngste Chef einer Auslandsgesellschaft von Corpus, war Blauerngroß Assistent des Verkaufschefs gewesen. Inzwischen war der Pickelige zu den Scharlachroten aufgestiegen. Streif mußte sich anhören, wie dieses Wunder geschehen war, was ihm drei weitere Schnäpse und ebenso viele Biere erleichterten, zu denen ihn der Untergebene von einst einlud, der sehr bald gar nicht mehr unterwürfig wirkte. Daß Streif geschlachtet worden war, hatte Blauerngroß bereits in Tokio vernommen, und sah dies jetzt bestätigt, da Streif in diesem Schuppen abgestiegen war.

In seinem Zimmer ließ sich Streif halb ausgezogen aufs Bett fallen und schlief sofort ein.

Aschmunaydt war fünfzigmal im neuen Trainingsanzug und den Joggingschuhen um seine Villa gelaufen und genoß das Prickeln in den Waden und Schenkeln.

Sein Sohn Richard hatte ihn unter der Dusche überrascht. Jetzt saßen die beiden vor dem türkisfarbenen Kamin. Sie tranken Apfelsaft. Richard war größer als sein Vater, schlaksig wie Streif und hatte freche, braune Augen. Er war Bankkaufmann und hatte es nirgendwo lange ausgehalten. Seit einigen Monaten arbeitete er in der Wertpapierabteilung einer Privatbank. Aschmunaydt hatte ihm diesen Job vermittelt, so wie alle vorhergehenden Stellungen. Über den letzten großen Reinfall mit Richard sprach Aschmunaydt mit niemandem.

Richard interessierte sich für Musik, Theater und Literatur. Aschmunaydt verstand kaum etwas davon. Seine Frau ging meistens allein in Ausstellungen und Konzerte. Die Bücher, die sein Vater las, hätte Richard nicht als Literatur gelten lassen.

Richard erzählte von einem französischen Stück, das er vor kurzem gesehen hatte. Auch noch französisch, dachte Aschmunaydt und betrachtete die Fotos seiner Enkel, die in einem Silberrahmen auf dem Kaminsims standen.

Richard schwärmte von einem Popkonzert. Aschmunaydt fand, daß sein Sohn zu alt dafür war, doch wußte er auch, daß je länger Richard von Kunst schwärmte, desto größer die Schwierigkeiten waren, mit denen er am Ende herausrückte.

»Bist du nicht hungrig?« fragte Aschmunaydt.

»Ich mach uns was Gutes, aber erst muß ich dir etwas beichten.«

»Was?« Aschmunaydt knöpfte den Bademantel enger.

»Ich bin verliebt, sogar sehr.«

»Und?«

»Ich werde mich scheiden lassen.«

»Du bist verrückt.« Aschmunaydt verschränkte die Arme über der Brust.

»Ist egal, ich will es aber.«

»Kommt nicht in Frage!«

»Sie ist eine tolle Frau, du kennst sie nicht.«

»Ich will sie auch nicht kennenlernen. Ich kenne Sonja, deine Frau, und so eine bekommst du nicht wieder.«

»Aber ich liebe Nana, sie ist wunderbar.«

Aschmunaydt stutzte, Nana klang so ähnlich wie Nina. Er sagte: »Das redest du dir nur ein, bumst noch mal richtig, dann hat die liebe Seele Ruh.« Er stand auf, nahm ein Foto vom Kamin und schaute auf seine Schwiegertochter, die den ältesten Enkel als Säugling auf dem Arm hielt. Sonja war Kielerin, schlank und blond, Judokämpferin und Übersetzerin. Ihre sehr hellen, blauen Augen begeisterten Aschmunaydt immer wieder, und er paßte auf, daß er nie zu lange in sie sah. Er hielt Richard das Foto unter die Nase: »Hast du noch immer nicht kapiert, was du an ihr hast? Sie hätte längst verduften können.«

Aschmunaydt griff nach einem anderen Foto, die Enkel spielten an einem Strand. Er stellte das Foto vor Richard auf den Tisch.

»Willst du die auch unglücklich machen?« Aschmunaydt zeigte auf die Kinder. »Die brauchen dich und keine Nana.«

Richard verzog sich in die Küche. Aschmunaydt öffnete eine Flasche Rotwein. Nachdenklich leerte er ein Glas. Auf einmal hatte er wieder an Streif denken müssen. Ob der in den nächsten Tagen kündigen würde? Dort, wohin er ihn hatte abschieben lassen, konnte er es nicht lange aushalten.

Aschmunaydt folgte Richard mit der Flasche. In der Küche roch es nach Rosmarin und Knoblauch. Richard bereitete einen Lammrücken vor.

»Wie geht's eigentlich Joachim?« fragte er. Beide kannten sich seit langem und waren locker befreundet. Aschmunaydt hatte den Umgang zwischen ihnen gefördert, da er hoffte, der drei Jahre ältere Streif würde ein guter Einfluß für Richard sein. Der aber hatte sich nie ein Beispiel an Streif genommen. Je älter Richard wurde, desto öfter fragte sich Aschmunaydt, was er mit ihm falsch gemacht hatte. War er zu verwöhnt worden? Aber Streif war auch nicht als Kind armer Leute aufgewachsen. Da hatte Aschmunaydts Jugend ganz anders ausgesehen. Er und seine Geschwister hatten sich nach dem Krieg mit Steckrüben und Kartoffeln durchgehungert.

Das Essen schmeckte Aschmunaydt, immerhin konnte sein Sohn kochen. Als Richard sich verabschiedete, sagte er: »Ich fahre gleich bei Nana vorbei, und dann ist Schluß mit ihr.«

10

Nina hatte drei Tage lang nichts von Streif gehört. Sie erreichte ihn morgens im Hotel, als er sich rasierte.

»Was machst du?« fragte sie. »Ich sorge mich um dich.«

»Ja, aber ja.« Streif sank auf das Bett.

»Warum hast du schlechte Laune?« rief Nina. »Ich denke dauernd an dich, aber du an mich wohl weniger.«

»Nein, aber nein!« Der Rasierschaum trocknete auf seiner Haut und fiel in Flocken ab.

»Hast du mich vergessen, läufst du schon hinter anderen Frauen her?« Noch redete Nina halb im Spaß, aber Streif spürte, wie sich in ihr eine Gereiztheit aufbaute. Für ihren Anruf verlangte Nina Beifall, zu dem sich Streif etwas zu spät aufraffte, indem er sagte: »Ich freue mich so, deine Stimme zu hören.«

»Fühlst du dich noch immer so mies?« fragte Nina in einem Ton, als ließe Streif sich gehen. Er war gewarnt und erwiderte: »Ich fühle mich sehr viel besser, du mußt nur etwas geduldiger mit mir sein.«

Geduld war aber nun wirklich nicht Ninas starke Seite. Sie wollte seine interne Nummer in der AG wissen, damit sie ihn jederzeit erreichen konnte. Die Vorstellung, von Nina vor Brettschneider angerufen zu werden, erschreckte Streif derartig, daß er unbedacht an die Kosten solcher Gespräche erinnerte.

»Willst du nichts mehr von mir wissen?« Nina lamentierte, als hätte Streif sie gezwungen, in New York zu darben. Er hatte seine Telefonnummer noch nicht im Kopf. Bisher hatte sie auch niemand wissen wollen.

»Wie heißt deine Sekretärin?« fragte Nina.

»Ich habe keine.«

»Nicht mal eine Sekretärin?«

»Ich brauche keine.« Und nun erfuhr Nina, daß er auf

Ocker gesunken war. Sie wußte, was das bedeutete. Über die gesammelten Kleckse, wie sie die hierarchische Personalordnung der AG nannte, hatte sie sich oft genug lustig gemacht, solange Streifs Punkt in schöner Regelmäßigkeit gedunkelt war.

»Bloß Ocker!« rief sie.

»Lichtes Ocker.«

»Auf was wartest du noch? Nimm ihn dir zur Brust. Jetzt sind alle Mittel recht, überwinde endlich deine Gutmütigkeit.« Eigentlich hatte Nina Trägheit gemeint, aber auch sie unterschätzte Streif. Sie sprach beherrscht, sehr prononciert. Wie schnell sie das Plappern lassen und regelrecht bedrohlich werden konnte.

Zwei Tage später war Streif zu einer Party eingeladen. Zuerst hatte er nicht hingehen wollen, aber dann doch zugesagt. Täglich acht Stunden mit Brettschneider, das schlug auf den Geist. Karski, der Gastgeber, gehörte zu den Ledernacken der AG. Auf den ruppigsten Plätzen, wo niemand hinwollte, hatte Karski seine Haut für die AG zu Markte getragen. Er war ein kräftiger Mann und einige Jahre älter als Streif. Eine Hautkrankheit in Tansania hatte sein Gesicht verwüstet. Streif hatte ihn zufällig in einer der Kantinen getroffen. Sie kannten sich seit langem, ihre Wege hatten sich öfter gekreuzt. Karski hatte drei Jahre in Nigeria abgerissen, wie er sagte, eine größere Scheiße als Lagos gäbe es nicht. Nun sollte er nach Khartoum. Streif beneidete ihn ein bißchen. Die AG hatte mit Karski immerhin etwas vor.

In seiner Wohnung türmte sich der Kitsch. Über räudigen Fellen fletschten afrikanische Masken die Zähne. In einem Regal häuften sich Ponchos, Flöten und Töpfereien, alles aus Südamerika. Karski sammelte Aschenbecher und Vasen aus Kupfer und Speckstein, aber auch Teppiche und Tapisserien der billigen Art. Sie bedeckten die Böden und Wände, selbst die Toilette war nicht verschont geblieben.

Auf fernöstlichen Geweben paarten sich braune Gestalten.

Karskis Wohnung war wie ein aus den Fugen geratenes Zelt. Vieles stand über- und untereinander. Chinesische Bambusschreine auf Elefantenfüßen, Tschadtrommeln und mannshohe Tongefäße auf arabischen Truhen.

Als Streif in diese Wohnung getreten war, hatte er geglaubt, sich in der Adresse geirrt zu haben. Eine junge Frau hatte aufgemacht und war sofort hinter einem Vorhang verschwunden.

Streif war jedoch von Karski rechtzeitig gesichtet worden, der in einem Trog aus Ebenholz ein Getränk mischte. Er begrüßte Streif mit einer Herzlichkeit, als sei es ein Wunder, daß sie sich wiedersahen, was wohl an der Besonderheit der Aufgaben lag, mit denen ihn die AG betraute.

»Die meisten, die hier herumhängen«, sagte er, »ernähren sich von den Krümeln, die vom Tisch des Herren fallen.«

Karski roch nach Zimt und Minze. Streifs Niedergang erwähnte er mit keiner Silbe. Er verfluchte nur gewisse Arschlöcher, von denen noch nie etwas zu erwarten gewesen sei. Streif drängte ihn nicht, näher auf diese einzugehen.

»Die AG ist ein Bordell geworden«, meinte Karski. »Ich werde einen Wanderpreis für den stiften, der sich im Lauf eines Jahres am dreistesten prostituiert.« Daß Streif bei diesem Wettbewerb frühzeitig ausgeschieden war, überging Karski, der in dunklem Ocker steckengeblieben war, und das aus gutem Grund. Hätte ihn die Zentrale jemals auffangen müssen, wäre ihm kaum etwas anzubieten gewesen. Die vorausschauende Allmacht der AG funktionierte eben doch.

Streif empfand es als wohltuend, daß Karski nichts aus New York wissen wollte.

Von den Sudanesen erwartete der sich nicht viel, wenigstens sei das Klima besser als in Lagos.

»Das ist doch alles die gleiche Wichse«, sagte er lachend. »Aber immer noch besser, als sich zu Hause in dieser Klapsmühle abzuzappeln.« Er schlug Streif auf die Schulter und rührte wieder in dem Gesöff im Trog.

Streif irrte durch Karskis Party. Die Gäste standen oder saßen in Grüppchen, die AG bot endlosen Gesprächsstoff. In dem rötlichen Licht aus Moscheelampen erkannte Streif niemanden. Wenn er angesprochen wurde, hörte er immer nur kurz zu. Ihn interessierte nur ein Thema, über das er mit keinem sprechen konnte. Karskis Trunk war leicht bitter und, über Eiswürfel gegossen, erfrischend. Streif merkte kaum den Alkohol, jedenfalls nicht am Anfang.

Er fühlte sich unbehaglich und überlegte, wie er unbemerkt verschwinden konnte, als ihn eine Frau, etwas jünger als er, am Ärmel zupfte. Ihr Pullover war um einiges zu grün und der Rock einen Stich zu gelb. Daß ihre Haare blond gefärbt waren, sah Streif sofort.

»Junger Mann«, sprach sie ihn an. »Warum so stolz und schweigsam?« Sie lachte unsicher. Ihr Parfüm stieg in seine Nase. Es war ihm zu süßlich. Wie eine Frau zu duften hatte, war ihm von Nina beigebracht worden.

»Wetten«, sagte die Blonde, »daß Sie nicht wissen, wer ich bin, obgleich Sie mich kennen müßten.«

Streif setzte eine nachdenkliche Miene auf. Er kannte diese Frau, die ihn aus flinken dunklen Augen musterte. Sie konnte ihm nur in der AG begegnet sein. Er schlug sich gegen die Stirn und spielte den freudig Überraschten. Aber ihr Name fiel ihm nicht ein.

»So gefallen Sie mir viel besser«, lobte sie und nannte ihn den unnahbaren Herrn Streif.

»Bin ich gar nicht.«

»Aber doch.« Sie stellte sich vor: »Hilda Breuer.«

»Wie konnte ich nur!« Streif klapste seinen Hinterkopf

und erinnerte sich: Hilda war die Sekretärin eines Mausgrauen, eines besonders ehrgeizigen Entscheidungsträgers auf der zweithöchsten Ebene in der AG.

»Wie fühlen Sie sich bei uns?« fragte sie. »Eingelebt haben Sie sich bestimmt noch nicht. In Ihrem Fall ist das ja nicht einfach.«

Hilda wußte Bescheid. Daß Mitleid in ihrer Stimme schwang, ärgerte Streif nicht einmal. Sie setzten sich in eine Ecke, weil Hilda nicht mehr stehen wollte, und knabberten Kartoffelchips aus einem schmuddeligen Bastkörbchen.

Karski füllte ihre Gläser nach und meinte, am Freitagabend könnten sie schon einen heben, was er bereits reichlich getan hatte. Er pries Streifs Geschmack und nannte Hilda ein Mäuschen, das eine Sünde wert sei. Die Scheidung von einem Blödmann namens Fritz sei ihr gut bekommen.

»Sachte, sachte«, sagte Hilda.

Streif versuchte zu lachen, klang aber hölzern. Hilda ließ sich nicht entmutigen. Sie mochte schüchterne, etwas sperrige Männer. Von solchen, die glauben, ständig beweisen zu müssen, wie unwiderstehlich sie sind, hatte sie genug. Blödmann Fritz war so einer gewesen.

Hilda führte das Gespräch, in der AG kannte sie sich aus. Intrigen und Kämpfen schaute sie schon lange zu. Einmal, als sie ihren Chef begleitet hatte, war sie auch in New York gewesen. In allen Ehren, wie sie sagte. Die Büros im sechsundneunzigsten Stock kannte sie. Streif hatte sie nicht getroffen, was er pflichtschuldig bedauerte.

»Damals natürlich nicht.« Hilda ließ Streif in verblichenem Ruhm erstrahlen. »Aschmunaydt hätte ich das nie zugetraut, der ist doch sonst nicht so.«

Streif fühlte sich ungemütlich und dennoch seltsam beschwingt. Sein Sturz hatte Wellen geschlagen. Aber nicht nur das war es, was ihn erwartungsvoll stimmte. So eine wie Hilda brauchte er, ein Höhrrohr ganz nach oben. Wo er begraben worden war, konnte er nichts erfahren, und auch das hatte Aschmunaydt beabsichtigt.

Während Karski unentwegt nachgoß und es an aufmunternden Sprüchen nicht fehlen ließ, hielt Hilda mit ihrem Mitgefühl nicht zurück. Einerseits verstand sie, daß Nina ein Leben in New York vorzog, andererseits aber auch nicht. Wie er sich denn allein zurechtfände? In vielem seien Männer so unbeholfen, und gerade solche wie er, der so lange im Ausland gelebt hätte.

»Woher wissen Sie denn das alles?« unterbrach Streif sie.

»Seit fünfzehn Jahren bin ich bei Corpus, immer an interessanten Stellen, da erfährt man einiges, manchmal Unglaubliches.« Was sie Streif vorenthielt, waren ihre Freundschaften mit anderen Sekretärinnen, die wie sie in den obersten Stockwerken der silbernen Türme in das Innerste der AG blickten. Hilda kannte Aschmunaydts Sekretärin ebensogut wie die von Kampe, intelligent und neugierig waren sie alle. Wer es darauf anlegte, konnte eine Menge aus ihnen herauslocken. Streif hatte gut daran getan, Karskis Einladung anzunehmen.

Später wurde getanzt, die Teppiche zur Seite gerollt. Streif forderte Hilda auf, die sich an ihn schmiegte, sich aber nicht an ihn klammerte. Hilda hielt Maß. Streif überragte sie um einen Kopf. Ganz eng mir ihr zu tanzen kam nicht in Frage. Streif dachte nicht einmal daran, auch mochte er Hildas Parfüm nicht.

Spät nach Mitternacht brachte er sie nach Hause. Sie bot ihm nicht an, noch etwas bei ihr zu trinken. Hilda besaß Instinkt. Doch wollten sie sich wiedersehen, einmal ins Kino gehen.

Das ganze Wochenende über suchte Streif weiter nach einem Haus, das ihm für sich und seine Pläne geeignet schien.

Kampe versuchte mit dem Schwiegervater fertig zu werden. Am Sonntag hatte dieser sich mit seiner Frau zum Mittagessen eingeladen, und zwar zu Kampe nach Hause. Eine Abspeisung in einem Restaurant auf Firmenkosten scheide aus, hatte Fauenkirk klargemacht, der entschlossener denn je auf Enkelkindern bestand. Dies nicht nur, um die Familie zu vervollständigen, was schon längst hätte geschehen sollen, sondern auch als eine soziale Verpflichtung. Als finanziell besser Gestellte könnten sich die Kampes davor nicht drücken.

Der Schwiegervater wollte wissen, wie es mit Aschmunaydt in New York gewesen sei. Aschmunaydts Akquisition, die KEO, sei ja ein totaler Reinfall, was Kampe bestätigte.

»Hoffentlich hast du dich zurückgehalten«, sagte Fauenkirk.

»Aber natürlich.« Kampe nickte heftig.

»Einer wird jedoch den Kopf hinhalten müssen.«

»Ich bestimmt nicht.«

Kaum waren die Schwiegereltern abgezogen, schaute Kampes Schwester mit ihrem Mann vorbei, einem arbeitslosen Löwenbändiger. Die Schwester ließ Kampe keine Ruhe und wollte nicht einsehen, daß es in der AG keinen Bedarf für Dompteure gäbe.

Aschmunaydt joggte. Der Parkweg war an Sonntagen ausschließlich für Jogger reserviert. Auf was hatte er sich da eingelassen! Schulter an Schulter, Hacke an Hacke, dauernd wurde er gegrüßt. Daß er es war, hatte sich wie ein Lauffeuer herumgesprochen. Alle diese liebedienerischen oder spöttischen Blicke von Menschen, die er nicht kannte. Es war, als sei die halbe AG auf den Beinen, um sich an seinem Anblick zu weiden. Ständig wurde er überholt. Viele, die vor ihm waren, ließen sich zurückfallen, schielten zu ihm hin und liefen einige Schritte neben ihm, um ihn dann wieder hinter sich zu lassen.

Am Morgen hatte es leicht geregnet, es wurde schwül. Schweiß strömte über Aschmunaydts Gesicht. Er riß die Jacke des Trainingsanzugs auf. Das Unterhemd klebte auf seiner Brust. Nach Luft ringend, ging er im Schritt, und noch immer waren es zwei Kilometer bis zum Ausgangspunkt der Schleife, die zu bewältigen er sich vorgenommen hatte. Er bewegte sich am äußersten Rand des Weges, um niemandem ein Hindernis zu sein. Aschmunaydt schwor, sich hier nie wieder blicken zu lassen.

Er sehnte sich nach einem stillen Waldweg, wo ihn niemand grüßte und er ungestört ausruhen konnte, wann immer er wollte.

Nina hatte beschlossen, berühmt zu werden, und zwar schnell. Über vierzig Bilder hatte sie schon vorzuweisen. Ihr alter Lehrmeister äußerte zwar Bedenken, doch begriff er sehr bald, daß sie nicht umzustimmen war.

Gordon Gray sollte ihre erste Ausstellung veranstalten, wovon er noch nichts wußte. Gray hieß eigentlich anders, aber sein wahrer Name wäre für die Amerikaner unaussprechlich gewesen, die niemals zwei Ys und drei Cs über die Zunge gebracht hätten. Gray, schmalbrüstig und glattgesichtig, hatte seine Finger in vielem. Die Malerei gehörte dazu, an mehreren Galerien war er beteiligt. Nina hatte ihn zu einem Austernessen überredet.

»Silber und Blau sind die Farben der Saison«, sagte Gray. An Silber hatte Nina noch nicht gedacht. Gray riet zu Spraydosen. »Gefällige Blautöne sollten dir nicht schwerfallen.«

Nina gab ihm einen Kuß auf die Stirn. Man mußte eben die richtigen Leute kennen. So war das auch mit der Kunst, und erst recht in New York. Sie stapelte die Austernschalen übereinander, die kalkig grau schimmerten, und hatte eine

Idee. Warum nicht die Schalen auf Leinwand oder Karton kleben? Mond und Vulkanlandschaften würden so entstehen, die silbrig leuchteten und blaue Schatten warfen. Vielleicht auch nukleare Wüsten, das paßte doch zu der sich überall verbreitenden Endzeitstimmung.

Sie bat Gray, eine große Tüte zu bestellen, und sammelte die Schalen ein.

»Willst du daraus Suppe kochen?« fragte er und griff nach ihrer Hand, die er mit seinen langen Fingernägeln kitzelte.

Nina blickte auf Grays elfenbeinfarbene Handgelenke, die hervorquellenden bläulichen Adern auf den Handrükken. Die Hände eines Greises, aber der Mann vor ihr war nicht einmal vierzig.

Hinter Nina unterhielten sich zwei Männer. Die Stimme des einen schwang in tiefen, rauhen Tönen. Nina empfand sie als einen angenehmen Ausgleich zu Grays hohem Organ. Sie drehte sich um, es war McCumber, der sich nach Streif erkundigte und ihn grüßen ließ.

Gray, der öfter einen Satz piepsend beendete, wedelte mit seiner platingetönten Kreditkarte. Ninas Hand ließ er nicht los und gab sie auch nicht frei, als er unterschrieb und ein Trinkgeld aus der Jacke fischte.

Nina hatte diesen Sonntagnachmittag mit Bedacht gewählt. Die Stadt war verödet, es war feucht und heiß. Ein Mann, der einen Liter Weißwein und zwei Dutzend Austern intus hatte, konnte im Grunde nur an eines denken. Und noch immer umspannte Gray ihre Hand. Der Druck war stärker geworden.

Sie fuhren in sein Townhouse, in dem es silbern und bläulich glänzte.

»Siehst du«, sagte er. »So ist das heute.«

Er zog die Jacke aus und fummelte an ihrer Bluse. Sie fröstelte und war sicher, daß dies nichts mit der Aircondition zu tun hatte. Grays engstehende Augen waren aus den

Höhlen getreten und ruhten unbeweglich zwischen den Lidern. Er brauchte sich nur auf der Oberlippe zu rasieren. Seine Wangen waren die eines Kindes.

Als er sie auf ein Sofa zog, das kratzige Felle bedeckten, schloß sie entsetzt die Augen. Ihr war, als sänke ein Leichnam auf sie. Grays Körper war beinern weiß. Kein Haar wuchs auf ihm. Die Schlüsselbeine standen unnatürlich hervor. Sein Bauch hatte die Form eines Fußballs.

Er preßte sie an sich und küßte sie. Was dann passierte und sie reglos mit sich geschehen ließ, war gottlob von kurzer Dauer. Danach spazierte Gray vor ihr auf und ab. Er war ihr so zuwider, daß sie nur zu ihm hinblinzeln konnte. Gray dachte nicht daran, sich etwas überzuziehen, bereitete sich einen Gin Tonic zu und bot ihr auch einen an.

»Bitte, bitte mit viel Gin«, sagte Nina.

Sie schob ein Kissen unter ihren Kopf und trank im Liegen. Kaum hatte sie das Glas geleert, bedrängte sie Gray erneut: »Weißt du, wie es die Hunde machen?«

Nina bejahte. Nach Hundeart war es ihr mit ihm noch am liebsten. Das Gesicht in den Armbeugen verborgen, müßte sie ihn wenigstens nicht sehen.

So verging der Nachmittag, Gray spielte noch zweimal Hund, und Nina trank die doppelte Anzahl von Gin Tonics. In ein Affenfell gehüllt, schlief sie schließlich ein.

Abends weckte sie Gray und sagte: »Ich bin eine Dogge.«

Kampe rief die Meyer-Schwanenfels an und wollte wissen, wie sich Streif einarbeitete.

»Aber das bleibt unter uns«, sagte er.

Die Meyer-Schwanenfels rief Kowalski an: »Wie kommen sie mit Herrn Streif zurecht?«

»Warum fragen Sie?« erkundigte sich Kowalski.

»Reine Routine, Sie haben also keine Schwierigkeiten mit ihm?«

»Überhaupt nicht«, erwiderte Kowalski. »Streif arbeitet hervorragend, so einer hat uns gefehlt.«

»Keine Probleme mit Streif«, meldete die Meyer-Schwanenfels an Kampe.

»Wenn etwas mit ihm ist, rufen Sie mich an«, sagte Kampe.

»Was soll denn sein?«

»Egal was, aber das bleibt unter uns.« Kampe wunderte sich wie Aschmunaydt über Streif. Mit dessen Schlachtung waren für ihn die Probleme mit der KEO noch nicht abgehakt. An diesem späten Nachmittag blieb Kampe noch länger als sonst im Büro.

Er sammelte alles, was über die KEO zu erfahren war. Heute hatte Kampe neue Unterlagen aus New York erhalten, die er unbedingt noch durchgehen wollte. Außerdem wollte seine Schwester zum Abendessen kommen, und wie er sie kannte, saß sie schon den halben Nachmittag bei ihm zu Hause herum.

11

Für das, was Streif vorhatte, ging ihm alles zu langsam. Ein Haus hatte er noch immer nicht gemietet. Einmal war er kurz davor gewesen, hatte sich aber im letzten Moment eines anderen besonnen. Wo war hier nur ein Haus zu finden, das schlecht einzusehen war?

Das Hotel war unerträglich. Dauernd traf er einen von früher, und immer kamen die gleichen Fragen: Wieso, weshalb, wie konnte das nur möglich sein? Streif beschwerte sich nie, er hätte gute Jahre gehabt, jetzt seien eben ein paar schlechtere dran.

Daß er nicht mit den Zähnen knirschte, Aschmunaydt und die AG verwünschte, verstand niemand. Streif, so dachte manch einer, war schon immer irgendwie undurchschaubar gewesen. Und vielleicht hatte ihm das den Hals gebrochen.

Auch Kowalski und Brettschneider war es nicht gelungen, etwas aus Streif herauszulocken. Kowalski war enttäuscht, schon dreimal war er mit Streif zum Mittagessen gegangen und hatte nichts erfahren. Aber davon abgesehen, schätzte er Streif zunehmend, dessen Memoranden er für einsame Spitze hielt. In verschlungenen Sätzen verbrämte dieser den Unfug der internationalen Kostenvergleiche. Er zog Schlüsse, die kaum nachzuvollziehen und schon gar nicht zu entkräften waren. Kowalski war voll des Lobes und Brettschneider voller Bewunderung, trotz des anhaltenden mißlichen Gefühls, Streif nicht das Wasser reichen zu können. Die Erfahrung im Ausland, räumte er immer wieder ein, die habe ihm Streif voraus.

Im Kino schlief Streif zweimal neben Hilda ein. Ständig den Tränen nahe, merkte sie es nicht. Trotz fünfzehn Jahren AG hatte sich Hilda eine romantische Ader bewahrt.

Nach dem Film kehrten sie in eine Weinstube ein. Streifs Lücken über den Inhalt des Films waren erheblich, was Hilda großzügig überging, obgleich sie gern über soeben durchlittene Filme diskutierte. Da Streif nur wenig beitragen konnte, drehte sich das Gespräch bald um die AG.

Immer wieder erwähnte Hilda Aschmunaydt. Streif sollte sich aussprechen, womöglich explodieren, das mußte doch mal sein.

»Seine Frau ist noch immer im Krankenhaus«, sagte sie. »Die Ärzte wissen nicht, was sie hat. Aschmunaydt besucht sie fast jeden Abend, so ein guter Ehemann.«

Hilda schwieg, um Streif Gelegenheit zu geben, über die schlechten Seiten Aschmunaydts herzuziehen. Aber Streif blieb stumm. Er drehte das Weinglas über das gestärkte Tischtuch, das kleine Kreise hinterließ.

»Er lebt also noch immer allein«, war alles, was er sagte.

»Das ist nicht einfach für einen Mann, der so viel um die Ohren hat.«

»Er hat doch eine Hilfe daheim.«

Hilda schüttelte energisch den Kopf. »Die Aschmunaydts haben immer bescheiden gelebt. Es kommt nur eine Putzfrau ins Haus.«

»Dann ist er tatsächlich fast immer allein!« bemerkte Streif.

Daß Aschmunaydt in einem knallroten Trainingsanzug beim Joggen gesehen worden war, wußte Hilda noch nicht. Ihre Freundinnen hatten bereits davon gehört, doch hatte sie in den letzten Tagen mit keiner zu Mittag essen können. Ihr Chef, ein unerbittlicher Streber, hatte sie mit endlosen Reiseberichten eingedeckt.

»Ich suche ein Haus«, sagte Streif, »natürlich nichts Großes. Es soll etwas außerhalb liegen, ich brauche Ruhe.«

Hilda überlegte. In diesem Moment fand sich Streif besonders lächerlich, mit einer ihn anhimmelnden Blondine in einer Weinstube zu sitzen, nur weil sie die Sekretärin eines Mausgrauen war. Es schmeichelte ihn nicht im geringsten, daß sie ihn bewunderte, weil er vielleicht etwas anders war als die Männer, die ihr sonst über den Weg liefen. Er hatte keine Lust, sich mit einer fast fremden Frau einzulassen, in einem Bett aufzuwachen, das bestimmt nicht breit genug war, und in einem Bad zu duschen, in dem es nach Hildas Parfüm roch. Aber womöglich war es auch ihre Seife.

Streif zahlte. Sie traten ins Freie, in eine Luft, die Hilda milde, der Haut schmeichelnd fand und die für Streif weder noch war, eben bloß Luft. Er fuhr sie nach Hause und hoffte wiederum, sie würde ihn nicht zu einem Kaffee oder sonstwas zu sich bitten.

Hilda war klüger, als Streif dachte. Sie hatte schnell erkannt, daß man sich mit ihm Zeit lassen mußte. Auch deswegen mochte sie ihn und nannte seine Zurückhaltung »eine begreifliche Melancholie«.

Aschmunaydt joggte auf einem Waldweg, den ihm seine Sekretärin empfohlen hatte, die dort mit ihrem Mann spazierengegangen war. Die Wolken hingen tief an diesem Abend, längst hätte es regnen müssen. Der Weg zog sich an bewaldeten Hügeln entlang, durch Tannen und Kiefern, an dichtem Unterholz vorbei. Ab und zu öffnete sich der Wald zu einer Lichtung.

Und kaum ein Mensch, einmal ein junges Paar, dann ein älteres, die ihm entgegenkamen. Aschmunaydt lief an den Spaziergängern vorbei und kam sich sportlich vor. Hinter der nächsten Biegung verlangsamte er dann das Tempo und ging bald Schritt. Er schwang die Arme, klatschte die Hände über dem Kopf zusammen und hopste, was zu seinem Glück niemand sah. Die Bewegung begeisterte ihn, Schweiß rann über sein Gesicht.

Und niemand beglotzte ihn! Auch wenn sein Alter nur als älter galt, mußte er den Jungen uralt erscheinen. Noch vor kurzem hätte er sich über einen, der wie er durch den Wald schnaufte, lustig gemacht. Aschmunaydt fühlte sich jetzt wie jemand, der etwas sehr Schönes entdeckt hat.

Er war nie ernsthaft krank gewesen, trotz des Lebens, das er meist im Sitzen führte. Von Natur aus robust und kräftig, hatte ihm das nichts ausgemacht. Und jetzt, jeden Abend die kranke Frau vor Augen, war er stolz, daß er sich noch so gut bewegen konnte. Das wollte er sich möglichst lange erhalten.

Aschmunaydt drehte um. Nächstes Mal würde er ein Stück weiterlaufen. Es dunkelte, der Wald wurde düster. Wie im Märchen, dachte Aschmunaydt.

Als er den Wagen aufschloß, den er auf einer Lichtung

geparkt hatte, fielen die ersten Tropfen. Er streifte die Trainingsjacke ab, riß sich das Unterhemd vom Leib und ließ den Regen auf den nackten Oberkörper prasseln.

Nina malte.

Ein Zimmer, das eigentlich für Gäste oder Kinder gedacht war, hatte sie in ein Atelier verwandelt. Kinder waren nicht zu erwarten und Gäste auch nicht. In der Schwüle trug sie nur einen Kittel auf der bloßen Haut. Die Austernschalen klebte sie auf Leinwand oder Sperrholzplatten, die sie in verschiedenen Blautönen lackiert hatte. Die Schalen hatte sie silbern angesprüht und versah sie mit Schatten auf dem blauen Grund. Aus der Endzeitstimmung war allerdings nicht viel geworden, die versilberten Austern wirkten zu freundlich. Nina sah in ihnen jetzt Wolken, die über das Firmament segelten, oder Gischt von Wellen. Ihre Arrangements sollten den Weg zur Natur weisen, über deren Erhalt man sich überall sorgte. Wichtig war, daß sie gut bezahlt wurden.

Wie dringend sie Geld brauchte, war ihr nach dem letzten Telefongespräch mit Streif bewußt geworden. Mit den Ersparnissen Streifs war es nicht weit her. Sie hatten zu gut gelebt, und deshalb hatte sie Jerry, den Börsenmakler, für den Nachmittag bestellt, um dessen Opferbereitschaft zu erkunden.

Jerry erschien in offenem Hemd und leichter Hose. Er sah nicht wie ein Börsenmensch aus, eher wie ein Würstchenverkäufer. Er küßte Nina auf den Mund und versuchte sie an sich zu drücken. Nina ließ sich zwar küssen, stemmte jedoch ihre Fäuste gegen seinen prallen Bauch. Jerry stellte es sich mit Nina zu einfach vor, er mußte ins Atelier. Daß Blau und Silbertöne als Kombination gefragt waren, hatte er noch nicht gehört.

»Du malst so erfrischend«, staunte er. »Das hatte ich gar nicht erwartet.« Er gab vor, die silbrigen Austern lustig zu finden, in Wahrheit hielt er Ninas Idee für blödsinnig. Austern schlürfte man, was sonst?

»Ich plane eine Ausstellung«, sagte Nina. »Du mußt kommen.«

Jerry schwante, ein Bild kaufen zu müssen, und wußte noch nicht, daß er damit am unbeschadetsten davonkommen würde.

»Bei dir ist es fürchterlich heiß.« Er zog das Hemd über den Kopf. Nina gab sich kühl und klagte, wie teuer das Leben in New York geworden sei.

»Dein Mann verdient doch gut«, entgegnete er, stutzig geworden.

»Verdiente.«

Jerry schob den Nacken vor. Der Schrecken breitete sich in seinem Gesicht wie bei einem Börsensturz aus. Er öffnete das Fenster, obwohl die Tür zur Terrasse offen stand. Sein Oberkörper sank vor. Die graue Mähne auf seinem wabbeligen Brustfleisch machte ihn für Nina etwas erträglicher.

Jerry wollte nicht verstehen. »Im tüchtigen Deutschland verdient man doch so gut.«

»Die zahlen hundsmiserabel, und dann die Steuern.«

»Die mußt du überall blechen. Was glaubst du, wie ich zur Kasse gebeten werde.«

»Mein armer, von der Steuer verfolgter Liebling.« Sie schmiegte sich an ihn. »Wie dumm, daß so viele schlechte Dinge zusammenkommen, aber ich kann mir die Miete nicht mehr leisten. Ausgerechnet jetzt, wo alles so schön werden könnte.« Ihre Hände wurden sanft.

»Die Miete«, flüsterte er und sah um sich, als wollte er sie schätzen.

»Überleg dir, wie viele schöne Stunden wir verlieren, wenn ich ausziehen muß.«

»Es gibt doch bestimmt was Billigeres.«

»Nein!« sagte sie fest. »Hier oder überhaupt nicht.« Sie löste sich von ihm und verfluchte Aschmunaydt im stillen, der sie zwang, diesen ältlichen Fettwanst auszunehmen. Um einen halben Ton zu hoch machte sie Jerry klar, daß bei ihr auf die billige Tour nichts liefe. Die sei sie nicht gewöhnt und von Freunden schon gleich gar nicht. Wahre Freundschaft beweise sich eben erst in der Not. Jerry hatte das nicht zum ersten Mal gehört, aber um den Beweis war er bis jetzt herumgekommen.

»Wieviel ist es denn?« Er rieb sich die Augen über den Tränensäcken. Nina nannte den Betrag. Er bot ihr die Hälfte an, erhöhte aber sein Angebot um fünfzig Prozent, als er die schweigende Entrüstung in ihrem Gesicht aufziehen sah. Er klammerte sich an ihre Schultern und stöberte mit dem Mund in ihren Haaren. Mit Nina hatte er es sich eher kostengünstig vorgestellt. Sie versuchte ihn von sich zu halten und befreite sich schließlich von ihm.

»Ist schon gut«, sagte er geschlagen und versprach, die ganze Miete zu übernehmen.

12

Nach weiteren drei Wochen hatte Streif ein Haus gefunden. Mahlmann, der Besitzer, wollte nach Indien. Er war ein jüngerer Mann, und was immer ihn in die Ferne zog, war Streif nur recht. Als er genauer in das fahle, großporige Gesicht sah, wußte er, daß es wenig Chancen für ein Wiedersehen gab. Auch das kam ihm gelegen.

Das einstöckige Haus verkam in einem ungepflegten Garten. Unter den Rhododendronbüschen häufte sich Abfall. Auf die hintere Seite des Hauses schob sich eine Müllhalde zu, die noch einige hundert Meter vom Haus entfernt war. Die obere Längsseite des Grundstücks begrenzte eine Backsteinmauer, hinter der eine Fabrik lag. Die Gießerei sei in Konkurs gegangen, sagte Mahlmann, der manchmal stockend sprach, als fehlten ihm die Worte. Vielleicht fiel es ihm auch nicht leicht, das auszudrücken, was er erzählen wollte.

»Kabansek, der Fabrikbesitzer, sitzt im Knast«, sagte er. »Da drüben gab es einen üblen Streik, die Fetzen sind nur so geflogen. Aber jetzt ist totale Ruhe, so wie Sie es wünschen.«

In einer Entfernung von etwa zwei Kilometern befand sich eine Siedlung, die vom Haus durch Brachland getrennt war, das keiner kaufen wollte, erklärte Mahlmann. Mit dem rechten Arm wies er zur Müllhalde hin.

Das Haus hatte er von seinem Vater geerbt, der viele Jahre technischer Leiter der Fabrik gewesen war. Zum Glück wäre er rechtzeitig gestorben, die Pleite hätte er nicht mehr erlebt. Früher sei da hinten kein Müll abgeladen worden. Die Gegend sei viel schöner gewesen.

Das Haus war ärmlich möbliert. Die Klunker von damals, sagte Mahlmann, habe er zum größten Teil verscheuert. Wenn Streif nichts Besseres hätte, würde er ihm den Rest überlassen, viel sei es ja nicht mehr.

Damit ließ er sich in einen bräunlichen, abgeschabten Kunststoffsessel fallen, aus dessen Polstern pfeifend die Luft entwich, und holte mit der Hand einladend aus, was ihm eine seltsame Großzügigkeit verlieh.

»Schauen Sie sich alles in Ruhe an.«

Streif ging durch das L-förmige Wohnzimmer, dessen ehemals cremefarbige Wände in schmutziges Beige übergegangen waren. Verkaufte Bilder hatten helle Rechtecke und Quadrate hinterlassen. Das Parkett stumpfte schwärzlich in der Abendsonne. Von der Decke hing eine Jugendstillampe, deren Schirm vergilbt und ausgefranst war. Im Eßzimmer standen ein Tisch von Ikea und vier Gartenstühle. An einem Haken, an dem wohl ein Gemälde oder ein Spiegel gehangen hatte, war ein Kalender der Air India mit Draht befestigt worden. Die Stores waren aus Nylon und steif vor Dreck.

Mahlmann stieß eine Schwingtür auf. Sie traten in die Küche, in der es nach Curry und ranzigem Palmöl roch. Immerhin gab es einen Herd und einen Kühlschrank. Eine Wand war bis zur Decke mit Plakaten aus Bombay, Kalkutta und Kaschmir beklebt.

Streif sah aus dem Fenster. Die Häuser der Siedlung waren im Abenddunst nur schwer zu erkennen.

Streif stieg in den Keller. Das Abendlicht fiel durch enge, ebenerdige Fenster in die gekachelte Waschküche. Der daran angrenzende Raum war stockfinster. Streif knipste das Licht an. Dieser Teil des Kellers war leer und fensterlos. Eine Eisentür war unverschlossen. Er trat in einen Weinkeller und tastete nach dem Lichtschalter. In den Regalen lagerte nicht eine Flasche. Der Fußboden war mit Holzplanken ausgelegt. Zwei Bänke säumten einen länglichen Tisch, in den eine Schieferplatte eingelassen war.

Hier unten hatte Mahlmanns Vater mit seinen Freunden Nächte durchzecht.

An eine Toilette war gedacht worden. Streif probierte die Spülung aus. Das Wasser schoß in die verstaubte Schüssel.

Streif machte sich wieder auf den Weg nach oben. Mahlmann hatte Jasmintee gekocht und pfiff »Muß i denn, muß i denn zum Städele hinaus«. Er bot Streif indische Zigaretten an und hoffte, daß er wenig auszusetzen habe, ruhig sei das Haus auf jeden Fall. Streif erkundigte sich nach der Höhe der Miete.

In Mahlmanns Gesicht trat ein demütiger Zug. Er zögerte, stockte, bis er endlich den Preis herauspreßte, der so niedrig war, daß ihn Streif sofort akzeptierte.

»Die Leute sind so anspruchsvoll geworden.« Mahlmann suchte seit einem Jahr einen Mieter. Streif musterte ihn jetzt genauer. Er war kein jüngerer Mann, jung war er, nicht älter als Mitte Zwanzig.

»Studieren Sie?« fragte Streif.

»Nun nicht mehr.« Mahlmann grinste etwas verlegen. Streif lachte verständnisvoll, als ob Studieren völlig sinnlos sei. Er dachte, ab in den Orient und nichts wie Kiffen.

Gemeinsam begaben sie sich in das obere Stockwerk. Das Ehebett der Eltern hatte den Ausverkauf überlebt. Streif ekelte es vor dem Bad. Das würde er als erstes reinigen und einen neuen Toilettensitz kaufen.

Mahlmann führte ihn in ein Zimmer, von dem aus man das Fabrikgelände überblickte. Unter einem Satellitenposter des Himalajas im Licht der aufgehenden Sonne war ein erbsengrüner Blechtisch gegen die Wand gestellt, auf dem Streif den Mietvertrag unterschrieb.

Beschwingt fuhr Streif zum Hotel, und so begrüßte er auch den Kellner und das Stubenmädchen. »Morgen ziehe ich aus«, sagte er.

Im Restaurant setzte er sich an den kleinsten Tisch und bestellte das Abendmenü.

Er versteckte sich hinter einer Zeitung und löffelte die Suppe, die stark nach Maggi schmeckte. Hilda wollte ihn zu einer Freundin mitnehmen. Nach dem Essen, hatte sie gesagt, wir sind ganz unter uns. Sie hatte gefürchtet, daß Streif nicht mitkommen wollte, aber ihm waren Hildas Freundinnen hochwillkommen, wenn sie die Sekretärinnen von Mausgrauen oder Nachtschwarzen waren – und so eine würde er heute kennenlernen.

Streif fuhr zu Hilda, machte aber einen Umweg. Er bog auf die Schnellstraße, die an dem Vorort vorbeiführte, in dem Aschmunaydt wohnte. Seit Streif in Düsseldorf angekommen war, hatte er Aschmunaydt nicht zu Gesicht bekommen. Nach Büroschluß hatte er sich ab und zu unter die Angestellten gemischt, die aus dem mittleren der drei silbernen Türme strömten. Die Hoffnung, Aschmunaydt einige Meter folgen zu können, hatte ihn dorthin getrieben.

An diesem milden Sommerabend war sein Verlangen, einen Blick auf Aschmunaydt zu werfen, besonders stark. Daß er eine Bleibe gefunden hatte, machte ihn zuversichtlich. Aschmunaydt würde staunen, worauf er sich mit ihm eingelassen hatte.

Streif lenkte den Wagen durch stille Straßen, die so sauber und ordentlich waren wie die Häuser, die sie säumten. Und erst die Gärten, in denen diese Häuser standen, die wie ins Freie verlegte gute Stuben waren. Streif war kein Chaot, aber an die Sterilität dieser Vororte hatte er stets nur mit Schaudern gedacht. Ihm graute es vor der Tadellosigkeit, die so viele beseelte: proper und makellos und ständig auf der Leiter nach oben.

Streif näherte sich der Villa Aschmunaydts, die hinter Blautannen lag. Noch vor einem Vierteljahr war er hier wie ein Sohn des Hauses empfangen worden.

Die unteren Fenster waren beleuchtet. In der Einfahrt vor der Garage funkelte ein Mercedes. Ein Rasenmäher knatterte. Streif hielt kurz, rollte dann einige Meter weiter und sah in den Garten.

Und jetzt sah er ihn: Aschmunaydt in Unterhemd und Drillichhose, der ihm den Rücken zuwandte. Mit vorgebeugtem Oberkörper steuerte er die lärmende Maschine. Keine achtzig Meter trennten ihn von Streif, dessen Erregung sich langsam legte. Eine wunderbare Ruhe begann ihn auszufüllen. Er lächelte. Und ein Gefühl von Macht regte sich in ihm.

Vorsichtig fuhr er wieder an, glitt die Straße hinab, vorbei an Dutzenden Häusern und Gärten. Als Aschmunaydt sich aufrichtete und den Rasenmäher wendete, um eine letzte Bahn zu scheren, war Streif verschwunden.

Vor dem Abendessen war Aschmunaydt zum Wald hochgefahren, zu seiner Strecke, wie er den Waldweg bereits nannte. Er hatte wieder ein gutes Stück dazugelegt und war nur einem Förster begegnet. Zu Hause hatte er dann leicht gegessen und im Garten gearbeitet. Und noch immer fühlte er sich nicht müde. Im Gegenteil, eine verheißungsvolle Frische prickelte in ihm.

Um sich abzulenken, öffnete er den Gürtel und schob zwei Finger zwischen Bauch und Hosenbund. Ob er wenigstens ein bißchen abgenommen hatte? Seit dem letzten bestürzenden Ergebnis hatte er sich nicht mehr gewogen. Doch als er dann duschte und sich dabei im Spiegel betrachtete, war er sicher, ein paar hundert Gramm verloren zu haben.

Bevor er sich ankleidete, beträufelte er Hals und Brust mit einem Toilettenwasser, das ihm eine junge Stewardeß aufgeschwatzt hatte. Er schlüpfte in ein weißes gestärktes Hemd und wählte einen seiner dunkelblauen Zweireiher. Das Bordeaux der Krawatte erschien ihm gewagt.

Aschmunaydt war jetzt angezogen, als eilte er ins Büro und hätte Sitzungen in Serie vor. Doch zu dieser Stunde begab er sich ins Tropicana zu Jeanette, die er noch nicht kannte. Er hatte sich bei seinem letzten Besuch in New York erstmals mit einer Farbigen eingelassen. Für ihn hatte das einen besonderen Grad von Verruchtheit besessen, dem er lange widerstanden hatte und dem er nun wieder entgegenfieberte.

Während Aschmunaydt im Tropicana eine Behandlung erfuhr, die seine Erwartungen bei weitem übertraf, trank Streif mit Hilda bei deren Freundin Lucy Ammergatter ein Glas Sekt nach dem anderen. Lucy hatte Geburtstag. Ihr Mann, Wolf Herrmann, öffnete die Flaschen, worin er sehr erfahren war.

Lucy war Sekretärin eines Nachtschwarzen, der es mit Aschmunaydt ebenso konnte wie mit Kampe. Sie war Mitte Dreißig, lebhafter als Hilda und sah besser aus. Ihr rheinischer Akzent störte Streif nur am Anfang. Die kastanienbraunen Haare erinnerten ihn an Nina, straff nach hinten gekämmt, wurden sie von einem Perlmuttkamm zusammengehalten. Lucys dunkelblaue Augen lagen weit auseinander und bewegten sich ständig. Wenn Streif sich von etwas faszinieren ließ, dann waren es Augen. Ihre Bakkenknochen hoben sich deutlich ab, auch das mochte Streif. Lucys Mund war etwas klein geraten, dafür waren ihre Lippen um so voller. Aschmunaydt hätte ihn als Knospenmund bezeichnet.

Lucy war größer als Hilda, aber wesentlich kleiner als Streif. An ihrem Körper war kein Gramm zuviel. Viel Gymnastik, dachte Streif. Ihre Brüste hätte Aschmunaydt auf zwei volle Suppenkellen geschätzt, was ihm zuwenig, Streif aber gerade recht gewesen wäre. Lucy konnte sich sehen lassen, und Streif gefiel ihr sofort. Von ihm hatte sie viel gehört, auch war er ihr flüchtig in Vorzimmern begegnet, bloß hatte er sie nie richtig wahrgenommen. Wie so oft war er mit seinen Gedanken ganz woanders gewesen.

Lucy unterhielt sich hauptsächlich mit Hilda. Ihr Mann, Wolf Herrmann, wurde von ständiger Eifersucht geplagt. Als Vertreter war er viel unterwegs. Er verkaufte Kleiderhändlern Klamotten aus Bundeswehrbeständen. Seinen großen schweren Körper bewegte er langsam, und so war auch sein Blick. Als einer seiner Freunde erschien, der mit ihm die Ergebnisse der Bundesliga vom Wochenende diskutieren wollte, wandte sich Lucy direkt an Streif.

Sie erzählte vom Urlaub, den sie mit ihrem Mann in Ägypten verbracht hatte. Wolf Herrmann hatte vor allem gelitten – das warme Bier, mieses Essen und die Scheißerei, wie er dazwischenrief, hatten ihn den Rückflug ersehnen lassen. Aber Lucy hatte alles interessant und aufregend gefunden. Wie viele Daheimgebliebene in der AG wollte sie nicht für provinziell gehalten werden, was sie durch Gruppenreisen zu vermeiden suchte. Hilda, die den Schwarzwald liebte, hielt sie für weitgereist.

Streif, der Ägypten wahrhaft durchlitten hatte, weil er dort im Laufe zweier Jahre ein E-Werk, ungezählte Pumpen und Zehntausende Tonnen Stahl verkauft hatte, hörte scheinbar aufmerksam zu. In Gedanken war er jedoch bei Aschmunaydt. Wie konnte er ihn stellen? Aschmunaydt, der sich nicht wie ersehnt unter einer, sondern sogar zwei Mulattinnen wand, den beiden unwiderstehlichen Jeanettes. Jetzt hatte er, glaubte er, den Gipfel der Verworfenheit erreicht.

Während Streif dann endlich einmal von sich berichtete und eine Schiffahrt auf dem Nil schilderte, bei der er unentwegt bestohlen worden war, aalte sich Aschmunaydt vor Wonne. Die beiden Damen gaben mehr, als sie sonst zu geben gewohnt waren. Der haarige alte Drecksack, wie sie Aschmunaydt nannten, machte ihnen Spaß.

Streif verlor die Pointe seiner Geschichte, die sicher Ferne durchwehte, besonders unterhaltend aber war sie nicht. Sandstürme, Diebe und dämliche Touristen konnte man auch im Fernsehen erleben. Die Nilfahrt war damals viel witziger verlaufen, als er von ihr erzählte, aber Aschmunaydt beschäftigte ihn zu stark. Streif dachte immer wieder daran, wie der sich über den Rasenmäher gebeugt hatte.

Wolf Herrmann, der von Ägypten nichts mehr hören mochte, setzte sich mit dem Freund an die Hausbar. Die beiden Männer sprachen nun härteren Getränken zu. Von ihrem Mann unbeobachtet, konnte sich Lucy leichter mit Streif befassen. Natürlich kamen sie umgehend auf die AG zu sprechen, und bald war von New York die Rede. Was war denn da nun wirklich passiert?

»Eigentlich nichts Besonderes.« Streif senkte den Blick.

»Eigentlich schon«, entgegnete Lucy. »Sonst hätten wir nicht das Vergnügen Ihrer Gegenwart.«

»Ja, ja«, sagte Streif. »So hat alles auch seine guten Seiten.«

Lucy ließ nicht locker. Vom Alkohol und Streifs schlaksiger Figur beschwingt, sagte sie: »Ich konnte es erst nicht glauben, aber Aschmunaydt hat Sie leider aufs Kreuz gelegt.«

»Leider«, sagte Streif.

Hilda füllte ihr Glas und leerte es sogleich. Lucy breitete ihr Wissen aus. Daß Minter, dieses Windei, in die Staaten delegiert worden war, verstünden viele nicht, aber Lucy hatte Aschmunaydt durchschaut. Streifs Nachfolger konnte gar nicht blöd genug sein. Wie schlau war das von Aschmunaydt eingefädelt worden! Von Aschmunaydt, der eben zum dritten Mal zwischen den biegsamen Frauenkörpern vor Vergnügen stöhnte und gern zehn Jahre jünger gewesen wäre.

Lucy kicherte leise. Streif brachte sie in Fahrt. Wie bescheiden er war, sich weder mit seiner erfolgreichen Vergangenheit brüstete noch über die ihm zugefügte Ungerechtigkeit klagte. So hatte ein Gentleman zu sein. Um Streif aufzuheitern, sagte sie: »Ich will mal was Lustiges erzählen. Aschmunaydt ist beim Joggen gesehen worden, in einem knallroten Trainingsanzug und krebsrot im Gesicht. So wie er durch die Gegend gestolpert ist, war er kurz vorm Herzinfarkt.«

»Wie, seit wann joggt er denn?« fragte Streif.

Hilda meinte, daß Aschmunaydt bei seinem Gewicht unbedingt etwas unternehmen müßte. »Das tut er ja«, sagte Lucy, die mit ihrem Wissen noch nicht am Ende war. »Aschmunaydt läuft jetzt auf einem Waldweg, wo er von Gaffern verschont bleibt.«

»Auf einem Waldweg«, wiederholte Streif, der hellwach geworden war und es sonderbar zu finden schien, daß Aschmunaydt sich in den Wald verzog, um abzunehmen. Er sagte: »Das ist doch kein Leben, das ungestört nur in der Einsamkeit zu führen ist.«

Aber einsam fühlte sich Aschmunaydt in diesem Augenblick überhaupt nicht. Seine Schultern und Schenkel zierten violett angelaufene Knutschflecke. Er glaubte, das

Jauchzen der Engel im Himmel vernommen zu haben, und wankte unter eine Dusche.

»Wo er wohl die Einsamkeit gefunden hat?« sagte Streif mehr zu sich selbst. »Wo ist das heute noch möglich?«

»Eben im Wald«, erwiderte Hilda, die nicht viel vertrug und der vom Sekt schwindelig geworden war.

»Aber nicht zu lange«, sagte Lucy.

»Daß es hier in der Nähe noch stille Waldwege gibt«, wunderte sich Streif.

Die beiden Frauen verstanden das so wenig wie er. Hilda, die nicht mehr allein im Wettbewerb um ihn stand, beschloß, der Sache nachzugehen.

Der Aufbruch erfolgte ziemlich abrupt. Der stark angeheiterte Freund Wolf Herrmanns war dem Spiegel in der Hausbar mit einer Flasche zu nahe gekommen, durch den jetzt ein Sprung lief. Lucy hielt an sich, doch wie erbost sie war, ließen ihre Blicke erkennen, mit denen sie ihrem Mann eine erste Strafe erteilte.

Streif brachte Hilda nach Hause. Was sie noch über Einsamkeit im Wald bemerkte, war ein wenig zusammenhanglos.

Er begleitete sie bis zum Aufzug, dessen Tür er öffnete. Sie schaute zu ihm hoch und wollte den Blick nicht mehr senken. Schmachtend, dachte Streif, strich mit den Lippen über ihre Wangen und ließ dann die Tür hinter ihr zufallen. Durch das Türglas sah er, wie sie an ihren Haaren zupfte.

13

Am nächsten Morgen erschien Aschmunaydt nicht zur gewohnten Zeit in seinem Büro. Er hatte verschlafen und verspätete sich um mehr als eine Stunde. Oberhalb des Kragens, über der Schlagader, klebte ein rundes Pflaster. Dort hatte er beim Rasieren eine Bißwunde entdeckt, Abdrücke von Zähnen.

Er rief seine Frau an, die sich heute weniger elend fühlte. Als sie hörte, daß er nach dem Joggen zu müde gewesen sei, um sie zu besuchen, freute sie sich, daß er etwas für seine Gesundheit tat. Daß Sohn Richard von der Scheidung abgesehen hatte, verschwieg er. Um sie nicht aufzuregen, hatte er ihr nichts von Richards Vorhaben erzählt.

Sie klang, als ginge es ihr tatsächlich besser. Wann würde sie entlassen werden? Ohne seine Frau im Haus hatte Aschmunaydt das nicht unbedingt bestürzende Gefühl, allmählich zu verwildern.

Am selben Morgen führte er mit Kampe ein längeres Gespräch unter vier Augen. Aschmunaydt wich Kampes Fragen nicht aus, die unter dem Motto »Alles zum Wohl der AG und der Aktionäre« nicht einfach zu beantworten waren. Kampe war hinter ihm her, aber noch hielt er sich zurück und achtete den Respekt, den er dem älteren Vorgesetzten entgegenzubringen hatte. Seine Vorschläge waren durchdacht und paßten auch in die künftigen Vorhaben in den Staaten, nicht aber in die momentane, durch die KEO verursachte Situation. Kampe schob sich behutsam vor und überstürzte nichts.

»Glauben Sie, daß Minter der richtige Mann ist?« fragte er. »Ist er nicht noch ein bißchen naß hinter den Ohren?«

»Er wurde vom Vorstand akzeptiert.« Aschmunaydt unterdrückte ein Gähnen und streckte sich wohlig. Es beunruhigte ihn nicht, daß Kampe es auf ihn abgesehen hatte. Wann würde er mit Streif kommen? Aber Kampe war viel zu clever, Streif hob er sich für später auf. Er war ihm dankbar, daß er nicht gekündigt hatte, und hoffte, er würde noch bleiben, warum auch immer. Er hätte Streif gern ein ermutigendes Signal gesandt, aber die Zeit war nicht reif dafür.

Und während Kampe höflich, aber zäh an der Idee festhielt, seine nächste Amerikareise mit der von Aschmunaydt zu verbinden, um gemeinsam mit Minter zu prüfen, ob seine Vorschläge nicht eher zu verwirklichen seien, überlegte Aschmunaydt, wie er Kampe ein Bein stellen konnte. Damit er der Länge nach auf die Schnauze fällt, dachte Aschmunaydt. In Stellungskämpfen war er in der AG wie kein zweiter geübt.

Kampe wußte das, aber sein Aufstieg war dank des Schwiegervaters nicht zu bremsen gewesen. Aschmunaydt hatte öfter darüber nachgedacht, wie er Kampe vernichten konnte. Fäden zu spinnen, bis ein Strick daraus wurde, aber nichts hatte dazu gereicht.

Streif sann darüber nach, wie er den Waldweg, Aschmunaydts Strecke, herausfinden konnte. Aschmunaydt nachzufahren, hielt er für zu riskant. Seine Straße war zu ruhig, denn dort hätte er ihn abpassen müssen. Zu leicht hätte er auffallen können. Aschmunaydts Sekretärin wußte mit Sicherheit Bescheid, aber an die kam er nicht heran.

Er lag auf dem Bett. Der Lärm und die Gerüche des Hotels störten ihn kaum mehr.

Er stellte sich den nach Luft ringenden Aschmunaydt vor, wie er trabte, wie er torkelte und stolperte. Ob er um Hilfe schrie? Aber so wie Streif plante, würde er kaum dazu kommen.

Streif freute sich auf das Haus. Der Indienfahrer hatte eine Türkin mit der Reinigung beauftragt. Sie hatte die Hände über dem Kopf zusammengeschlagen.

Sauber sollte das Haus schon sein, wohnlich würde es nie werden. Aber das wollte Streif auch gar nicht.

In einer Cafeteria der AG aß Streif mit Lucy zu Mittag, die ihn angerufen hatte. Es gab Hackbraten mit Kartoffelbrei und Krautsalat. Die braune Sauce war seit Jahrzehnten die gleiche und wurde auch über Nudeln oder Reis gegossen.

Lucy fragte voller Anteilnahme, ob er schon eine Wohnung gefunden hätte, daß er ein Haus suchte, kam ihr nicht in den Sinn. Er habe schon etwas, erwiderte Streif, doch was und wo, verschwieg er. Und nun erfuhr er, wer am günstigsten Vorhänge nähte, Spannteppiche verlegte und sanitäre Anlagen überholte. Er solle sich nicht zieren, wenn er Hilfe brauche.

»Nein«, sagte Streif. »Ich ziere mich nicht.«

Er rührte die Sauce in das Pürree und starrte auf den bräunlichen Teig. Um ihn brandeten die Stimmen von Hunderten von Menschen, das Klirren von Gläsern und Geschirr. Lucy erzählte von Nachtschwarzen und Mausgrauen, wen sie bekämpften und mit wem sie kungelten. Nur Aschmunaydt erwähnte sie nicht, von dem Streif so gern etwas gehört hätte, am liebsten von dessen Strecke. Und während Streif auf den mittleren Knopf von Lucys Bluse blickte, der aus dem Knopfloch gesprungen war, sagte Lucy, daß es Aschmunaydts Frau besser ginge und sie vielleicht schon bald aus dem Krankenhaus entlassen würde. Trotz allem, meinte sie, sei Aschmunaydt das zu wünschen. Ein Mann, der gewohnt sei, eine Frau um sich zu haben, komme abends nicht gern in ein leeres Haus.

Sie warf Streif einen mitleidsvollen Blick zu, den er nicht ungalant erwiderte. Dabei dachte er, daß Frau Aschmunaydt im Hospital besser aufgehoben war. Er lud Lucy zum Nachtisch ein, einem Klumpen aus tiefgefrorenen Beeren. Nach dem Waldweg zu fragen, verkniff er sich. Das würde sich von selbst ergeben. Mit Lucy würde er noch oft zu Mittag essen.

Aschmunaydts Sekretärin wurde der Fliegende Holländer genannt. Von ihr erfuhr Hilda, daß Lucy mit Streif in einer Kantine gesehen worden war. Die beiden Frauen kannten sich seit langem und arbeiteten in einem Förderungskurs für moslemische Hilfskräfte mit. Sie tranken Milchkaffee und schwatzten. Natürlich war bald von den Chefs die Rede. Aschmunaydt als oberster in der Hierarchie der Farbpunkte war interessanter als Hildas mausgrauer Chef, von denen drei Dutzend in der AG nach oben buckelten und nach unten traten.

»Wie gut, daß Aschmunaydt etwas für seine Gesundheit tut«, sagte Hilda. »Ich werde das meinem Chef auch raten, sein Bauch ist nicht gerade ästhetisch.«

»Der muß tatsächlich aufpassen«, pflichtete der Fliegende Holländer bei, »sonst platzt er eines Tages.«

»Hat sich Aschmunaydt denn ärztlich beraten lassen?« fragte Hilda. »Man kann doch nicht einfach so loslaufen, noch dazu in seinem Alter.«

»Ich glaube nicht, heute sah er richtig erschöpft aus.«

»Es muß ja furchtbar peinlich für ihn gewesen sein, von so vielen Menschen beglotzt zu werden. Hat ihn denn niemand gewarnt?«

»Er hat ja nicht gefragt, aber dann habe ich ihm empfohlen, wo er ungestört joggen kann.« Wo das war, erfuhr Hilda einige Augenblicke später. Der Wehrhahner Weg war für Aschmunaydt leicht zu erreichen. Von dort, wo er wohnte, ging es nach zwei Ortschaften hinauf in die Wälder. Mit dem, was sie nun wußte, war Hilda zufrieden. Bei einer zweiten Tasse Kaffee tauschten die beiden Frauen Neuigkeiten über einen jungen Himmelblauen aus, von dem als »High Potential« viel zu erwarten war.

Streif rief Hilda am nächsten Morgen an, als Brettschneider sich auf die Toilette verzogen hatte. Hilda mußte er etwas bieten. Viel würde es nicht sein, aber bescheidener Aufwand kam vielleicht besser an.

Streif schlug vor, nach dem Büro ins Grüne zu fahren. »Machen wir was gegen die Tristesse des Alltags«, sagte er, denn seine Tage verliefen mehr als trist. Diese wahnsinnigen Zahlen, die er einordnete und verglich und zu Datensteppen werden ließ. Seine Memoranden blieben jedoch für Kowalski ein Quell steter Freude, wie dieser sich gern ausdrückte. Streif hatte das Krautwelsch der Abteilung bereits um zwei Formulierungen bereichert.

Abends trank er mit Hilda auf der Terrasse eines Restaurants Weißwein. Sie blickten auf die bewaldeten Hügelketten. Am Nachmittag hatte es leicht geregnet, jetzt stiegen Wolken zum Himmel.

Streif erzählte von einer Segeltour in der Ägäis. Als der Meltemi sich zu einem Sturm ausgewachsen hatte, waren die Frauen auf dem Schiff fast durchgedreht. Um sich zu beruhigen, waren sie gezwungen worden, Ouzo aus der Flasche zu trinken. Nina hatte sich geweigert, aber Streif hatte sie mit zwei Ohrfeigen dazu gebracht. Nie wieder dürfe er sie schlagen, hatte Nina gedroht, sonst würde sie ihn auf der Stelle verlassen.

Hilda hörte aufmerksam zu. Sie hatte Eis bestellt und trank Weißwein dazu. Wie interessant Streif erzählen konnte – endlich einmal nichts aus der AG. Ihre Haare waren frisch gefärbt, das Parfüm war noch das gleiche. Ihre Fingernägel waren ihm etwas zu rot lackiert und zu betulich die Art, wie sie mit ihm umging. Besonders reizte es ihn, wenn sie ergeben und unterwürfig wurde und darüber staunte, wie unterschiedlich sie beide bisher gelebt hatten.

Da Streif Aschmunaydt nicht erwähnte, hielt Hilda mit ihrem Wissen zurück. Sie dachte schon, daß Streif von Aschmunaydt nichts mehr hören wollte. Doch als Streif vom deutschen Wald schwärmte, sprudelten die Neuigkeiten aus Hilda nur so heraus.

»Sie werden es nicht glauben«, sagte sie. »Aschmunaydt hat die Natur entdeckt. Dort, wo er joggt, soll es schön und abgeschieden sein, und leicht zu erreichen ist es auch. Den meisten ist schon der Wald zu weit. Da ist Aschmunaydt eben doch anders.« Hilda verstummte und fürchtete, soeben zu gut von Aschmunaydt gesprochen zu haben.

»Leicht zu erreichen«, wiederholte Streif versonnen und schlug vor, oben im Wald etwas spazierenzugehen – Aschmunaydt hätte ihn ja nicht für sich allein gepachtet. Hilda hatte nichts dagegen. Im Auto fragte sie ihn, ob es ihm nicht unangenehm sei, jetzt vielleicht Aschmunaydt zu treffen.

»Das wäre doch ganz witzig.« Streif gluckste in sich hinein.

Während sie auf den Weg achtete, erzählte Hilda von sich. Sie war in Biersdorf in der Eifel aufgewachsen. Ihre Mutter war früh gestorben. Der Vater war Lehrer gewesen und hatte wieder geheiratet. Ihre Jugend hatte sie hauptsächlich damit verbracht, auf die zahlreichen Halbgeschwister aufzupassen. Streif merkte sich die Abzweigungen genau. Jeder Meter war ausgeschildert und die Auffahrt zu der Lichtung nicht zu übersehen. »Wehrhahner Weg« war in ein Stück Buchenholz gebrannt. Streif parkte am Straßenrand, und sie stiegen zu der Lichtung hinauf. Aschmunaydts schwarzer Mercedes glänzte in der Abendsonne.

Streif sah auf die Uhr, an diesem Sommerabend war es jetzt kurz nach neun. Er zündete eine Zigarette an. Jeden Moment konnte Aschmunaydt um die Biegung traben. Die Stämme warfen lange Schatten. Ein leichter Wind war aufgekommen, der durch die Wipfel rauschte.

Streif legte den Arm um Hildas Schultern und schritt mit ihr an der Limousine vorbei. Ganz wohl war ihm nicht dabei. Er hatte gehofft, daß Aschmunaydt heute verhindert war. Es hätte ihm überhaupt nicht gepaßt, wenn Aschmunaydt ihn mit Hilda ausgerechnet hier oben getroffen hätte. Aber das hatte er riskieren müssen. Sie gingen auf den Waldweg zu, und er spürte ihr Zögern, ihren Widerstand. Sie verlangsamten ihre Schritte.

Plötzlich hörten sie hinter sich das Splittern von Ästen im Unterholz, ein Trampeln und Stampfen auf dem weichen Waldboden. Sie fuhren zusammen und blieben stehen.

Zwei Rehe preschten über die Lichtung und verschwanden hinter Holzstapeln. Hilda und Streif lachten, er noch nervöser als sie. Sie kehrten um. Er blies in die geschlossenen Fäuste und ahmte den Ruf eines Käuzchens nach. Sie schritten schneller aus. Den »Wehrhahner Weg« lief Streif in langen Sätzen hinunter.

Als er den Motor startete, fiel das Licht grau auf die hügelige Waldlandschaft. Er wendete und blickte zur Lichtung hoch. Von Aschmunaydt war nichts zu sehen, und auch Hilda war froh, daß sie ihm nicht begegnet waren.

Auf der Rückfahrt redeten sie nicht viel. Streif konzentrierte sich auf den Verkehr.

Als er sich von Hilda vor der Haustür verabschieden wollte, bat sie ihn zu sich hinauf.

»Dort oben im Wald habe ich mich ganz schön erschreckt«, sagte sie. »So unheimlich habe ich mir das nicht vorgestellt.«

»Wegen der Rehe«, sagte Streif.

Nach der Scheidung war Hilda umgezogen. Jetzt lebte sie in einer Wohnung mit zwei Zimmern und einer winzigen Küche, durch die man ins Badezimmer gelangte. Die beiden an den Längswänden hängenden Bilder hatte Hilda aus ihrer Ehe gerettet, eine Gebirgslandschaft und einen südländisch aussehenden Mann. Auf dem Sofa reihten sich die Kissen, in der Mitte eingeknickt, ordentlich aneinander. Den Teaktisch zierten geklöppelte Deckchen, das größte lag in der Mitte. Streif sank in einen der beiden Sessel und saß jetzt vor dem Fernseher. In dem Bücherbord war eine fünfköpfige Trachtenkapelle aus Gips aufgestellt. Der Trommler gefiel Streif noch am besten.

Hilda öffnete eine Bierdose für ihn. Streif hätte lieber etwas Scharfes getrunken. Sie nahm auf dem Sofa Platz und nippte an einem Sherry.

»Ja«, sagte sie. »So sieht es bei mir aus.« Ihr Gesicht war

spitz geworden. Spitz und unsicher, dachte Streif und sagte: »Sehr schön, so gemütlich.«

Wenn Nina ihn jetzt gesehen hätte! Seine Gedanken schweiften zu Aschmunaydt ab, der jetzt wohl auf der Heimfahrt war. Wie unvorsichtig er sich benahm! Nicht einmal der Chauffeur hatte auf ihn gewartet. Daß dieser hinter ihm herkeuchte, war wohl ausgeschlossen.

Streif pustete in den Bierschaum. Er schloß kurz die Augen und stellte sich die Lichtung mit der geparkten Limousine vor. Die Holzstapel standen wie ein Wall vor der Böschung. Er hätte sich gern aus Hildas Wohnung davongemacht. Daß sie mehr von ihm wollte, war offensichtlich, auch wenn sie nichts übereilte. Er spielte mit seinem Ehering. Wie gut, daß er ihn nicht abgezogen hatte.

Aber daß er verheiratet war, wußte Hilda ja. Seit zehn Monaten lebte sie allein, zweimal hatte sie sich mit einem Mann eingelassen. Die Vierzig vor Augen, hatte sie ihre Hoffnungen inzwischen auf das richtige Maß gestutzt. Streif hätte sich nicht zu sehr sorgen müssen. Aber er hatte sein Leben lang unter dem Druck gestanden, Erwartungen zu erfüllen, und dummerweise empfand er Hilda gegenüber erneut diesen Druck.

Sie unterhielten sich über Hildas Jugend. Mit achtzehn hatte sie nach Italien reisen dürfen. In einer Pineta hatte ein Junge namens Giovanni sie zum ersten Mal geküßt. Streif rauchte eine Zigarette nach der anderen, quälend verrann die Zeit. Er hätte jetzt gern einen Scotch getrunken, aber Hilda hatte nur Bier und Sherry im Haus. Er zog den Ehering am Finger hoch. Ninas Gelächter hallte in seinen Ohren.

Um Mitternacht schaltete Hilda den Fernseher zu den Spätnachrichten an. Eigentlich war sie nicht unglücklich darüber, daß Streif die ganze Zeit in seinem Sessel geblieben war und sich nicht irgendwann zu ihr auf das Sofa gesetzt hatte. Ihm schwirrte der Kopf voller Probleme, dachte sie, in der AG hatte er mit vielem fertig zu werden. Auch war ihr nicht entgangen, daß Streif trotz seiner starken Worte erleichtert gewesen war, Aschmunaydt nicht getroffen zu haben. Er hatte sich heute wohl zu viel zugemutet.

Endlich brach Streif zu seiner letzten Nacht im Hotel auf. Hilda hatte ihm den Abschied leichtgemacht, indem sie ihn an die morgige Arbeit erinnert hatte. Streif berührte mit den Lippen ihre Wangen, dann kurz den Mund.

14

Am nächsten Morgen stand Streif früh auf und packte. Für das, was er plante, fühlte er sich gerüstet. Eine wunderbare Erleichterung erfüllte ihn. Dann klingelte das Telefon, Nina.

»Was gibt's Neues?« fragte sie.

»Ich habe ein Haus gefunden.«

»Was denn für eines?«

»Ein schönes mit einem Garten und abseits gelegen.«

»Was das wohl für ein Schuppen ist!« Nina hätte Streif nicht in dem Zustand anrufen sollen, in dem sie sich befand. Die Galerien, an denen Gordon Gray beteiligt war, hatten von einer Ausstellung abgeraten. Ihre Arbeiten seien noch nicht ausgereift, hatte Nina zu hören bekommen, auch wenn die Idee prinzipiell nicht schlecht sei. Dem Schutz der bedrohten Natur müsse jedoch mit stärkeren, schockierenderen Mitteln begegnet werden. Das Thema sei ziemlich abgegrast. Um da noch eine Bombe zu zünden, müsse man schon einen genialen Einfall haben.

Ein Kunsthändler, der nicht mitbekommen hatte, daß Nina die Schöpferin der umweltfreundlichen Arbeiten war, hatte, neben ihr stehend, gesagt, das sei der allerletzte Kitsch. Wer das zusammengeschustert habe, solle lieber auf dem Fischmarkt arbeiten. Nina hätte am liebsten geheult. Gray, der auf künftige Hundespiele nicht verzichten wollte, hatte ihr jedoch gut zugesprochen.

»Wann wirst du dir Aschmunaydt endlich vornehmen?« fragte sie Streif. »Wie lange willst du noch warten und schicksalsergeben vor dich hin leben?«

»Ich penne!« rief Streif, dessen Geduld erschöpft war. »Du weißt doch, wie schön es ist, lange zu schlafen.«

»Was?« Nina glaubte sich verhört zu haben. »Was war das?«

»Daß Pennen schön ist!« Streif schmiß ein Bündel Unterhosen in einen Koffer.

»Bist du verrückt geworden?«

»Ganz kurz davor! Das ist doch irre, mit welchem Wahnsinn wir am Telefon unser Geld verpulvern.« Das hätte er nicht sagen sollen. Nina auf unnötige Ausgaben aufmerksam zu machen war immer riskant. Jerrys Versprechen hatte sich zudem als nicht gesichert erwiesen. Über die Mietzahlung war er mit sich noch nicht ins reine gekommen. Auf Nachlaß hoffend, jammerte er bei jeder Gelegenheit, doch Nina ließ sich nicht erweichen.

»Was glaubst du eigentlich?« fuhr sie Streif an. »Ich verdiene auch.«

Jetzt glaubte Streif, sich verhört zu haben. »Beruhige dich, es kommen wieder bessere Zeiten. Ich muß jetzt ins Büro.«

»Nimm die AG wegen der paar Piepen nicht so ernst. Vielleicht komme ich kurz und helfe dir beim Einrichten.«

Streif hoffte, daß Nina ihre Absicht möglichst schnell vergessen würde.

Aschmunaydt wanderte in seinem Büro auf und ab. Hin und wieder blickte er in den grauen Himmel und wünschte, es würde nicht regnen. Soeben hatte er mit dem Krankenhaus gesprochen, seiner Frau ging es wieder schlechter, sie hatte Fieber. Ihre Leber sei geschwächt, hatte es geheißen. Dabei hatte sie sich nie etwas aus Alkohol gemacht und nur bei Familienfeiern ein Glas getrunken. Er rief Richard an, der von einer Ausstellung schwärmte und dann hinzufügte, wie glücklich er mit seiner Sonja, seiner Frau, wieder sei. Aschmunaydt sah Chancen für ein viertes Enkelkind. Richard war zwar geschäftlich nicht so auf der Höhe, aber dafür versorgte er ihn mit Enkelkindern.

Wer ihm keine Ruhe ließ, war Kampe. Über das Desaster in New York wurde in der AG nur hinter der hohlen Hand getuschelt. Kampe aber heizte die Stimmung an, ohne daß ihm Aschmunaydt dazwischenfahren konnte.

Kampe und vor allem Fauenkirk hatten beste Beziehungen zur Presse. In amerikanischen und deutschen Wirtschaftszeitungen war immer häufiger zu lesen, daß der Kauf der KEO für Corpus ein Reinfall war.

Wie willig Streif die Suppe auslöffelte, erstaunte Aschmunaydt und begann ihn zu beunruhigen. Daß Streif unter der Öde der Arbeit litt, konnte Aschmunaydt sich lebhaft vorstellen. Wie sinnlos sie war, ahnte er nicht. Der Wunsch, Streif aus der AG zu entfernen, wurde in Aschmunaydt immer stärker. Das aber mußte geräuschlos geschehen, ohne daß Kampe Wind davon bekam. Aschmunaydt befürchtete nicht zu Unrecht, Kampe könnte Kontakt zu Streif aufnehmen.

Er blieb vor einem der Fenster stehen und befühlte das Pflaster auf seinem Hals. Die Wunde mußte verheilt sein. Vorsichtig grub er einen Fingernagel unter das Pflaster und lockerte es etwas. Die Bartstoppel ziepten. Mit einem Ruck riß er das Pflaster ab. Von dem Biß war nicht mehr viel zu sehen. Nur ein Schorfstrich gab schwaches Zeugnis einer ausgelassenen Rangelei. Er strich über die Tonsur, die so zärtlich von den beiden Damen gestreichelt worden war. »Hochwürden« hatten sie ihn genannt.

Ein brasilianischer Pumpenhersteller, der vorletzte Besucher dieses Nachmittags, wurde von der Sekretärin angekündigt. Aschmunaydt würde mit niemandem essen. Er freute sich auf den Wald, auf seine Strecke.

Während Aschmunaydt mit einem Clan unverschämter Hongkong-Chinesen verhandelte, kaufte Streif in einem Kaufhaus einen Toilettensitz und ein Türschloß. In der Spielzeugabteilung ließ er sich eine Sheriffausrüstung einpacken, an der ihn nicht nur die Handschellen interessierten, sondern auch eine handliche Beretta, die vom Original kaum zu unterscheiden war. Seine Sig Sauer ruhte auf dem Grund einer seiner fünf Koffer, mit denen er auf dem Weg zur neuen Bleibe war.

Dem Haus hatte die Säuberung gutgetan. Der Geruch von Reinigungsmitteln hing in den Räumen. Ein Strauß Wiesenblumen, die Mahlmann gepflückt hatte, begrüßte Streif. Auf einem Stück Papier wünschte der Indienfahrer viel Erfolg und alles Gute.

Streif entschied sich, in dessen Zimmer zu schlafen. Wenn er aufwachte, würde er auf den Himalaja schauen, bevor ihm dann das Fabrikgelände in die Augen fiele. Sollte Nina tatsächlich kommen, konnten sie in das Schlafzimmer der toten Eltern ziehen.

Streif brachte das Schloß an der Tür an, welche die Waschküche mit dem fensterlosen Kellerraum verband. Einen Werkzeugkasten hatte ihm Mahlmann überlassen. Streif war geschickt mit den Händen, in seiner Jugend hatte er viel gebastelt.

Später fuhr Streif mit dem Auto in die nähere Umgebung. In einer Ortschaft hielt er an einer Würstchenbude und trank ein Bier im Stehen. Er war ziemlich aufgeregt. Für das, was er vorhatte, brauchte er vor allem innere Ruhe, die er sich anerziehen mußte, bis es endlich soweit war. Dann, wenn ein Abend verdämmerte...

Im Fahren biß Streif in ein Würstchen, das salzig und nach Wasser schmeckte. Das Brötchen war wie aus Gummi. Den Senf schmiß Streif aus dem Fenster. Als die Straße anstieg, die Wälder begannen, rülpste er vor Aufregung. Nach einer kurzen Bergfahrt fiel die Straße ab, bevor sie wieder bergauf führte.

Den Wegweiser zum »Wehrhahner Weg« sah Streif schon von weitem, fuhr aber an ihm vorbei. Nach einigen hundert Metern hielt er am Straßenrand. Er stieg aus, um zu prüfen, wie sehr hier das Auto auffiel. Es nieselte. Ein feiner Schlier legte sich auf seine Stirn. Er wischte mit dem Taschentuch über das Gesicht und ging zweihundert Meter zurück, wobei er sich immer wieder umdrehte. Das Auto war ihm zu auffällig.

Er setzte sich hinter das Steuer und bog in eine nahe Forststraße, die in den Wald abzweigte, auf der Lastwagen tiefe Furchen hinterlassen hatten. Streif parkte unter hohen Tannen und wanderte im Schutz des Waldes zurück. Er folgte der Böschung über der Chaussee und hoffte, daß Aschmunaydt trotz des Regens unterwegs war.

Als er die Lichtung erreichte, dunkelte es. Aschmunaydts Limousine glänzte im Regen. Den Holzstapeln stand eine Bank gegenüber, die Streif mit Hilda übersehen hatte. Er umkreiste den verriegelten Wagen und hatte gute Lust, die Reifen aufzuschneiden. Er blickte um sich, kein Mensch war zu sehen, nicht ein Laut zu hören, nur gelegentlicher Motorenlärm von der Chaussee. Streif hätte jetzt gern eine Zigarette geraucht. Bier und Würstchen rumorten in seinem Magen. Er wischte über die Kühlerhaube der Limousine und ging auf den Holzstapel zu, der dem Mercedes am nächsten war. Als er auf einen trockenen Ast trat, der splitternd knackte, schreckte er zusammen. Er ärgerte sich. Er mußte kaltblütiger werden. Aber deswegen schlich er ja hier herum. Er bereitete sich vor. Das Warten mußte er üben. Jene halbe Stunde, die er immer wieder durchzuspielen hatte. Dies war ein Einakter, der nicht oft genug geprobt werden konnte.

Er hockte sich hinter die Holzscheite, richtete sich jedoch bald wieder auf, weil seine Beine steif wurden. Er beugte sich vor und spähte über das Holz, dann fand er einen Spalt zwischen zwei Scheiten, der breit genug war, um die Lichtung zu überblicken.

Aschmunaydt schlenderte mehr, als daß er trabte. Er stieß mit dem Fuß an einen Kieselstein, der vor ihm herkullerte, und setzte nach. Der Stein flog in einem Bogen in den Wald.

Es war nahezu dunkel geworden. Streif konnte Aschmunaydt unscharf erkennen, der einige Minuten auf der Stelle hopste und sich dann mit Kniebeugen abmühte. Doch als er die Wagentür öffnete, fiel Licht auf ihn. Aschmunaydts Gesicht war schweißüberströmt, die Haare klebten am Schädel. Er war höchstens zehn Meter von Streif entfernt.

In Streif kehrte eine wunderbare Ruhe ein, er mußte Aschmunaydt nur nahe sein und diesen als Opfer empfinden. Aschmunaydt, der sich aus der Trainingsjacke wand, das Unterhemd über den Kopf zog und Brust und Rücken mit einem Handtuch trockenrieb. Gebannt verfolgte Streif jede seiner Bewegungen.

Prüfend strich Aschmunaydt über den Bauch, dann schlüpfte er in ein Flanellhemd. Er seufzte zufrieden, setzte sich hinter das Steuer und startete den Motor. Streif richtete sich auf, sah dem Mercedes nach und horchte auf das Mahlen der Reifen auf dem sandigen Boden. Er versagte sich jede Geste, ballte nicht die Fäuste und flüsterte keinen Fluch. Streif blieb ganz ruhig.

15

Im Kasino der Nachtschwarzen hielt Aschmunaydt eine Rede vor amerikanischen Industriellen und Regierungsvertretern. Was er über die Ziele von Corpus in den Staaten sagte, klang überzeugend. Wachstum und Rentabilität wünschten alle. Von Investitionen und sicheren Arbeitsplätzen hörte jeder gern.

Aschmunaydt sprach frei in fehlerlosem Englisch mit fränkischem Akzent. Bevor er sich setzte, hob er sein Glas und bat die Gäste, auf stabilere Zeiten zu trinken. Die Amerikaner klatschten Beifall. Die Gläser klirrten, man war in Deutschland. Kampe saß Aschmunaydt schräg gegenüber. Er hatte in Cornell studiert, mit höchsten Ehren abgeschlossen und sprach bestes Amerikanisch. Mit ihm fühlten sich die Amerikaner wie unter ihresgleichen.

Aschmunaydt hatte überlegt, wie Kampe von diesem Mittagessen auszuschließen gewesen wäre, hatte sich dann aber anders entschieden. Kampe hatte Verbindungen auf lange Sicht aufgebaut, seine Anwesenheit war unvermeidlich. So gründlich hatte er den Boden vorbereitet, daß sein Fehlen nur mit Krankheit zu entschuldigen gewesen wäre.

Kampe ließ Aschmunaydt das Gespräch führen und mischte sich nur ein, wenn er gefragt wurde oder eine ergänzende Bemerkung unumgänglich war. Nie protzte er mit seinem Wissen, doch ließ er ahnen, wie unerschöpflich es war. Dummerweise war er ein wenig kurz und schmächtig geraten. Trotzdem war seine Gegenwart zwingend.

Als ein dicker Texaner sich nach Streif erkundigte, konnte sich Aschmunaydt gerade noch beherrschen, nicht zu Kampe zu schauen. Der Texaner pries Streif als durch und durch professionell. Wie schnell hatten sich die Streifs in New York zurechtgefunden, und wen sie alles kannten! Streifs Bewunderer war nicht aufzuhalten. Verbissen hörte

Aschmunaydt zu. Dann riskierte er doch einen Blick zu Kampe, der schweigend kaute, hin und wieder einen Schluck Wasser trank. Er zeigte den richtigen Grad von Unbeteiligtheit, den es vorzutäuschen galt, wenn von einem aus der AG gesprochen würde, der unter die Räder gekommen war. Einer der größten amerikanischen Stahlhändler wollte wissen, was aus Streif, diesem verdammt smarten Burschen, geworden sei. Aschmunaydt erklärte, Streif sei in die Zentrale gerufen worden. Bestimmt sei er die Treppe hinaufgefallen, meinte ein milliardenschwerer Kalifornier, der sich nun wunderte, warum Streif nicht mit am Tisch saß.

Aschmunaydt sagte, Streif habe mit den Staaten nichts mehr zu tun, ihm seien andere, wichtige Aufgaben übertragen worden.

»Noch wichtigere«, sagte der Kalifornier.

»Wir lassen unsere Leute rotieren«, erklärte Kampe. »Das haben wir von Amerika gelernt.«

Minter erwähnte keiner, bis jemand nach Streifs Nachfolger fragte. Die Amerikaner kannten ihn nicht. »Er ist erst seit kurzem in New York«, erklärte Kampe. Sehr geschickt, dachte Aschmunaydt, der die Fragen nach Streif im stillen verwünschte.

Inzwischen hatte Streif Aschmunaydt zehn Abende lang auf der Lichtung beobachtet. Fast immer war er alleine gewesen. Einmal hatte sich ein altes Paar auf der Bank ausgeruht, das dann aber bei Aschmunaydts Erscheinen geflüchtet war. Ein anderes Mal hatte ein junger Mann mit einer über zwanzig Jahre älteren Frau auf der Bank geknutscht. Die beiden hatten sich von Aschmunaydt nicht stören lassen.

Streif hatte das Haus für seine Abrechnung vorbereitet. Durch den fensterlosen Kellerraum zwischen Waschküche und Weinkeller hatte er eine Stromleitung gelegt. Drei Glühbirnen verbreiteten hartes Licht. Am Ende des Raums, gegenüber der Waschküchentür, hatte er zwei vierkantige Ringhaken mit Stahlzement in die Wand gemauert, aus der die Ringe in Fußhöhe ragten. Durch jeden war eine Kette gezogen und angeschweißt worden. Die Ketten waren aus Eisen, schimmerten grau und lagen zusammengerollt auf einer muffig riechenden Matratze. Sie reichten bis zur Toilette im Weinkeller. An ihre losen Enden hatte Streif zwei Rundschlösser geschweißt, die er sich in einem Fahrradgeschäft besorgt hatte.

Nachts, bevor er sich schlafen legte, ging Streif durch das Haus, an dessen Einrichtung er nichts geändert hatte. Er genoß die Stille. Die einzigen Geräusche drangen von Müllwagen herüber, die auf der Halde abluden. Ein Knakken, Schlurfen und Kratzen, das Tuckern starker Motoren.

Die Siedlung war zu weit entfernt, von ihr hörte man kein Lebenszeichen. Am Abend flackerten die Lichter je nach Wetter mal stärker, mal schwächer herüber. Bei Nebel verschwanden die Häuser.

Öfter verkohlte Abfall auf der Halde. Dann zog ein brandiger Geruch durch das Haus, der in Streif Erinnerungen an Kairo oder Khartoum wachrief. Nach Sandstürmen hatte es dort ähnlich gerochen. Manchmal glaubte er sogar das bittere Aroma von Eukalyptusbäumen in der Nase zu haben. Zwei-, dreimal war er dann in den Garten gelaufen, hatte den vermeintlichen Eukalyptusduft eingesogen und sich auf das Moped des Indienfahrers geschwungen, das dieser ihm überlassen hatte.

Streif hatte sich schnell an das Haus gewöhnt. Nach dem hektischen Leben in einem halben Dutzend Ländern fühlte er sich geradezu wohl, bestimmt nicht für immer, aber doch für eine Weile. Der Wechsel vom Penthouse in Manhattan, dieser luxuriösen Muschel, hierher war ihm leichter gefallen, als er es sich je ausgemalt hätte.

Der Abend nahte, an dem Streif Ernst machen wollte.

Tagsüber hatte er gerechnet, kaum von den Zahlenkolonnen aufgeblickt und schließlich ein dreiseitiges Memorandum verfaßt, in dem er kühne Schlüsse aus den Trinkgewohnheiten der Skandinavier zog. Kowalskis Begeisterung war ihm sicher. Brettschneider fand jedoch, daß Streif sich zu sehr in die Arbeit kniete. Er hatte doch nichts mehr zu erwarten. Sollte er auf Kowalskis Nachfolge spitzen? Das hielt Brettschneider für aussichtslos.

Das Wochenende stand bevor, wieder ein Freitag, an dessen Ende der Bürorhythmus für die meisten in der AG durch einen anderen, ebenso nervtötenden Rhythmus abgelöst wurde. Doch nicht für Streif, er hatte etwas vor.

Die Luft war milde. Die Hügel verschwammen im Dunst. Den Himmel überzog eine dünne Wolkenschicht. Schlag fünf stand Streif hinter seinem Schreibtisch auf und mischte sich unter die Tausende, die aus der AG hasteten.

In einer Apotheke kaufte er Chloroform und Watte, danach drängte er sich durch einen Supermarkt.

Zu Hause prüfte er das Moped. Der Tank war voll. Streif raste ein Stück die Straße hinunter auf die Siedlung zu. Der Motor lief einwandfrei. Er stellte das Moped in die Garage und machte sich auf den Weg.

Er spürte im Magen einen Druck, der seine Brust einschnürte und die Kehle verengte. Er versuchte mit Atemübungen dagegen anzugehen.

Die Chaussee in die Wälder war dicht befahren, womit man an einem Freitagabend rechnen konnte. Durch die Ortschaften rollte Streif im Schrittempo.

An der Auffahrt zum Wehrhahner Weg fuhr er wie immer vorbei. Erst danach verlangsamte er das Tempo und ließ sich von mehreren Autos und einem Bus überholen. Er zündete eine Zigarette an. Als er in die Forststraße bog, die ihm immer wie ein Tunnel erschien, war niemand hinter ihm. Er hielt an und blickte um sich, in Äste und Zweige. Kein Luftzug regte sich. Streif rauchte die Zigarette bis zum Filter, den er dann mit dem Fuß im Waldboden verscharrte. Er marschierte los. Als er sich der Lichtung näherte, schallte ihm das Geschrei spielender Kinder entgegen.

Leise stieß er einen Fluch aus und versteckte sich hinter dem breiten Stamm einer Eiche. Würden die Kinder rechtzeitig abziehen, die sich etwa zweihundert Meter vor ihm balgten? Es mochten zehn Jungen sein. Kurz darauf hallte eine Männerstimme durch den Wald, die zum Aufbruch trieb. Zwei Jungen wurden zum Gehorsam gerufen. Danach war der stotternde Motor eines Kleinbusses zu hören. Der Lärm der Kinder verstummte.

Aschmunaydts Mercedes war nicht zu sehen, statt dessen parkte ein japanischer Mittelklassewagen vor den Holzstapeln. Enttäuscht strich Streif an seiner Windjacke entlang, die das Wattepaket bauschte. Sichernd blickte er um sich. Er war allein und ging an dem Auto vorbei auf den Waldweg zu. Die Spannung wich von ihm, er fühlte sich ausgelaugt. Fast zwei Monate hatte er auf diesen Augenblick hingelebt. Es trieb ihn auf den Weg, auf Aschmunaydts Strecke, und er kam sich wie ein argloser Spaziergänger vor, der frische Luft schöpfen wollte. Er würde sich gedulden müssen, vielleicht noch ein oder zwei Wochen. Denn so, wie er plante, kam nur ein Freitagabend in Frage.

Als Streif die ersten tausend Meter hinter sich gebracht hatte, sah er Aschmunaydt von weitem. Der Trainingsanzug leuchtete in der Dämmerung. Mit einem Satz verschwand Streif im Unterholz und drückte sich an den glatten Stamm einer Buche. Schnaufend, trampelnd zog Aschmunaydt an ihm vorbei. Keine sechs Meter trennten ihn von Streif. Schweißflecken zeichneten sich am Rücken seiner Trainingsjacke ab.

Aschmunaydt hatte das Auto seiner Frau benützt. Daß es ein solches gab, war Streif entgangen. Jetzt wußte er es.

Kurz nach Mitternacht rief Nina an: »Warum läßt du nichts von dir hören?«

»Ich hatte viel zu tun, der Umzug.«

»Mit den paar Koffern, war das so schwierig?« Nina war äußerst gereizt. Jerry hatte nur die Hälfte der letzten Monatsmiete bezahlt, und das auch nur unter Klagerufen. Kinder, Enkel und selbst Patenkinder schienen nur darauf aus zu sein, sein sauer verdientes Geld zu verprassen. Er glaubte, Nina gegenüber genug geleistet zu haben. Wie konnte er so irren, was ihm doch an der Börse höchst selten passierte.

Was ihm einfiele, hatte Nina ihn angefahren, sie lasse sich nicht ausnützen. Aber gerade das hatte ihr Jerry vorwerfen wollen, dem dann jedoch der Mut geschwunden war.

Nina war aber auch deprimiert. Gordon Gray wollte zwar noch immer Hund mit ihr spielen, doch von ihren Muschelklebereien redete er nur noch ungern. Nina sehnte sich nach Streif. Ihr Wunsch, ihn zu besuchen, wuchs.

»Ich will dich spüren«, sagte sie.

Da Streif über ihren angekündigten Besuch nicht augenblicklich begeistert war, wurde Nina sauer: »Die AG bekommt dir schlecht, du hast wohl nur noch Frauen im Kopf.«

Hätte Nina bloß gewußt, daß hauptsächlich Aschmunaydt Streifs Gedanken beherrschte. Aber das mußte er für sich behalten. Dann, wenn er sein Ziel erreicht hatte, würde das die große Überraschung sein. Die Minuten vertickten. Er blieb geduldig. Der Besuch Ninas durfte nicht stattfinden. Sie konnte er jetzt wirklich nicht brauchen.

Als sie endlich auflegte, meinte er sie besänftigt zu haben. Rauchend ging er durch das Haus und sah aus den Fenstern. Auf der Müllhalde brannte ein Feuer. Es hatte aufgeklart. Die Sterne schimmerten schwach. Auf dem Fabrikgelände bewegte sich nichts. Es war leer und still, wie immer.

Streif trat aus dem Haus. Der Tau auf dem von Unkraut überwucherten Rasen näßte seine Füße. Er stellte sich Aschmunaydt zufrieden schlafend vor – und gönnte ihm das nicht.

16

Bedrückt verließ Aschmunaydt das Krankenhaus. Seine Frau fühlte sich überhaupt nicht gut. Mit der Leber sähe es wieder schlechter aus, hatte der ausgemergelte Arzt gesagt. Und nun waren auch die Nieren angegriffen. Noch immer redeten die Ärzte um die Krankheit herum. Aschmunaydt wollte mit seiner Frau alt werden. Noch älter, dachte er, obwohl er sich nicht so fühlte. Das Laufen im Wald bekam ihm. Zwar hatte er bisher wenig Gewicht verloren, doch spürte er eine neue Frische. Und so, wie er die Arbeit anging, war es wie in seinen besten Zeiten. Der Kauf der KEO war ein Tiefpunkt gewesen.

Mit Streif war er zu halbherzig umgegangen. Er hätte ihn auf der Stelle entlassen und sich mit ihm arrangieren müssen, statt dessen drückte der sich in der AG herum. Aschmunaydt empfand ihn zunehmend als Risiko. Kampe konnte sich an Streif heranmachen und ihn für seine Zwecke aufbauen, für den Tag, an dem er stark genug zu sein glaubte, um ihn, Aschmunaydt, herauszufordern. Streif mußte aus der AG verschwinden!

Im Wald hatte Aschmunaydt ungestört darüber nachgedacht. Vielleicht sollte er einmal mit Minter reden? Hatte Streif nicht immer äußerst großzügig gelebt? Wie man Steinchen auf Steinchen setzte, bis ein Brocken daraus wurde, hatte Aschmunaydt bereits in jungen Jahren in der AG gelernt.

Die Woche verging für Streif quälend langsam. Tagsüber versuchte er den Zahlenfriedhöfen ein absurdes Leben einzuhauchen. Brettschneider kam aus dem Staunen nicht heraus. Der magenkranke Vorgänger Streifs hatte Stunden damit verbracht, von den wunderbaren Jahren nach der Pensionierung zu schwärmen. Seine Abneigung gegen die Computerauszüge war zur Hysterie geworden, da er sie für den Grund seiner Krankheit hielt.

Nachts lag Streif stundenlang wach. Aschmunaydt ließ ihn nicht los. Immer wieder stellte er sich dessen Schrecken oder Entsetzen vor. In Aschmunaydts Zügen war ihm alles vertraut. Jede Falte, die langen Wimpern, die besonders auffielen, wenn er die Augen schloß, und die Brauen, die zu Sicheln wurden, wenn er sie hochzog. Wie lange würde Aschmunaydt Angst und Ungewißheit ertragen und sich weigern, in das einzuwilligen, was er von ihm verlangte? Oft sprach Streif mit ihm, führte laute Dialoge und horchte auf die im Haus verhallenden Worte.

Mitte der Woche rief Nina frühmorgens von der Villa eines Bankiers aus an, wo sie zu Abend gegessen hatte. Sie war gut gelaunt.

»Ich will dich wieder einmal spüren«, sagte sie, erwähnte aber nichts von einem eventuellen Besuch. Wenn Nina sich etwas in den Kopf gesetzt hatte, konnte sie es auch länger für sich behalten.

Bald danach ritt eine Gruppe junger Leute über das Brachland. Es waren die ersten Menschen, die Streif vom Haus aus sah.

Einen Abend später lud er Hilda und Lucy ins Theater ein. Von dem Stück, einem Lustspiel, bekam er nicht viel mit. Zwischen den beiden Frauen sitzend, grübelte er, wie er Aschmunaydt beikommen und seinen Willen brechen konnte.

Hilda und Lucy lachten in einem fort. Ein bißchen beneidete Streif sie darum. Nach der Vorstellung lud er sie in ein

Thai-Restaurant ein. Das scharfe Essen trieb ihnen die Tränen in die Augen. Hilda wollte sich keine Blöße geben und zwang sich zu jedem Bissen. Lucy hing an Streifs Lippen und griff zu, ihr schmeckte es. Das Blut pochte in ihren Schläfen, und die Bluse klebte auf dem Rücken. Streif erzählte von Bangkok, Chieng Mai und von den Stämmen im Golden Triangle. Er wirkte gewandt, hatte viel erlebt, trug aber nicht auf. Die wirklich wüsten Geschichten ließ er aus.

Streif, dachte Lucy, wie gewandt er ist und auch bescheiden! Und so zurückhaltend – was sie gleichzeitig bedauerte. Einer wie er, der alleine lebte, wie der wohl die Abende verbrachte?

Streif war in Fahrt gekommen, jedenfalls für seine Verhältnisse. Natürlich merkte er, daß er gefiel, und dachte: Mit winzigen Erfolgen kann man auch leben. Dauernd mußte er an Nina denken. Wie sehr er an ihr hing, wurde ihm wieder einmal mehr bewußt. Nina, die ihn in Atem hielt und sein Dasein belebte. Sie hatte ihm geholfen, die Länder zu verstehen, in denen er für Corpus erfolgreich gearbeitet hatte. Aschmunaydt unterschätzte nicht nur Streif, auch Nina beurteilte er zu oberflächlich. In diesen Tagen machte ihm Richard erneut Sorgen. Wie nun fast jeden Morgen hatte er ihn angerufen.

»Ich wurde verwarnt«, hatte Richard wie nebenbei gesagt. »Ich habe keinen Bock mehr, in diesem Saftladen zu schuften.« Aschmunaydt hatte seinen Sohn beschworen, die Arbeit ernster zu nehmen und sich endlich einmal anzustrengen. Die Sorgen mit Richard hörten nie auf.

Am nächsten Freitagabend war der Himmel von Schäfchenwolken überzogen. Im diesigen Licht wurden die Hügel Wolken ähnlich, es war, als schwebten sie am Horizont.

Streif wartete hinter einem Holzstapel. Aschmunaydts Wagen parkte etwa acht Meter von ihm entfernt auf der

Lichtung, weit und breit war niemand zu sehen. Streif spürte den Herzschlag bis zum Hals. Er tastete über den Plastikbeutel in seiner Windjacke, in die er die mit Chloroform getränkte Watte gestopft hatte. Seine Hände waren kalt. Hätte er das Warten nicht geübt, wäre er wohl kaum fähig gewesen, seine Erregung so gut zu beherrschen. In der Hosentasche erwärmte sich die Spielzeugberetta. Die Sig Sauer hatte er zu Hause gelassen. Seine Hände steckten in olivgrünen Wildlederhandschuhen, die ihm Nina einmal zu Weihnachten geschenkt hatte.

Aschmunaydt trabte um die Biegung. Die davor liegende ansteigende Gerade war er heute schneller als sonst angegangen. Endlich ging es wieder bergab. Die Schatten der Bäume waren in der Dämmerung nicht auszumachen.

Aschmunaydt machte jetzt Kniebeugen und stieß die Luft schnaufend aus. Als er den Mercedes aufschloß, kauerte Streif bereits hinter dem Kofferraum und umkrampfte die Beretta.

Aschmunaydt steckte den Schlüssel in das Zündschloß und entledigte sich der Trainingsjacke im Stehen. Bevor er sich weiter umzog, setzte er sich wie jeden Abend hinter das Steuer. Aus Furcht, sich zu erkälten, trocknete er sich im Wagen ab.

Er zog das schweißnasse Unterhemd am Oberkörper hoch. Streif stand seitlich hinter ihm. Als Aschmunaydt das Trikot über den Kopf zerrte und dieses sein Gesicht verklebte, spürte er den Druck eines Pistolenlaufs auf der Brust.

»Aufstehen!« flüsterte Streif. »Und die Hände auf dem Kopf falten!«

Vor Schreck rührte sich Aschmunaydt nicht. Streifs Stimme hatte er nicht erkannt. Dessen Befehl war gerade noch hörbar gewesen. Der Pistolenlauf bohrte sich unter dem Herzen in Aschmunaydts Brust.

»Vorwärts«, zischte Streif. »Los!«

Aschmunaydt knickte mit dem Oberkörper zur Seite und stieß mit der Stirn gegen den Türrahmen. Vorsichtig schob er die Füße nach draußen. Streif ließ den Druck des Pistolenlaufes nicht schwächer werden. Aschmunaydt spürte Boden unter den Füßen. Wie zwei im Kampf erstarrte Ringkämpfer richteten sich die beiden Männer langsam auf.

»Was wollen Sie?« japste Aschmunaydt, dessen Gesicht verhüllt war. Seine Hände krallten sich über dem Schädel ineinander. Die Arme wurden ihm schwer. Er fürchtete, eine falsche Bewegung zu machen. Öfter schon hatte er gelesen, daß die Täter aufgeregter als ihre Opfer waren. Und wegen eines Firmenwagens hatte er keine Lust, sein Leben zu riskieren.

»Wollen Sie das Auto?« fragte er und hätte in diesem Augenblick gern gewußt, mit wie vielen Männern er es zu tun hatte.

Er erhielt keine Antwort. Für Sekunden ließ der Schmerz auf seiner Brust nach, der dann um so heftiger wieder einsetzte. Eine behandschuhte Hand legte sich auf seine Schulter und packte zu. Streif leitete Aschmunaydt um den Mercedes. Die aufschwingende Wagentür streifte dessen Knie.

Ein Stoß traf Aschmunaydt in den Rücken. Er fiel auf den Beifahrersitz. Streif war froh, daß Aschmunaydt nicht den Wagen seiner Frau benützt hatte. In der geräumigen Limousine war mehr Platz. Streif drückte die Pistole auf Aschmunaydts Herz und fischte den Plastikbeutel aus seiner Windjacke, den er zwischen die Knie zwängte und mit der freien Hand aufriß. Die chloroformgetränkte Watte stopfte er unter Aschmunaydts Unterhemd und preßte den Bausch auf Mund und Nase.

Aschmunaydt bäumte sich auf. Keuchend wand er sich unter Streifs Händen. Seine Atemwege füllten sich schnell mit dem verdampfenden Gas. Er verlor die Besinnung. Streif zog dem Regungslosen das Unterhemd über den

Kopf, beträufelte den Wattebausch erneut mit Chloroform und ließ sein Opfer in noch tiefere Bewußtlosigkeit sinken.

Massig ruhte er vor ihm. Die Haut unter der behaarten Brust schimmerte weißlich. Streif betrachtete Aschmunaydt und genoß den Triumph, bis ihn der bewegungslose Körper zu ekeln begann.

Auf den Hintersitz hatte Aschmunaydt wie jeden Abend ein frisches Flanellhemd gelegt, das Streif ihm nun überzog. Er legte ihm die Handschellen an, die so perfekt waren, daß sie Kindern nicht hätten verkauft werden dürfen.

Die Nacht war hereingebrochen. Die Pistole im Gürtel, startete Streif die Limousine und rollte den Waldweg hinunter. Er bog auf die Forststraße, fuhr zu seinem Auto und hielt dort an. Er streifte eine Seidenmaske über und wurde zu einem lächelnden Chinesen. Völlig unkenntlich machte ihn eine schwarze Perücke.

Aschmunaydt röchelte, rührte sich jedoch nicht. Streif öffnete die Wagentür an Aschmunaydts Seite und überlegte, ob er nicht selbst sein Opfer zu seinem Wagen schaffen sollte. Aber Aschmunaydt war ihm zu schwer.

Er wartete, bis dieser wieder zu sich kam. Erst streckte er blinzelnd die Beine aus und schlug dann die Augen auf, die er sofort wieder zukniff, da Streif die Pistole auf ihn richtete und ihm bedeutete, auszusteigen. Aschmunaydt blieb sitzen. Er hatte Angst, im Wald erschossen zu werden, und spannte die Arme. Die Handschellen schnitten in die Haut. Streif tippte mit der Pistole gegen Aschmunaydts Schläfen. Aschmunaydt riß den Kopf zur Seite.

Streif sprang aus dem Mercedes, den er umrundete, und packte Aschmunaydt an einer Hand, auf die andere schlug er mit dem Pistolenknauf und zog ihn ins Freie. Der erste unter den Nachtschwarzen hätte keinen Widerstand leisten können. Die Pistole im Anschlag, trieb ihn Streif mit Tritten in den Hintern zu seinem Auto, auf dessen Beifahrersitz er landete. Von hinten drückte Streif den Lauf in Aschmunaydts Nacken und bog seinen Hals zurück. Er betäubte sein Opfer erneut, schnallte den schweren Körper an und stellte die Rückenlehne zurück. Wer vorbeifuhr, sollte glauben, der Beifahrer schliefe. Streif schloß den Mercedes ab und ging zu seinem Auto zurück.

Sofort öffnete er die Fenster, er fürchtete, von dem Krankenhausgeruch schwindelig zu werden. Es war kurz vor zehn. Auf den ersten Kilometern machte ihn der entgegenkommende Verkehr nervös, dann wurde er ruhiger.

Streif fuhr zügig. In den Ortschaften paßte er auf, daß er die erlaubte Geschwindigkeit nicht überschritt. Einmal hielt er auf freier Strecke und behandelte Aschmunaydt noch einmal mit dem Wattebausch, was er dann in einem Wäldchen wieder machen mußte, als Aschmunaydt zu lallen begann. Von dort war es nur noch eine Viertelstunde bis zum Haus des Indienfahrers. Streif pfiff vor sich hin. Jetzt würde Aschmunaydt nach seiner Pfeife tanzen, so wie er viele Jahre nach dessen getanzt hatte.

Als Streif die Siedlung erreichte, die das Brachland von seinem Garten trennte, bewegte sich Aschmunaydt erneut und hustete. Streif ließ ihn allmählich zu sich kommen.

Die Siedlung war wie tot. Vor dem Kino parkte nur ein leerer VW-Transporter. Die italienische Eisdiele war geschlossen, und in einem Biergarten standen die Stühle umgekehrt auf den Tischen. Nur aus einem Lokal dröhnte Gehämmer.

Kaum war Streif aus der Siedlung heraus, gab er Vollgas.

Als er vor seiner Garage hielt, schlug Aschmunaydt die Augen auf. »Sagen Sie mir doch, was Sie vorhaben«, bat er.

Streif zog die Pistole, verließ den Wagen und öffnete Aschmunaydts Sicherheitsgurt. Er richtete die Waffe auf Aschmunaydt und zwang ihn auszusteigen. Mit Tritten in den Hintern dirigierte er ihn zum Hauseingang.

Vor der Treppe in den Keller blieb Aschmunaydt wie angewurzelt stehen. Sein Blick wurde bittend. Er sah mitgenommen aus, doch schwieg er, weil er es für klüger hielt. Erst mußte er wissen, was der Maskierte von ihm wollte.

Streif spürte Aschmunaydts Angst. Stumm wies er nach unten. Auf Aschmunaydts Kopf zielend, hob er die Pistole, und wieder durchströmte ihn diese wunderbare Ruhe. Ihm war, als schaute er sich selbst zu, als wäre er ein anderer.

Tastend setzte Aschmunaydt einen Fuß vor den anderen und stieg zur Waschküche hinunter. Streif war dicht hinter ihm und stieß die angelehnte Tür zum Kellerraum mit dem Fuß auf. Das grelle Licht blendete beide. Streif schaltete zwei Birnen aus. Die hinterste ließ er brennen, in deren Licht Aschmunaydt die Matratze erblickte. Entsetzt nahm er die Ketten wahr.

Als er sich zur Seite wandte, sah er in den Weinkeller. Die Tür zur Toilette stand halb offen. Streif machte eine auffordernde Handbewegung.

»Nicht jetzt«, sagte Aschmunaydt leise.

Streif bedeutete ihm, sich auf der Matratze auszustrekken. Aschmunaydt blickte auf die Ketten und auf die Schlösser an deren Enden.

Als er sich auf den Rücken legte, fühlte er sich wie auf einem Operationstisch. Wenn er bloß wüßte, was hier gespielt würde! Er hatte Angst. Streif zog die Ketten zu sich, die über den Zementboden schliffen. Die Pistole ließ er dabei nicht los. Als er sich über Aschmunaydts Füße beugte, war dieser für einen Augenblick versucht, die Beine anzuziehen und zum Stoß auszuholen. Aber ehe er sich's versah, hatten sich die Schlösser um seine Fußgelenke gelegt. Das hatte Streif am eigenen Leib geübt. Aschmunaydt streckte die gefesselten Arme über dem Kopf aus. Er hatte Durst, ein beißender Geschmack füllte seinen Mund.

Streif sah auf ihn hinab, so hatte er sich das vorgestellt: Aschmunaydt zu seinen Füßen! Am liebsten hätte er jetzt die Maske abgenommen, doch das wollte er sich für später aufheben. In dieser Nacht sollte Aschmunaydt kein Auge zumachen. Er sollte rätseln, raten, seine Gedanken mußten sich im Kreis drehen. Das würde ihn Kraft kosten und ihn schneller gefügig machen.

Streif riß sich vom Anblick seines Gefangenen los. Er hätte ihn noch lange betrachten können. Daß er so stark hassen konnte. Schweigend drehte er sich um. Er trat fest auf, seine Schritte hallten. Aschmunaydt blickte ihm nach, dann ging das Licht aus.

In der Küche trank Streif Kaffee und aß eine Banane. Er war glücklich und erschöpft. Aber noch mußte er Spuren beseitigen und zugleich falsche legen. Er fuhr das Auto in die Garage, schob das Moped auf die Straße und setzte den Helm auf, den er für diese Fahrt gekauft hatte. Der Mercedes durfte dort oben im Wald nicht stehenbleiben.

Streif begegneten nur noch wenige Autos. Die Stöße des Lenkers ermüdeten seine Arme. Den steilen Anstieg hinter dem letzten Dorf vor den Wäldern schaffte das Moped nur zur Hälfte. Streif stieg ab und schob. Sein Rücken war steif.

Mit aufgeblendeten Scheinwerfern raste ein Lastwagen auf ihn zu und donnerte an ihm vorbei. Kurz vor der Kuppe der Anhöhe überholte ihn ein leerer Bus, gleich darauf eine Lastwagenkolonne der Bundeswehr.

In der Finsternis des Waldes stand der Mercedes. Streif öffnete das Auto und verstaute das Moped im Kofferraum, dann ließ er den Motor an. An der Auffahrt zum »Wehrhahner Weg« hielt er kurz. Es war zu dunkel, um irgend etwas zu erkennen. Den Himmel verdeckten jetzt tiefziehende Wolken.

Streif machte sich auf den Weg in die Innenstadt, dorthin, wo Sex in allen Varianten angeboten wurde. In einem Vorort parkte er in einer stillen Straße und schloß das Moped in der Nähe des S-Bahnhofs an einen Fahrradständer. Dann ging er zum Mercedes zurück.

In der Nähe zweier Bordelle fand er einen unbewachten

Parkplatz, an dessen Ende er den Wagen im Schatten eines hohen Gebäudes parkte. Vorbei an Betrunkenen, Dreck, Huren und Obdachlosen ging Streif zum Hauptbahnhof. Es war kurz vor zwei Uhr morgens.

Bevor ihn eine frühe S-Bahn wieder zu dem Moped brachte, aß er im Stehen eine Currywurst, kippte zwei Schnäpse und trank Bier dazu. In dem Stehausschank drängten sich hauptsächlich Ausländer um die Theke. Er ließ sich in kein Gespräch ziehen. Streif dachte nur an Aschmunaydt, der keinen Schlaf fand, der gegen seine Angst kämpfte. Er leerte das Bierglas und prostete sich selbst zu.

17

An diesem Wochenende hatte Kampe eine Idee, wie er Aschmunaydt in Schwierigkeiten bringen, womöglich schaden konnte. Er war vor der Schwiegermutter in die Garage geflohen, zu seinem Jaguar, dem Ferrari und dem BMW. Bereits am Nachmittag hatte sich die Schwiegermutter eingenistet, obwohl das Essen mit dem Schwiegervater erst für den Abend angesetzt war. Ihr Mann hatte sie beauftragt, in der Villa des Schwiegersohns festzustellen, welche Räume für die Adoptivkinder in Frage kämen, drei Zimmer sollten es schon sein, zwei Schlaf- und ein Spiel- und Arbeitszimmer.

Aschmunaydt fand keinen Schlaf. Die Matratze roch muffig und nach Pisse. Aschmunaydt hatte Angst. Er war es gewöhnt, auf dem Rücken zu schlafen, die Hände auf den Bauch gelegt. Jetzt schnitten die Handschellen ins Fleisch. Streckte er die Arme über dem Kopf aus, taten sie ihm schnell weh. Auf der Seite zu liegen war nur kurz möglich, die Handschellen hinderten ihn, den Kopf auf die Arme zu stützen. Bäuchlings lag er noch am bequemsten, doch sog er mit jedem Atemzug den Gestank der Matratze ein. Er versuchte, so langsam wie möglich einzuatmen, und hielt dann die Luft an, bevor er sie ausstieß. Streif hatte Aschmunaydts Arme nicht auf dem Rücken gefesselt, damit der Gefangene seine Notdurft verrichten konnte.

Aschmunaydt befand sich in einer Situation, auf die er keineswegs vorbereitet war. Als Grund für seine Entführung hielt er vieles für möglich, von Kidnapping bis zum politischen Terrorakt. Bloß an Rache dachte er nicht. Sicherlich gab es einige, die ihm gern ans Leder gewollt hätten, aber nicht auf diese Weise, und niemals wäre ihm Streif in den Sinn gekommen. Mit jeder Minute mehr befürchtete er, in die Hände eines Verrückten gefallen zu sein. Je länger Aschmunaydt grübelte, desto besorgter wurde er. So hatte sich Streif das vorgestellt.

Aschmunaydt machte sich Vorwürfe. Wie hatte er so unvorsichtig sein können! Bodenlosen Leichtsinn würde man ihm vorwerfen, allen voran Kampe, und das, nachdem die Verluste in New York immer größer geworden waren. Er sorgte sich um seine Frau. So schlecht, wie es ihr ging, konnte er nur hoffen, daß sie nichts erfahren würde.

Die Angst vor dem, was ihn erwarten mochte, überkam ihn in Wellen. Manchmal so heftig, daß er in Schweiß ausbrach, der von den Brauen kalt in die Augen tropfte. Seine Zunge klebte am Gaumen. Der Durst quälte ihn, er mußte urinieren. Er versuchte, sich an den Weg zur Toilette zu erinnern.

Schließlich tappte er tastend an der Wand entlang, stieß mit der Schulter an einen Türrahmen und hoffte, die Ketten würden sich nicht spannen und ihm den Schritt verwehren. Dann fand er den Schalter im Weinkeller.

Nach einigen Verrenkungen landete Aschmunaydt mit blankem Hintern auf dem Toilettensitz. Der hin- und herschwingende Porzellangriff der Spülung traf seine Nase. Als das Wasser rauschte, widerstand Aschmunaydt der Versuchung, mit hohlen Händen aus dem Strudel zu schöpfen.

Irgendwann sank er endlich in unruhigen Schlaf, aus dem er auffuhr, als Streif den Schlüssel im Schloß umdrehte. Aschmunaydt rührte sich nicht.

Streif hatte kurz und tief geschlafen. Aschmunaydt in seine Gewalt gebracht zu haben hatte ihm seine Selbstsicherheit zurückgegeben, die er vermißt hatte, seit er wieder in Deutschland war.

Er öffnete die Tür, stieß einen Gartenstuhl in den Keller und schaltete das Licht an. Noch verdeckte die Maske sein Gesicht. Er zögerte, sich Aschmunaydt zu erkennen zu geben – oder wollte er ihn nur etwas länger im Ungewissen lassen? Streif hatte nichts zu trinken mitgebracht und auch nichts zu essen. Darum würde ihn Aschmunaydt bitten müssen, und Streif beabsichtigte, sich bitten zu lassen.

Aschmunaydt lag bewegungslos auf der Matratze, den Kopf in den Armbeugen. Aus den Augenwinkeln beobachtete er Streif, der auf dem Gartenstuhl Platz nahm, die Beine kreuzte und eine arabische Gebetskette aus der Hosentasche zog. Geruhsam ließ er durch die Finger die schwarzgelben Kugeln gleiten, die aus einem Stein geschliffen waren, den die Araber Tigerauge nennen und der Glück bringen soll.

Die beiden Männer schwiegen. Nur das Klicken der Kugeln war zu hören. Aschmunaydt glaubte zu verstehen, daß Zeit keine Rolle spielte. Hätte er gewußt, wie eilig es Streif hatte, wäre er zuversichtlicher geworden. Aber der Wille, auf nichts einzugehen, war sehr stark in ihm. Er wälzte sich auf die Seite und zeigte Streif den Rücken.

»Macho, macho«, flüsterte Streif und lüftete die Maske. Daß Aschmunaydt pokern, schon aus Gewohnheit Positionen aufbauen würde, damit hatte Streif gerechnet. Sein

Gefangener gab keinen Laut von sich. Unwillkürlich wunderte sich Streif wieder, daß dieser sich von den Amerikanern derartig hinters Licht hatte führen lassen. Aschmunaydt kannte alle Schliche. Er war doch viel gewiefter als die meisten Deutschen, die sich mit Nibelungentreue in ein Projekt verrennen konnten.

Streif überkam plötzlich das Bedürfnis nach frischer Luft. Absichtlich stieß er mit dem Fuß gegen den Stuhl. Aschmunaydt regte sich noch immer nicht. Streif schlich zur Tür und knipste das Licht aus. Aschmunaydt hörte wieder das Knacken des Schlüssels im Schloß.

Streif schlenderte durch den Garten. Es war ein verhangener Morgen, feucht und kühl. Die Siedlung verschwamm hinter dem Brachland. An der Fabrikmauer klebten Wassertropfen. Streif fröstelte und zündete eine Zigarette an. Er trat ins Haus und trank in der Küche Kaffee. Für Aschmunaydt stellte er Milch und Brot zur Seite, falls dieser zugänglicher werden sollte. Für zwei Männer, die ein gemeinsames Wochenende vor sich hatten, war in dem Kühlschrank jedoch nicht allzuviel zu finden.

Streif blickte aus dem Fenster. Auf der Müllhalde jagten zwei Hunde eine Katze. In der Nacht war eine verbeulte Badewanne abgeladen worden. Von weitem leuchtete sie wie ein Klumpen Eis.

Was geschehen war, machte Streif benommen. Daß er das geschafft hatte! Bisher war alles wie geplant verlaufen, doch hatte er nicht viel Zeit, bis Montag, höchstens Dienstag, mußte sein Plan zu Ende gebracht sein.

Streif stieg ohne Maske zu Aschmunaydt hinunter. Im Kellerraum schaltete er kein Licht an, bloß die Tür zur Waschküche ließ er etwas geöffnet. Ein schmaler Lichtkorridor teilte die Dunkelheit. Aschmunaydt, der ausgestreckt auf dem Bauch lag, spreizte die Beine. Die Ketten klirrten.

Streif räusperte sich, er war aufgeregt. Stumm und unerkannt Aschmunaydt nahe zu sein war sehr viel leichter gewesen, als sich jetzt zu erkennen zu geben. Aschmunaydt war viele Jahre der Boß gewesen. Aber nun würde er, Streif, das Gespräch führen und jeden weiteren Schritt bestimmen.

»Schade, wirklich schade«, begann er. »Sie hätten da oben im Wald nicht herumlaufen dürfen.«

Aschmunaydt schwieg. Er hatte Streif erkannt. Nicht eine Sekunde war daran zu zweifeln, daß er eben Streifs Stimme gehört hatte. Aschmunaydt war zutiefst überrascht, doch war es nicht das entsetzte Erstaunen, das Streif erhofft hatte. Aschmunaydt war keineswegs überrumpelt und vor Furcht gelähmt. Dafür hatte er zu viele Jahre mit zu vielen Problemen fertig werden müssen, die urplötzlich entstehen und zu Katastrophen werden konnten, wenn man nicht schnell und richtig reagierte.

Er war eher erleichtert. Streif, den kannte er. Dumm war Streif bestimmt nicht, aber dieses Ding war eine Nummer zu groß für ihn. Aschmunaydt glaubte zu wissen, wie man Streif nehmen mußte.

»Ich höre«, sagte er endlich, dann schwieg er. Es war ihm gelungen, Streif zu verblüffen, der darauf gebaut hatte, Aschmunaydt würde stammeln, stottern.

»Gut«, entgegnete Streif. »Gut, daß Sie endlich hören, welche Sauerei Sie sich mit mir erlaubt haben.«

»Lassen Sie mich damit in Frieden«, unterbrach ihn Aschmunaydt. »Was Sie mit mir gemacht haben, das nenne ich eine Sauerei! Ist Ihnen eigentlich klar, daß Sie auf dem besten Weg sind, kriminell zu werden?«

»Das sind wir beide schon lange.« Streif schaltete die Beleuchtung an. Aschmunaydt kniff die Augen zusammen. Er hockte unter der hintersten der drei Glühbirnen. Auf seinem Schädel hatten sich die Haare aufgerichtet. Die Backen und das Kinn schimmerten bartdunkel, wie mit Ruß bestäubt. Aschmunaydt sah müde aus, aber seine Augen leuchteten kampflustig. Er spürte Streifs Unsicherheit und dachte: deswegen die Maske.

»Streif«, sagte er. »Sie haben sich übernommen.« Er klang verständnisvoll. So wie er eben gesprochen hatte, reden Ärzte mit Privatpatienten, Chefs mit Mitarbeitern aus der Gewerkschaftsführung. Während er eine seiner kalkulierten Pausen einlegte, ahnte Streif, wie ihn Aschmunaydt einwickeln wollte.

Aschmunaydt wurde gütig: »Wissen Sie wirklich, worauf Sie sich eingelassen haben? Die Konsequenzen sind nicht abzusehen. Sie sind noch jung und haben viele Jahre vor sich. Wollen Sie die in Unfreiheit verbringen?« Er schnaufte. »Ich kann Sie sogar irgendwie verstehen. Aber was mit Ihnen geschehen ist, war die Tat von vielen. So ist eben die Maschinerie bei uns, die nicht abzuschalten ist, wenn einer einmal ins Rutschen gerät.«

Aschmunaydt machte eine neue Pause. Streif blieb stumm. Von ihm hätte Aschmunaydt jetzt gern etwas gehört. War es klug gewesen, die Schuld auf ein Kollektiv in der AG geschoben zu haben? Der mitfühlende Ton konnte nicht falsch sein, zu einschmeichelnd durfte er jedoch nicht werden. Er war noch immer der Aschmunaydt, vor dem die AG zitterte. Diese Position durfte er nicht aufgeben.

»Machen Sie sich nicht unglücklich«, mahnte er, besorgt wie ein Beichtvater. »Noch ist Ihr Versuch, mich zu entführen, ein makabrer Scherz, über den ich hinwegsehen kann.«

Wortlos zündete Streif sich eine Zigarette an und blies den Rauch in Kringeln aus. »Der Versuch ist geglückt, also ist es auch kein makabrer Scherz mehr.«

»Wollen Sie sich unbedingt strafbar machen?«

»Habe ich schon.«

»Na gut, wenn ich Sie nicht so lange kennen würde, wäre es mir egal, was aus Ihnen wird.« Aschmunaydt rutschte auf dem Hintern zur Wand, an die er sich lehnte. Sein Rücken schmerzte. Er hätte Streif anbrüllen können, statt dessen sagte er: »Ich verstehe Ihre Enttäuschung, aber nun haben Sie doch Ihre Genugtuung genossen. Es tut mir sehr leid, daß ich so wenig für Sie tun konnte. Wenn Sie mich jetzt nach Hause fahren, werde ich Ihre Überreaktion vergessen und so tun, als sei nichts gewesen.« Er verkniff sich das Versprechen, sich um Streif kümmern zu wollen und ihm etwas Interessantes im Ausland zu verschaffen.

Streif konnte Aschmunaydts Worten einen verführerischen Klang nicht absprechen, doch glaubte er ihm keine Silbe. Er rauchte ununterbrochen. In bläulichen Rauch gehüllt, thronte er amüsiert vor Aschmunaydt. Er hatte zu viele seiner Manöver erlebt, und je skrupelloser dieser gaukelte, desto belustigter hörte er zu. Auch das hatte er erhofft, es gehörte mit dazu. Aber das war jetzt nur der Anfang, Aschmunaydt würde in noch schmerzlicherer Weise zu Kreuze kriechen müssen.

Bei Streif, dem scheinbar so Geduldigen, waren alle Sicherungen durchgebrannt. Das Gesetz war für ihn nebensächlich geworden. Einen großen Teil seines Lebens hatte er sehr unabhängig gelebt und sich unter Menschen bewegt, die Obrigkeit nur dann gelten ließen, wenn sie sich nicht unangenehm spürbar machte.

Er drohte: »Für Sie gibt es nur eine Möglichkeit, schnell nach Hause zu kommen, und die wird Corpus drei Millionen Dollar kosten.«

»Sind Sie verrückt, Sie haben wohl nicht mehr alle Tassen im Schrank!«

»O doch.« Streif wollte erklären, wie er in den Besitz des Geldes gelangen würde, aber Aschmunaydt schnitt ihm das Wort ab: »Merken Sie überhaupt noch, was für einen Unsinn Sie reden? Den Sinn für den Wert des Geldes haben Sie wohl völlig verloren.« Er rang nach Atem und brüllte: »Jawohl, so ist das mit Ihnen, unverschämt, bodenlos unverschämt ist das. Übergeschnappt sind Sie! Auf Sie wartet die Klapsmühle, dort gehören Sie hin, und zwar schleunigst.«

Aschmunaydt tobte. Vergeblich versuchte Streif ihn zu unterbrechen, bis es ihm zu dumm wurde und er den Keller verließ. Er horchte an der Tür, Aschmunaydt verwünschte ihn weiter, erst laut, dann leiser.

Aschmunaydt, den Durst und Hunger immer stärker plagten, empfing Streif mit höhnischem Gelächter: »Da kommt ja unser Goldjunge! Drei Millionen Dollar, ein dickes Ding will er drehen, wie bei Al Capone.«

Streif rülpste laut.

»Können Sie sich nicht die Hand vor den Mund halten!« herrschte ihn Aschmunaydt an. »Sie haben zu viele miese Filme gesehen. Wie stellen Sie sich das vor? Soll ich mir die Millionen aus der Rippe schneiden? Sie kennen doch die AG! Der Vorstand dreht doch schon bei einer getürkten Spesenabrechnung durch.« Aschmunaydt hustete, würgte und krächzte.

»Daß Sie so naiv sind!« schrie er, kaum zur Ruhe gekommen. »So blitzdumm! Was haben Sie sich eigentlich gedacht?« Er schnappte nach Luft. »Natürlich nichts, schnell reich werden und ab durch die Mitte. Nur das spukt in Ihrem Vogelgehirn.«

»Hören Sie mir doch endlich zu!« schrie Streif.

»Ich will nichts von Ihnen hören, Sie Spinner, Sie Versager! Das süße Leben, das fehlt Ihnen bei uns in Deutschland, und schon fallen Ihnen krumme Touren ein.« Aschmunaydt japste und richtete sich schwerfällig auf. »Aber solche Mafiaspielchen laufen hier nicht. Bei uns wird gearbeitet. Davor haben Sie sich Ihr Leben lang gedrückt.«

Er torkelte auf Streif zu und ballte die Fäuste. Streif blieb sitzen. Die Ketten reichten nicht bis zu ihm, und als sie sich spannten und Aschmunaydt nicht mehr weiterkonnte, brach er in hämisches Lachen aus. Verdutzt leckte sich

Aschmunaydt die trockenen Lippen, unsicher, ob Streif nicht den Verstand verloren hatte. Er zerrte an den Ketten und wäre beinahe hingefallen.

»Sehr komisch«, sagte Streif. »Sie könnten im Zirkus auftreten.«

»Da bin ich schon gelandet.«

»Da irren Sie aber gewaltig.« Streif sprang auf, blieb dicht vor Aschmunaydt stehen und fixierte ihn. Aschmunaydt erwiderte Streifs Blick, seine Pupillen glommen. Damit hatte er schon viele in seinen Bann geschlagen, ungezählte Sitzungen waren so erst durch Aschmunaydt belebt worden. Streif blies den Rauch seiner Zigarette in Aschmunaydts Gesicht. Belehrend hob er den Finger: »Nicht so, jetzt bestimme ich.«

»Machen Sie, was Sie wollen, aber die Millionen können Sie sich abschminken.« Aschmunaydt drehte sich um, stapfte unter dem Klirren der Ketten zur Matratze und lehnte sich an die Wand. Streif folgte ihm einige Schritte. Als er stehenblieb, trennten sie einige Meter.

»Passen Sie auf«, sagte Streif. »Gleich werden Sie kapieren, wie ich die Millionen kriege.«

»Interessiert mich nicht.« Aschmunaydt glitt mit dem Rücken an der Wand abwärts, bis er auf der Matratze saß. Er war entschlossen, auf nichts einzugehen, aber dann wurde er doch hellhörig. Streif sprach von alten Tagen, damals in Nicosia, als Aschmunaydt noch mausgrau gewesen war. Während eines Wochenendes hatten sie mit libanesischen und kuweitischen Bankiers verhandelt und Hunderte von arabischen Ölmillionen zur Finanzierung zweier Stahlwerke in Israel flottgemacht. Streif nannte die Namen der Libanesen und Kuweitis. Inzwischen waren sie noch viel einflußreicher geworden und hatten ihre Macht bis New York und Tokio ausgedehnt. Von ihnen las man in allen Wirtschaftsblättern und davon, wie einfallsreich und gnadenlos sie vorgingen.

Den Israelis, die Aschmunaydt und Streif einige Tage später in Rom getroffen hatten, war bekannt gewesen, wer sie finanzierte, aber es war um die Rüstung des Landes gegangen. Südafrikanische Firmen hatten die Werke gebaut. Nie war von Corpus die Rede gewesen, der als Prämie eine Tausend-Megawattanlage in der Kapprovinz zugeschlagen worden war.

Streif erinnerte Aschmunaydt an den verschlungenen Lauf der Ölgelder und die Stillschweigeabkommen mit gewissen arabischen Banken und den Israelis. Wäre dieses Geschäft ruchbar geworden, hätten alle arabischen Länder die AG boykottiert. Ein Riesenskandal wäre nicht zu vermeiden gewesen.

»Die Zeitungen hätten uns zerrissen«, sagte Streif. »Und Sie wären nach Bonn zitiert worden.«

Aschmunaydt überlegte, wie ihn Streif erpressen wollte. Dieses Geschäft lag viele Jahre zurück, Corpus hatte fabelhaft daran verdient. Doch als Streif ihn nun aufforderte, diese Geschichte zu Papier zu bringen, und zwar in einem an ihn gerichteten Brief aus Nicosia, verstand Aschmunaydt sofort.

»So senil bin ich noch nicht!« rief er.

»Das hat nichts mit Senilität zu tun, Sie wollen doch nach Hause, oder?«

»Aber nicht so!«

»Denken Sie darüber nach, vielleicht fallen Ihnen noch ein paar interessante Einzelheiten ein.« Streif drehte eine Pirouette. Es war herrlich, sich frei bewegen zu können. Er strich über den Magen, als freute er sich auf ein Schlemmermahl, und schloß die Tür hinter sich. Aschmunaydt hörte Streifs Pfeifen, das schnell verklang.

Streif lutschte Traubenzucker und trank kalten Kaffee. Es war kurz vor neun. Bis zum Abend wollte er Aschmunaydt nüchtern halten, sollte dieser nicht kooperativer werden.

Er beabsichtigte, Aschmunaydt nicht zu sehr zu schwächen. Bei einem Mann seines Alters war schlecht abzusehen, was der Körper alles aushielt.

Als Streif in den Keller zurückkehrte, hockte Aschmunaydt so auf der Matratze, wie er ihn verlassen hatte. Streif setzte sich in den Gartenstuhl, spielte mit dem Schlüsselbund und fragte: »Haben Sie es sich überlegt?«

»Was denn?«

»Den Brief!«

»Hören Sie bitte mit diesem kindischen Scheiß auf!«

»Über unsere Vergangenheit sollten Sie nicht so hart urteilen.«

»Streif!« rief Aschmunaydt und klang bedrohlich. »Sie begreifen überhaupt nicht, auf was Sie sich eingelassen haben.«

»Das weiß ich sehr wohl, und deshalb werden Sie mir jetzt den Brief aus Nicosia schreiben.«

Aschmunaydt blickte ihn glühend an. Streif hatte nicht damit gerechnet, daß Aschmunaydt sofort zu allem ja und amen sagen würde.

Wenn Aschmunaydt auch vor Wut kochte, so war sein Zorn doch nicht mit der Tiefe des Hasses zu vergleichen, den er in Streif entfacht hatte. Streif, der sein Leben lang mit Gefühlen sparsam umgegangen war, schien seine gesamte Empfindungskraft für die Abrechnung mit Aschmunaydt reserviert zu haben, der noch immer weit davon entfernt war, ihn ernst zu nehmen. Streif spürte das deutlich.

»Sie machen einen großen Fehler«, sagte er. »Sie glauben, leicht hier herauszukommen, und deshalb sollten Sie sich Ihre Sprüche sparen.«

»Das sind keine Sprüche! Das ist die Realität, für die Sie den Sinn verloren haben, und zwar nicht erst jetzt. Ich beobachtete das schon länger.«

Aschmunaydt hatte geringschätzig zu klingen versucht. Aber Streif meinte, ein leichtes Zittern aus seiner Stimme herausgehört zu haben, und fragte: »Haben sie jemals darüber nachgedacht, wie gemein es war, mir die Schuld für die KEO-Pleite in die Schuhe zu schieben? Sie haben mich verheizt!«

»Sie und Ihre Frau!« Aschmunaydts Stimme überschlug sich. »Sie hatten doch schon längst abgehoben, früher oder später wären Sie sowieso auf die Schnauze gefallen.«

Streif riß ein Blatt aus dem Block, den er mitgebracht hatte. »Also, fangen wir an.«

»Lassen Sie mich mit diesem Unsinn in Frieden!« brüllte Aschmunaydt. »Von mir werden Sie keinen Buchstaben sehen und nicht einen Pfennig herausquetschen.

Das süße Leben auf Kosten anderer, Sonne und blaues Meer, können Sie sich an den Hut stecken. Sie werden brummen, jawohl brummen, darauf können Sie Gift nehmen.«

Streif zwang sich zu einem Lachen, das ihm zu einem Meckern geriet. Doch das entging Aschmunaydt, der sich in Rage redete: »Corpus wollen Sie erpressen und glauben tatsächlich, sich freies Geleit verschaffen zu können. Wie saudumm, nein, wie idiotisch sind Sie eigentlich?«

Streif lächelte. Wegen dieses Lächelns hätte ihn Aschmunaydt mit den bloßen Händen erwürgen können.

»Sie werden von selbst darauf kommen«, sagte Streif, »wieviel klüger es ist, ein paar Briefe zu schreiben, als zu verrotten.«

»An meinem Grab werde ich nicht schaufeln, darauf können Sie sich verlassen!« Aschmunaydt hustete, sein Magen zog sich zusammen.

»Wieso, Sie wünschen doch nicht, hier unten begraben zu werden?«

Aschmunaydt blieb die Antwort schuldig. Wenn der von Streif verlangte Brief in die AG gelangte, würde man zahlen. Die hatten keine andere Wahl, und er hätte um sein Amt zittern können. Bestimmt war auch das von Streif beabsichtigt gewesen. Aschmunaydt atmete tief ein und dachte nicht daran, aufzugeben. Einen Fehler würde Streif schon begehen. Aschmunaydt war es oft genug gelungen, einem Gegner den Stachel des Zweifels einzupflanzen.

Streif warf den Schlüsselbund in die Luft, fing ihn auf und hielt die Schlüssel auf der flachen Hand Aschmunaydt hin.

»Fällt Ihnen nichts Besseres ein?« raunzte ihn dieser an.

18

Kampes Schwiegermutter hatte sich nicht entscheiden können, welche Zimmer in der Villa des Schwiegersohns für die zu erwartenden Adoptivkinder am geeignetsten wären. Sollten sie im ersten oder zweiten Stock liegen, neben- oder auseinander? Zu viel Sonne sollte nicht sein, auch müßten sich die Zimmer soweit wie möglich gleichen, damit nicht das eine Kind vom anderen dächte, es sei vorgezogen worden.

Kampe hatte zu allem hauptsächlich geschwiegen, seine Frau hatte sich interessiert gegeben. Schließlich ging es um ihr Erbe. Ohne Kinder gäbe es nur den Pflichtteil, hatte Fauenkirk gedroht, der andernfalls sein beträchtliches Vermögen in eine von ihm vor kurzem gegründete gemeinnützige Stiftung einbringen wollte, den Gustav-Fauenkirk-Kinderfonds. Noch war der Fonds mit zuwenig Kapital ausgerüstet.

Frau Kampe hatte an diesem Samstag schon dreimal mit Horst Bertram Kwansaken, einem Freund des Hauses, telefoniert, mit dem sie öfter schlief. Horst Bertram durfte nicht mehr forschen und war in den Essigsäurebetrieb seiner Firma versetzt worden, was ihn tief deprimierte.

Durch den Dunst brach die Sonne. Streif blätterte vor der Haustür in einer Zeitung. Er überflog den Sportteil, den Zeitplan für zwei Marathonläufe. Alle schienen überall auf den Beinen zu sein.

Wenn er Aschmunaydt gefügig gemacht hatte und im Besitz des Lösegeldes war, wollte Streif mit Nina zum Surfen nach Hawaii. Er versuchte sich abzulenken, was mißlang. Aschmunaydts Starrköpfigkeit lag ihm im Magen. Er spürte, wie sehr dieser in ihm noch immer den willigen Untergebenen von einst sah.

Um sicherzugehen, beabsichtigte Streif, einen Satz der von Aschmunaydt unterschriebenen Briefe – er wollte drei – Nina zu überlassen. Sollte die AG sich nicht an die Spielregeln halten, nicht zahlen und nicht schweigen, würde Nina nach Streifs Anweisungen handeln. Die Veröffentlichung auch nur eines der Briefe würde der AG schwer schaden. Das war Streifs Garantie. Er hatte viele Erpressungen mit Geld aus der Welt geschafft, und nie war etwas nach draußen gedrungen.

Das Telefon läutete, Nina rief vom Düsseldorfer Flughafen an. Streif glaubte sich verhört zu haben.

»Warum hast du mich nicht abgeholt?« fragte sie gereizt. »Hast du mein Telegramm nicht bekommen?«

»Nein, nie!« rief Streif, worauf sie sich über die Unfähigkeit der deutschen Post beklagte. Das Telegramm hatte sie kurz vor ihrem Abflug geschickt, als Überraschung, über die nun nicht mehr zu diskutieren war.

»Ich komme«, unterbrach er sie verzweifelt.

»Das dauert mir zu lange.«

»Kannst du dich nicht einmal gedulden.«

»Was soll denn das heißen? Beweise ich nicht dauernd Geduld in dieser beschissenen Situation?«

»Ja, so was von beschissen.« Streif suchte Nina zu besänftigen und krümmte sich über den Apparat. Er sprach gedämpft, als fürchtete er, belauscht zu werden.

»Warum sprichst du so leise?« fragte Nina. »Du bist wohl nicht allein?« Wie sie das wieder gespürt hatte, obgleich sie es anders meinte. Sie bestand auf einem Taxi, Streif sollte ihr den Weg erklären. Er war zu aufgeregt, verhaspelte sich, wiederholte mehrmals seine Adresse und riet ihr, sich auf den Taxifahrer zu verlassen.

»Die sind doch alle Betrüger und fahren am liebsten im Kreis.«

»Nein, nein, nicht in Deutschland.«

»Das glaubst auch nur du.«

»Nina, bitte!« Die Verbindung brach ab. Streif war sicher, daß Nina eingehängt hatte, und machte sich auf einiges gefaßt, doch war ihr nur das Kleingeld ausgegangen. Er blickte in das diesige Licht. Über der Siedlung war der Horizont dunkler.

Ungewollt war Nina Aschmunaydt zu Hilfe gekommen. Streif hetzte in den Keller und verharrte in der Waschküche, bis sich sein Atem beruhigt hatte.

Daß Streif erneut mit leeren Händen erschien, machte Aschmunaydt wütend. Wollte ihn Streif aushungern, so schwächen, bis er gefügig wurde? Die Zunge klebte an seinem Gaumen, die Lippen waren spröde. Hunger überfiel ihn in Wellen. Immer wieder krampfte der Magen schmerzhaft zusammen. Aschmunaydt war an regelmäßiges Essen gewöhnt und lebte mit der Uhr. Aber den Mut verlor er nicht.

Der Gedanke, in Gefahr zu sein, belastete ihn nicht im geringsten. Er war sicher, von Streif nichts Ernstes befürchten zu müssen, den würde er sich noch kaufen. Der war doch durchgeknallt. Der hatte sich von seiner Nina zu dieser unsinnigen Tat hinreißen lassen.

»Dieser kleine Pisser«, flüsterte Aschmunaydt. »Dem werde ich Beine machen.« Im Kittchen sollte Streif darüber nachdenken, worauf er sich eingelassen hatte. So hielt sich Aschmunaydt bei Laune. Im Bewußtsein seiner Machtfülle hatte er sich Streif jederzeit überlegen gefühlt. Ihm zu unterliegen kam ihm überhaupt nicht in den Sinn.

Es gelang ihm jetzt sogar, seinem Mißgeschick eine heroische Seite abzugewinnen. Hätte so etwas nicht längst einmal passieren müssen? Er, der im Dienst der AG schwer und grau geworden war, fühlte sich wie ein Dompteur, der von einem seiner Raubtiere angefallen worden war. Solange er die Nerven behielt, konnte er diesen Keller nur als Sieger verlassen, und Streif würde erledigt sein, der hatte sich selbst fertiggemacht. Aschmunaydts Selbstvertrauen war durch nichts zu erschüttern. Gegen dieses Bollwerk hatte Streif anzurennen.

Als er wieder vor seinem Gefangenen Platz nahm, fächelte er sich mit einem leeren Blatt Luft zu. Es roch säuerlich, nach menschlichen Ausdünstungen, nach Aschmunaydt.

»Haben Sie nachgedacht?« fragte Streif.

»Über was denn?«

»Unser Wochenende in Nicosia.«

»Darüber gibt's nichts nachzudenken.« Aschmunaydt warf Streif einen verachtungsvollen Blick zu, der sich davon nicht beeindrucken ließ, obgleich er Mühe hatte, sich zu konzentrieren. Ninas nahende Ankunft bedrückte ihn. Von Aschmunaydt durfte sie nichts wissen. Streif befürchtete, von ihr für verrückt erklärt zu werden. Dabei war das, was er mit Aschmunaydt vorhatte, doch gar nicht schwer zu verstehen.

»Dann eine andere Story aus unserem Leben«, sagte er gewollt unbekümmert, was Aschmunaydt sofort auffiel, der begierig auf das Kratzen in Streifs Stimme horchte und die »Ähs« sowie die unruhigen Hände zufrieden wahrnahm.

Streif erinnerte ihn an Preisabsprachen in den Staaten, an denen Corpus teilgenommen und bald eine führende Rolle übernommen hatte. Die Preise waren seinerzeit nicht auf einer Höhe abgesprochen worden, das wäre zu simpel gewesen. Es waren vielmehr diagonal laufende Preislisten festgelegt worden. Jeder der wichtigen Stahlhersteller konnte andere Preise vorweisen, nur waren die auf die großen Kunden abgestimmt. Um die Absprachen durchzuführen und kontrollieren zu können, waren tagelange Sitzungen notwendig gewesen, die meistens in der Karibik stattgefunden hatten. Aschmunaydt war dort nie dabeigewesen. Aber seine Ideen, von Streif verfolgt und verfeinert, hatten ihn den Amerikanern und Asiaten allgegenwärtig erscheinen lassen.

Aschmunaydt war nicht nur mit Willenskraft gesegnet, er besaß auch eine orientalisch zu nennende Phantasie. Mit ihr hatte er dieses Stahlkränzchen befruchtet und zu einer dauerhaften Existenz verholfen.

Nachdem ihm Streif die Preisabsprachen unter die Nase gerieben hatte, brach Aschmunaydt in schallendes Gelächter aus. »Und das wollen Sie schriftlich von mir, wie naiv sind Sie eigentlich.«

»Und ich frage Sie, wann Sie Vernunft annehmen werden.«

»Machen Sie sich keine Hoffnungen.« Aschmunaydt drehte Streif wieder den Rücken zu. Der Durst peinigte ihn. Jetzt würde er aus der Toilette trinken, wenigstens die Lippen befeuchten.

Streif sah auf die Uhr. Jeden Augenblick konnte Nina ankommen. Aschmunaydt zog die Beine an. Das Klirren der Ketten half Streif über seine Enttäuschung hinweg.

»Na gut«, sagte er. »Ich habe Zeit.«

»Wirklich?« rief Aschmunaydt ihm nach.

Der Taxifahrer stellte die Koffer vor dem Gartentor ab. Nina stakste auf Streif zu, der ihr entgegeneilte. Der Wind wehte durch ihre Haare. Sie streckte die Arme aus, und Streif drückte sie an sich.

Sie war gekommen, um zu sehen, wie er lebte, woran es ihm fehlte, und so, wie sie ihn vorfand, blaß mit umränderten Augen, dachte sie, daß sie wohl eher nach ihm hätte schauen sollen.

Sie gingen an der Backsteinmauer entlang, auf das Haus zu, das Nina schon erschreckt hatte, als sie aus dem Taxi gestiegen war.

»Was Trostloseres gab es wohl nicht?« sagte sie.

»Es war billig.«

»Du hast dich verkrochen.«

Streif öffnete die Haustür. Nina hätte sich am liebsten auf der Hacke umgedreht.

»In so einer Bruchbude lebst du!«

Er führte Nina in das Wohnzimmer. Bevor sie Platz nahm, wischte sie den mit Kunststoff bezogenen Sessel mit ihrem Taschentuch ab. In das Pfeifen der aus den Polstern entweichenden Luft rief sie: »Gemütlich. Gemütlich.«

Streif blieb gefaßt, von Nina war nichts anderes zu erwarten gewesen. »Es ist doch nur für kurz«, sagte er leise.

»Und dann, was dann?«

»Es wird sich vieles ändern, zum Guten natürlich.«

Sie war überzeugt, daß Streif sich etwas vormachte. In ihre Augen traten Tränen. Wie er so vor ihr stand, in ausgebeulten Hosen und fleckigem Polohemd, wurde sie von Mitleid übermannt. Was war aus ihm geworden! Aschmunaydt hatte ihn gebrochen, und schon verdrängte die Wut auf diesen den Strom ihres Mitgefühls.

»Was macht er eigentlich?« fragte sie.

»Wer?« Streif besorgten Ninas Tränen.

»Er«, stieß sie aus, »Aschmunaydt, wer sonst?«

»Dem wird noch der Arsch auf Grundeis gehen«, sagte er mit einer Entschiedenheit, die Nina gefiel.

Während Streif Nina zu überreden suchte, sich etwas auszuruhen, weil er zu Aschmunaydt wollte, tappte dieser durch die Finsternis des Kellers und tastete sich an dem Mauerwerk entlang zur Toilette hin. Er stieß mit der Fußspitze an die Schwelle zum Weinkeller und fand den elektrischen Schalter. Eine Lampe hing über der im Tisch eingelegten Schieferplatte. Die Toilettentür stand offen.

Als er an der Spülung zog, schoß das Wasser auf das gelbliche Porzellan, rauschte, schäumte und floß in glucksenden Wirbeln ab. Er horchte auf das nachlaufende Wasser, welches das Reservoir füllte, das nun in Plätschern, dann in ein feines Rinnen überging.

Aschmunaydt zog wieder an dem vor ihm hin- und herschwingenden Abzug. Er beugte sich über die Schale, doch hielt er die Lippen fest geschlossen. Erst nach der dritten Spülung öffnete er sie, tauchte das Gesicht in den Strudel und schlürfte mit geschlossenen Augen. Aschmunaydt stellte sich vor, aus einem Wildbach zu trinken.

Streif führte Nina durch das Haus, nach Ausruhen war ihr nicht zumute. Daß Streif eine Villa bewohnte, war nicht zu erwarten gewesen, aber mit einer so heruntergekommenen Unterkunft hatte sie nicht gerechnet.

Im Eßzimmer bemerkte sie, daß man hier nicht einmal einem Obdachlosen ein Dinner zumuten könne. In der Küche ekelte sie der tranige Geruch, den sie Bocksgestank nannte, und vermutete, hier seien früher wohl Hammel geschlachtet worden. Den Kühlschrank schlug sie gleich wieder zu. Aus dem roch es tatsächlich streng, nach allerlei Verkommenem.

Auf die Müllhalde schauend, sagte sie: »Den Hang zur Bescheidenheit hattest du schon immer, jetzt lebst du ihn voll aus.«

Damit wollte sie Streif aufrütteln, so durfte er sich nicht gehen lassen! In ihr Mitleid mit ihm mischte sich jetzt auch Selbstmitleid. Sollte sie etwa in diesem Jammer enden, wenn die Ersparnisse alle aufgezehrt waren und nicht bald eine entscheidende Wende eintrat?

Nach Jerry war auch Gordon Gray abgesprungen. Seinem zu Wechselhaftigkeit neigenden Wesen folgend, war er einer Malaiin erlegen, die vorzüglich bellen konnte, und zwar so täuschend echt, daß Nina Grays Gunst über Nacht verloren hatte.

Auf dem Flur hängte sie sich bei Streif ein. Er war froh, daß sie nicht auch noch in den Keller wollte.

»Was noch fehlt, ist ein dicker Strick«, sagte Nina.

»Blausäure wirkt schneller.« Streif strich über ihre Haare. Sie blickte ihn erstaunt an. Streif kam ihr eigenartig fremd vor, irgend etwas schien er ihr zu verbergen. Sie stiegen nach oben und traten in das Schlafzimmer der toten Eltern des Indienfahrers. Auf dem unbezogenen Ehebett senkte sich die Matratze zur Mitte hin in eine tiefe Kuhle. Nina blickte über das öde Fabrikgelände und sagte: »Immer wieder neue Aspekte von berückender Schönheit.«

Streif lachte auf. Irgendwie freute er sich jetzt, daß Nina bei ihm war. Sie zwinkerte ihm komplizenhaft zu. »Was geschieht hier eigentlich?«

»Nichts.«

»Glaube ich nicht.«

Er legte einen Finger auf ihre Lippen. Mit einem Mal fühlte sich Nina müde. Der lange Flug und die Wiedersehensfreude hätten sie angestrengt. Streif küßte sie auf die Stirn. In Gedanken war er bei Aschmunaydt. Viel zu lange hatte er ihn alleingelassen.

Ohne sich auszuziehen, sank Nina auf Streifs Bett. Bevor sie einschlief, sah sie auf den Himalaja.

Streif schaltete im Keller das Licht an. Aschmunaydt lag mit geschlossenen Augen auf dem Rücken, den Kopf zwischen den gefesselten Armen. Bäuchlings hatte er sich nicht ausstrecken wollen. Er hatte zu viel Wasser getrunken. Streif dachte, Aschmunaydt schliefe, und blieb einen

Schritt vor ihm stehen. Aschmunaydt atmete regelmäßig ein und aus, sein Magen rumorte.

Plötzlich schwang Aschmunaydt die Arme über den Schädel und schnellte mit dem Oberkörper hoch. Streif wich mit einem Satz zurück. Aschmunaydt lachte höhnisch.

»Warum so schreckhaft?« fragte er.

Streif hob die weißen Blätter von dem Gartenstuhl auf und setzte sich. Aschmunaydt fand, daß Streif sich immer lächerlicher benahm, er war nichts weiter als ein frustrierter Angestellter. Aschmunaydt rutschte mit dem Rücken an die Mauer und funkelte Streif an.

»Zu dumm«, sagte er. »Sie wissen nicht mehr weiter.«

»Sie versuchen nur, sich Mut zu machen.«

»Sie sind ein Spinner, darüber werden Sie ausgiebig im Knast nachdenken können.«

»Macho, tcha, tcha, tcha«, zischte Streif durch die Zähne. Er hatte es sich mit Aschmunaydt leichter vorgestellt. Wie sehr sich der ihm gegenüber überlegen fühlte, ahnte er nicht einmal. Aschmunaydt hatte immer darauf geachtet, daß seine Überlegenheit nicht fühlbar wurde. In ganz natürlicher Weise war er der Boß gewesen, kollegial, bestimmt und immer den richtigen Abstand haltend. Kumpelei war ihm verhaßt. Mit den Jahren hatte er seine Rolle perfektioniert und war in der AG zu einer Art Übervater geworden. Er deutete auf die unbeschriebenen Blätter und schlug Streif vor, zusammenzuzählen, wer alles von ihnen bestochen worden war, natürlich nur die großen Fische.

Streif zögerte, dauernd suchte Aschmunaydt die Initiative zu übernehmen.

»Also, was ist?« fragte Aschmunaydt. »Dieses Sündenregister wäre doch ganz in Ihrem Sinn.«

Einen Augenblick lang wirkte Streif hilflos. Die Zeit verstrich nutzlos, und über ihnen schlief Nina, von der er hoffte, daß sie bald wieder abreisen würde.

»Mein Gott!« rief Aschmunaydt.« Bis Sie sich mal entschließen. Notieren Sie bitte! Solche Gedächtnisübungen sind ganz nützlich.« Er zählte Politiker, hohe Beamte und einflußreiche Männer aus verschiedenen Ländern auf, bis ihn Streif unterbrach. Die meisten waren entweder in Ungnade gefallen oder tot. Doch nun fragte Aschmunaydt: »Wie hieß der griechische Einkaufsleiter unseres größten ägyptischen Kunden?«

»Cleanthis Katamakis«, antwortete Streif automatisch.

»Richtig, der dicke Cleanthis. Mit unserem Geld kaufte er eine deutsche Blondine.«

»Das war Trudi, aber die hat ihm dann das Fell über die Ohren gezogen.«

»Wie denn das?«

»Das gehört nicht hierher.«

»Vielleicht doch.« Und jetzt beklagte Aschmunaydt die Dummheit der Männer, die meisten ließen sich von ihren Frauen auf der Nase herumtanzen. Das hätte er oft mit ansehen müssen. Es sei unglaublich, wie Männer sich blöde benähmen und alles tun würden, was man von ihnen verlange, bis ihnen zum Dank die Hörner aufgesetzt würden. Und das aus reiner Mißachtung, betonte er und legte eine Pause ein, als fordere er zum Nachdenken auf.

»Lassen Sie doch diesen Käse!« Streif hoffte nur, daß Nina nicht aufgewacht war und nach ihm suchte.

»Erinnern Sie noch die beiden italienischen Ingenieure in Libyen?« fuhr Aschmunaydt unbeirrt fort. »Ohne sie hätten wir den Zuschlag für das E-Werk in Benghazi nicht bekommen. Wir sind mit ihnen durch die Puffs von Amsterdam gezogen.«

»Davor hatten wir sie ausbezahlt, die wollten nur cash.«

Aschmunaydt hatte Streif in jener Nacht zu einer Rothaarigen beschwatzen wollen, um ihn loszuwerden und eigene Wege zu gehen. Streif hatte sich nicht überreden lassen und einen Whisky nach dem anderen auf Kosten der AG getrunken. Schließlich war es Aschmunaydt zu dumm geworden. Er hatte Streif ins Hotel geschickt und sich der Rothaarigen selbst angenommen.

Streif war klar, daß er Aschmunaydt härter angehen mußte. Dafür brauchte er einen neuen Anfang. Mit einem Ruck erhob er sich.

»Warum leisten Sie mir nicht noch etwas Gesellschaft«, bat Aschmunaydt. »Wir haben uns gerade so interessant unterhalten. Wann hat man schon die Gelegenheit, einmal von vergangenen Zeiten zu sprechen.«

Streif sah verärgert zur Waschküchentür.

»In meinem Alter erscheint die Vergangenheit im Verhältnis zu dem, was man an Zeit noch zu erwarten hat, viel länger, als sie ist.« Aber mit Alterswehmut konnte Aschmunaydt Streif nicht kommen. Im Grunde hatte er, wenn auch ziemlich unverständlich, nur andeuten wollen, daß ihn der Hunger quälte.

Kampe las den Monatsbericht der KEO, die Verluste vergrößerten sich weiter. Minters Kommentar hielt er für erzdumm. Ein Besuch in New York war nicht aufzuschieben. Kampe wäre am liebsten allein, ohne Aschmunaydt, dorthin gereist.

Frau Kampe war nach dem Mittagessen in die Stadt gefahren und hockte jetzt in einem Hotelzimmer vor dem ausgestreckten Horst Bertram Kwansaken, dem sie die Depressionen mit Massage zu vertreiben suchte.

Der Schwiegervater hatte nach dem Essen allein mit Kampe einen Espresso getrunken. Fauenkirk hatte seinem Schwiegersohn vorgeworfen, er strahle zuwenig Wärme und Güte aus, und das komme daher, weil er keine Kinder habe. Wenn man aber Chef vieler Menschen sein wolle, sei diese Ausstrahlung nötig.

»Das hat doch damit nichts zu tun«, hatte Kampe protestiert. »Entweder hat man was vom Nikolaus, oder man hat es nicht.«

19

Nina schlief auf Streifs Bett, das Gesicht im Kopfkissen vergraben. Streif schlich aus dem Zimmer und fragte sich, wie sie beide in dem schmalen Bett Platz finden sollten. In der Küche öffnete er eine Bierdose, Ninas Koffer standen ihm gegenüber.

Bis Montag, spätestens Dienstag, mußte er die Briefe besitzen. Aschmunaydts Abwesenheit durfte noch nicht aufgefallen sein. Je länger er verschwunden bliebe, desto schwieriger würde die Zahlung des Lösegelds werden. Aus dem Verschwundenen durfte sich kein Stoff für die Medien entwickeln.

Streif war unzufrieden. Aschmunaydt hatte ihm bis jetzt das Heft aus der Hand genommen. Mußte er Gewalt anwenden? Aschmunaydt hungern und dürsten zu lassen hatte Grenzen. Die Gefahr, in eine Sackgasse zu geraten, bedrückte ihn. Die Pistole, die echte, würde er in der Waschküche verstecken.

Nina rief nach ihm. Streif lief nach oben und sah, wie ihr Rock auf den speckigen Spannteppich segelte. Sie war jetzt nackt. Mit den Händen bedeckte sie ihre Brüste.

Damit hatte er gerechnet, aber nicht schon am Nachmittag. Streif, der nur Aschmunaydt im Kopf hatte, entkleidete sich dennoch. Wenn Nina ihn spüren wollte, konnte er sich ihr nicht verweigern. Umgekehrt war das öfter vorgekommen. Er ließ sich auf der Bettkante nieder.

»Du bist so dünn geworden«, flüsterte sie. »Düsseldorf ist dir schlecht bekommen.« Sie kuschelte sich an ihn und streichelte seine Lenden. Er küßte sie und spielte sich und ihr eine Leidenschaft vor, von der keine Spur vorhanden war. Wie lange waren sie getrennt gewesen! Er hätte vor

Lust platzen müssen. Doch nichts dergleichen, selbst im Bett kam ihm Aschmunaydt in die Quere.

Viel zu früh drang Streif in Nina ein. Er wollte diesen verzweifelten Akt so schnell wie möglich hinter sich bringen. Er schwitzte, klebte auf Nina, wollte sie küssen und biß aus Versehen in ihre Oberlippe. Sie hätte vor Schmerz schreien können, doch quiekte sie nur ungehalten. Streif preßte sein Gesicht in das Kissen.

Er kniff die Augen zusammen, doch Aschmunaydt und dessen verächtlicher Blick drängten sich ihm nur noch zwingender auf.

Nina war viel zu erfahren, um nicht die Unlust zu spüren, mit der Streif kämpfte. Er erschlaffte. Schwer atmend lag er neben Nina. Sie war enttäuscht, aber zu sehr nun auch wieder nicht. Es war nichts Neues für sie, daß ein Mann im Bett versagte. Im Grunde hatte sie Streif nur einen Gefallen tun wollen. Tröstend klapste sie seinen Hintern, strich über den feuchten Rücken und kam sich wie eine Krankenschwester vor, die einem Patienten den Aufenthalt im Krankenhaus versüßen wollte.

Streif schob ein Bein aus dem Bett. Nina ließ ihn nicht los und streichelte seinen Hals. Zu was hatte es kommen müssen, damit er endlich einmal wieder Zärtlichkeit genoß. Er hatte sie in den frühen Jahren ihrer Ehe oft vermißt, mit der Zeit dann weniger. Die AG, zahllose Abende mit ständig wechselnden Menschen und der Alkohol hatten ihn in Beschlag genommen.

Und trotzdem hingen Streif und Nina aneinander. Für ihn war ein Leben ohne sie unvorstellbar. Trotz ihrer Liebhaber erging es Nina ähnlich. Streif war für sie bester Freund, Prügelknabe und Berater in einem. Mit ihm teilte sie ein Maß von Erinnerungen wie mit keinem anderen Menschen.

Nachdem Nina eingeschlafen war, befreite sich Streif vorsichtig aus ihren Armen und betrachtete sie, aber nur kurz. Für schlechtes Gewissen hatte er keine Zeit. Er mußte zu

Aschmunaydt. Noch einmal wollte er es mit ihm im Guten versuchen. Er mußte einsehen, daß er ihm ausgeliefert war.

Aber Aschmunaydt hatte sich festgelegt. Er war schwer umzustimmen, wenn er sich einmal entschieden hatte. Zielstrebig war er schon immer gewesen, und mit den Jahren war eine gute Portion Sturheit hinzugekommen. Doch hatte ihm der Erfolg recht gegeben. Selbst das Desaster mit der KEO würde Corpus auf längere Sicht große Gewinne bringen. Und mit noch etwas tröstete sich Aschmunaydt: Jetzt würde er abnehmen.

Er glaubte, Streif schon ziemlich weichgeklopft zu haben. Dem mußte er nur die Zähne zeigen. Aschmunaydt dachte öfter, als ihm lieb war, an Kampe. Der und sein Schwiegervater konnten gefährlich werden, wenn er zu lange verschwunden blieb.

Als Streif Aschmunaydt gegenübersaß, griff ihn dieser sofort wieder an: »Was haben Sie sich eigentlich bei diesem Räuber- und Gendarmspiel gedacht? Sind Sie überhaupt noch eines klaren Gedankens fähig? So viel Dummheit habe ich noch nicht erlebt. Aber leider sind dem Schwachsinn ja keine Grenzen gesetzt.«

Streif schwieg, Aschmunaydt wurde milder: »Noch ist der Schaden zu beheben. Niemand weiß, was passiert ist. Die Polizei ist nicht informiert, und darüber, was Sie sich mit mir erlaubt haben, kann ich hinwegsehen. Das wissen Sie ja.«

Weiter kam er nicht, es reichte Streif. Verniedlichungen, falsche Versprechungen, für wen hielt ihn Aschmunaydt eigentlich?

»Sie träumen!« rief er. »Sie sind auf dem falschen Dampfer.«

»Wohl unrealistisch«, unterbrach ihn Aschmunaydt.

»In höchstem Grade! Wenn ich will, kann ich Sie umbringen, und zwar so, daß kein Hahn danach kräht.«

»Streif, der Killer, wer hätte das gedacht! Aber Hähne sollten Sie nicht unterschätzen.« Aschmunaydt richtete sich auf – da wurde ihm schwarz vor Augen. Er taumelte und fand gerade noch Halt an der Mauer.

Aber schon hatte sich Aschmunaydt wieder in der Gewalt. »Hähne sind bemerkenswerte Vögel«, sagte er. »Stolz und kämpferisch sind sie und ständig hinter den Hennen her.« Er wollte Streif reizen. Oft hatte er damit Gegner verleitet, Fehler zu begehen.

»Sie wollen doch nur ablenken, zerreden, wie das in der AG üblich ist.« Streif sprang auf. Die weißen Blätter schwebten auf den Zementboden. Die Fäuste in den Hosentaschen geballt, schritt Streif vor seinem Gefangenen auf und ab. Zum ersten Mal gewann er etwas Bedrohliches für ihn, was aber verging, als Streif ihm vorhielt, wie fest er ihn in der Hand hätte und Aschmunaydt keine Zeit verlieren dürfe, was für Streif sehr viel mehr galt. Er drohte, Aschmunaydt verhungern zu lassen oder ihn auf andere Art ins Jenseits zu befördern. Streif hatte vorgehabt, es mit Aschmunaydt noch einmal im Guten zu versuchen, war aber von seiner Wut übermannt worden.

»Nur zu«, unterbrach ihn Aschmunaydt. »Ich stehe Ihnen zur Verfügung, aber hüten Sie sich vor der Angst. Je mehr Sie sich zumuten, desto größer wird sie werden.«

Er ließ ihn nicht aus dem Blick. Diese verfluchten Augen, fuhr es Streif durch den Kopf.

Am Spätnachmittag begann es zu regnen, plötzlich wurde es kalt.

»Was hast du vor?« fragte Nina. »Ich will das wissen, und zwar genau, immerhin bin ich deine Frau. So darf es nicht weitergehen. Suchst du wenigstens einen neuen Job?«

»So einfach ist das nicht«, erwiderte Streif.

»Das redest du dir nur ein. Du mußt dich rühren, wir sind hier im Land der Macher.«

Streif, der einer war, aber ein stiller, sagte leise: »Ja, ja.«

»Das Haus, diese unbeschreiblichen Möbel, das gefällt dir? Warum buddelst du dich nicht gleich da drüben im Müll ein? Dort fällst du noch weniger auf. Aschmunaydt hat dich glatt zerquetscht. Wie konntest du dich derart fertigmachen lassen?«

Streif hatte bereits geahnt, daß solche Fragen kommen würden, als Nina ihn vom Flughafen angerufen hatte, und antwortete: »Alles, was ich brauche, ist ein bißchen Zeit.«

»Wieviel?«

»Wenig.«

»Was heißt das?«

»Wenig ist wenig«, erwiderte er ärgerlich.

»Ich wollte nur wissen, was du zu unternehmen gedenkst, und schon bist du beleidigt. Ich habe ein Recht darauf, das zu erfahren.« Nach einem Seufzer riet sie ihm, Aschmunaydt in kleine Stücke zu schneiden.

»Nein«, sagte Streif. »In kleine Stücke, das muß nicht sein.«

»Weil dir das zu unbequem ist, weil du auf ein Wunder hoffst.«

Streif, der gewiß kein Wunder erwartete, trat ans Fenster und blickte über das Brachland zur Siedlung, in der die ersten Lichter aufflammten. Die Wolken waren graublau. Im Garten zwitscherten zwei Vögel. Streif horchte genau hin, es waren tatsächlich zwei.

»Ich schiebe Kohldampf«, sagte Nina hinter ihm. Streif ärgerte sich, so wenig eingekauft zu haben, und das mußten sie sich auch noch mit Aschmunaydt teilen.

»Willst du mich verhungern lassen?« jammerte Nina.

» Natürlich nicht.«

»Es sieht aber ganz so aus. Wo ist denn hier der Fernseher, du freust dich nicht einmal über mich.«

»Ich freue mich doch«, entgegnete Streif und fügte unbedacht hinzu: »Hast du das nicht gemerkt?«

»Nein«, sagte sie, »wo ist die Glotze?« Mahlmann hatte keine hinterlassen. »Ich sehe nicht mehr fern«, sagte Streif.

»Nicht mal das.«

Streif floh in die Küche. Er konnte Bier oder Milch anbieten, Brot, Streichkäse und Bananen, dazu ein Päckchen Pflanzenmargarine, Pflaumenmarmelade und zwei Büchsen Nordseeheringe in Tomatensauce, die Nina nicht mochte. Er füllte für sie Milch in ein trübes Glas, schälte eine Banane und nahm sich eine Dose Bier.

»Ist das alles?« Nina biß in die Banane.

»Sehr viel mehr gibt es nicht.« Streif dachte an Aschmunaydt, der seit vierundzwanzig Stunden nichts mehr gegessen hatte.

»Vielleicht ist dir ein Restaurant bekannt?«

Streif, der keines in der Nähe kannte, beherrschte sich gerade noch und schüttelte nicht den Kopf. »Ja, ich glaube, ich kenne eines.«

Inzwischen dämmerte es. Nina war im Badezimmer, das sie menschenunwürdig fand. Beschwichtigend wies Streif auf den neuen Toilettensitz. Nina machte sich zurecht, als wollte sie zu einer Cocktailparty ins Four Seasons. Das Zeremoniell des Schminkens hatte Streif oft genug verflucht, aber heute kam es ihm gelegen. Aschmunaydt mußte versorgt werden. Zusammenklappen durfte er nicht.

Stunden waren seit dem letzten Gespräch verstrichen. Stunden, in denen Aschmunaydt sich selbst nicht mehr ausgewichen war. So, wie er Streif in den Staaten abserviert hatte, war das tatsächlich höchst unfair gewesen. Aber die Regeln des Geschäfts waren nun einmal so für den, der wichtige Entscheidungen zu treffen hatte und weiter solche treffen wollte. Er mußte zugeben, daß er ihm eine Entführung nie zugetraut hätte. Aber beunruhigen ließ er sich nicht.

Hatte Streif nicht all die Jahre vor ihm gekuscht? Aber das sah Aschmunaydt falsch. »Herr und Knecht« war immer nur sein Spiel gewesen. Streif war nie vor ihm gekrochen. Er war kein Kriecher.

Als Streif mit dem Abendessen vor ihm stand, war Aschmunaydt erleichtert. Trotz des Hungers zwang er sich, langsam zu essen. Er merkte, daß Streif in Eile war.

»Warum setzen Sie sich nicht?« fragte er nach einem Schluck Milch. Er hielt das Glas mit beiden Händen umklammert.

»Essen Sie!« befahl Streif, und nun wußte Aschmunaydt, daß Streif etwas dazwischengekommen war. Nach allem, was ihm dieser angedroht hatte, hätte er die Käsebrote als humanitäre Großtat preisen können.

Die Stoppel sprossen in Aschmunaydts Gesicht. Streif stellte sich unwillkürlich vor, wie Aschmunaydt mit einem Backenbart aussähe. Kirchenväter und Kriegsherren sahen auf Stichen so aus, er war ja auch einer von diesem Schlag.

Er aß immer umständlicher. Streif konnte seine Ungeduld kaum mehr zähmen. Er wollte seinen Gefangenen nicht allein bei Licht lassen, was Aschmunaydt wohl als ein Einlenken ausgelegt hätte. Aber im Dunkeln hätte er sein Mahl nicht beenden können.

Streif wrang die Hände auf dem Rücken, dann hielt er es nicht mehr aus. Er zwang Aschmunaydt, die Milch mit einem Zug auszutrinken. Die noch übrigen Brote legte er an das Kopfende der Matratze.

»Warum die Hetze?« fragte Aschmunaydt.

»Weil ich für heute genug von Ihnen habe.«

»Ich habe mich nicht eingeladen«, rief Aschmunaydt ihm nach.

Streif wurde von Nina ungeduldig empfangen: »Wo bist du bloß gewesen? In dieser Bruchbude kann man sich doch nicht verlaufen.«

Sie hatte sich zurechtgemacht, leichtes Rouge auf den Backen, lila Lidschatten, die Stirn und Kinnpartie waren weiß gepudert. Um Ninas Hals funkelte ein verchromter Stahlreifen. An den Ohren schaukelten archaisch anmutende Gebilde. Sie trug ein faltiges Gewand mit hoch ausgestellten Schultern. Die Fifth Avenue schien vor Streifs Gartentor verlegt worden zu sein. Streif riß die Augen für einen Sekundenbruchteil zu weit auf. Nina reichte das bereits.

»Gefalle ich dir nicht?« fragte sie sofort.

»Doch, doch.«

»Was hast du an mir auszusetzen?«

Alles, dachte Streif, der sich einmal mehr wunderte, was Ohrläppchen aushielten. Er beteuerte, sie sähe hervorragend aus, dann schob er sie aus dem Haus.

Der Wind blies heftig. Von der Müllhalde her stank es. Nina hielt sich die Nase zu und wünschte von Streif umarmt zu werden. Sie gingen auf Streifs zehn Jahre altes Auto zu, das Nina der Situation angemessen fand.

Er sank hinter das Steuer und hatte keine Ahnung, wo er mit Nina zu Abend essen würde. In die Stadt mochte er nicht fahren, zu weit wollte er sich nicht von Aschmunaydt entfernen. In der Siedlung hielt er vor dem erstbesten Gasthaus, froh, überhaupt eines gefunden zu haben.

»Zum grünen Wald«, entzifferte Nina die teilweise verblichenen Buchstaben.

»Kräftiges Essen«, sagte Streif. »Wir sind auf dem Land.«

Als sie die Gaststätte betraten, setzte umgehend Friedhofsstille ein. Der Wirt glotzte über die Theke, dessen schielende Frau glotzte mit offenem Mund über den Abwasch. Die Männer glotzten, während sie nach ihren Biergläsern tasteten, und von den Tischen her glotzten ganze Familien. Selbst die Kleinkinder glotzten, weil ihre Eltern glotzten.

Streif nahm mit Nina in einer Ecke Platz. Die Wirtin schlappte auf sie zu. Es gab nur noch Wellfleisch mit Salzkartoffeln und Grünkohl, den Nina nicht vertrug, wie sie sagte. Sie wollte aufstehen, aber Streif hielt sie am Arm fest.

»Laß uns gehen!« sagte sie.

»Laß uns essen!« sagte er.

Die Wirtin schielte auf Nina hinab. Streif bestellte.

»Zwei Pils!« rief er dann. »Bitte, schnell!«

Nina ergab sich in Streifs Entschlossenheit. In der feuchtwarmen Luft fror sie wenigstens nicht mehr. Es roch nach Bier, Mensch und Moder. Jemand hatte wohl vergessen, die Toilettentür zu schließen, vielleicht schloß sie auch nicht mehr.

Nina beugte sich vor: »Wie lange willst du so weitermachen?« Wieder fing sie damit an, aber dieses Mal, um ihn zu strafen. »Ich hätte schon ein besseres Lokal verdient.«

»Du mußt geduldiger werden«, bekam sie zu hören. »Rom ist auch nicht an einem Tag erbaut worden.«

»Verschone mich bitte mit Binsenwahrheiten.« Dann wollte sie wissen, wann er sich endlich Aschmunaydt vorzunehmen gedächte.

Streif setzte zu einem langen Zug aus dem Bierglas an und war versucht, Nina ins Vertrauen zu ziehen. Er schluckte und schluckte und überwand seine Schwäche. Nina hätte womöglich Aschmunaydts Freilassung verlangt.

Erst wenn er im Besitz des Lösegeldes war, sie irgendwo lebten und nie mehr über Ausgaben stritten, würde er ihr eines Tages erzählen, wie er mit Aschmunaydt abgerechnet hatte. Es war sinnlos, sich jetzt vor ihr als Held aufzuspielen, schließlich sagte er aber doch: »Ich habe mit ihm gesprochen, und du kannst sicher sein, daß er bereut, was er sich mit uns geleistet hat.«

Nina glaubte ihm kein Wort, aber ihre Streitlust war vergangen. Mißmutig schnippelte sie an dem fetten Fleisch.

Seit ihrer Ankunft spürte sie, daß Streif ihr etwas vorenthielt.

Sie betrachtete ihn von der Seite. Er schaute in die Wirtschaft, in der die Gäste wieder schwatzten, mit den Bestekken auf den Tellern kratzten, lachten, soffen oder zankten. Daß er wenig davon wahrnahm, bemerkte sie. Nina kannte diesen Blick, wenn seine Augen in die Höhlen zu sinken schienen und sich nur noch langsam bewegten. Sie strich über seine Hand. »Ich habe Lust, hier zu übernachten.«

»Das geht nicht.«

»Warum denn, ein Tapetenwechsel würde dir guttun.« Nina dachte an karierte Federbetten und grobe Laken, wo es Vertreter mit Kellnerinnen trieben.

»Wir müssen zurück«, sagte Streif.

Nina verstand zwar nicht, warum sie unbedingt nach Hause mußten, doch fügte sie sich. Draußen regnete es in Strömen. Sie sprangen ins Auto.

Nina lehnte das Ehebett der Eltern des Indienfahrers lautstark ab – und nicht nur wegen der tiefen Kuhle. Die beiden Alten seien bestimmt in diesem Bett gestorben.

»Meines ist zu schmal«, sagte Streif.

Nina machte das nichts aus. Streif gab nach. Als er in seine Pyjamajacke schlüpfen wollte, zog Nina sie ihm wieder aus, bevor er sie zuknöpfen konnte. Die Hose warf sie in hohem Bogen in die Ecke.

Streif schaltete das Licht aus und legte sich auf den Rükken. Sie umspannte ihn und schlang die Beine um seine Schenkel. Er kraulte ihren Nacken.

Dann war er in ihr. In der Wärme und Dunkelheit liebten sie sich, bis Nina ihm völlig erschöpft den Rücken zudrehte und in tiefen Schlaf fiel. Streif horchte auf ihre Atemzüge, dann verließ er das Bett.

Aschmunaydt schlief auf der Seite. Die gefesselten Arme hatte er von sich gestreckt. Sein Atem ging unregelmäßig.

Streif richtete die Taschenlampe auf ihn, bis er sich an ihm sattgesehen hatte. Der Gedanke, vielleicht zu einem Mord gezwungen zu werden, erschreckte ihn zutiefst.

Wie so oft setzte sich Kampe auch an diesem Abend hinter das Steuer eines seiner schnellen Autos.

Heute war es der Ferrari. Kampe startete den Motor, blieb aber in der offenen Garage stehen, die, etwa fünfhundert Meter von der Villa entfernt, am anderen Ende des Grundstücks lag. Er horchte auf das tiefe, gleichmäßige Summen des Motors, sog den Duft ein, der dem Leder der Sitze entströmte, und fuhr sanft über die Armaturen.

Immer wieder mußte er daran denken, was sein Schwiegervater am Nachmittag nach einem längeren Monolog über die soziale Verantwortung großer Unternehmen fallengelassen hatte.

»Mein Network funktioniert noch immer«, hatte Fauenkirk gesagt, woran Kampe nicht zweifelte. Es war unglaublich, wo Fauenkirk noch immer mitmischte. Wenn Kampe ehrlich gewesen wäre, hätte er zugegeben, daß er seine Frau vor allem wegen der Beziehungen und des Einflusses ihres Vaters geheiratet hatte. Fauenkirk war das nur recht gewesen: Mit einem unabhängigen Schwiegersohn hätte er nicht viel anfangen können, und seine Tochter, sein einziges Kind, war ein spätes Mädchen gewesen.

Und dann hatte er noch eine Bemerkung gemacht, die Kampe nicht mehr in Ruhe ließ. Wenn das mit dem Network wirklich so wäre, dachte Kampe, rollte aus der Garage und raste los.

20

Nina schlief fest. Streif lag schon eine Weile wach. Es war Sonntagmorgen, halb sieben, und noch war er mit Aschmunaydt keinen Schritt weitergekommen. Unter der Dusche nahm er sich vor, sehr viel massiver zu werden.

Er zog sich an und steckte die Sig Sauer in die Jacke. In der Küche kochte er Kaffee und strich Brote. Milch und Bananen hob er für Nina auf. Aschmunaydt würde sich heute mit Wasser begnügen müssen.

Als er das Kellerlicht anschaltete, stellte Aschmunaydt sich schlafend, so, wie er es in der vergangenen Nacht getan hatte, als Streif zu ihm heruntergekommen war. Er verstellte sich so gut, daß Streif darauf hereinfiel. Die gleichmäßigen Atemzüge Aschmunaydts ärgerten ihn. Wo nahm der nur die Ruhe her? Aber Aschmunaydt hatte eine unruhige Nacht verbracht und immer nur vorübergehend geschlafen. Seine Knöchel schmerzten. Die Matratze ekelte ihn entsetzlich.

Um sich die Zeit zu vertreiben, hatte er sich einige stolze Momente seines Lebens in Erinnerung gerufen. Die Geburt des Sohnes und der Enkel, die Beförderungen, ständig war es mit ihm aufwärtsgegangen. Er war der jüngste Nachtschwarze gewesen, den die AG je hervorgebracht hatte, und das als Sohn eines Sparkassenangestellten, der sein Leben lang auf der Stelle getreten war.

Streif stieß mit dem Fuß absichtlich gegen den Gartenstuhl. Aschmunaydt rührte sich nicht. Streif blieb dicht vor ihm stehen und drückte die Fußspitze in dessen Hüfte, erst zögernd, dann entschlossener. Am liebsten hätte er ihm einen Fußtritt versetzt. Doch nun bewegte sich Aschmunaydt. Er fuhr sich über das Gesicht, rieb sich die Augen und wünschte guten Morgen. Das Tablett schwebte über ihm.

»Oh«, rief er. »Frühstück.«

Streif stellte das Tablett auf den Boden. Für einen Augenblick war er Aschmunaydt sehr nahe und sah in dessen blutunterlaufene Augen. Bevor dieser in ein Käsebrot biß, sagte Streif: »Mit ungeputzten Zähnen sollte man nicht frühstücken.«

Streif zerrte die Pistole aus der Jacke.

»Wollen Sie mir den Appetit verderben?« fragte Aschmunaydt.

Streif antwortete nicht. Aschmunaydt aß weiter. Wie durcheinander mußte Streif schon sein, daß er sich an ein Schießeisen klammerte!

»Haben Sie schon mal jemanden umgelegt?« fragte er, und da Streif noch immer schwieg, sagte er: »Sie wissen ja gar nicht, welche Schwierigkeiten man mit einem Erschossenen hat. Das Blut und der ganze Dreck, die Spuren, die nie ganz zu beseitigen sind. Mit mir als Leiche wäre es besonders unbequem. Allein schaffen Sie mich nicht weg, und um mich in diesem Keller unter dem Zement zu verscharren, brauchen Sie einen Preßlufthammer. Glauben Sie nicht, daß der leicht zu bedienen ist.«

Aschmunaydt beabsichtigte nichts anderes, als Streif die Waffe auszureden. Aber der hatte sich allmählich daran gewöhnt, Aschmunaydt mit geladener Pistole gegenüberzusitzen. Noch nie hatte er auf einen Menschen gezielt oder gar geschossen. Aber Schießen hatte er geübt, in all den Ländern, in denen man leichter einschläft, wenn eine Schußwaffe auf dem Nachttisch liegt.

»Ich glaube es Ihnen ja«, sagte Streif. »Sie haben vor nichts Angst.«

Jetzt schwieg Aschmunaydt. Streif hatte soeben den richtigen Ton angeschlagen.

»Haben Sie über die Briefe nachgedacht?« fragte er. »Sie würden sich vieles ersparen, Sie sollten sie jetzt schreiben.« Ohne eine Antwort abzuwarten, drängte Streif weiter, bis er Aschmunaydt an den Chilenen Horacio Gutierrez erinnerte. »Den haben Sie auf dem Gewissen.«

»Erzählen Sie ruhig weiter, Ihre Geschichten sind ganz interessant.«

»Es sind vor allem Ihre.«

Aschmunaydt gähnte. »Haben Sie sich schon mal Gedanken über Gefangenenhygiene gemacht? Ich bestehe nicht auf einem heißen Bad, aber wenn ich duschen könnte, wäre das nicht zu viel verlangt.«

»Lenken Sie nicht ab! Schreiben Sie den Brief aus Nicosia, dann dürfen Sie duschen.«

»Schade, schade.« Aschmunaydt schüttelte den Kopf.

»Vor allem um Gutierrez.«

»Hören Sie doch mit dem auf, wer ist das eigentlich?«

»Tun Sie nicht so, Sie kennen ihn so gut wie ich.«

»Sie wissen manches, was ich nicht weiß.«

»Kommen Sie mir bloß nicht so! Auf Ihren Wunsch wurde Gutierrez verhaftet. Eine hundsgemeine Sache war das. Sie sind ein Künstler im Verdrängen. Den Streik in Conco Saltos haben Sie sicher auch nicht vergessen. Damals, als die Unruhen unter den Arbeitern ausbrachen und wir riskierten, die Kupferschmelzanlage zu spät an die chilenische Regierung auszuliefern. Jeder Tag mehr hätte Corpus eine Stange Geld gekostet.«

Gutierrez war zu jener Zeit der Anführer der Streikenden gewesen, ein Mann mit großen Ambitionen, in der Gewerkschaft nach oben zu kommen. Auch Streif hatte mit ihm verhandelt und nichts erreicht. Schließlich hatte Aschmunaydt selbst eingegriffen, aber da waren die Fronten schon zu verhärtet gewesen. Keiner hatte sein Gesicht verlieren wollen, und mit Gutierrez war nicht mehr zu reden gewesen. Eines Abends wurde er wegen staatsfeindlicher Umtriebe verhaftet und nie mehr wiedergesehen. Gutierrez war denunziert worden. Von wem, hatte man nie herausbekommen.

Es war der Baustellenleiter gewesen, der Gutierrez gehaßt hatte. Aber Streif war noch immer überzeugt, daß Aschmunaydt die Verhaftung über eigene Mittelsmänner veranlaßt hatte.

»Sie wollten ihn loswerden«, sagte er, »und haben ihn liquidieren lassen.«

»Behalten Sie Ihre Hirngespinste für sich, für wen halten Sie mich eigentlich?«

»Darum werden Sie nicht herumkommen.«

»Mein Gott, sind Sie naiv! Ein Träumer, ein Spinner sind Sie. Das grenzt doch alles an Geistesschwäche. Jawohl!« brüllte er. »Geistesschwach sind Sie. So viel Blödheit begegnet einem nur einmal im Leben.« Aschmunaydt wurde immer lauter, die Adern traten aus seiner Stirn. »Ihre Erpressung, dieses miese, unüberlegte Ding, das Sie drehen wollen, daraus wird nichts. Das schlagen Sie sich ganz schnell aus Ihrem Vogelhirn. Von mir bekommen Sie nicht einen Buchstaben zu sehen.«

Streif ging mit gezogener Waffe auf ihn zu.

»Schießen Sie!« sagte Aschmunaydt leise. »Drücken Sie doch ab, Sie Null!«

»Liquidieren«, flüsterte Streif und buchstabierte: L wie Ludwig, I wie Ida und so fort. Schwerfällig richtete sich Aschmunaydt auf.

»Überlegen Sie sich etwas anderes«, sagte er fest. »Ich habe einfach zu viel hinter mir, um mich auf so windige Weise aus der Firma zu schleichen.«

Kampe hatte ebenfalls schlecht geschlafen und hin und her gegrübelt, wie er ohne Aschmunaydt nach New York fliegen könnte. Er mußte mit Nina Streif sprechen – dazu hatte ihm der Schwiegervater dringend geraten.

Seine Frau war nach Mitternacht nach Hause gekommen. Sie hatte nach Alkohol gerochen und lange geduscht. Danach hatte sie sich mit einer nach Maiglöckchen duftenden Nachtcreme eingerieben. Aus dem Badezimmer, das sie noch gemeinsam benützten, war sie in ihr Schlafzimmer gegangen. Kampe hatte sich schlafend gestellt, obschon er sich jetzt doch gern auf seine Frau gelegt hätte, natürlich nicht zu lange und so wie immer. Horst Bertram war sicher einfallsreicher. Ab und zu hätte Kampe gern sein Gesicht zwischen zwei Brüsten vergraben, aber es mußte auch nicht sein. Der Gedanke, Nina in New York anzurufen und in ein Restaurant einzuladen, machte ihn nervös. Von anderen Frauen hielt er sich schon seit langem fern, und Nina war noch dazu die Frau eines Mitarbeiters, der obendrein tief gefallen war.

Streif fand Nina im Badezimmer, durch das sie sich auf einem Steg aus ausgerolltem Klopapier bewegte. Sie fühlte sich von Schmutz und Verfall umzingelt, und vor dem Fußboden graute ihr.

»Wie hältst du das bloß aus?« Sie stand auf den Zehen und betupfte ihr Gesicht mit einer grünen Paste.

»Du bist zu verwöhnt.«

»Wie leicht du dich abfindest! Anstatt in der Firma auf den Tisch zu hauen, hast du dich dem Niedergang ergeben.«

Streif hätte sich am liebsten die Ohren zugehalten. Ninas Beschwerden und Aschmunaydts Starrköpfigkeit, beide dachten nicht daran, auf ihn einzugehen.

Es regnete leicht aus einem tiefen Himmel, Grautöne, die ineinanderflossen. Von der Siedlung her hörte man Kirchenglocken.

Während Streif das Frühstück vorbereitete, hatte sich Nina ans Telefon gesetzt. Streif horchte auf das Schnarren der Wählscheibe. Noch war Nina nicht fündig geworden, niemand hob ab. Streif überblickte, was er anzubieten hatte. Das Brot war feucht geworden. Auf der Herdplatte versuchte er einige Scheiben zu rösten, ohne daß gleich ein

Brand ausbrach. Trotz aller Vorsicht verkohlte etwas Teig. Der Rauch brannte in Streifs Augen. Er fand, daß es jetzt immerhin besser röche. Nach Toast und Kaffee, wie in der Frühstücksstube einer besseren Pension. Die restlichen Bananen drapierte er auf einem ehemals grünen Plastikteller um den Schnittkäse. Er hoffte, Nina würde wie üblich morgens nur eine Tasse Kaffee trinken.

Streif hörte ihre Stimme, Hochrufe des Wiedersehens. Die von Kaltenburgs waren an diesem Wochenende zu Hause geblieben. Nina liebte das Ehepaar, Adel überhaupt. Ihre Laune verbesserte sich schlagartig. Sie redete drauflos, und sehen müßten sie sich doch, am besten gleich, sofort. Streif schlug sich gegen die Stirn. Nun würde Aschmunaydt viel zu lange von ihm verschont bleiben. Aber an den Adligen ging kein Weg vorbei. Stunden würde er mit denen vertrödeln müssen. Daß Nina das Heim des Indienfahrers so bald wie möglich verlassen und nicht mehr zurückkehren wollte, war Streif klargeworden. Am späten Nachmittag beabsichtigte sie, wie er ihrem Parlando entnommen hatte, nach New York zurückzufliegen.

In der Küche riß sie sofort das Fenster auf. Über das Frühstück verlor sie kein Wort. Sie freute sich auf die von Kaltenburgs.

»Warum hast du sie nie angerufen?« fragte sie. »Die leben doch in Düsseldorf.«

»Ich hatte zu viel um die Ohren.«

»Etwa, um dieses wonnige Nest einzurichten?«

Der Regen war stärker geworden. Das fleckige Grau des Himmels war in eine einheitliche dunkle Gräue übergegangen. Streif folgte Nina, dem Wohlgeruch ihres Parfüms. Er schleppte ihren Koffer am Haus entlang, über einen Weg, auf dem Löwenzahn wucherte.

Im Keller redete sich Aschmunaydt Mut zu. Die Gefahr, sich festzufahren, wollte er nicht wahrhaben. Keinen Fingerbreit durfte er nachgeben. Streif war doch schon weichgeklopft, den mußte er im eigenen Saft schmoren lassen, der fuchtelte doch bloß noch mit einer Knarre durch die Luft.

Streif fuhr auf die Siedlung zu, aus der erneut die Glokken klangen. Nina wollte wissen, ob die Gegend katholisch sei. Streif bejahte, obwohl er keine Ahnung hatte. Aschmunaydt im Rücken, von dem er sich nun entfernte, peinigte ihn.

Kampes Laune wurde an diesem Wochenende immer schlechter und erreichte ihren Tiefpunkt beim sonntäglichen Mittagessen. Aus einer Pizzeria, die zu einer bekannten Kette gehörte, hatte seine Frau trockene Pizzen kommen lassen, die nach übersäuertem Tomatenmark schmeckten. Kampe mochte Pizza nicht. Seine Schwester hatte sich mit ihrem Mann, dem Löwenbändiger, schon wieder eingefunden, weshalb Frau Kampe die Lust am Kochen vergangen war. Dann hatte auch noch der Schwiegervater angerufen und Kampe daran erinnert, unbedingt Schießstunden zu nehmen, es dauere nicht mehr lange, bis die Jagd eröffnet werde. Kampe schoß ausgesprochen schlecht, aber Fauenkirk war noch immer ein hervorragender Schütze. Er fand, daß man in Deutschland unbedingt Jäger sein müsse, wenn man ganz oben mitspielen wolle. Kampe machte sich aus der Jagd noch weniger als aus Pizza, aber gegen Fauenkirk kam er nicht an, und fast immer hatte dieser auch noch recht. Erneut hatte er Kampe dringend empfohlen, alleine nach New York zu reisen.

Nach dem Essen setzte sich Kampe in seinen Ferrari und dachte bei laufendem Motor über seine Scheu vor Nina nach. Er wollte sie in New York zum Abendessen einladen. Damit sie nichts falsch verstünde, würde er ihr sofort offenbaren, um was es ginge. Für das, was nun geplant war, hielt er Nina für die richtige Frau, was Fauenkirk als erster erkannt hatte.

Die von Kaltenburgs lebten in einer modernisierten Altbauwohnung, die Nina so schick wie ihre Bewohner fand. Sie waren überall gewesen und kannten jeden zwischen Paris, London und New York. Die Kaltenburgs bestanden jedoch nicht auf ihrem Adel. Kein Siegelring zierte ihre Finger, und nicht ein Vorfahr äugte unter weißgepuderter Perücke von den Wänden herab. Daß man Spießern aus dem Weg ging, verstand sich von selbst, und das war in Deutschland nicht ganz einfach. Dennoch besaßen Geld und Macht für die von Kaltenburgs höchste Reize – obwohl sie nicht dauernd darüber redeten, war es doch recht offensichtlich. In Nebensätzen wurde angedeutet, wie der Hase zu laufen hatte. Vielleicht war Streif tüchtiger als der Gastgeber, wußte und konnte mehr als dieser, doch saß von Kaltenburg kein Kloß im Hals. Er wucherte ausgezeichnet mit seinen Pfunden, und da er auch noch Glück gehabt hatte, war er im Vorstand einer großen Bank gelandet.

Streif, dessen Arbeitstag von Kowalski und Brettschneider begrenzt wurde, konnte nur schwindeln. Bei Sherry und Champagner ließ der Hausherr keine Zweifel daran, wie weit er es geschafft hatte, und das mit absolut falscher Bescheidenheit.

Nina redete ungeniert mit. Da ließ sie sich nicht unterkriegen. Streif aber schwieg hauptsächlich und hörte nur halb zu. Noch sprachen die von Kaltenburgs über sich und andere in ihrer Nähe, doch schwebte bereits die Frage im Raum, was Streif nun eigentlich in Deutschland mache. Er in Düsseldorf, sie in New York, da durfte man doch neugierig sein. Streif spürte, wie die Unterhaltung auf diesen Punkt hintrieb. Und als die Adligen es nicht mehr aushielten und direkt fragten, schaute Streif zu Nina hin, die darauf herrlich unbekümmert erklärte, ihr Mann bereite sich auf eine große Aufgabe vor, über die sie noch nicht zu sprechen wünschten.

»Ja, ja«, sagte Streif. »In solchen Dingen bin ich abergläubisch.«

Er dachte an Aschmunaydt und prostete mit den anderen auf seine glorreiche Zukunft. Nina lächelte zufrieden, so gefiel ihr Streif schon besser.

Doch bei allem angeborenen Takt waren die von Kaltenburgs nicht so einfach abzuspeisen. Der neue Job müsse ja sehr wichtig sein, sagte er, so plötzlich, wie Streif in die Zentrale versetzt worden sei. Ob er sich auf einen Vorstandsposten vorbereite? Und schon war von Aschmunaydt die Rede, über den die von Kaltenburgs voll des Lobes waren. Er habe Aschmunaydt auf einem Symposium erlebt. Von den vielen, die dort salbadert hätten, sei Aschmunaydt einer der wenigen gewesen, die etwas zur Sache beigetragen hätten. Wie erfahren, ja gescheit er sei!

Und Frau von Kaltenburg, die sich mit Aschmunaydt auf einem Empfang unterhalten hatte, schränkte ein, daß er zwar nicht ganz das sei, was man unter einem Herrn verstehe, aber er habe irgend etwas, das einem unter die Haut gehe.

Von Kaltenburg war sich nun sicher, in Aschmunaydt Streifs Gönner ausgemacht zu haben, und war überzeugt, daß man von Streif noch viel hören würde.

Zu Mittag aßen sie in einem teuren Restaurant, diskutierten über den Dollar und die Unsicherheit heutiger Geldanlagen. Sie kamen auf Ferienorte zu sprechen und waren sich einig, daß es immer weniger Plätze gäbe, wo man unter sich sein könne.

Von Kaltenburg bezahlte. Streif entging nicht, wie dieser die Rechnung mit dem Wechselgeld in die Tasche steckte. Danach glitten sie in einer resedagrünen Karosse durch den Verkehr und kehrten zu Kaffee und Cognac in die schicke Wohnung zurück. Streif war froh, seinen gebrauchten Kleinwagen in einer Seitenstraße geparkt zu haben.

Kaum waren die Cognacgläser gefüllt, fing von Kaltenburg wieder von New York an. Im Deutschen Club habe er Minter getroffen, den er als blassen Menschen bezeichnete, der sich über Streif, aber das ganz im Vertrauen, nicht gerade positiv geäußert habe.

»Ja, ja«, sagte Streif. »Mit Nachfolgern ist das meistens so.«

Nina drängte zum Aufbruch. Die von Kaltenburgs ließen es sich nicht nehmen, ihre Gäste zum Auto zu begleiten. Betreten schauten sie zu, als Streif den Kleinwagen aufschloß.

Streif hatte keinen Schimmer, wie es zum Flughafen ging. Von den von Kaltenburgs noch benommen, fuhr er einfach drauflos und hoffte, daß sich wenigstens einmal etwas Ortssinn in ihm regte. Natürlich verfuhr er sich und geriet auf die Zufahrt zur Autobahn nach Bremen.

Nina platzte los: »Du kennst dich noch immer nicht in dieser lächerlichen Stadt aus und weißt nicht einmal, wie man zum Flughafen kommt!«

Streif hielt am Straßenrand und blätterte im Stadtplan, bis Nina ins Freie sprang, ein Auto anhielt und sich den Weg erklären ließ. Streif wendete in einem Gewirr leuchtendweißer Verkehrsstreifen, dann folgte er Ninas Anweisungen, den blauen Schildern und gelben Tafeln.

Nina übermalte ihre Lippen. »Kaltenburg, der schwimmt ganz oben.«

»Viel zu hoch«, sagte Streif.

»Der läßt sich nicht an die Karre fahren.«

»Dafür ist seine auch zu teuer.« Streif wartete ab – gleich würde Nina zum nächsten Stich ansetzen. Hätte er ihr doch wenigstens andeuten können, daß er sich nicht widerstandslos in die Ecke stellen ließ.

»Wie schön, wenn man so sorgenlos wie die Kaltenburgs lebt.« Nina seufzte.

Streif wagte zu bezweifeln, daß die von Kaltenburgs überhaupt keine Sorgen hätten. Das wäre doch ungewöhnlich. Nina meinte, das käme häufiger vor. Sie würde genügend Menschen kennen, die Sorgen erst gar nicht aufkommen ließen.

»Ja, ja«, sagte Streif.

»Man kann das lernen«, empfahl Nina. Als Streif erwiderte, daß man nie aufhöre zu lernen, verstummte sie, doch ließ sie ihn ihr Schweigen spüren. Streif war davon nicht zu beirren, die Wegweiser und Aschmunaydt beanspruchten seine Konzentration. Aschmunaydt – den mußte er viel härter angehen.

In der Abflughalle weinte Nina. Streif, so mager und mit umränderten Augen, tat ihr leid.

Er lächelte verhalten, aus Verlegenheit, wie Nina glaubte. Aber Streif war mit seinen Gedanken ganz woanders.

21

Vor dem Abendessen setzte sich Kampe in seinen Ferrari. Im Haus hielt er es nicht mehr aus. Etwas stach in seinen Hintern. Er fuhr unter den Hosenboden und hatte ein paar Erdnußschalen in der Hand. Zuerst verdächtigte er seinen Fahrer, aber dann fiel ihm ein, daß er die Erdnüsse gekauft und gegessen hatte.

»Scheiße!« schrie er und rollte aus der Garage auf die stille Straße. Als er außer Reichweite war, trat er voll auf das Gaspedal.

Streif hatte Aschmunaydt die Armbanduhr nicht abgenommen. Wie langsam die Zeit verging!

Aschmunaydt suchte sich an längst Vergangenes zu erinnern. Wer waren noch seine Klassenkameraden gewesen? Er hatte sie längst aus den Augen verloren und begann alphabetisch: Ahlmann, Aschmunaydt, Bierling, Dönnewitter. Bei F wußte er nicht mehr weiter. Der nächste Name, der ihm kam, fing mit K an. An die Schulzeit hatte Aschmunaydt keine besonders guten Erinnerungen. Er dachte, daß seinen Streichen Originalität gefehlt hatte, auch wenn die Lehrer außer sich geraten waren.

Aschmunaydts Jugend in einem oberfränkischen Dorf war geruhsam, aber ärmlich verlaufen. Den Drang nach Veränderung, nach Macht hatte er schon früh verspürt. Fassungslos hatte er mit angesehen, wie sich sein Vater in der Sparkasse von seinem Chef hatte schikanieren lassen.

Immer wieder sah Aschmunaydt auf die Uhr. Wo blieb Streif? Je schleppender die Minuten vergingen, desto mehr wünschte ihn Aschmunaydt herbei. Streif bedeutete immerhin Licht und Abwechslung.

Nina hatte Streif viel Zeit gekostet. An diesem Sonntag hatte er Aschmunaydt zermürben wollen. Um die Briefe wäre der nicht herumgekommen! Er hätte sie geschrieben. Streif glaubte sich dessen sicher zu sein.

Die verlorenen Stunden waren nicht mehr einzuholen, um so stärker wünschte er die verbleibenden zu nutzen.

Aschmunaydt hörte, wie Streif die Treppe heruntereilte. Er richtete sich halb auf. Die gefesselten Arme hingen über seinem Bauch. Wo hatte sich Streif nur herumgetrieben, war ihm etwas dazwischengekommen? Aschmunaydt hoffte es, ihm machte der Hunger zu schaffen.

Streif erschien mit leeren Händen, jedoch nicht unbewaffnet. Seine Hose hing in den Taschen schwer durch. Er machte einen guten Meter vor Aschmunaydt halt. Sie sahen sich an. Streif hatte Aschmunaydts Blick, in dem sich Belustigung und Verachtung mischten, wenig entgegenzusetzen.

»Haben Sie es sich überlegt?« stieß er aus.

»Was denn?«

»Die Briefe!«

»Die Briefe«, wiederholte Aschmunaydt ungläubig. »Ich dachte, die hätten Sie sich an den Hut gesteckt.«

Streif setzte sich in den Gartenstuhl und strich sich mit der Pistole über die Brust.

»Sie benehmen sich unklug«, sagte er, ruhiger jetzt. »Wenn ich will, lasse ich Sie verhungern.«

Daß es Streif ernst war, hätte Aschmunaydt merken müssen, aber er dachte nicht daran, sich beeindrucken zu lassen. Für ihn sollte dieses Gespräch wieder zu einer Pokerpartie werden. Hakenschlagende Bluffs mußte er sich täglich ausdenken! Aschmunaydt war einfach nicht gewöhnt aufzugeben. Er verzögerte und manövrierte so lange, bis er es für richtig hielt loszuschlagen.

»Sie Armleuchter!« fuhr er Streif an. »Sie Traumtänzer! Was stellen Sie sich eigentlich vor? Glauben Sie, mit einer Leiche im Keller leben zu können? Das halten Sie doch gar nicht aus.« Er wurde leiser: »Aber wenn Sie meinen, stehe ich Ihnen natürlich zur Verfügung.«

Wortlos fischte Streif ein Munitionspäckchen aus der Hosentasche, klickte das Magazin seiner Pistole auf und schob eine Patrone nach der anderen, sechs an der Zahl, hinein.

»Hoffentlich haben Sie geübt«, sagte Aschmunaydt, aber ganz wohl war ihm nicht dabei. Streif drehte die letzte Patrone zwischen den Fingern.

Plötzlich mußte Aschmunaydt an Elfmeterschüsse denken. Nervosität hatte er nie gekannt und meistens getroffen. Er hatte Fußball geliebt und war ein hervorragender Stürmer gewesen, der sich bis zur letzten Sekunde nicht mit einer Niederlage abfinden wollte. Er hatte mehr Fouls als jeder andere einstecken müssen. Aber mit den Gegenspielern war er auch nicht sanft umgegangen. Aus der Jugend seiner Dorfmannschaft hatte man ihn in den Club der Kreisstadt geholt, und dort hatte er als Siebzehnjähriger ein Angebot von einem großen süddeutschen Club bekommen. Aber Aschmunaydt hatte nicht Fußballprofi werden wollen. Was hätte er dann mit Mitte Dreißig gemacht? Es hatte ihn sehr viel mehr gereizt, in einer großen Gesellschaft so hoch wie möglich aufzusteigen.

Streif ließ die letzte Patrone in das Magazin gleiten. Er umspannte den Pistolenknauf mit beiden Händen und sah über Aschmunaydt hinweg, der sich zwang zu schweigen. Die Schwelle, der sich Streif näherte, sollte er allein überschreiten. Aschmunaydt glaubte jedoch nicht, daß es Streif zum Äußersten kommen ließe. Was hätte es ihm auch genützt?

Streif hob die Pistole. »Was ist, werden Sie schreiben?« Die Waffe zitterte in seinen Händen. Langsam schwang der Lauf auf Aschmunaydt zu.

»Warum bestehen Sie auf den Briefen?« fragte Aschmunaydt. »Es gibt andere Möglichkeiten, die AG zur Brust zu nehmen.«

»Ich habe Sie etwas gefragt«, erwiderte Streif, erstaunlich gelassen. »Und wie so oft antworten Sie mit einer Frage. Wir sind nicht in Ihrem Büro und verhandeln krumme Geschäfte.«

»Doch«, entgegnete Aschmunaydt. »Sie sind hinter drei Millionen her.« Aber schon bereute er seinen letzten Satz. Warum gelang es ihm nicht, Streif mit Verständnis zu umgarnen?

»Wie Sie wünschen!« Streif drückte ab.

Der Schuß schlug mehr als einen Meter über Aschmunaydt in die Mauer. Putz und Backsteinstaub rieselten auf ihn herab. Aschmunaydt reagierte eher erstaunt als erschreckt. Er fuhr mit den Armen über das Gesicht und hatte etwas von einem sich putzenden Bären.

Streif war selbst von sich überrascht. »Also, was ist?« fragte er.

»Sie haben zu viel ferngesehen. Sie sind kein Butch Cassidy und auch kein Sundance Kid.«

Wieder drückte Streif ab. Das Geschoß schlug seitlich von Aschmunaydt ein, der Abstand des Einschlags war kürzer geworden. Zerberstendes Mauerwerk traf stechend Aschmunaydts Hals. Streif schnellte hoch. Aschmunaydt glaubte, er wollte sich auf ihn stürzen. Aber Streif blieb stehen und richtete die Waffe auf den Boden. Er suchte nach Worten: »Das war nur der Anfang.«

Während Streif durch den Garten tigerte und sich allmählich wieder beruhigte, lag Aschmunaydt auf der Matratze. Er atmete ganz normal. Streif war enttäuscht. Er hatte damit gerechnet, jetzt, am Sonntagabend, im Besitz der Briefe zu sein.

Aschmunaydt war ihm nicht einen Schritt entgegengekommen, aber auch Ninas wegen war die Zeit knapp geworden. Der Montag erschien Streif als das Äußerste, was er sich zugestehen konnte. Am Dienstag spätestens würde man in der AG unruhig werden. Spurenlos war Aschmunaydt verschwunden, er, der sich nur widerwillig Urlaub gönnte. Wie lange würde es dauern, bis die Polizei den Mercedes als den Aschmunaydts identifiziert hatte? Streif hatte ihn absichtlich bei den Bordellen geparkt. Aschmunaydt, der Puffbesucher! In der AG würde man das totzuschweigen versuchen. Aber mit Sicherheit kam es heraus. In Corpus blieb nichts geheim. Welche Gerüchte würden kursieren? Hatte sich Aschmunaydt mit einer Nutte geprügelt und war von einem Zuhälter um die Ecke gebracht worden, oder hatte er sich mit einem Hürchen aus dem Staub gemacht?

Die Klatschsucht in der AG würde Streif jedoch nichts nützen. Wütend trat er gegen eine leere Suppendose, die gegen die Fabrikmauer knallte. Linsensuppe mit Speck war eines der bevorzugten Gerichte des Indienfahrers gewesen. Überall lagen rostende Konservendosen im Garten herum.

Von der Siedlung her näherte sich ein Auto, dessen Scheinwerfer ab und zu aufgeblendet wurden. Als würde jemand gesucht, dachte Streif und ging ins Haus.

Durch das Küchenfenster beobachtete er das Auto. Es war ein älterer VW, und nun bemerkte er den Wohnwagen dahinter. Vor dem Fabriktor wendete das Gefährt und hielt nach einigen hundert Metern auf einer Ausbuchtung am Straßenrand. Die Fenster des Karawans waren erleuchtet, doch ließ sich niemand blicken.

Während Streif Bier aus einer Dose schlürfte, fuhr sich Aschmunaydt über die wundgescheuerten Handgelenke. Daß Streif einen zweiten Schuß kurz nach dem ersten abgefeuert hatte, der um einiges näher eingeschlagen war, tat Aschmunaydt nicht so leicht ab. Das hatte er Streif nicht zugetraut – doch dann wehrte sich Aschmunaydt gegen die neue Einsicht.

Er wollte Streif nicht zu viel Entschlossenheit zugestehen, das gab ihm Kraft, auf nichts einzugehen und Streif als fehlgeleiteten Angestellten zu behandeln. Sicher hatte er nur die Beherrschung verloren, weil er sein Scheitern einzusehen begann.

»Dieser arme Irre«, murmelte Aschmunaydt und hielt inne. Aber was, wenn Streif wirklich den Verstand verloren hatte oder verrückt zu werden begann?

»Ein dicker Hund wäre das«, brummte Aschmunaydt, dessen Magen knurrte. Seit dem Morgen hatte er nichts mehr gegessen. Aber er würde durchhalten. Streif stand unter viel größerem Druck. Lange konnte er seine Geiselnahme natürlich nicht durchstehen. Einer wie er schon gar nicht, der sich so viele Jahre von seiner Frau hatte unterdrücken lassen.

Aschmunaydt machte sich weiter Mut, aber gegen das bedrückende Gefühl, am nächsten Morgen nicht im Büro zu erscheinen, kam er nicht an. Bestimmt würde seine Sekretärin bei ihm zu Hause anrufen, wo sich niemand meldete. Einen Tag würde sie verstreichen lassen, aber dann? Daß bloß seine Frau nichts erführe! Sie wirkte so ausgeglichen, konnte sich aber fürchterlich aufregen.

Die sprießenden Bartstoppeln juckten Aschmunaydt. Vorsichtig kratzte er sich an der Kehle. Bei jeder Bewegung rieben die Handschellen schmerzend an den Knöcheln. Aschmunaydt wälzte sich auf den Rücken und dachte, daß Streif ihm wenigstens ein Kopfkissen hätte zugestehen können.

»Dieser kleine Pisser«, flüsterte Aschmunaydt. Was hatte Streif schon aushalten müssen? Der hatte doch noch nie mit der Schnauze im Dreck gelegen. Hatte der sich etwa mit sieben Geschwistern darum geprügelt, wer den Topf auskratzen durfte? Wie so oft war Aschmunaydt der Glückliche gewesen. Und auf dieses Glück baute er. Darauf hatte er sein ganzes Leben vertraut. Streif konnte nur den kürzeren ziehen.

Während Aschmunaydt und Streif mit ihren Gedanken beschäftigt waren, raste Kampe über die Autobahn am Rhein entlang auf Koblenz zu. Die großen BMWs und Mercedesse scheuchte er wie Hühner zur Seite, und gaben sie nicht sofort den Weg frei, überholte er rechts. Kampe fuhr mit durchgestreckten Armen wie ein Rallyefahrer und trug einen schwarzen Helm. Er dachte an nichts und konzentrierte sich voll auf die Geschwindigkeit des Wagens, mit dem er sich eins fühlte und dessen Vibrationen durch seinen Körper liefen.

Aschmunaydt aß gern Süßes. Streif machte sich nichts daraus. Aschmunaydt liebte Vanilleeis, Torten mit Sahne und, vor allem, Rote Grütze. Von der hatte er eben zu träumen versucht.

Streif brachte ihm wieder nichts zu essen. Er hatte hin- und hergeschwankt, aber seine Bedenken waren von dem

Verlangen besiegt worden, Aschmunaydt seine Macht spüren zu lassen.

Statt der Schnitten die Pistole, dachte Streif, als er die Tür zum Keller aufstieß. Es ging auf neun Uhr zu. Zu dieser Zeit hatte Aschmunaydt sonst immer schon zu Abend gegessen. Daß Streif mit leeren Händen erschienen war, ließ ihm das Blut in den Kopf schießen. In seinem Ärger übersah er die Ausbuchtung in Streifs Jacke. Mit Mühe widerstand er dem Drang, einen Schwall Verwünschungen auf Streif loszulassen. Streif hockte auf dem Gartenstuhl und hob die unbeschriebenen Blätter vom Boden auf.

»Werden Sie vernünftig«, mahnte er. »Je mehr Zeit wir verschwenden, desto gefährlicher wird es für Sie. Lassen Sie es für die Briefe nicht zu spät werden, oder wollen Sie hier unten verrotten?«

»Das werden wir alle.« Aschmunaydt hielt einen üblen Fluch zurück, der auch Nina mit eingeschlossen hätte, und fragte: »Wie wollen Sie die AG mit den Briefen erpressen?«

Streif blieb die Antwort schuldig. Aschmunaydt funkelte ihn an: »Werden Sie dem Vorstand Kopien schicken und warten, bis der Geldbriefträger vorbeikommt?«

»Was muß eigentlich passieren«, fuhr Streif ihn an, »damit Sie endlich kapieren.«

»Nichts, ich habe schon kapiert.«

»Dann wissen Sie auch, daß wir in die Schweiz und nach Luxemburg reisen werden.«

»Doch nicht in gemeinsame Ferien.«

»Nur ein paar stille Tage, bis ich die Bestätigung habe, um drei Millionen Dollar reicher geworden zu sein.«

»Jeder Tag, nein, jede Stunde ist zuviel.« Aschmunaydt erkannte, wie Streif in den Besitz des Lösegelds zu kommen gedachte, der ihn nun darauf aufmerksam machte, wie einfach es für ihn sei, große Beträge von den schwarzen Konten der AG zu transferieren. »Sie können überallhin überweisen«, sagte er. »Das machen Sie nicht zum ersten Mal.«

Streif nannte die Banken und die Namen der Angestellten, die diese Konten betreuten.

»Für Sie sind solche Transfers nichts Besonderes«, sagte er. »Ihre Unterschrift und natürlich Sie selbst sind bestens bekannt, und einige der Herren werden sich auch an mich erinnern.«

Aschmunaydt war verblüfft, daran hatte er nicht gedacht. Hatte er einmal überwiesen, war nichts mehr einzuklagen. Das Geld war schwarz. Spurenlos war es geschaffen worden, und ebenso würde es verschwinden. Natürlich mußte es von mehreren Konten überwiesen werden. Auch ein Aschmunaydt war nicht bevollmächtigt, mehrere Millionen Dollar einzig von einem Konto zu überweisen. Aschmunaydt verstand, warum Streif so hartnäckig auf den Briefen bestand. Sie waren seine Garantie, daß Aschmunaydt nicht bei erster Gelegenheit, spätestens in der ersten Bank, Alarm schlagen würde.

»Sie glauben wohl, besonders clever zu sein«, schrie er wütend. »Aber mich werden Sie nicht wie eine Weihnachtsgans ausnehmen.«

»Warum regen Sie sich so auf, es geht nicht um Ihre Ersparnisse!«

»Das ist ja das Unverschämte.«

»Dann zahlen Sie doch selbst!«

»Sie sind ein Gangster geworden, ein ganz gemeiner Krimineller. Aber wahrscheinlich waren Sie das schon immer.«

»Nicht krimineller als Sie«, entgegnete Streif ungeduldig. Es war sinnlos zu streiten, sie vertaten ihre Zeit. Aber Aschmunaydt dachte nur daran, wie peinlich es wäre, den nachtschwarzen Kollegen erklären zu müssen, warum er ein Vermögen in den Wind geschossen hätte.

»Machen Sie, was Sie wollen«, knurrte er böse. »Ich werde mich nicht selbst ruinieren.«

»Sie haben mich ruiniert!« Streif zog die Pistole. Die

Schüsse schlugen etwa dreißig Zentimeter über Aschmunaydt in der Wand ein, den kurz danach eine Staubwolke einhüllte. Keuchend spuckte er auf den Boden und rieb sich die Augen. Zum ersten Mal hatte er Angst vor Streif.

Aber dann siegte erneut seine Empörung, so teuer wie möglich würde er sich verkaufen. Das war ihm doch immer gelungen. Zuerst im Kampf auf Fußballfeldern, der sich auf andere Weise in der AG fortgesetzt hatte. Wer dort nach oben wollte, bis in die Spitzen der silbernen Türme, war in eine lebenslange Schlacht gezogen.

»Sie können so lange ballern, wie Sie wollen«, sagte er leise. »Von mir ist nichts zu erwarten. Ich habe mein Leben lang ehrlich gearbeitet.« Er schnaufte rasselnd und spuckte aus. »Aber für eine saubere Haltung fehlt Ihnen jedes Verständnis. Jawohl«, japste er, »große Kasse machen und ab ins süße Leben, so ist das mit Ihnen.« Plötzlich wurde er von einem Schwindel erfaßt, der aber schnell verging. Das ist der Hunger, dachte er und ließ sich zusammensacken.

»Sie Parasit, Sie Drohne«, röchelte er und verstummte. Streif sollte glauben, er hätte das Bewußtsein verloren. Und Streif glaubte ihm. Er beugte sich über den Reglosen und klapste die stacheligen Wangen.

Aschmunaydt schlug die Augen auf und fragte, wo er sei. Er tat so, als erkenne er Streif nur allmählich, der nun nach oben eilte. In der Küche raffte er Milch, Brot und Käse zusammen, auch die letzte Banane.

Aschmunaydt hatte sich unterdessen mit dem Rücken an die Wand gesetzt und die Beine von sich gespreizt. Er war zufrieden.

Streif kam mit langen Schritten auf ihn zu und setzte ihm die Milchflasche an die Lippen. Aschmunaydt schlürfte gierig. Als Streif die Flasche absetzte, dankte sein Gefangener flüsternd und machte sich stumm über das Abendessen her.

Streif verließ ihn, ohne das Licht abzuschalten. Aschmunaydt lächelte.

Streif wanderte durch das Haus. Von der Küche in das Wohnzimmer, vorbei an den bräunlichen Kunststoffsesseln und wieder zurück in die Küche, in der er das Fenster aufriß. Es war halb zehn und noch immer nicht dunkel. Streif sah in das diesige Licht und wünschte die Nacht herbei. Das Zwielicht machte ihn noch nervöser. Er schlug den Kühlschrank zu, es gab kein Bier mehr. Wütend trat er gegen einen der Stühle.

In diesem Moment war Streif das Haus zuwider. Er sehnte sich nach Nina. Wenn sie jetzt bei ihm gewesen wäre, hätte er ihr alles erzählt. Er warf sich den Regenmantel über, schob das Auto aus der Garage und ließ den Motor erst auf der Straße an. Aschmunaydt sollte nicht wissen, daß er wegfuhr.

In der Tür des Wohnwagens stand ein Mann in schwarzer Kunstlederjacke, der Streif den Rücken zuwandte. Die Kühlerhaube des weinroten Autos war hochgeklappt. Streif gab Gas. In der Siedlung flammten die Straßenlampen auf. Streif hielt vor dem Gasthaus, in dem er mit Nina eingekehrt war.

Der Tisch, an dem sie gesessen hatten, war unbesetzt. Jetzt erregte er kein Aufsehen, niemand glotzte ihn an.

Der doppelte Klare brannte in seinem Magen. Das Brennen verging, nachdem er ein Bier nachgeschüttet hatte. Eine Kroatin brachte eine Bratwurst mit Kartoffelsalat. Hatte er das bestellt? Die Kartoffeln waren glitschig und mit zu viel Essig angemacht. Streif dachte daran, was Nina zu diesem Fraß gesagt hätte. Nina, die hoch über dem Atlantik über Streif grübelte, aus dem sie nicht klug geworden war.

Streif trank noch zwei weitere Biere und einen Klaren, dann zahlte er und schwankte aus der Gaststätte. Die Kartoffeln lagen ihm schwer im Magen. Vor der Tür furzte er laut.

»Das war mit Grund«, sagte eine ältere Frau, die Streif übersehen hatte. Er schlug die Hacken zusammen und grüßte stramm.

Als er an dem Wohnwagen vorbeifuhr, brannte Licht hinter dessen Scheiben. Das Auto ließ er im Garten stehen. Er ging an der Fabrikmauer entlang, in deren Schatten er sich vorbeugte.

Die Pistole lag auf dem Küchentisch. Der Gedanke an den kommenden Tag machte ihn beklommen, doch spürte er auch eine gewisse Erleichterung.

Kampe war die Landstraße an der Mosel hochgerast. Er hatte vierundzwanzig Lastwagen und zweiundsiebzig Autos überholt. Kampe zählte stets mit. Für diese Strecke stand sein Rekord bei siebenunddreißig und einhundertundzwei.

In Cochem hielt er an einer Tankstelle. Während ein Pole den Tank auffüllte, wechselte Kampe in der Toilette die zwischen den Beinen naß gewordene Unterhose.

Als Streif die Tür aufstieß, stellte sich Aschmunaydt schlafend. Streif blieb hinter dem Gartenstuhl stehen, auf dessen Lehne er sich mit einer Hand stützte. In der anderen hielt er die Pistole.

»Wie wär's mit ein bißchen Prosa?« fragte er.

Aschmunaydt gab vor, aus tiefem Schlaf aufzufahren, und reckte sich.

»Jetzt fangen Sie auch noch zu saufen an«, mahnte er.

Streif schoß nur einmal. Seine Hand zitterte zu stark. Er verfehlte Aschmunaydts Schulter nur um wenige Zentimeter. Aschmunaydt wischte sich das Gesicht ab. Seine Ohren dröhnten. Der Schreck war ihm in die Glieder gefahren, doch faßte er sich schnell.

»Sie haben die Hosen ja gestrichen voll«, sagte er. »Merken Sie denn nicht, wie Ihnen die Angst vor der eigenen Courage den Verstand verdreht.«

Streif wandte sich von ihm ab. Aschmunaydt hörte den sich im Schloß drehenden Schlüssel.

22

Streif sah von seinem Bett in die aufgehende Sonne, deren Strahlen den Nebel durchbrachen. Er hatte wenig geschlafen. Immer wieder war er durch das Haus gewandert, nur den Keller hatte er gemieden. Beinahe hätte er Aschmunaydt umgebracht oder schwer verletzt! Ein toter oder angeschossener Aschmunaydt nützte nichts. Und was hätte er mit dem blutenden Mann machen sollen? Ihn nachts vor einem Krankenhaus absetzen und die Flucht ergreifen? Wo immer er untergetaucht wäre, hätte er keine Ruhe mehr gefunden.

Streif zog die Beine an. Er spürte die Sonne auf dem Gesicht, schloß die Augen und dachte an weiße Strände, die zum Land hin in hohe Dünen übergehen.

Auch Aschmunaydt hatte kaum Schlaf gefunden. Jetzt war es für ihn gefährlicher geworden. Daß die Zeit knapp wurde, war auch für ihn wenig vorteilhaft. Er war so sicher gewesen, Streif umstimmen zu können. Aschmunaydt erkannte widerwillig, wie entschlossen und im Grunde verzweifelt Streif war.

Als Streif Käsebrote und die sauer gewordene Milch hinstellte, gab sich Aschmunaydt milde. Streif hatte ihn hohnspuckend erwartet.

»Ich träumte von einem heißen Bad«, sagte Aschmunaydt. »Mit Schaum und Kräutern.«

Auf diesen neuen Ton fiel Streif nicht gleich etwas ein.

»Haben Sie Tee im Haus?« fragte Aschmunaydt. »Wenn nicht, würde ich mich am Kauf gern beteiligen.«

»Nicht nötig«, erwiderte Streif. »Wie Sie wissen, rechne ich mit dem Erhalt einer größeren Summe.«

»Finden Sie drei Millionen Dollar nicht ein bißchen viel?«

Streif stutzte, fing Aschmunaydt nun zu feilschen an? Auch darin hatte er im Laufe seines Lebens Bemerkenswertes geleistet. »Was heißt viel?« fragte Streif. »Für die AG ist das ein Klacks.«

»Aber nicht für mich.«

»Hören Sie damit auf, Sie zahlen doch nicht selbst.«

»Je höher der Betrag, desto schwieriger ist er zu erklären.«

Aschmunaydt trank angewidert die Milch aus, die Streif in den Kühlschrank zu stellen vergessen hatte. Streif bezweifelte, daß Aschmunaydt sich wirklich einigen wollte. Mit den Handrücken strich der über seine Wangen. Es klang, als führe er über Sandpapier.

»Rasieren wäre auch was Feines«, sagte er. »Ich kann Bärte nicht ausstehen. Männer mit Bärten wollen meistens etwas verstecken.« Nachdem er einige abfällige Bemerkungen über Bartträger hatte folgen lassen, gab er der Hoffnung Ausdruck, die AG ohne Bart wiederzusehen.

Wie weit Aschmunaydt ausholen konnte, wenn er ein Ziel verfolgte und dabei vieles durcheinandermischte, hatte Streif oft genug mitanhören müssen. Er schwieg.

»Bei einem Betrag, wie Sie ihn fordern«, fuhr Aschmunaydt fort, »kann in der AG leicht der Eindruck entstehen, wir hätten gemeinsam Kasse gemacht. Wir haben lange zusammengearbeitet.« Er blickte zu Streif auf, der etwas Bittendes in Aschmunaydts Blick zu erkennen glaubte. Verständnis, dachte er – und sagte nichts.

Nach einem tiefen Atemzug fragte Aschmunaydt: »Wie wär's, wenn Sie etwas bescheidener wären?«

»Denken Sie an die Briefe!«

»Aber nur zwei, den aus Nicosia und einen der beiden anderen, und das für eineinhalb Millionen Dollar.«

»Zweieinhalb«, entgegnete Streif wie im Reflex.

»Ich ließ Sie zu lange im Orient«, seufzte Aschmunaydt. »Aber gut!« rief er dann. »Zwei Millionen, abgemacht!«

Streif nickte zustimmend. »Wenn ich aus dem Büro komme, schreiben Sie die Briefe, die ich vorbereitet habe. Danach fahren wir nach Zürich und heben morgen früh das Geld ab.«

»Sie wollen doch nicht alles in Cash.«

»Einiges schon, den Rest in Barschecks.«

»Sie werden unverschämt reich sein, mit so viel Geld.«

»Zuviel ist es bestimmt nicht.«

Am liebsten hätte Aschmunaydt entgegnet, daß Streif dann volle Pulle leben könne und sich nicht mehr einschränken müsse, was ihm offenbar schwerfalle, doch hielt er sich zurück. Streif sah auf die Uhr. Aschmunaydt verstand: Streif wollte nicht durch Verspätung auffallen und pünktlich in der Firma erscheinen.

»Die Arbeit ruft«, sagte er und beneidete Streif.

Als dieser die Hand auf die Türklinke legte, bat er ihn, das Licht brennen zu lassen. Wenn auch zögernd, entsprach Streif Aschmunaydts Wunsch. Bevor er sich auf den Weg machte, brachte er ihm eine alte Zeitung und die Nordseeheringe aus der Büchse auf Schnitten, die sich vor Trockenheit bogen.

Wie jeden Montagmorgen redete Brettschneider von nichts anderem als von Fußball. Das Wochenende hatte er bei seinen Schwiegereltern verbringen müssen, die sein Torgeschrei nicht aushalten konnten. Brettschneider hatte die Niederlage seines Clubs in einer Wirtschaft im Fernsehen mit erlitten und dabei viel Bier getrunken. Zu den Schwiegereltern war er spät zurückgekehrt, und unverzüglich hatte der Krach mit seiner Frau begonnen. Während ihn die Schwiegermutter mit stummem Schmollen bestrafte, hatte sich deren Gatte eine Flasche Kräuterschnaps geschnappt. Mit schwerer Zunge hatte er sich dann auf Brettschneiders Seite geschlagen. Und dann war der Streit erst richtig ausgebrochen.

»Ja, ja«, sagte Streif. »So was Dummes.«

Brettschneider kochte Kaffee. Streif lieh sich dessen Zeitung und studierte den Lokalteil. Wie zu erwarten, war Aschmunaydt noch mit keinem Wort erwähnt.

Gegen halb zehn zählte Streif die ersten Zahlen zusammen. Brettschneider freute sich schon auf den kommenden Samstag. Mit seinem Fanclub wollte er nach Hamburg.

Etwas später wurde Streif zu Kowalski gerufen, der ihm einige sinnlose Fragen stellte, sich aber eigentlich nur mit ihm zu unterhalten wünschte. Noch immer war es ihm nicht geglückt, Streif etwas Klatsch über Aschmunaydt zu entlocken. Doch blieb er wohlgelaunt. Mit seinem Männerchor hatte er den dritten Preis bei einem Sängerfest im Hunsrück errungen. Nach einer halben Stunde läutete endlich einmal das Telefon.

»Ein Sekündchen«, sagte Kowalski und verabschiedete Streif mit einem von allen Zweifeln freien »Alles klar«.

Streif schloß sich in der Toilette ein. Rauchend überlegte er, was von Aschmunaydts Angebot zu halten war. Immerhin hatte er eingelenkt, oder wollte er ihn nur hereinlegen?

»Dem wird das jetzt zuviel«, murmelte Streif.

»Mir auch!« rief einer aus der Nebenkabine.

Die Moko, die Montagskonferenz, die Aschmunaydt jeden zweiten Montag abhielt, fiel aus. Aschmunaydt sei verhindert, hieß es. Die Moko sagte Aschmunaydt sehr ungern ab, es mußten schon besondere Gründe vorliegen. Aschmunaydt liebte diese Sitzung, er zelebrierte sie. Kampe wunderte sich, weil ihm nichts bekannt war, was den Ausfall der Moko gerechtfertigt hätte. Auch zwei Stunden danach war Aschmunaydt nicht in der AG anzutreffen, wie

Kampe durch seine Sekretärin erfuhr. Während er einem sechsundfünfzigjährigen Mausgrauen die Frühpensionierung offenbarte, weil er diesen durch den Bruder eines befreundeten Rotariers ersetzen wollte, dachte er hauptsächlich an Aschmunaydt.

Zum Mittagessen hatte Streif sich mit Lucy und Hilda verabredet. Er hielt zwei Plätze am Ende eines langen Tisches frei. Lucy erschien ohne Hilda, die von ihrem Chef mit Arbeit überhäuft worden war.

»Sie sehen erschöpft aus, richtig abgekämpft.« Lucy lachte fröhlich, obwohl ihr nicht danach zumute war. Den ganzen Sonntag über hatte sie mit ihrem Mann gestritten, den permanente Eifersucht plagte. Aber das behielt sie für sich. Sie hatte jetzt nur Augen für Streif.

Wenn eine Frau verschlossene, hochgewachsene Männer aufzutauen wußte, war etwas zu erleben, was man seinen Enkelkindern erzählen konnte, so dachte Lucy jedenfalls. Die Ringe unter Streifs Augen fand sie verheißungsvoll. Und so, wie er das Mittagessen hinunterschlang, mußte er sich enorm verausgabt haben. Sie bewunderte seinen Hunger, wo steckte er nur das viele Essen hin? Streif sagte, er sei im Westerwald gewandert, und schwärmte von der Natur. Daß Deutschland so schön sei, habe er draußen in all den Jahren vergessen.

Lucy vermied es, über Aschmunaydt zu reden, und das tat auch Streif.

»Was machen Sie, wenn Sie nicht wandern?«

Streif rührte mit der Gabel in der ewiggleichen braunen Tunke, zog Gräben durch den Kartoffelbrei. »Ich lese viel, ich habe einiges nachzuholen.«

Lucy, deren Mann seit Jahren kein Buch aufgeschlagen hatte, sagte: »Frauen lesen mehr als Männer.«

»Ist das so?« Streif dachte an den Zeitung lesenden Aschmunaydt.

»Wer nur an der Glotze hängt und Bier trinkt, muß verdummen.«

Streif war sich darüber mit Lucy sofort einig. Wie gut sie sich verstanden! Lucy meinte, sie könnten sich ruhig öfter sehen und gemeinsam zum Essen gehen.

»Ja, ja«, sagte Streif und sah gedankenverloren in ihren Ausschnitt. Da er die Öde des Nachmittags verkürzen wollte und auf das Ansammeln von Pluspunkten bei Kowalski nicht scharf war, begleitete er Lucy bis zu den Türmen. Sie fragte, ob er sich das auch leisten könne und nicht zuviel zu tun habe.

»Heute nicht«, sagte Streif und strich wie aus Versehen über ihr leicht rötlich schimmerndes Haar. Er sah hinauf zur Spitze des mittleren Turms, zu Aschmunaydts leerem Büro. Zum Abschied fuhr er mit den Lippen über Lucys Wangen. An einem Kiosk kaufte er Milch, Brot und Käse, an einem anderen Bananen und Cognacbohnen aus einem Sonderangebot.

Am Nachmittag rief Streif Hilda an. Brettschneider war auf die Toilette gegangen, um Wasser abzuschlagen, wie er sagte. Streif bedauerte Hilda wegen ihres arbeitswütigen Chefs und verabredete sich mit ihr für den nächsten Tag zum Mittagessen. Schlag fünf erhob er sich.

Aschmunaydt hatte den Tag hauptsächlich mit Lesen verbracht, obwohl es für ihn unbequem war, die Zeitung zu halten. Am erträglichsten war es noch, auf dem Bauch zu liegen und die gefesselten Arme auf die Ellbogen zu stützen. Vieles, was er las, erinnerte er und las es dennoch mehrfach. Das lenkte ab. Seine Ungeduld wuchs. Wann kam Streif endlich zurück?

Immer wieder schlurfte Aschmunaydt in den Weinkeller, bis sich die Ketten spannten. Er betrachtete den Tisch, an den sie sich setzen würden. Aschmunaydt dachte, daß man ab morgen in Corpus unruhig werden und sicher schon nach ihm suchen würde. Übereifrig, wie sie in der AG waren, würden sie alles nur komplizieren. An Streif würde niemand denken.

An diesem Tag blieb Kampe bis neun Uhr im Büro. Als die Sekretärin gegangen war, rief er zum ersten Mal in Aschmunaydts Villa an. Er ließ das Telefon zehnmal läuten und hängte dann ein. Kampe wußte, daß Frau Aschmunaydt im Krankenhaus war, doch wo war ihr Mann? Eine halbe Stunde später versuchte es Kampe noch einmal – und dann alle zwanzig Minuten.

Der Chauffeur fuhr ihn nach Hause. Am liebsten wäre Kampe bei Aschmunaydt vorbeigefahren, um nachzuschauen, ob dieser vielleicht tot im Bett lag, vom Schlag getroffen.

Aschmunaydt probierte als erstes von den Cognacbohnen. Streif goß Milch in ein Glas. Außer einer knappen Begrüßungen war kein Wort über ihre Lippen gekommen. Beide waren zu gespannt und belauerten sich. Aschmunaydt hatte sofort die Pistole in Streifs Jackentasche bemerkt.

»Wie war's im Büro?« fragte Aschmunaydt schließlich.

»Stumpfsinnig wie immer.«

Aschmunaydt ging darauf nicht ein. Jetzt wollte er Streif nicht reizen, der ihm erwartungsfroh erschien. Sobald Aschmunaydt die Briefe geschrieben hatte, wollte Streif mit ihm in die Schweiz fahren. Sicher in der Nacht, das war am einfachsten. Vielleicht war es möglich, alle Zahlungen in Zürich zu erledigen. Die AG hatte dort mehrere schwarze Konten. Streif hoffte, sich die Fahrt nach Luxemburg sparen zu können.

Oben im Wald hatte er Aschmunaydts Papiere und die Lesebrille aus dem Handschuhfach des Mercedes an sich genommen. Aschmunaydt, der sein Käsebrot wie ein Nagetier mit beiden Händen zum Mund führte, bat Streif, die Handschellen abzunehmen. Das fördere die Durchblutung und mache die Finger gelenkiger, wenn er schreibe. So verheißungsvoll das auch klang, Streif ließ sich darauf nicht ein.

»Alles zu seiner Zeit«, sagte er und wartete, bis Aschmunaydt das Abendbrot beendet hatte. Er dachte, daß dieser danach ein Bad nehmen und sich rasieren müsse. Aschmunaydt stank. Der grauschwarze Stoppelbart machte ihn auffällig. Als hätte er Streifs Gedanken erraten, sagte er: »Zähneputzen, Duschen, Sie ahnen nicht, wie ich mich darauf freue.«

Er lutschte Käsereste von den Fingern. Streif zog die Pistole aus der Jacke.

»Fangen wir an«, sagte er.

Aschmunaydt streckte sich auf der Matratze aus und hielt Streif die Beine hin, der die Waffe zwischen die Füße klemmte und ihn von den Ketten befreite. Aschmunaydt stand auf und machte ein paar steife Schritte. Streif schloß die Handschellen auf. Aschmunaydt hob und senkte die Arme, noch immer strahlte er körperliche Stärke aus. Er massierte die Handgelenke.

»Schauen Sie sich das an.« Er zeigte auf seine wunden Knöchel. Streif beachtete sie nicht und deutete mit dem Pistolenlauf zum Weinkeller.

Nun setzte er sich Aschmunaydt gegenüber und schob ihm Papier und einen Kugelschreiber zu. Für einen Augenblick hatte er die Pistole auf den Tisch gelegt, nach der er sofort wieder griff.

»Bitte, sichern Sie das Schießeisen«, sagte Aschmunaydt. »Es macht mich nervös. Einmal haben Sie mich schon um ein Haar um die Ecke gebracht.«

»Ich passe schon auf.«

»Ich bitte darum.«

»Schreiben Sie!« Streif ließ sich auf nichts ein und entfaltete den von ihm vorgeschriebenen Brief aus Nicosia.

Aschmunaydt runzelte die Stirn. »Ihre Handschrift ist

schlecht zu lesen.« Er rückte an der Brille und ließ die Hände auf das weiße Papier fallen. »Auge in Auge mit einer Pistole kann ich mich nicht konzentrieren.«

Streif war nicht umzustimmen. Aschmunaydt schnitt eine Grimasse und hauchte die Minenspitze des Kugelschreibers an, als befürchte er, nicht flüssig genug schreiben zu können.

»Beginnen Sie mit: Mein lieber Streif«, schlug Streif vor.

»Das ist mir zu freundschaftlich, zu intim.«

»Bei den Geschäften, die wir miteinander gedreht haben, hat sich Intimität wie von selbst eingeschlichen. Eine falsche Kameraderie, wie wir jetzt wissen.«

»Aber natürlich, es war immer mein größtes Vergnügen, andere hereinzulegen.« Aschmunaydt drehte den Kugelschreiber in den Fingern, besah ihn sich, als sei etwas nicht in Ordnung, und sagte: »Wer weiß, was mit diesem Stift schon alles geschrieben wurde? Es wäre interessant, davon Kenntnis zu haben.«

Streif fuhr sich ungeduldig durchs Haar.

»Finden Sie das nicht auch?« fragte Aschmunaydt, und da Streif nur heftig den Kopf schüttelte, fuhr er fort und begann von winzigen Computern zu phantasieren, die vielleicht eines Tages in Füller und Kugelschreiber eingebaut würden, um das Geschriebene zu speichern.

»Hören Sie mit dem Quatsch auf!« Die Pistole bebte in Streifs Hand.

Aschmunaydt tastete nach der Tischkante. »Sie Armleuchter!« schrie er, hob den Tisch, schnellte mit aller Kraft vor und traf Streifs Brust mit der Tischplatte, verfehlte jedoch dessen Kopf. Streif war rechtzeitig ausgewichen, die Pistole hatte er fallengelassen. Mit voller Wucht stieß er den Tisch zurück. Eine aus dem Tisch fliegende Schublade traf Aschmunaydt in den Magen. Er brach zusammen, und schon war Streif über ihm, packte Aschmunaydts Kopf und schlug ihn immer wieder auf die eingelegte Schieferplatte, aus der feine Splitter in Aschmunaydts Gesicht drangen. Alles, was sich in Streif aufgestaut hatte, brach aus ihm heraus. Er explodierte geradezu.

Aschmunaydt hatte das Bewußtsein verloren. Sein Nakken bot Streif keinen Widerstand mehr. Auf dem Kopf waren Wunden aufgeplatzt. Blut rann in die bärtigen Backen, befleckte Streifs Hände und verschmierte den Tisch. Streif war wie von Sinnen. Er hätte Aschmunaydt wohl umgebracht, wenn seine Kräfte nicht erlahmt wären. Als er von ihm abließ, blieb Aschmunaydt mit dem Oberkörper und schlaffen Armen auf dem Tisch liegen.

Streif packte Aschmunaydt unter den Achseln, schleppte ihn aus dem Weinkeller, ließ dann den schweren Körper fallen und schleifte ihn über den Zement zur Matratze, wo er ihn ankettete. Streif keuchte, seine Arme und Beine zitterten vor Erschöpfung. Aschmunaydt röchelte. Am Kopfende der Matratze schimmerten die mit Goldpapier überzogenen Cognacbohnen. Streif trat mit dem Absatz auf die angebrochene Schachtel.

»Du Schwein«, flüsterte er. »Du gottverdammtes Schwein!«

Er wankte aus dem Keller. In der Küche füllte er ein Wasserglas mit Aquavit, das er im Stehen austrank, dann taumelte er zu seinem Zimmer hoch.

Aschmunaydt kam sehr langsam zu sich. Durch seinen Schädel zuckten Blitze.

Den Hals konnte er nur mit Mühe bewegen. Er leckte über die blutverschmierten Lippen. Hätte er sich in einem Spiegel gesehen, hätte er sich kaum wiedererkannt. Das Gesicht war mit Platzwunden, Schnitten und blauen Flekken übersät.

Er war unterlegen. Diese Erfahrung fehlte in seinem bewegten Leben. Er roch den Cognac und glaubte, vielleicht auch den Verstand verloren zu haben.

23

Der Wecker riß Streif aus dem Schlaf. Vom Alkohol betäubt, hatte er tief und traumlos geschlafen. Unter der Dusche löste sich das getrocknete Blut von seinen Händen, unter den Nägeln blieb es schwärzlich kleben.

Draußen schien die Sonne. Auf der Müllhalde leuchteten bunte Kunststofftüten. In der Küche stellte Streif lustlos und wütend zugleich das Frühstück für Aschmunaydt zusammen. Es war Dienstag morgen.

Als Streif in den Keller trat, schnarchte Aschmunaydt. Endlich hatte er Schlaf gefunden. Die Schmerzen hatten ihm die Nacht über keine Ruhe gelassen, stundenlang war er wach gelegen. Streif stellte das Tablett auf den Boden und beugte sich über Aschmunaydt. Er war entsetzt. Wie sollte er mit einem Mann, der so entstellt war, in der Schweiz, vielleicht auch Luxemburg, mit den Banken reden? Streif hätte vor Wut schreien können. Er wollte schon zu einem Fußtritt ausholen und Aschmunaydt in die Rippen treten, als der zu stöhnen begann.

Streif setzte den Fuß auf Aschmunaydts Schulter. Ängstlich sah Aschmunaydt zu ihm hoch, doch wurde sein Blick schnell fester. Er bewegte die Schulter, als wollte er den Fuß abschütteln.

»Sie Idiot«, sagte Streif.

Aschmunaydt richtete sich halb auf. Streifs Fuß rutschte von ihm ab. Aschmunaydt hockte sich auf die Matratze, seine Stirn war mit Blutkrusten bedeckt. Streif sah auf die Uhr. Er wollte sich nicht verspäten, um nicht von einem Pförtner aufgeschrieben und der Personalabteilung gemeldet zu werden. Jetzt durfte er vor allem nicht auffallen.

Er schritt vor Aschmunaydt auf und ab, der gerne gehört hätte, was Streif vorhatte.

Aber Streif hatte keine Lust zu reden. Was hätte er auch

sagen sollen. Es war sinnlos, die Briefe in den verbleibenden Minuten erzwingen zu wollen. Streif gedachte, den Abend abzuwarten, über die Grenze wollte er ohnehin nur nachts. Der Mittwoch war der letztmögliche Zeitpunkt für die Bankbesuche, und das auch nur dann, solange Aschmunaydts Verschwinden nicht öffentlich bekanntgeworden war. Pfeifend verließ Streif den Keller und schaltete das Licht aus.

Im Büro verfaßte er ein Memorandum, über das er »Neue Aufgaben« setzte. Mit dem, was er vorschlug, suchte er die nutzlosen Zahlenspiele so zu verändern, daß dabei halbwegs nützliche für die AG herauskamen. Dennoch konnte einem intelligenten Menschen der Unfug, der in der Internationalen Kostenkontrolle getrieben wurde, nicht verborgen bleiben.

Streif staunte über sich selbst, daß er seiner Arbeit noch Sinn geben wollte. Aber so eigenartig es war: Er hing noch immer an Corpus. Wäre er gefragt worden, was ihn jetzt noch an die AG binden würde, hätte er nur unklare Antworten geben können. Vielleicht hätte er erwidert, daß zwanzig Jahre nicht so leicht aus einem Leben zu streichen wären. Er hätte nie zugegeben, daß ihm die AG eine Art Heimat war, obwohl er hauptsächlich im Ausland gearbeitet hatte. Während aller Krisen war die Zentrale ein in der Ferne ruhendes Hinterland gewesen, die allerletzte Rückzugsmöglichkeit.

Streif holte Hilda zum Mittagessen ab. Es zog ihn zu den Menschenströmen, die auf dem Weg zu den Kantinen waren. Er wünschte in sie einzutauchen, aber angesprochen werden wollte er nicht.

Zehn Minuten vor der Zeit wartete er vor den silbernen Türmen und dachte an Aschmunaydt. Ob dieser endlich nachgeben und begreifen würde, wie es um ihn stand?

»Alter Junge«, sagte jemand hinter ihm und schlug ihm auf die Schulter. Streif drehte sich um. Es war ein Himmelblauer, der in Santiago unter Streif gearbeitet hatte und noch am Nachmittag nach Hongkong fliegen wollte. Er war einer derer, die glaubten, die Nase stets im Wind zu haben, und sich für smart hielten, ohne es zu sein.

»Bist du auf Tauchstation gegangen?« fragte der Himmelblaue, verschlagen lächelnd.

Streif schwieg.

»Aschmunaydt hatte schon immer einen Strick in der Tasche«, fuhr der Himmelblaue fort. »Aber daß er dich vernascht hat, hätte keiner erwartet. Du warst doch ganz dicke mit ihm. Ich hätte ein Vermögen auf dich gesetzt, daß du Mausgrau schaffst.«

»Dein Flug nach Hongkong«, unterbrach ihn Streif. »Die warten nicht auf dich.«

Hilda schlang Weißkohl und Gulasch herunter.

»So eilig haben wir es auch wieder nicht«, sagte Streif. Hilda lächelte ihn an und legte die Gabel zur Seite.

»Wie haben Sie das Wochenende verbracht?« fragte sie und bekam das zu hören, was schon Lucy erfahren hatte. Die Wanderung im Westerwald wurde immer schöner, bis Streif endlich fragte, was Hilda denn gemacht hätte.

»Nichts«, erwiderte sie, »ich habe mich ausgeruht.«

»Müssen Sie immer so schuften?« fragte Streif.

»Es ist so viel los.« Hilda brach ab, als hätte sie sich verplappert. »Aber«, sagte sie Sekunden später, »auf das Mittagessen mit Ihnen habe ich mich sehr gefreut.«

»Und was ist los?« fragte Streif.

»So eine Hektik! Mein Chef mischt sich im Moment in alles ein, der platzt noch mal vor Ehrgeiz.«

In dem Moment, als Streif zu Kowalski mußte, der nach ihm verlangt hatte, rief Nina an: »Liebling«, sagte sie, »es ist dir wohl egal, wie mein Flug war und ob ich überhaupt angekommen bin.«

Streif versuchte, Nina zu beruhigen. Brettschneider spitzte die Ohren.

»Ist dir etwas zu unserer Misere eingefallen?« fragte Nina.

»Ich kann mich vor Einfällen nicht retten«, erwiderte Streif, was Nina bezweifelte. In der Verfassung, in der sie ihn vorgefunden hatte, war das kaum vorstellbar. Streif spürte ihre Gereiztheit, doch er war es auch.

»Was für Einfälle hast du denn?« fragte Nina.

»Viele, viel zu viele.«

Nina lachte, aber fröhlich klang es nicht. »Die Miete ist erhöht worden, was fällt dir dazu ein?«

»Einfach nicht zahlen.«

»Bist du noch dicht?« rief sie über den Atlantik. »Mir ist überhaupt nicht zum Lachen.«

»Du hast aber gelacht«, sagte Streif, worauf sie einhängte und er sich zu Kowalski begab. Sein Memorandum vom Morgen hatte Streif schon wieder vergessen, aber Kowalski fieberte darauf, mit Streif darüber zu sprechen.

Kaum war er durch die Tür, beglückwünschte ihn Kowalski. »Sie haben Sinn für das Wesentliche bewiesen. Die Erweiterung der Aufgaben meiner Abteilung hat mir schon immer am Herzen gelegen. Ihnen ist es gelungen, das zu formulieren, was ich mir seit langem gewünscht habe.« Kowalski lächelte glücklich und sah sich bereits als Bordeauxfarbener, dem es wenige Jahre vor der Pensionierung geglückt war, Zinnoberrot abzulegen. Streifs Œuvre, so drückte er sich aus, würde bestimmt auch weiter oben gelesen werden, das sei sicher. Er hatte Streif völlig mißverstanden.

»Sie haben Ihre Zeit genützt«, lobte Kowalski. »Auf die Führung kommt es eben an.«

»Und die Motivation«, pflichtete Streif bei.

Die Wunden spannten die Haut in Aschmunaydts Gesicht und schmerzten. Er hatte Fieber und grübelte. Was mußte geschehen, damit er mit Anstand aus diesem Keller kam? Doch wollte sich ihm kein Ausweg erschließen. Er begann sich damit abzufinden, daß gezahlt werden mußte, allerdings nicht so viel, wie er Streif zugestanden hatte. Auch zwei Millionen Dollar kamen für ihn nicht in Frage.

Aschmunaydt ängstigte sich um seine Frau. Nun hatte sie vier Tage nichts mehr von ihm gehört. Wie hatte man sie im Krankenhaus beruhigen können? Hatten sie ihr eine plötzliche Reise vorgegaukelt? Aber dann hätte er sie wenigstens anrufen müssen. Aschmunaydt hoffte, daß Richard eine Ausrede eingefallen war. Das konnte er, darum war er nie verlegen gewesen, wie er auch nie an etwas schuld war.

Um sich abzulenken, versuchte Aschmunaydt an andere Frauen zu denken. Solche, mit denen er gern geschlafen hätte, und die, mit denen er es getan hatte. Die letzten waren die beiden Jeanettes gewesen. Er schämte sich noch immer ein bißchen und war dennoch stolz, es in seinem Alter mit so jungen Frauen getrieben zu haben.

Streif stand vor mit Konserven vollgepackten Regalen. Der Supermarkt wurde wegen seiner Nähe zur AG von deren Angestellten bevorzugt besucht. Gerade als Streif eine Dose Corned beef in seinen Einkaufswagen geworfen hatte, sah er Kampe auf sich zukommen, der ihm gefolgt war. Streif tat so, als hätte er ihn nicht erkannt, und wandte sich ab. Kampe verschwand hinter einer Pyramide Waschpulvertrommeln und tauchte wenige Meter vor Streif wieder auf.

»Wie schön, daß man sich einmal wiedersieht«, begrüßte er ihn.

»Ja, ja«, sagte Streif. »Wirklich sehr schön.«

»Wo stecken Sie jetzt?« fragte Kampe, der genau Bescheid wußte.

»Internationale Kostenkontrolle.«
»Nicht gerade das Interessanteste.«
»Uninteressant, völlig uninteressant.«
»Ist Ihre Frau noch in New York?«
»Ja, ja, immer noch.«

Die beiden Männer standen sich in einer Luft gegenüber, in der sich der Geruch von Waschpulver mit den nach Knoblauch riechenden Ausdünstungen weich gewordener Salamis mischte. Kampe nieste als erster.

»Ich kaufe ungern ein«, sagte er. »Aber manchmal läßt es sich nicht verhindern.«

»Ich auch.« Jetzt nieste Streif und reichte Kampe zum Abschied die Hand.

»Lassen Sie sich nicht unterkriegen.« Kampe versuchte, aufmunternd zu lächeln. »Für Sie kommen auch wieder bessere Zeiten.«

Streif sah Kampe nach, bis dieser hinter Schokoladentafeln und Fischkonserven verschwunden war, und vergaß, für Aschmunaydt eine Salami mitzunehmen.

Aschmunaydt hörte Streif schon auf der Treppe. Streif stellte das Tablett stumm auf den Boden, Käsebrote, Milch und Bananen. Abwechslung ist nicht drin, dachte Aschmunaydt, doch hütete er sich, das Abendessen zu bemängeln. Er hielt es für unmöglich, daß auch Streif nichts anderes aß.

»Haben Sie Jod?« fragte er.

Streif zog die Schultern hoch.

»Ich brauche Jod«, sagte Aschmunaydt.

»Selbst schuld.«

»Was hätten Sie an meiner Stelle gemacht?«

»Keine Zeit verloren.«

»Sie fordern zu viel.«

»Das will ich noch immer.«

Aschmunaydt biß in ein Käsebrot und kaute so vorsichtig wie möglich. Auch die Zähne, besonders die vorderen, taten ihm weh. »Bedingungen kann man immer stellen, doch wenn sie unrealistisch sind, muß man die Kraft zur Einsicht haben.«

»Schreiben Sie die Briefe!« herrschte ihn Streif an. »Heute nacht schaffen wir es noch bis Zürich.«

»So wie Sie mich zugerichtet haben?«

»Ich verbinde Sie und setze Ihnen einen Hut auf.«

»Tut mir leid, ich schreibe die Briefe nicht.« Aschmunaydts Kampfgeist war im Fieber wieder erwacht. »Denken Sie sich was anderes aus, so viel Geld zu verlangen ist unsinnig.« Er schlürfte Milch, die seinen Gaumen kühlte. »Ist in der Firma schon etwas über mich zu hören?«

»Dort, wo ich ausgetrocknet werden soll, herrscht absolute Stille.«

»Sie kennen genug Leute.«

»Kannte.« Streif verstummte. Wie man sich als Geschlachteter fühlt, an dessen Schicksal sich die anderen weiden, das kannte Aschmunaydt nicht, aber er hatte Streif trotzdem verstanden und dachte: Golden Handshake und raus! Jetzt sollte er mit Gold aufgewogen werden. Beide kamen sich nicht näher und verharrten verbissen auf ihren Positionen. Streif beschloß, nach Jod zu suchen. Mahlmann hatte in einem Schränkchen Arzneimittel hinterlassen.

Tatsächlich fand er eine grüne Flasche, deren Etikett von braunen Flecken verschmutzt war. Streif hoffte, Aschmunaydt würde die Briefe am Ende doch noch schreiben, nur würde es dann sehr, wenn nicht zu spät sein. Ohne diese besaß er nur Aschmunaydt als Pfand. Aber noch war er nicht soweit, um als eigener Mittelsmann gegenüber der AG aufzutreten.

Im Schlafzimmer der verstorbenen Eltern streckte er sich auf dem Ehebett aus. Die Matratze roch nach verbranntem Horn. Streif hörte das Heulen einer Polizeisirene, den Lärm eines vorbeirasenden Autos und versteckte sich hinter dem Vorhang.

Im Licht der Scheinwerfer wurde das Fabriktor von innen geöffnet. Ein Mann in einem großkarierten Anzug hob die Arme. Er winkte den Polizeiwagen zu sich heran, in den er einstieg und der dann kreuz und quer über das Fabrikgelände holperte.

Ab und zu hielt der Wagen, dann gingen zwei Polizisten mit dem Mann ins Freie, der sie offensichtlich erwartet hatte.

Die Männer leuchteten den hinteren Teil des Geländes aus. Für kurze Zeit verschwanden sie in einer Lagerhalle, in der Fabrik blieben sie länger. Währenddessen jagten zwei Wolfshunde über das Grundstück.

Als die Männer wieder nach draußen traten, konnte Streif sie in der Dämmerung nur noch schattenhaft erkennen. Sie setzten sich in das Auto, preschten auf Streif zu und hielten unter der Mauer, die sie langsam abschritten. Die Hunde strichen schwanzwedelnd um sie herum.

Es war fast dunkel, als der Polizeiwagen die Fabrik verließ. Streif lief ins Badezimmer und sah, wie die Polizisten mit dem Mann auf sein Gartentor zugingen, das sie von innen öffneten.

Streif wartete hinter der Haustür auf die Männer. Als es schellte, ließ er die Jodflasche in seine Hosentasche gleiten. Die Polizisten waren junge Männer, blond und feist. Streif wunderte sich, wie ähnlich sie einander waren. Der Mann im karierten Anzug war älter. Stirn und Kinn flohen aus seinem Gesicht. Der eine Ordnungshüter bat, eintreten zu dürfen, und führte sodann das Wort.

»Haben Sie nichts Verdächtiges bemerkt?« Er wies mit dem Daumen zur Fabrik hin.

Streif schüttelte den Kopf. »Ich arbeite viel und gehe früh ins Bett. Die Arbeit strengt an.«

»Wo verdienen Sie denn die Brötchen?« fragte der Wortführer.

»Corpus, in der AG.«

Die Züge der Polizisten strafften sich, ihre Blicke wanderten zum Treppenhaus.

»Warum wohnen Sie hier?« fragte der Mann im karierten Anzug. »Der Schuppen ist doch abbruchreif.«

»Wegen der Kosten.«

»Wohl billige Miete?« vermutete der Wortführer, der feistere der beiden Polizisten, worauf Streif nur nickte.

»Also doch!« entfuhr es dem weniger Feisten. Streif pflichtete ihm erneut bei. Ob er nichts dagegen habe und es gestattet sei, sich ein wenig hier umzuschauen, fragte der Wortführer und war schon an Streif vorbei, der ihn fragte, was da drüben passiert sei.

»Es wurde eingebrochen.«

»Gibt's da noch was zu klauen?«

»Eine ganze Menge«, erwiderte der weniger Feiste. »Sachen, die sich gut verkümmeln lassen.«

Streif sah den Polizisten nach. Der Feiste machte eine Runde durch Wohn- und Eßzimmer, der andere blickte in die Küche, deren Tür er gleich wieder zuschlug. Dann machte er vor der Kellertreppe halt und sah zum ersten Stock hoch, in den der Feiste gestiegen war und eben wieder herunterkam.

»Wohl bloß Kartoffeln da unten?« fragte der weniger Feiste und ließ den Fuß über der Treppe pendeln.

»Nicht mal das«, sagte Streif.

»Das habe ich doch gleich gewußt«, pflichtete der ältere Mann bei, dessen Anzug Streif auf einmal gar nicht mehr so übel fand.

»Die sind ab durch die Mitte«, sagte der Feiste. »Solche Vögel suchen immer gleich das Weite.«

Die Polizisten versammelten sich um Streif. Der Feiste sagte: »Passen Sie bloß auf, Sie ahnen gar nicht, was heutzutage in dieser beschissenen Gegend alles los ist.«

Streif begleitete die Männer durch den Garten zur

Straße. Die Hunde, die sie auf dem Fabrikgelände gelassen hatten, sprangen an der Mauer hoch und bellten böse. Die Polizisten verabschiedeten sich und versprachen, öfter mal nachts vorbeizuschauen.

Von dem, was im Haus vorgegangen war, hatte Aschmunaydt im Keller nichts mitbekommen.

»Wo haben Sie sich herumgetrieben?« fragte er Streif. Sein Gesicht schmerzte, zwei Schneidezähne hatten sich gelockert, was ihn erboste. Bisher hatte er noch keinen Zahn verloren. Aschmunaydt war rundum gereizt und Streif nicht minder.

»Sie können froh sein, daß ich überhaupt noch da bin«, sagte Streif und schraubte die Jodflasche auf. Aschmunaydt mußte sich vor Streif ausstrecken. Um seine Nase und die Stirn hatten sich Schwären gebildet, die Streif mit Jod auspinselte. Aschmunaydt ächzte, stemmte die Füße gegen die Wand und bäumte sich auf.

»Das hätten Sie sich alles sparen können«, zischte ihm Streif zu. Aschmunaydts Gesicht glühte fiebrig, was Streif besorgte. Sollte auch diese Nacht ungenützt verstreichen? Vor Wut schüttete Streif das restliche Jod über Aschmunaydts Nase, auf deren Rücken die Haut geplatzt war. Aschmunaydt wand sich, als sei er gebissen worden. Er verfluchte Streif und rief: »Ist das Säure?«

»Eine gute Idee«, sagte Streif. »Beim nächsten Mal dann Salzsäure.«

»Am peinlichsten sind Ihre Witze«, stöhnte Aschmunaydt.

»Hören Sie doch nicht hin!«

»Muß ich ja, ich kann mir nicht einmal die Ohren zuhalten.«

Aschmunaydt hatte sich aufgerichtet. Er sah schlimm aus. Das geschwollene, aufgeschlagene Gesicht war jetzt auch noch von dunkelbraunen Jodflecken verunziert. Streif wehrte sich dagegen, seine Hoffnungen schwinden zu sehen, und sagte: »Ich gebe Ihnen eine Stunde, dann schreiben Sie die drei Briefe.«

Aschmunaydt dankte für die Stunde, aber zu überlegen habe er nichts, da könne Streif sicher sein. Er ließ sich rücklings auf die Matratze sinken und führte die gefesselten Arme über den Kopf zurück. Sein Atem ging schwer, der Bauch hob und senkte sich.

»Es ist die letzte Gelegenheit«, mahnte Streif. »Hoffen Sie nicht, daß ich Sie laufen lasse und mich aus dem Staub mache.«

»Nicht einmal das wird Ihnen glücken«, flüsterte Aschmunaydt und schloß die Augen. Damit war das Gespräch für ihn beendet, und von nun an schwieg er zu allem, womit Streif ihm drohte.

Streif mußte an die frische Luft. Bevor er die Tür erreichte, rief Aschmunaydt ihm nach: »Vergessen Sie bei der nächsten Visite nicht Ihre Kanone!« Streif wurde bewußt, daß Aschmunaydt in Fieber und Schmerz nicht in der Lage war, die Situation richtig einzuschätzen.

Er fand ein Schmerzmittel, steckte es in die Brusttasche seines Hemdes und überlegte, was die AG bereits eingeleitet haben mochte, um Aschmunaydt zu finden. Er bedauerte, nicht fernsehen zu können, doch dann fiel ihm das Radio in seinem Auto ein.

Die Nacht war klar und mild. Rauchend wartete er hinter dem Steuer die Nachrichten ab, aber von Aschmunaydt war keine Rede. Die Hunde sprangen hinter der Mauer hoch und kläfften böse. Das Kratzen ihrer Pfoten war deutlich zu hören. Der Polizeiwagen fuhr vorbei, leuchtete in den Garten und wendete vor dem Fabriktor.

Als Kampe nach Hause kam, hatte der Schwiegervater schon dreimal angerufen. Er müsse ihn unbedingt sprechen, erfuhr er von seiner Frau. Kampe wollte den Rückruf auf den nächsten Morgen verschieben, aber das ließ seine Frau nicht zu.

Als er schließlich anrief, nahm der Schwiegervater sofort ab. Kampe hatte gehofft, er sei schon ins Bett gegangen. Als erstes wollte Fauenkirk wissen, wo Kampe so lange geblieben sei. Er sei spazierengefahren, erwiderte Kampe und kam sich wie ein kleiner Junge vor.

»Allein?« fragte Fauenkirk.

»Ganz allein.«

»Das wird sich hoffentlich bald ändern, wenn ihr eure Kinder habt.« Fauenkirk wußte nicht, mit welcher Geschwindigkeit Kampe durch die Landschaft raste. Er war heute bei einer Agentur gewesen, die Waisenkinder hauptsächlich aus Fernost vermittelte, und wollte Kampe das Angebot schicken.

»Ich mag keine Schlitzaugen«, sagte Kampe, was der Schwiegervater nicht gehört haben wollte. Als zukünftiger Chef eines multinationalen Unternehmens sei Rassismus ausgeschlossen. Die Adoption zweier farbiger Kinder werde Kampe eine menschlichere Note geben.

Nach dem Gespräch mit seinem Zuchtmeister rief Kampe dreimal in Aschmunaydts Villa an. Zuletzt kurz nach Mitternacht, aber wieder nahm niemand den Hörer ab. Kampe beschloß, in den nächsten Tagen nach New York zu fliegen. Aschmunaydts Abwesenheit wollte er nützen.

Aschmunaydt hatte eine Stunde in fiebrigem Halbschlaf verbracht. Die Briefe würde er nie schreiben – das hatte sich in ihm festgesetzt. In dem Zustand, in dem er sich befand, war er zu einem Kompromiß nicht fähig.

In der Waschküche hatte Streif die Pistole zwischen schmutziger Wäsche versteckt. Jetzt löste er zwei Schmerztabletten in einem Suppenlöffel auf, den er Aschmunaydt zwischen die Lippen schob. Aschmunaydt verzog das Gesicht, spülte mit Wasser nach und streckte die Zunge raus.

Sein Leben lang hatte er jede Medizin zu vermeiden gesucht. Er hoffte, daß er eben wirklich nur ein Schmerzmittel geschluckt hatte. Gift ist sauberer als eine Kugel, dachte er.

Streif beschwor ihn, nicht die allerletzte Möglichkeit zu verpassen. Am frühen Morgen könnten sie beide die Grenze passieren und am Vormittag in den Banken die Zahlungen erledigen.

»Doch nicht in meinem Aufzug«, sagte Aschmunaydt bestimmt.

»Feine Klamotten kaufen wir vorher und kleiden Sie würdig ein.« Streif kämpfte um seine Chance. »Sehen Sie doch endlich ein, daß es keine andere Lösung gibt. Nur so komme ich ohne Risiko an das Geld, und dann lasse ich Sie laufen.«

»So, wie Sie mich zugerichtet haben, wird man sofort die Polizei rufen, und abends steht schon alles in der Zeitung.« Aschmunaydts Augen verschwammen in fiebrigem Glanz, von der Nasenspitze tropften Schweißperlen.

»Ich verbinde Sie, und den Banken erzählen wir, Sie hätten einen Unfall gehabt.« Streif wollte sich nicht geschlagen geben und drängte verzweifelt weiter. Als er rief, ob Aschmunaydt denn glaube, daß die AG einen Geldsack unter einer einsamen Eiche abwerfen würde, stieß dieser ein Lachen aus. Es wurde ihm bewußt, wie verzweifelt Streif war.

»Warum stellen Sie auch so wahnsinnige Forderungen, warum haben Sie sich auf diesen Irrsinn eingelassen?« krächzte er und beantwortete sich selbst die Frage: »Weil Sie ein verwöhntes Bürschchen sind, immer die weiche Welle gelebt haben und nicht akzeptieren wollen, daß es auch anders kommen kann. Feine Internate, teure Clubs, immer die richtigen Leute. Parlieren, charmieren, auf Stil bedacht, das ist ihre Masche gewesen, leeres, schickes Stroh. Überall dabeigewesen und überall ein bißchen mitgefurzt.« Aschmunaydt rang nach Luft, griff an sein Herz.

Darüber hatte er in all den Jahren kein Wort verloren, oder hatte er das bloß nie aus sich herausgelassen? Ist es Neid? dachte Streif.

Hier in diesem Keller trugen Aschmunaydt und Streif ihre Gegensätzlichkeit aus, als hätten sie fünfzehn Jahre darauf hingelebt. Was den einen am anderen störte, stieß jedoch nicht nur ab, es zog auch an. Und während Aschmunaydt nicht aufzuhalten war, verging die Zeit. Er wetterte und spottete, war bitter und ungerecht und brachte manches durcheinander. Schweiß lief über sein geschundenes Gesicht, und die Ausdünstungen seines Körpers wurden immer intensiver. Der ganze Keller stank nach Aschmunaydt, der endlich keuchend anhielt.

»Schreiben Sie!« befahl Streif.

»Wie lang ist eigentlich Ihre Leitung?«

»Machen Sie, was ich sage!« Streif sah auf die Uhr, wieder waren über zwei Stunden verlorengegangen.

»Sie Hohlkopf«, japste Aschmunaydt. »Wann kapieren Sie, daß Ihre krummen Touren bei mir nicht laufen!«

»Sie werden es noch bereuen, morgen ist Mittwoch. Wahrscheinlich ist dann die Polizei informiert, und die Grenzübergänge werden überwacht sein. Vielleicht stehen Sie schon in der Zeitung.«

»Und Sie werden bald folgen.« Aschmunaydt wälzte sich auf die Seite und drehte Streif den Rücken zu. Er war so geschwächt, daß ihm alles gleich war.

Streif kochte, er hätte Aschmunaydt an die Kehle fahren können. Es gelang ihm gerade noch, sich zu beherrschen und sich nicht auf ihn zu stürzen.

»Sie eitler Spießer!« schrie er. »Was Sie sich an Selbstgefälligkeit leisten, schlägt dem Faß den Boden aus, und den haben Sie schon lange unter den Füßen verloren. Was glauben Sie, wer Sie sind? Weil alles vor Ihnen kriecht und kuscht, halten Sie sich für unfehlbar, und wie haben Sie sich von McCumber über den Tisch ziehen lassen! Dafür hätten Sie gefeuert werden müssen. Aber Sie meinen, sich alles leisten zu können, solange ein anderer den Kopf dafür hinhält. Und so einer wie Sie wird als großer Wirtschaftsführer gefeiert. Aber Sie sind nichts weiter als ein alt gewordenes Arschloch, eine Zumutung für jeden, der es mit Ihnen zu tun hat.« Streif bekam einen Hustenanfall, sprang auf und fuhr sich über sein feuchtes Gesicht.

Nach einem eigenartigen Grunzlaut fragte Aschmunaydt: »Ist Ihnen die Luft ausgegangen?«

»Was glauben Sie, wie glücklich die in der Firma sind, Ihre dummen Sprüche nicht mehr hören zu müssen.« Streif knallte die Kellertür zu.

24

Streif hatte es nicht mehr ausgehalten, schlaflos im Bett zu liegen. Er hockte auf dem Rasen vor dem Haus. Das Licht war hellgrau, bald würde die Sonne aufgehen. Die Luft war trocken. Ihm fielen Sonnenaufgänge in der Wüste ein. Er hatte viele solcher Morgende erlebt, wenn er mit Nina spät heimgekommen war.

Aus dem Karawan kletterte ein beleibter Mann in einem schwarzen Anzug. Er hielt sich mit beiden Händen am Geländer der kurzen Treppe fest, setzte sich dann in einen roten Mercedes und startete den Motor. Streif fragte sich, ob Aschmunaydts Firmenwagen schon gefunden und identifiziert worden war.

Hinter der Mauer kläfften die Hunde. Streif war erschöpft und fühlte sich wie ausgehöhlt. In der nun stärker werdenden Sonne schlief er ein und wachte erst wieder auf, als eine grünlich schillernde Fliege auf seiner Nase landete.

Es war kurz vor sieben. Streif rasierte sich hastig im Bad und band eine Krawatte um, die zu nichts paßte. Mit einem Paket Vollkornbrot, Schnittkäse und einer Flasche Milch hetzte er zu Aschmunaydt, der Streifs Eile nicht verstehen wollte und sagte: »Jetzt ist es doch egal, wann Sie im Büro erscheinen.«

Streif antwortete nicht, er stopfte sich den Mund erst einmal voll.

»Beabsichtigen Sie eine zweite Karriere in der AG?« fragte Aschmunaydt, dessen Fieber offenbar gesunken war. Streif hatte Durst, am liebsten hätte er Aschmunaydt die Milchflasche entrissen. Im Gestank des Kellers würgte er an einem großen Bissen. Er hätte sich die Nase zuhalten können, doch wäre das für Aschmunaydt wieder ein Anlaß gewesen, über ihn herzuziehen.

»Und Sie«, sagte Streif, nachdem er den Klumpen in seinem Mund heruntergebracht hatte, »können darüber nachdenken, wie Sie aus diesem Loch herauskommen, und das in einer für mich akzeptablen Form.«

Er schaltete das Licht aus. Wird er weich? dachte Aschmunaydt. Wird Streif sich jetzt mit noch sehr viel weniger begnügen? Aschmunaydt klemmte die Milchflasche zwischen die Knie und tastete nach dem Käse.

Streif passierte gerade noch rechtzeitig die Pförtner. Brettschneider, den seine Frau zum Sparen anhielt, hatte neun Mark im Lotto gewonnen. Er selbst war von seinem fehlenden Glück überzeugt und sagte, der Teufel scheiße immer auf den größten Haufen. Er erzählte von einem Nachtschwarzen, der vor einigen Jahren den Haupttreffer gewonnen habe. »Hier bleibt nichts geheim«, sagte er mit wissender Miene. »Irgendwann erfährt man alles.«

Streif sah ihn kurz an, aber mit einer für Brettschneider ungewohnten Intensität. Wann würde er etwas über Aschmunaydts Verschwinden hören?

Später rief Lucy an und schlug vor, gemeinsam zu Mittag zu essen. Streif war einverstanden und versprach, sie abzuholen. Er wollte ohnehin durch die Gänge des mittleren Turms streifen. Vielleicht schnappte er etwas auf, das für ihn interessant war.

Im dreißigsten Stock, sechs Etagen unter Aschmunaydts Büro, traf er einen Mausgrauen, der ihm stets wohlgesonnen gewesen war. Einer, der sich nie ins Ausland hatte verschicken hatte lassen, und es vorzog, die Welt auf Kosten der AG zu bereisen. Ein munterer Mensch, überall gut gelitten, mit der wunderbaren Gabe ausgestattet, Verantwortung zu meiden und diese auf andere zu schieben.

»Sie machen ja Sachen«, begrüßte er Streif mit flackerndem Blick. Mit Streif sollte man nicht unbedingt gesehen werden. Der Aasgeruch der Geschlachteten verbreitete sich in Windeseile.

»Wo sind Sie gelandet?« fragte der Mausgraue, und als er es erfuhr, schlug er das Kreuz. »Ja, Aschmunaydt«, sagte er nachdenklich. »Der ist nicht leicht zu nehmen, aber was für ein großartiger Mann.«

»Was er sich mit mir geleistet hat, war überhaupt nicht großartig.«

Der Mausgraue schien Streif nicht zu verstehen und rief aus: »Wo wären wir heute ohne Aschmunaydt!«

Pisser, dachte Streif, aber offenbar hatte der Mausgraue von Aschmunaydts Verschwinden noch nichts gehört. Das würde man so lange wie möglich geheimhalten. Streif griff nach der ausgestreckten Hand.

»Wir sehen uns mal ganz in Ruhe«, sagte der Davoneilende. Streif horchte auf das energische Klacken der Hacken.

Im einunddreißigsten Stock traf Streif einen Nachtschwarzen, mit dem er in Indonesien einen Tag im Gefängnis verbracht hatte, weil er ihn nicht davon hatte abhalten können, die Gläubigen beim Freitaggebet in einer Moschee zu fotografieren.

Der Nachtschwarze sah durch Streif hindurch, bewegte unhörbar die Lippen und stampfte an ihm vorbei.

Höher wagte sich Streif nicht hinauf. Er stieg in einen Aufzug, sauste in die Tiefe und schloß sich der Menge derer an, die zu den Kantinen strömten.

Lucy entdeckte Streif sofort und hakte sich bei ihm ein. Sie war regelrecht aufgekratzt. Die Hitze an diesem Tag schien sie zu beflügeln. Aschmunaydt hätte Lucy als pfiffig, ja spritzig bezeichnet. Solche Frauen mochte er. Er hielt sie für fähig und einsatzbereit, und das nicht nur im Büro. Streif wäre es nicht so leichtgefallen, sich so klar auszudrücken, aber Lucy gefiel auch ihm. Unbedacht war ihr Mann, Wolf Hermann, in den letzten Jahren erst fett und dann eifersüchtig geworden.

»Sie sehen überanstrengt aus.« Lucy blickte zu Streif auf. »Aber das liegt wohl an Ihrem Junggesellendasein.«

»Ich sah schon als Kind so aus. Meine Mutter fürchtete immer, ich hätte Würmer.«

»Wo sind Sie zu Hause?«

»Hamburg.«

»Also aus Norddeutschland, das habe ich mir doch gleich gedacht.«

In einer Kantine reihten sie sich in die Schlange vor der Essensausgabe ein. Es gab Hackbraten und Kohlrabi, den Lucy nicht mochte. Aber heute machte ihr das nichts aus. Endlich war es Sommer geworden, und war Streif der richtige Mann, mit dem man sich sehen lassen konnte, schlaksig, weitgereist und immer ein bißchen rätselhaft. Wo er wohl ständig mit seinen Gedanken war? Streif bemerkte, wie sie den Kohlrabi an den Tellerrand schob, und dachte, mit welchem Heißhunger Aschmunaydt über das Kantinenessen hergefallen wäre. Wie ließ sich das Gespräch nur auf ihn lenken? Lucy schwelgte in Sommerfreuden und lud

Streif zu ihren Eltern zum Baden ein. Der Pool sei neu, zwölf Meter lang.

»Ja, ja«, sagte Streif.

»Wir schwimmen heute, gleich nach dem Büro.«

»Aber Ihre Eltern?« wandte Streif ein.

»Die sind verreist, und Erfrischung haben wir beide nötig. Ich habe einen höllischen Vormittag hinter mir, und nach dem Essen geht's gleich wieder weiter.«

»Höllisch?« Streif wirkte noch immer leicht zerstreut.

»So was von Aufregung habe ich noch nie erlebt.« Lucy verstummte und wechselte das Thema. Aber jetzt wollte Streif schwimmen. »Bei dieser Hitze!« sagte er.

Kampe hatte ein Ticket nach New York bestellen lassen und mit Minter telefoniert, der überrascht war, daß Kampe ihn so plötzlich und ohne Aschmunaydt besuchen wollte. Bevor Kampe Nina anrief, ging er auf die Toilette. Er war nervös und fürchtete, daß Nina seinen Anruf mißverstehen könnte. Ihre Nummer hatte er von Fauenkirk bekommen, der sich gefreut hatte, daß sein Schwiegersohn so bald seinem Rat folgte.

Kampe schaltete die Lampe über seiner Tür auf Rot und rief Nina von seinem direkten Apparat an. Seine Sekretärin sollte von diesem Gespräch nichts wissen. Er verwählte sich zweimal, erst meldete sich eine chinesische Wäscherei und dann ein Wettbüro. Bevor er es erneut versuchte, lutschte Kampe ein Vitaminbonbon und massierte die Handgelenke. Die feuchten Hände trocknete er an seinem Taschentuch ab.

Er hatte Glück, Nina hob ab.

»Kampe«, sagte er. »Dr. Kampe, verzeihen Sie die Störung, aber ich möchte mit Ihnen sprechen. Es geht um Ihren Mann.«

»Wer sind Sie eigentlich?« fragte Nina, die sich gerade die Nägel lackierte.

»Dr. Paul Kampe, Corpus AG, Sie haben mich wohl leider vergessen.« Bei dem »leider« zuckte Kampe zusammen. Nina wiederholte seinen Namen und erinnerte sich dann.

Kampe war erleichtert. »Wir haben uns bei dem Empfang im ›Four Seasons‹ gesehen, mit dem Sie seinerzeit in New York eingeführt wurden.«

»Der Anfang von unserem Unglück. Und um was geht's?«

»Um Ihren Mann, mehr möchte ich jetzt nicht sagen.«

»Weiß er davon?«

»Noch nicht, weil es für ihn so besser ist.«

»Finden Sie nicht, daß das ein bißchen komisch klingt?«

»Ich weiß, aber es ist das beste. Sie wollen doch Ihrem Mann helfen.«

»Von der AG erwarte ich nicht mehr viel Gutes.«

»Ich verstehe Sie völlig, aber geben Sie Ihrem Mann und mir diese Chance.«

Nina hatte mit Männern schon genügend Ungereimtes erlebt und dachte: Warum eigentlich nicht? Sie verabredete sich mit Kampe im Byblos, das er vorgeschlagen hatte und sie gut kannte.

Lucys Elternhaus erstaunte Streif. Marmortreppen, Spiegelparkett, ein roter und ein blauer Salon, Kamine und Ölbilder. Mit dem Verkauf von Gebrauchtwagen in den ehemaligen Ostblock hatte Lucys Vater ein Vermögen verdient. Überall hing ein Hauch von Bohnerwachs in der Luft, manchmal auch von Mottenpulver.

Der Garten war nicht einzusehen. Fichten schirmten ihn nach allen Seiten ab. Streif fiel ein, daß er keine Badehose hatte, und grinste verlegen.

»Wir sind doch allein.« Aber dann fand Lucy eine Hose ihres Vaters, in der auch ein Mann wie Aschmunaydt versunken wäre. Streif hielt sie sich wie einen Rock vor den

Bauch. Lucy lachte, schlüpfte aus der Bluse und warf dann den Slip von sich. Streif hatte noch nicht einmal die Krawatte abgenommen.

»Stellen Sie sich nicht so an, Sie werden hier nicht gebissen«, rief Lucy und segelte mit einem Hechtsprung ins Bekken. Streif zog sich aus, noch hatte er von Lucy nichts über ihren Bürotag erfahren. Nach überstandener Hektik hatte sie nur noch an eines gedacht, und daran dachte sie noch immer. Einen so ernsthaften, schüchternen Mann wie Streif hatte sie schon einmal gekannt, und an den besaß sie die schönsten Erinnerungen.

Lucy schwamm auf dem Rücken und lag auf dem Wasser. Streif näherte sich dem Pool in gebückter Haltung und ließ sich kopfüber ins Becken plumpsen. Nun schwammen sie beide nebeneinander und versicherten sich gegenseitig, daß das Wasser wunderbar erfrischte. Wie aus Versehen streifte Lucy mit dem Fuß seinen Bauch und gleich darauf die Leisten.

Etwas später ließ sie sich von ihm aus dem Wasser helfen und breitete ein Handtuch auf dem Rasen aus, auf dessen einer Hälfte sie sich ausstreckte. Streif sah auf ihren durchgearbeiteten Körper, den Aschmunaydt als knackig, vielleicht sogar als knusprig bezeichnet hätte.

»Bitte, nehmen Sie mir nicht die Sonne«, sagte sie. »Ich habe neun Monate auf diesen Augenblick gewartet.«

Streif rutschte auf dem blanken Hintern vorsichtig wie ein Gebrechlicher neben sie. Er sank auf den Rücken und überlegte, wie er ihr entlocken konnte, was sie im Büro so in Atem gehalten hatte. Wonach ihr der Sinn stand, war ihm natürlich nicht entgangen.

Lucy beugte sich über ihn und streichelte seine Brustwarzen. Er rührte sich nicht, dann fuhr sie mit den Nägeln über seine Rippen, leckte am Nabel. Streifs Atem ging schneller. Lucys Zunge wurde immer lebendiger.

Er schnurrte wohlig, erst leise, bald lauter. Lucy kam in

Fahrt, und plötzlich war auch Streif jetzt ganz bei der Sache, sein Hintern kreiste unter ihr. Schon lange nicht mehr hatte sie so etwas erlebt. Streif füllte sie ganz aus. Und da er sehr viel erfahrener war, als sie vermutet hätte, erlebte sie einen Höhepunkt nach dem anderen.

Eine Stunde später schlenderten Streif und Lucy zu einem überdachten Grillplatz, mit einer Bar, die einer Ritterburg entlehnt zu sein schien. Noch immer war es sehr heiß. Streif entkorkte eine Flasche Sekt. Lucy schob ihm Nüsse in den Mund und spielte mit seinem Glied, das in ihren Händen wieder anzuschwellen begann.

»Was ein Brummer«, flüsterte sie und kniete sich vor ihm hin.

Später, als Streif sie abtrocknete, preßte er sich an ihren Rücken und wünschte ihr zu zeigen, wie man es im Orient mache.

»Aber mit Butter«, sagte sie. Vor Jahren hatte sie das in einem Film gesehen, den Streif verpaßt hatte.

In der Küche briet Lucy ein Omelette. Streif hatte Schinken in Würfel geschnitten. Beide waren nackt. Streif küßte Lucys Hals und meinte, man solle nie mehr ins Büro gehen.

»Und sich den ganzen Ärger sparen«, fügte Lucy hinzu.

»Welchen meinst du?«

»Aschmunaydt.« Sie legte einen Finger auf seine Lippen. »Er ist verschwunden.«

»Einfach so, das gibt's doch gar nicht.«

»Wir suchen nach ihm.«

»Lassen suchen.«

Sie nickte. »Darüber darfst du mit niemandem reden! Schwöre es!«

Streif hob die Hand zum Schwur.

Es dunkelte, als Streif durch die Siedlung fuhr. Die Hauptstraße war voller Menschen, Männer in Unterhemden,

Frauen in leichten Fetzen. Als er an dem Karawan vorbeirollte, standen alle Fenster offen. Am Straßenrand unterhielten sich zwei Burschen in Badehosen.

Aschmunaydt freute sich geradezu, als er den sich im Schloß drehenden Schlüssel hörte. Zum ersten Mal hatte er Angst gehabt, Streif könnte nicht mehr zurückkehren.

Auch im Keller war es viel wärmer geworden. Streif schlug ein Gestank wie aus einem indischen Elendsviertel entgegen. Er hielt den Atem an, stellte das Abendessen vor Aschmunaydt ab und machte Anstalten, sich gleich zurückzuziehen.

»Bleiben Sie doch noch ein bißchen«, bat Aschmunaydt.

»Es stinkt zu sehr.«

»Was kann ich dafür?« rief Aschmunaydt ihm nach.

In der Waschküche bereitete Streif Aschmunaydts Säuberung vor. Er befestigte einen Schlauch am Wasserhahn und holte Seife, Shampoo und ein großes Handtuch aus dem Badezimmer. Die Pistole im Gürtel, kam er zu Aschmunaydt zurück.

»Sie dürfen sich waschen.« Streif bedeutete Aschmunaydt, dessen Gesicht unter dem Schorf der Wunden abgeschwollen war, sich auszustrecken. Streif befreite ihn von den Fesseln. Aschmunaydt war es unangenehm, sich vor Streif auszuziehen, der die Pistole in Anschlag hielt und ihn aufforderte, seine Klamotten in die Waschmaschine zu werfen. Aschmunaydts Hand und Fußgelenke waren aufgescheuert. »Haben sie Talkumpulver?« fragte er.

»Nein.« Streif dachte nicht daran, Aschmunaydt Linderung zu verschaffen. Sein Mißtrauen versetzte ihn in einen Schwebezustand, der für sie beide gefährlich werden konnte. Eine falsche Bewegung Aschmunaydts hätte genügt, und er hätte geschossen.

Aschmunaydt bespritzte Bauch und Brust, ließ Wasser über den Rücken laufen. Er konnte nicht genug davon bekommen. Vorsichtig wusch er die Haare, um das Gesicht nicht zu befeuchten. Schaumflocken klebten auf seinen Schultern. Immer wieder ließ er die Seife über seine Brust kreisen, bis es Streif zuviel wurde. »Jetzt ist Schluß!« rief er.

»Ich habe nichts anzuziehen«, sagte Aschmunaydt.

Daran hatte Streif nicht gedacht, er zuckte die Achseln. Hoffte Aschmunaydt etwa, er würde im Haus nach Kleidungsstücken suchen, die ihm ohnehin nicht gepaßt hätten?

»Das Handtuch reicht«, sagte Streif. »Sie werden sich nicht erkälten.«

»Wie Sie wünschen.« Aschmunaydt rieb sich den Rükken trocken. Wenn er sich jetzt auf Streif stürzen und ihm das Handtuch um den Kopf schlagen würde, könnte er vielleicht in den Besitz der Pistole kommen. Zwei Meter trennten sie. Aschmunaydt fürchtete jedoch, auf dem glitschigen Boden auszurutschen. Dann würde Streif ihn erschießen oder schwer verletzen. Während Aschmunaydt überlegte, ob er nicht doch angreifen sollte, trieb Streif ihn zur Eile an.

»Seien Sie nicht so ungeduldig.« Aschmunaydt band das feuchte Handtuch um die Hüften. Er ärgerte sich, vielleicht doch eine günstige Gelegenheit verpaßt zu haben, und spielte mit dem Gedanken, Streif in den Bauch zu treten. Aber zum Nahkämpfer war er nicht ausgebildet worden, und Streif war sehr viel jünger. Widerstandslos ließ er sich die Handschellen anlegen und fragte, wie es in der Firma aussähe.

»Man sucht nach Ihnen, aber noch in aller Stille.«

»Was haben Sie vor?« Aschmunaydt wußte nicht, was er von dieser Nachricht halten sollte.

»Schreiben Sie die Briefe, wenigstens einen, den aus Nicosia.«

»Das nützt Ihnen nichts mehr.«

»Doch, wenn Sie morgen früh die Schweizer Banken anrufen. Wahrscheinlich sind die Konten für Sie noch nicht gesperrt. Wenn das Geld überwiesen ist, setze ich Sie hinter der Grenze ab.«

»Ich schreibe nichts.«

»Würden Sie ohne Brief von hier aus anrufen?«

Aschmunaydt überlegte. War Streif so verzweifelt, daß er ohne Sicherheit an das Lösegeld wollte? Aber dann waren auch zwei Millionen Dollar zuviel. Aschmunaydt gab zu bedenken, daß er telefonisch so hohe Beträge nicht transferieren könne. Das ginge nur bei erheblich niedrigeren.

Streif lachte laut auf. »Für wie blöd halten Sie mich eigentlich? Glauben Sie wirklich, ich lasse mich auf so etwas ein?« Er klatschte sich auf die Schenkel. »Und sofort will unser großer Meister den Preis drücken! Dabei sieht es für ihn schon schlecht genug aus. Merken Sie sich eines, ohne Briefe läuft nichts. Bisher ging alles noch harmlos zu, aber das wird sich ändern, wenn Sie nicht einsichtiger werden.« Streif übermannte die Wut. »Ein paar hungrige Ratten oder Katzen könnten Ihnen Gesellschaft leisten. Von mir wäre dann nichts mehr zu sehen. Ich würde mich höchstens mal erkundigen, ob Sie sich mit den lieben Tierchen angefreundet haben.«

In Aschmunaydt wuchs die unbehagliche Erkenntnis, daß eine schnelle Lösung allein von ihm abhing.

Kampe dachte nur noch an Nina in New York. Es war kurz nach ein Uhr morgens. Er hielt es nicht mehr im Bett aus, zog sich an und schlich aus dem Haus. Er schob den Maserati aus der Garage auf die Straße. Drei Häuser weiter gab er Vollgas, der Motor heulte auf. Kampe raste ins Hochsauerland in die Nähe der Jagdhütte, die er mit seinem Schwiegervater teilte.

Es gab für ihn nichts Schöneres, als auf der bergigen Strecke mit quietschenden Reifen durch die Kurven zu schlittern. Im Morgengrauen jagte er wieder zurück und erschreckte den einen oder anderen, der ihm entgegenkam, am liebsten Lastwagenfahrer. Seit seine Frau aus dem ehelichen Schlafzimmer gezogen war, weil er angeblich zu laut schnarchte, war die Leidenschaft für seine Autos unbezähmbar geworden.

25

Nina hatte einen Mann gefunden, von dem sie erwarten konnte, daß er die Miete bezahlte. Jonathan Batcher, alt und reich. Neben ihm fühlte sie sich wie ein junges Mädchen, und das tat gut.

Noch nie hatte Nina so viel wie in den letzten Tagen über Streif nachgedacht. Daß ihn etwas stark beschäftigte, hatte sie gespürt, aber vielleicht hatte er sich auch nur verkrochen. Das Grüblerische und In-sich-Gekehrte war schon immer in ihm gewesen.

Finanziell sah die Zukunft für Nina ungewiß aus. Sie hatte erkennen müssen, daß sie mit der Malerei vorerst nicht viel verdienen würde. Jonathan hatte sie im richtigen Moment getroffen. Nach einem Abendessen, bei dem sie von dem wohlmeinenden Gastgeber neben Jonathan gesetzt worden war, hatte er sie im Taxi gefragt, ob er sich an ihr wärmen dürfte, er fröre ständig.

Jonathan war dürr und kahl, doch konnte er liebenswert lächeln. Wie echt dieses Lächeln war, hätte Nina von einer der fünf geschiedenen Frauen Jonathans erfahren können. Er galt als ungeheuer vermögend, Geerbtes hatte er vermehrt. Der Butler, der sie in das Town House einließ, zerstreute Ninas letzte Zweifel.

Bei einem Sherry eröffnete ihr Jonathan, sie würden zusammen Schach spielen, und wenn sie es nicht könnte, würde er es ihr beibringen. Mehr wollte er nicht.

Mit aller Macht zog es Streif zu den silbernen Türmen, zum Ursprung aller Gerüchte. Er wollte mit Hilda und Lucy zu Mittag essen. Lucy hatte vorgeschlagen, Hilda mitzunehmen. Es sei bestimmt klüger, zu dritt gesehen zu werden.

In gut einer Viertelstunde wollte Streif die beiden Frauen treffen. Er überquerte den Parkplatz vor den Türmen, der für wichtige Besucher und Nachtschwarze reserviert war. Schilder mit deren Namen kennzeichneten die Plätze, auf denen sie ihre Autos abstellten. Der Aschmunaydts war unbesetzt. Streif blieb in der Mitte des weiß umrandeten Rechtecks stehen und sah zu den Turmspitzen hoch.

Ein Lift brachte ihn in die vorletzte Etage des mittleren Turms. Er stieg über Kampes Büro aus und lief wie suchend über den Gang. Eine dickliche Sekretärin fragte ihn, ob sie behilflich sein könne. Streif verneinte höflich. Aus einem Sitzungszimmer drang Stimmengewirr, das jäh abbrach, als eine scharfe Stimme ertönte.

Ein Stockwerk tiefer kam ein Marineblauer auf Streif zu. Vor Jahren hatten er und Streif sich mit einer Bande marokkanischer Devisenschieber herumgeschlagen, die Corpus zu erpressen versuchten. Damals war in Casablanca und dann in Tanger recht unkonventionell verhandelt worden. Freunde von Aschmunaydt hatten geholfen. Männer, deren Unwillen man ungern erregte, wenn einem etwas am Leben lag.

»Das ist ja Streif!« rief der Marineblaue, der längst wußte, wie tief Streif gefallen war. Er machte daraus keinen Hehl, doch war er voller Verständnis und sagte: »Unser hoher Chef wird immer unberechenbarer.« Er senkte die Stimme: »Aschmunaydt ist verschwunden, wußten Sie das?«

Streif sah ihn ungläubig an. »Ist das wahr?«

»Für Sie doch endlich einmal eine gute Nachricht.«

»Ob das stimmt?«

Der Marineblaue war sich dessen sicher. Er hatte es von

einem Mausgrauen gehört, der es von Kampe erfahren hatte. Kampe hielt nicht dicht.

»Wie ist das möglich?« fragte Streif. »Einfach so verschwunden?« Aber das wußte der Marineblaue auch nicht.

»Den soll der Teufel holen«, sagte Streif leise.

Hilda und Lucy hakten sich bei Streif ein. Es war Donnerstagmittag, das Wochenende nahte. Streif meinte, das Gröbste sei überstanden. Die beiden Frauen waren anderer Meinung.

»Diese Woche hat es in sich«, sagte Hilda. »Bei uns geht es wie im Irrenhaus zu.« Sie tauschte mit Lucy einen langen Blick aus, die dann, von Hilda unbemerkt, Streif zuzwinkerte. Vor Hilda siezten sie sich. Lucy drängte in eine Cafeteria, in der die Gerichte etwas teurer waren. »Das Kantinenessen ist bei dieser Hitze ungesund«, bemerkte sie.

Bei Kaltschale und Würstchen saßen sie an einem Fenster, durch das man den mittleren Turm gut sehen konnte. Streif hielt das Gesicht in die Sonne und sah immer wieder zu Aschmunaydts Büro hoch. Hilda verfolgte seine Blicke und legte ihre Hand auf die Streifs. »Aschmunaydt ist verschollen«, sagte sie leise und schaute fragend zu Lucy, die meinte, daß sie mit Streif darüber schon reden könnten.

»Das ist nicht neu für mich«, sagte Streif, spürte Lucys Fuß auf dem seinen und fügte hinzu, er habe das schon am Vormittag von einem Bekannten gehört, es sei die Sensation des Tages.

»Sie sind darüber bestimmt nicht unglücklich«, sagte Hilda, und Lucy fügte hinzu: »Das ist die gerechte Strafe.«

»Wieso Strafe?« fragte Streif. »Man weiß doch gar nicht, warum er verschwunden ist. Vielleicht ist er ausgestiegen?«

Hilda bestritt das, als Familienvater habe Aschmunaydt einen tadellosen Ruf. Lucy pflichtete ihr bei, Aschmunaydt sei gekidnappt worden, das sei ganz sicher.

»Und die Polizei?« fragte Streif. »Was ist mit der?«

»Die suchen«, erwiderte Hilda. »Die zerbrechen sich den Kopf wie wir.«

»Und?« fragte Streif. »Weiß man schon was?«

»Nichts!« riefen Hilda und Lucy wie aus einem Mund. »Überhaupt nichts«, sagte Lucy. »Es gibt nicht die geringste Spur.« Und nun erfuhr Streif, daß ein Krisenstab gebildet worden sei, dem Lucys Chef angehörte und in den auch Hildas Boß drängte.

Streif fuhr sich über die Stirn. »So sicher ist es nicht, daß er entführt wurde, sonst wäre doch längst die Presse verständigt worden. Vielleicht macht er sich bloß ein paar hübsche Tage mit einer Tussi.«

Lucy unterdrückte ein Lachen. »Daran ist auch schon gedacht worden, aber dafür spricht wohl nichts.«

Hilda entrüstete sich: »Aschmunaydt ist mehrfacher Großvater, in seinem Alter macht man solche Zicken nicht mehr.«

Lucy sah Hilda mitleidig an. »Alte Scheunen brennen lichterloh, hast du davon noch nichts gehört?«

»Warum weiß die Presse nichts?« fragte Streif. »Das ist doch merkwürdig.«

»Wir wollen keine Schlagzeilen und hoffen auf ein Zeichen«, erwiderte Lucy. »Einmal müssen sich die Entführer doch melden.«

»Das kommt noch, das ist so sicher wie das Amen in der Kirche.« Hilda entfernte ein Haar von Streifs Hemdkragen. »Mein Chef meint, daß wir längst schon mit den Medien hätten zusammenarbeiten müssen.«

»Der Streber will doch nur im Fernsehen erscheinen«, sagte Lucy. »Der fiebert darauf.«

Streif drängte zum Aufbruch. Für heute war aus den beiden nicht mehr herauszulocken.

Nina traf Kampe im Byblos, einem Restaurant, in dem französisch und libanesisch gekocht wurde. Das Byblos war teuer und dunkel, das Essen hervorragend. Kampe hatte von dem Lokal gehört, Nina war es wohlvertraut.

Kampe saß im Patio im Schatten einer griechischen Säule und sprang auf, als er Nina erblickte, die von dem Besitzer des Lokals mit Handkuß begrüßt wurde. Kampe küßte auch Ninas Hand, obwohl er das nicht vorgehabt hatte. Nina fand, daß Kampe genauso mickrig war, wie sie ihn in Erinnerung hatte, höchstens fünf Zentimeter größer als sie, mit schütteren, blonden Haaren. Kampe führte sie an den Tisch. Nina spürte, wie verkrampft er war.

Sie trug ein silbergraues, hochgeschlossenes Seidenkleid. Der Gürtel war sehr breit, die Schnalle mit großen Halbedelsteinen besetzt. Auf weiteren Schmuck hatte sie verzichtet. Sie hatte sich um eine Viertelstunde verspätet. Kampe hatte bereits einen doppelten Scotch intus und bestellte zwei Gläser Prosecco, ohne Nina gefragt zu haben.

»Gestern haben wir noch telefoniert, und schon sitzen wir hier«, sagte sie und lächelte unbestimmt.

Kampe war mit der Concorde geflogen. »Ich fühle mich noch immer wie eine Sardine in der Büchse.«

»Sie nehmen vieles auf sich – und alles für die AG.«

Kampe wußte nicht, was er darauf erwidern sollte. Frauen wie Nina war er ein Leben lang ausgewichen. Aber für das, was Fauenkirk ihm vorgeschlagen hatte, war sie die richtige. Der Maitre trat an den Tisch und gab jedem eine Speisenkarte. Nina bestellte, ohne die ihre geöffnet zu haben. Kampe war das nur recht, er hatte keinen Hunger. Der Jetlag und Nina waren ihm auf den Magen geschlagen. Der Maitre sprach mit Nina erst französisch, dann arabisch. Ein jüngeres, gut aussehendes Ehepaar begrüßte Nina auf spanisch.

»Freunde aus Guatemala«, sagte Nina zu Kampe, ohne ihn vorzustellen. Um einen runden Tisch saßen fünf Chinesen verschiedenen Alters und ein baumlanger Amerikaner, der Nina einen Handkuß zuwarf.

»Boy Colbert«, sagte Nina.

»Wer ist das?« fragte Kampe.

»Besitzer von Glamerous, der größten Kette von Schikki-Micki-Läden in den Staaten.«

»Und die Chinesen?«

»Sehen nach Westküste aus.«

»Wieso wissen Sie das?«

»Haben Sie noch nie mit Festlandchinesen gegessen?«

»Doch schon.« Aber das stimmte nicht. Kampe war zu Verhandlungen in Peking gewesen, aber außer dem luxuriösen Hotel und den Büros der AG hatte er nichts gesehen. Die Chinesen, mit denen er gegessen hatte, waren alle aus Hongkong und Angestellte der AG gewesen. »Immer diese Hetze«, sagte er. »Man kommt zu nichts.«

»Ändern sie das!« Nina verfolgte mit leuchtenden Augen, wie die Meze, die libanesische Vorspeise, auf dem Tisch verteilt wurde.

»Wie in der Türkei«, sagte Kampe.

»Ähnlich.« Nina bot ihm Kibanaye an, arabisches Tartar. Kampe lehnte ab, er hatte Angst vor Bandwürmern. Homos und Tabule aber mochte er. Als Nina erzählte, wie Streif und sie einmal fürchterlichen Durchfall von Tabule bekommen hätten, hielt sich Kampe an Patlijan Salatasi, eine Mousse aus Auberginen. Er suchte nach einem Anfang, er wollte nicht mit der Tür ins Haus fallen.

Nina machte es ihm jedoch leicht: »Was macht unser Gönner, Aschmunaydt?«

Kampe zögerte einen Augenblick, dann sagte er sehr leise: »Aschmunaydt ist verschwunden. Morgen können Sie das in der Zeitung lesen.«

»Wie das denn?«

»Wissen wir nicht.«

»Sie wollen es für sich behalten.«

»Ich weiß es wirklich nicht, vielleicht wurde er entführt.«

»Das wird teuer! Aber es trifft ja keinen Armen.« Nina lächelte und gab sich nicht die geringste Mühe, ihre Schadenfreude zu verbergen. Eine dunkelhaarige Dame, die von einem muskulösen jungen Mann begleitet wurde, strich Nina über die Schulter. »Ich will nicht stören, wir sehen uns noch.«

Kampe sah Nina fragend an.

»Babette Tevirana, sie macht den schönsten Modeschmuck.«

»Ist der junge Mann ihr Sohn?«

»Könnte er sein.«

»Wen kennen Sie eigentlich nicht?«

»Wir sprachen von Aschmunaydt.«

»Es war eine Gemeinheit, wie er Ihren Mann hereingelegt hat.« Kampe trank einen Schluck Wasser.

»Das ist nichts Neues.«

»Doch!« Kampe sah Nina zum ersten Mal voll in die Augen. »Wahrscheinlich hat sich Aschmunaydt beim Kauf der KEO unverschämt bereichert. Vermutlich hat er von McCumber einen Kickback von rund dreißig Millionen Dollar erhalten.«

»Woher wissen Sie das?« Nina sah Kampe ungläubig an.

»Ich habe meine Quellen.« Es waren zwar die seines Schwiegervaters, aber Kampe gewann an Sicherheit. »Aschmunaydts Sohn war in großen Schwierigkeiten. Er hat in einer Privatbank gearbeitet und mit Derivaten spekuliert. Als der Dollar fiel, hat er sehr viel Geld verloren.«

»Meinen Sie etwa, Aschmunaydt hat den KEO-Deal mit McCumber nur wegen seines Sohns durchgezogen?«

»So sieht es aus, er glich für ihn über dreißig Millionen Dollar aus. So viel Geld kann er bei uns nicht gespart haben.«

Ein beleibter Mann mit langen grauen Haaren, die wie

Draht abstanden, trat an den Tisch und küßte Nina auf den Hals. Er trug bayerische Lederhosen und wurde von einem mageren Jüngling begleitet.

»Nina!« rief der Beleibte mit stark österreichischem Akzent. »Wann essen wir wieder einmal miteinander?« Und zu Kampe sagte er: »Bieten Sie ihr nur das Beste an, niemand genießt das mehr als sie.« Er wünschte guten Appetit und entfernte sich mit seinem Begleiter.

»Bocksi Gutenhuber«, sagte Nina, »er richtet die Häuser der Superreichen ein.«

»War das sein Sohn?«

»Nein, nicht, aber sagen Sie, wie geht's mit Aschmunaydt weiter?«

»Für uns ist es das beste, wenn Aschmunaydt in der AG erledigt ist. Ihr Mann wird rehabilitiert, und ich muß nicht fünf Jahre warten, bis ich Aschmunaydts Nachfolge antrete. Wir müssen herausfinden, wo Aschmunaydt die Millionen herhat. Das weiß McCumber, und das sollten Sie ihm entlocken. Sie sind dafür wie geschaffen.«

»Ich bin doch nicht die Nutte vom Dienst.«

Kampe räusperte sich. »Für Sie geht es um Ihren Mann, der sehr darunter leidet, was Aschmunaydt ihm angetan hat. Ihnen sollten alle Mittel recht sein, um es ihm heimzuzahlen, und McCumber ist immer noch ein interessanter Mann.«

»Ein alternder Narziß.«

»Um so leichter für Sie.«

»Was kommt dabei für meinen Mann raus?«

»Wenn es so läuft, wie ich es mir vorstelle, bekommt er seinen alten Job. Minter macht noch viel mehr Unsinn als erwartet. Er müßte noch heute rausfliegen, aber ich lasse ihn die Stellung für Ihren Mann halten.«

»Welche Garantien haben wir?«

»Wir sitzen in einem Boot. Ich halte Ihren Mann für äußerst fähig und freue mich darauf, mit ihm zu arbeiten.«

»Dann zahlen Sie bitte gleich unsere Miete weiter.«

»Wieviel?«

»Elftausend Dollar.«

»Muß das sein?«

»Es muß, wenn Sie hier mithalten wollen.«

Kampe willigte ein und überlegte krampfhaft, wie sich die Miete unauffällig verbuchen ließ. Das Essen schmeckte ihm erst wieder, als er sah, mit welcher Inbrunst Nina das Lachscarpaccio aß.

Streif war die einzige Abwechslung für Aschmunaydt. Als sein Entführer im Keller erschien, wollte er sofort wissen, was in der AG geredet wurde.

»Das Fußvolk weiß noch nichts«, erwiderte Streif und stellte das Abendbrot vor Aschmunaydt auf den Boden, Käsebrote und Milch. Die Bananen hatte er vergessen.

Aschmunaydt war überzeugt, daß die Eintönigkeit des Essens von Streif beabsichtigt war, doch das war nicht der Fall. Streif war es gleichgültig, was sie beide zu sich nahmen. Er musterte Aschmunaydts Gesicht, das weiter abgeschwollen war. Die kräftige Nase hatte ihre Form wiedergefunden.

»Noch steht nichts in der Zeitung, aber die Polizei ist alarmiert.« Streif wußte nicht, wie es weitergehen sollte. Bloß daß ihm Aschmunaydt erhalten blieb, stand vorläufig fest. Er würde die Macht über ihn behalten, und die begann er gerade zu genießen.

Aschmunaydt kaute vorsichtig. Die Brotkruste machte ihm zu schaffen. Nicht nur die oberen Schneidezähne hatten sich gelockert, auch zwei Backenzähne schienen schon zu wackeln.

»Könnten Sie nicht Streichwurst, überhaupt mal Wurst, besorgen«, bat er, was Streif mit einer Handbewegung abtat.

»Hören Sie!« Aschmunaydt würgte an einem Bissen.

»Was gibt's von Ihnen schon zu hören?«

Aber Aschmunaydt war nicht zu entmutigen. War Streif nun nicht zutiefst enttäuscht? Würde er nicht bald einsichtig werden? Aschmunaydt bot Streif eine dreiviertel Million Dollar an. »Mein liquides Vermögen«, sagte er. »Ein Drittel ist in Deutschland, der Rest in Luxemburg und in der Schweiz. Wenn Sie wollen, schreibe ich gleich an die Banken und bitte darum, meine Wertpapiere zu verkaufen. Sobald das Geld auf Ihrem Konto ist, können Sie verduften.« Er blickte Streif erwartungsvoll an. »Lassen Sie uns das schnell erledigen.«

»Und die Briefe?« fragte Streif.

»Wozu denn, es ist mein Geld.«

»Das Sie sich von der AG erstatten lassen.«

»So denken auch nur Sie.«

»Wann kapieren Sie endlich, daß ohne Sicherheit nichts läuft.«

»Ich gebe Ihnen mein Ehrenwort.«

»Sobald Sie in der AG sind, packen Sie aus.«

Aschmunaydt holte Luft. »Ich schreibe einen Brief, den aus Nicosia.«

»Na endlich.« Streif sah über ihn hinweg. »Aber es ist zu spät.«

»Nichts ist zu spät. Die Banken, die meine Konten führen, sind bestimmt noch nicht informiert.«

»Die Luxemburger und die Schweizer Bank wissen wahrscheinlich nichts, die in Deutschland garantiert. Aber um Ihre Pfennige, die Sie im Ausland verbuddelt haben, habe ich nicht gewettet. Die stiften Sie lieber der katholischen Kirche.«

Aschmunaydt versuchte, die in ihm erneut aufsteigende Angst zu unterdrücken. Ihm wurde bewußt, daß er in Streif zu lange den Untergebenen von einst gesehen hatte. »Wie geht's meiner Frau?« fragte er.

»Wie soll ich das wissen.«

»Daß sie krank ist, dürfte Ihnen nicht entgangen sein.«

»Ja, ja«, erwiderte Streif.

»Meine Frau hat schwache Nerven, hoffentlich nimmt sie meine Abwesenheit nicht zu sehr mit.«

»Daran hätten Sie früher denken können.« Streif scharrte mit den Füßen. »Aber man wird schon eine Erklärung für sie finden.«

»Es gibt keine! Telefonieren kann jeder, solange er in der Lage ist, sich frei zu bewegen.«

»Vielleicht erzählt man ihr, Sie seien in eine Gegend gereist, in der das Telefonnetz zusammengebrochen ist.«

»Ich wußte nicht, wie gefühllos Sie sind.«

»Ich war der ehrliche Gauner, so wie ihn die AG sich wünscht. Wenn dieser aber mit einem Tritt in den Hintern verabschiedet wird, soll er dann noch nett und anständig bleiben und sich für die schöne Zeit bedanken?« Streif hätte Aschmunaydt ohrfeigen können. »Wissen Sie, was Sie sind«, sagte er schließlich. »Naiv, durch und durch naiv.«

»Dann bin ich eben auch das.« Aschmunaydt sah ein, daß es keinen Sinn hatte, mit Streif zu feilschen. Und mit ihm zu streiten war noch sinnloser. Seine Angst wuchs, so wehrlos hatte er sich noch nie gefühlt.

26

Die Sonne schien am Freitagmorgen. Streif graute vor dem Wochenende. Aschmunaydt im Keller – und er darüber. Das Haus nervte ihn. Jetzt, da er sein Ziel verfehlt hatte, sehnte er sich nach Abwechslung, nach Nina, Menschen überhaupt.

In der Küche schmierte er Brote mit billiger Mettwurst. Es ärgerte ihn, auf den Wunsch seines Gefangenen eingegangen zu sein.

Aschmunaydt hatte schlecht geschlafen. Es drängte ihn, mit Streif zu reden. Was hatte er nicht schon alles mit gutem Zureden erreicht. Irgendwann mußte Streif Vernunft annehmen. Er konnte ihn doch nicht ewig gefangenhalten. Wie schlecht Streif gelaunt war, spürte Aschmunaydt sofort und wünschte ein Guten Morgen, das fröhlich klingen sollte.

Streif setzte stumm das Tablett ab. Aschmunaydt freute sich über die Wurst und bedankte sich. Er wollte Streif aufmuntern, doch der mußte ins Büro, was Aschmunaydt wie jeden Morgen mit Neid erfüllte. Streif war froh, den Tag zwischen Brettschneider und Kowalski verbringen zu können, durch die endlosen Gänge von Corpus zu bummeln oder sich mit den Schnelliften hoch in die silbernen Türme schießen zu lassen.

Aschmunaydt bat Streif, das Licht brennen zu lassen. Streif schwieg. Er hatte keine Lust, mit Aschmunaydt zu reden, der spürte, daß Streifs Gleichgültigkeit nicht gespielt war.

»Passen Sie gut auf, was in der Firma geredet wird, wir sitzen beide in der Klemme.« Aschmunaydt zielte auf ein abendliches, einen Ausweg suchendes Gespräch ab.

Streif schnalzte mit der Zunge, wobei er diese fest über den Gaumen zog, den Mund kaum öffnete und den Kopf leicht hob. Aschmunaydt kannte dieses nahöstliche »Nein«. Oft genug hatte es ihn in Wallung gebracht. Doch nun wiederholte er seinen Rat an Streif, sich in der AG umzuhören, was zu seiner Rettung geplant sei. Das könne ihnen beiden nützen.

Streif zuckte mürrisch die Achseln und griff nach der leeren Milchflasche vom Abend.

»Das Licht!« rief ihm Aschmunaydt nach. Aber Streif schaltete alle Schalter aus. Dann knackte der Schlüssel im Schloß, es wurde still.

Im Auto hörte Streif den Werbefunk. Niemand dürfe unversichert durchs Leben gehen, verkündete eine hohe Frauenstimme, Gefahren lauerten überall. Streif blickte in den wolkenlosen Himmel, nichts deutete darauf hin. Er gab Gas. Der Wohnwagen stand jetzt auf einem Feldweg. An einer Leine flatterte Wäsche, die Tür stand offen. Der Personenwagen fehlte. Streif fuhr schnell auf die Siedlung zu, von der Musik aus dem Radio eingehüllt. So war er oft über die Wüstenstraße zwischen Alexandria und Kairo durch die Hitze gerast. Damals war Aschmunaydt auf ihn aufmerksam geworden.

Streif erreichte die AG gerade noch rechtzeitig. Vor den Kiosken auf dem Firmengelände ballten sich die Menschen. Streif wollte an ihnen vorbeilaufen und hätte fast ein Schild umgerannt, auf das die erste Seite eines Boulevardblattes geklebt war.

»Verschwunden«, las Streif. Die roten Buchstaben waren fingerdick gedruckt. Obgleich er geglaubt hatte, darauf gefaßt zu sein, wurde ihm schwindelig. Er schwankte ein wenig und stellte sich vor einem Kiosk an. Um ihn war ein Tuscheln und Zischen: »Aschmunaydt, Aschmunaydt.« Alle wußten, wer er war, aber die wenigsten hatten ihn je zu Gesicht bekommen. Und schon waren die Zeitungen ausverkauft. Die Schlangen lösten sich langsam auf. Pulks bildeten sich um die, welche die letzten Blätter ergattert hatten. Streif trottete in sein Büro.

Brettschneider erwartete ungeduldig den Stubengenossen. Er hatte alles über Aschmunaydts Verschwinden gelesen. Viel war es nicht. Man wußte ja nichts und erging sich in Mutmaßungen. Über Aschmunaydt war zu erfahren, daß er sein Leben vorbildhaft in den Dienst von Corpus gestellt habe. Von Aufopferung war auch die Rede. Für konstruktive Hinweise verhieß die AG eine fünfstellige Belohnung. Wer hatte Aschmunaydt zuletzt gesehen?

Brettschneider war nur einmal das Glück beschieden gewesen, Aschmunaydt aus der Ferne zu sichten. Gerührt blickte er auf dessen Bild. Aschmunaydt lächelte zuversichtlich und zeigte seine gesunden Zähne.

»Sie kannten ihn ja gut«, sagte Brettschneider.

»Zu gut.«

Brettschneider zog die Stirn in Falten. Daß Streif nicht viel von Aschmunaydt hielt, war begreiflich. Aber ein Mann wie dieser säbelte einen Mitarbeiter nicht einfach so um. Da steckte mehr dahinter. Brettschneider betonte, er traue Aschmunaydt keine grobe Ungerechtigkeit zu. Streif wurde hellhörig – was meinte Brettschneider damit? Er schlug vor, Kaffee zu trinken.

»Es ist Ihnen nur recht, wenn Aschmunaydt nicht mehr auftaucht«, entgegnete Brettschneider, was Streif verneinte.

»Warum geben Sie es nicht zu?« In Brettschneiders Stimme mischten sich Vorwurf und Trauer. Doch als Kowalski anrief und Streif bat, in einem Viertelstündchen zu ihm zu kommen, wurde Brettschneider wieder freundlicher. Sie tranken Kaffee, und er fragte Streif, ob er Zucker wolle, obwohl dieser den Kaffee nie süßte. Als Brettschneider seine Zeitung zusammenfaltete, verharrte sein Blick auf dem Foto von Aschmunaydt.

»Was für ein großartiger Mann«, sagte er feierlich, und Streif fügte hinzu: »Immer erwischt es die Falschen.«

Kowalski erwartete Streif gespannt. Zeitungen bedeckten seinen Schreibtisch. Streif ahnte, warum ihn Kowalski gerufen hatte. Angewidert atmete er die süßliche Luft ein, an die er sich stets erst nach einer Weile gewöhnte. Kowalski schwitzte stark unter den Armen. Mehrmals täglich sprühte er die Achselhöhlen ein.

»Was sagen Sie dazu?« begrüßte er Streif, als hätte der einen Sieg errungen. Streif setzte sich, ohne erfreut zu wirken. Kowalski erwartete eine Flut von Gerüchten und hatte bereits die Namen aller Kollegen aufgeschrieben, die er anrufen wollte. Doch davor mußte er sich mit Streif unterhalten. Der mußte jetzt doch gesprächiger werden! Vor Aschmunaydt brauchte er keine Angst mehr zu haben.

»Keine Spur von Aschmunaydt, das kommt Ihnen doch wie gerufen.« Kowalski ließ die kleinen fetten Hände auf eine Zeitung fallen.

»Ja, ja«, sagte Streif. »Aber er taucht bestimmt wieder auf.«

Kowalski schüttelte den Kopf. »Nicht mehr bei uns, das habe ich im Urin. Erzählen Sie endlich, wie Aschmunaydt wirklich ist. Was in den Zeitungen steht, ist nur der Kokolores aus der Presseabteilung.«

Streif senkte den Blick. Er erkannte seine Chance. Kowalski würde der Ursprung von Gerüchten sein, über ihn konnte er falsche Fährten legen. Er räumte ein, daß es im Ausland freier zuginge, womit er Kowalskis Vorstellungen vom Leben »da draußen« traf. »Wenn Bosse reisen«, sagte er, »erlebt man sein blaues Wunder. Die haben Wünsche, da kann einem der Hut hochgehen.«

Kowalski war das zu allgemein. »Mit was hat Aschmunaydt Sie denn gestreßt, der ist doch auch kein Engel?«

Streif sah um sich, als könnte er belauscht werden, und flüsterte: »Aschmunaydt hat am liebsten gespielt. Manchmal hat er auf das Abendessen verzichtet, um noch schneller am Roulettetisch zu sitzen.«

Kowalski wollte sich auch damit nicht zufriedengeben, Roulette war ihm zuwenig. »Der hat nicht nur gespielt, damit hat er sich nur für Schärferes aufgeheizt.«

»Für Spieler gibt's nichts Besseres als Spielen.«

»Und Frauen?«

»Bedenken Sie sein Alter.«

»Was macht das schon.« Kowalski lächelte genüßlich. »Das walte Hugo, ich lasse noch immer nichts anbrennen.«

»Also ehrlich, diese Erfahrung haben Sie mir voraus.«

Kowalskis Blick fiel wohlwollend auf Streif. »In den unerwartetsten Momenten bieten sich die süßesten Gelegenheiten, und die hat Aschmunaydt sicher gesucht, wenn nicht erzwungen.«

»Dann sind es keine mehr.«

»Sie wissen schon, was ich meine. Wie war's, wenn er Sie besucht hat?«

Streif schien sich einen Ruck zu geben. »Er liebt Chinesinnen.«

»Junge?«

»Was denn sonst?«

»Warum ausgerechnet Chinesinnen?«

»Weiß ich nicht, ich war nicht dabei.«

»Sie haben bestimmt darüber geredet, sonst wüßten sie das nicht.«

Streif tat so, als erinnere er sich mühsam. »Er hat sie wegen ihrer Geduld bevorzugt. Für ihn ist Geduld die höchste Tugend einer Frau.«

Kowalski seufzte zufrieden. »Dieser Wüstling, er wußte schon, warum er die Geduld so schätzte.« Seine Neugier war fürs erste gestillt. Als er Streif entließ, bat ihn der, alles über Aschmunaydt für sich zu behalten. »Ich habe großes Vertrauen in Sie«, sagte er.

Mittags wartete Streif in einer Kantine auf Hilda und Lucy. Um ihn brandete Stimmengewirr. Aschmunaydt war in aller Munde. Streif sah in viele Gesichter, bleiche und dreiste, knochige und abgestumpfte, aufgeschwemmte und verbitterte. All die Menschen, die er sonst kaum wahrnahm, drängten sich ihm heute geradezu auf. In ihren Köpfen spukte Aschmunaydt. Er, der es haßte, aufzufallen, war zu einer Sensation geworden.

Hilda und Lucy kamen mit triumphierendem Lächeln auf Streif zu. Was jetzt erst die anderen wußten, hatten sie ihm vor Tagen erzählt. »Na, sind Sie nicht zufrieden?« fragte Hilda, »Sie müssen es doch sein.« Und Lucy fügte hinzu: »Schadenfreude ist die schönste Freude.«

Es gab Hähnchen, graues Fleisch unter dunkelbrauner Kruste. Die Sauce leuchtete feuerrot. Lucy aß nur Salat.

»Hat man denn gar nichts von Aschmunaydt gehört?« fragte Streif. »Aber wahrscheinlich sind die Verhandlungen mit den Entführern streng geheim.«

»Wir wissen überhaupt nicht, ob er entführt worden ist«, erwiderte Lucy. »Wir warten alle verzweifelt auf ein Lebenszeichen.«

Hilda hatte von ihrem Chef erfahren, daß sich die AG auf ein Lösegeld in Millionenhöhe gefaßt machte, räumte jedoch ein, daß er zu Übertreibung neigte. Die Unterhaltung fand ein jähes Ende, als sich ein magerer Mann in einem quittengelben Hemd zu ihnen setzte. Er hatte unter Streif in Chile gearbeitet und seinen ehemaligen Chef viele Jahre nicht mehr gesehen. Näselnd klagte der Hagere mit badischem Akzent über seine Frau, die mit einem Flötenspieler durchgebrannt war. Noch schlimmer hatte es die Tochter erwischt, die einem Algerier auf den Leim gegangen war, der sie einen Schleier zu tragen zwang und in Deutschland faulenzte. Über Aschmunaydt verlor der vom Unglück Verfolgte kein Wort.

Auf dem Heimweg hielt Streif an einem Kiosk und kaufte Zeitungen. Auf allen war Aschmunaydt auf der Titelseite. Streif musterte ihn verstohlen. Die Männer, die Bier tranken, und auch die rotbackige Verkäuferin schienen ihm zu viel Beachtung zu schenken. Ihm war, als zeigten sie alle mit dem Finger auf ihn.

Im Auto zog er die Jacke aus. Das Hemd war auf dem Rücken durchgeschwitzt. Er stellte das Radio an, seine Hände zitterten. Wie hatte er den Tag so leicht überstehen können? Etwa weil er sich in Corpus noch immer zu Hause fühlte? Aschmunaydt wurde zu Beginn der Nachrichten erwähnt und als kräftiger älterer Mann beschrieben. Undsoweiter, undsoweiter, murmelte Streif vor sich hin und schaltete das Radio aus. Je mehr er sich Aschmunaydt näherte, desto langsamer fuhr er, auch kaufte er nicht ein. Das hob er sich für den nächsten Vormittag auf. Am Wochenende hatte er nichts vor.

Als er an dem Wohnwagen vorbeifuhr, verscheuchte ein rothaariger Mann eine Schar Kinder mit einem Besen. Der Mann humpelte, die Kinder kreischten.

»Es eilt«, hatte Kampe zu Nina am Ende des Abendessens gesagt. Und so saß sie schon am nächsten Nachmittag in McCumbers Büro. Sie war nervös, McCumber war sicher kein Mann, der sich leicht aushorchen ließ. Am Morgen hatte sie ihn angerufen.

»Was macht John?« fragte er und meinte Streif.

»Es geht ihm gut«, log Nina. »Er hat einen fabelhaften Job.«

»Wie gut!« McCumber lächelte freundlich, das Netz der Fältchen um seine Augen zog sich zusammen. Eine junge Sekretärin brachte für Nina Kaffee, McCumber bekam Mineralwasser. »Jane«, sagte er, »ich habe alles wieder korrigieren müssen.«

Jane schürzte schmollend die Lippen und beugte sich über den Schreibtisch. McCumber reichte ihr die Unterschriftenmappe mit den Briefen. Nina tauchte in Janes Parfüm. Die Bluse war eng geschnitten. Alles echt, dachte Nina.

»Es ist zum Aus-der-Haut-Fahren«, schimpfte McCumber, als Jane gegangen war. »Am liebsten würde ich sie rausschmeißen.«

»Das arme Mädchen.« Nina betrachtete ein Aquarium, das hinter McCumber die halbe Wand einnahm.

»Sie ist die Tochter eines guten Freundes, ich wollte ihr helfen. Aber sie macht mich wahnsinnig. Entschuldige, aber warum wolltest du mich sprechen?«

Nina bezweifelte, daß es nur die Briefe waren, die McCumber wahnsinnig machten, und erwiderte: »Ich male und möchte mit dir eine Ausstellung machen.«

»Warum gerade mit mir?«

»Die Einnahmen bekommt eine deiner Stiftungen.«

»Cool sister, was willst du wirklich?«

»Du läßt Veranstaltungen für gute Zwecke organisieren und stehst dauernd in der Zeitung.«

»Willst du bekannt werden? Brauchst du Geld, oder ist es etwas anderes?«

»Ich hoffe auf Erfolg, das ist doch verständlich.«

McCumber strich über sein graublondes Haar. »Du hast nicht die Wahrheit gesagt, deinem Mann geht es überhaupt nicht gut.«

Nina schwieg.

»Habe ich recht?«

»Corpus macht ihn fertig.«

»Und warum?«

»Weiß ich nicht.« Nina schluchzte leise, noch wollte sie Aschmunaydt nicht erwähnen. Aber von dem hatte McCumber wohl erfahren, wie tief Streif gefallen war.

»Relax.« McCumber schob ihr eine Schachtel Kleenex hin, Nina schneuzte sich und trocknete ihr tränennasses Gesicht.

»Hat man was von Karl gehört?« fragte McCumber.

»Karl?«

»Ich meine Aschmunaydt.«

»Er ist verschwunden, mehr weiß man nicht.«

»Gekidnappt.« McCumber erhob sich und fütterte die Fische im Aquarium. »Ich liebe sie und hasse alles, was Krach macht.« Er war in Aschmunaydts Alter, aber an ihm war kein Gramm zuviel. Über dem Aquarium standen in Regalen Pokale und Trophäen zwischen Aktenordnern. Nina trat neben McCumber und sah zu, wie er Fischfutter ins Wasser streute.

»Ich überlege«, sagte er.

Sie sah zu einem besonders häßlichen Pokal hoch, dem »Cup of the Americas«. McCumber streckte die Arme und setzte ihn vor ihr ab. Seine Hände waren breit und kräftig. Die Handrücken sprenkelten braune Altersflecken, von denen Aschmunaydt noch verschont geblieben war.

»Polo«, sagte McCumber. »Damals hatte ich Handicap acht.«

Nina las die Namen der Mitspieler McCumbers und strich über das Silber. Dann stellte er den Pokal neben ein Foto, auf dem eine junge Frau einen Hindutempel fotografierte, hinter dem ein Vulkan in den tiefblauen Himmel ragte.

»Das war in Bali, mit meiner dritten Frau, danach ließen wir uns scheiden.« Er war fast so groß wie Streif, aber in den Schultern breiter. Nina sah in fragend an.

»Zu viel Sport«, sagte er.

»Frauen glauben immer, auf etwas eifersüchtig sein zu müssen.«

»Auf was bist du es?« McCumber hockte sich auf den Schreibtisch und stützte sich mit einem Fuß auf, mit dem anderen pendelte er hin und her.

»Auf Corpus, die AG. Nach allem, was sie sich mit ihm geleistet haben, kann er sich noch immer nicht von denen trennen.«

»Das ist deutsch, und trotzdem habt ihr zwei Kriege verloren.«

»Ich weiß nicht, was es ist, aber es bringt uns nicht weiter.«

»Du malst, um Geld zu machen?«

Sie schwieg, ihr Blick fiel auf seine Schuhe, die denen von Kampe ähnelten, nur war die Sohle halb so dick. Er fragte, was und wie sie male, aber sie schwieg.

»Karl hat sich mit euch schlecht benommen, aber zuerst muß ich deine Bilder sehen.«

Streif ließ die Zeitungen vom Tablett auf den Boden klatschen. Aschmunaydt blickte auf Aschmunaydt. Er faßte sich jedoch schnell. »Ich sehe ja schlimm aus.«

Streif stellte das Abendbrot vor ihm ab, Käse und Wurstbrote, Milch und eine Banane, dann legte er die Zeitungen nebeneinander.

»Auf den Fotos habe ich kaum Lippen.«

Streif blickte auf Aschmunaydts Mund. Die Lippen waren tatsächlich voller, leicht geschwungen, wölbten sie sich zur Mitte hin. Aschmunaydt biß vorsichtig in ein Brot. Die Kruste war trocken und hart. Er schob den Bissen mit der Zunge von Wange zu Wange. Als erstes würde er zum Zahnarzt gehen. Er spürte, daß Streif enttäuscht und ratlos war. Doch wie war das zu nützen?

Aber dann fiel ihm seine Frau ein, von der man die Zeitungen hoffentlich fernhielt. Und da sagte Streif: »Ihr Verschwinden kam auch im Radio durch.«

Aschmunaydt erinnerte sich, daß im Krankenzimmer seiner Frau ein Radio auf dem Nachttisch gestanden hatte. Vielleicht war sie aber schon aus dem Krankenhaus entlassen worden.

»Warum setzen Sie sich nicht!« rief er Streif zu, der den Keller wieder verlassen wollte. »Lassen Sie uns gemeinsam überlegen.«

Streif blieb stehen. »Was gibt's denn noch zu überlegen.« Streifs gleichgültiger Ton erschreckte Aschmunaydt, er wehrte sich gegen die ihn anfallende Angst.

»Lassen Sie mich laufen«, bat er leise. »Es bleibt Ihnen nichts anderes übrig.«

Streif hob abwehrend die Hände. Aschmunaydts Ausdünstungen wehten ihn an. »Das kann doch nicht Ihr Ernst sein«, sagte er schließlich.

»Sie müssen jetzt aber etwas unternehmen, Sie können nicht so tun, als sei alles in Butter.« Aschmunaydt richtete sich schwerfällig auf. Dabei wurde ihm schwarz vor Augen, er suchte Halt an der Mauer.

»Also!« rief er. »Was geschieht jetzt?«

»Nichts!«

Streif kratzte sich am Ohr. Es ärgerte ihn, daß Aschmunaydt ihn zwang, seinem Mißerfolg ins Auge zu sehen – und dennoch regte sich in ihm ein Gefühl von Triumph. Die Macht über Aschmunaydt blieb ihm erhalten, er war ihm ausgeliefert, und als Aschmunaydt fragte, ob er mit den leckeren Schnitten bis Weihnachten verwöhnt werden sollte, entgegnete Streif: »Warum nicht bis Ostern.«

Streifs Gleichgültigkeit erregte Aschmunaydt: »Was sind Sie für ein Einfaltspinsel, Ihre Gedankenarmut ist unglaublich. Inkonsequent, wie Sie sind, lassen Sie sich treiben. Ich habe mir das viel zu lange angeschaut.« Plötzlich fühlte sich Aschmunaydt wieder als Chef. »Jawohl!« rief er. »Wie unfähig Sie sind, zeigt sich einmal mehr.« Er japste, über dem Bart war das Gesicht rot angelaufen, die Augen glühten. Streif war fasziniert. Das war Aschmunaydt, wie er schurigelte und schikanierte, Hörigkeit um sich zu verbreiten suchte. Nur draußen ging er mit seinen Untergebenen etwas behutsamer um. Sein Erfolg hing von ihnen ganz besonders ab.

Streif sah den ihn verwünschenden Aschmunaydt an, bis er verstummte, dann sagte er: »Sie vergaßen meine Faulheit.«

»Sie kommen sich wohl komisch vor. Warum sehen Sie nicht ein, daß Sie verspielt haben?«

Streif biß sich auf die Lippen. Und schon polterte Aschmunaydt erneut los: »Daß Sie kein Profi sind, habe ich Ihnen gleich gesagt. Sofort am ersten Tag hätten Sie die AG erpressen müssen. Sie sitzen da doch mittendrin.« Er legte eine seiner Pausen ein. »Aber«, sagte er schließlich, »eine kleine Chance haben Sie noch immer, Sie können die AG direkt zur Brust nehmen. Sprechen Sie mit Kampe.«

»Wie denn?« entfuhr es Streif.

»Strengen Sie Ihren Grips an! Sie hätten mehr Kriminalromane lesen müssen, und zwar gute.«

Streif dankte für die nutzlosen Ratschläge. »Aber glauben Sie bloß nicht, daß ich Sie nach Hause lasse.«

»Was Besseres fällt Ihnen nicht ein?«

Streif drehte sich um und ging auf die Tür zu. Als er die Hand auf die Klinke legte, klirrte und splitterte Glas hinter ihm. Aschmunaydt fluchte. Mit dem Fuß hatte er das Glas von sich gestoßen und den Teller folgen lassen. Die über den Zement rinnende Milch mischte sich mit dem Staub.

»Fressen Sie den Dreck alleine«, brüllte Aschmunaydt.

»Hier gibt's nichts anderes, oder glauben Sie, ich lasse für Sie das Menü vom Maxim einfliegen?«

»Ich esse überhaupt nichts mehr«, rief Aschmunaydt und hatte sich entschieden.

27

Am frühen Morgen wurde Streif von Nina aus dem Schlaf gerissen. Sie rief aus Jonathan Batchers Town House an, war allein und telefonierte mit der halben Welt. Sie hätte Streif zu gern von McCumber und Kampe erzählt, folgte jedoch dessen Bitte und behielt alles für sich. Nina wollte Streif ermutigen. Sie fragte, wie es ihm ginge, und als er nicht gleich reagierte, sagte sie: » Freust du dich denn gar nicht, meine Stimme zu hören? Ich fühle mich großartig und lasse mich nicht unterkriegen.«

»Ja, ja«, sagte Streif. »Das ist schon was wert.«

»Ich verdiene Geld.« Nina unterbrach sich, die von Kampe übernommene Miete hatte sie vorerst zu verschweigen. Aber Streif glaubte ihr ohnehin nicht. Bisher war sie bloß im Ausgeben Spitze gewesen. Immerhin brachte er ein »Wie gut« heraus, was Nina wiederum zuwenig war.

»Kannst du dich überhaupt nicht freuen?« fragte sie.

»Doch, ich freue mich ja.«

»Aber nicht richtig! Mit uns geht es bald wieder aufwärts.«

»Wie kommst du darauf?«

»Denk endlich positiv und zieh um. Diese Bruchbude geht dir zu sehr auf den Geist, außerdem bist du bald wieder zurück in New York.«

Streif dachte an die Kosten des Gesprächs, wurde einsilbig und dann auch noch nervös. Nina bedauerte, nicht zugeben zu können, daß das Gespräch nichts kostete, bat Streif, den Kopf nicht hängen zu lassen, und schmatzte einen dicken Kuß in die Leitung. Streif kroch wieder in sein Bett, verschränkte die Arme unter dem Kopf und sah auf den Himalaja. Er wunderte sich, wo Nina ihre Zuversicht hernahm, und wurde den Gedanken nicht los, daß Frauen in miesen Situationen oft stärker als Männer sind.

Streif ließ das Tablett auf die Scherben sinken. Aschmunaydt verweigerte das Frühstück. Er starrte zur Decke, seine Augen waren weit geöffnet, das Weiß schimmerte bläulich.

»Frühstück«, sagte Streif. »Ich gehe einkaufen.«

»Stürzen Sie sich bloß nicht in zu große Ausgaben«, rief Aschmunaydt ihm nach.

Streif ging zu Fuß in die Siedlung, er hatte Zeit. Das vor ihm liegende Wochenende erschien endlos. Es war schwül, die Wolken ballten sich dunkelgrau.

Streif war in Hemd und Hose, den Regenmantel hatte er über die Schulter geworfen.

Vor dem Karawan sprach eine blonde Frau mit zwei Männern, einem jungen und einem älteren. Sie trugen Gummistiefel und stützten sich auf hohe Angeln. Der Rothaarige putzte Schuhe.

In der Siedlung kaufte Streif das Übliche. Die Wurst hätte er fast vergessen, erst an der Kasse fiel sie ihm ein. Als er wieder in die Schwüle trat, folgte er einem Schild, das zu einer S-Bahn-Station wies. Dort stieg er in den nächsten Zug, setzte sich an ein Fenster und zündete eine Zigarette an. Zwei Frauen und ein alter Mann bedeuteten ihm, daß Rauchen hier verboten war.

Streif trat die Zigarette mit dem Fuß aus. Nun hatte er das ganze Abteil gegen sich.

Er stieg im Hauptbahnhof aus und las von den Anzeigetafeln ab, wohin die nächsten Züge fuhren. Nicht einer der Orte hätte ihn gereizt. Der Duft gebrannter Mandeln stieg in seine Nase. Er kaufte eine Zeitung.

Aschmunaydt war wieder auf der ersten Seite, aber jetzt war auch der Mercedes hinzugekommen. Streif las, daß die Limousine auf dem Parkplatz eines Transvestitenlokals gefunden worden war, der auch von Kunden eines sehr speziellen Bordells benützt würde, in dem jeder auf seine Weise glücklich werden könne. Auf welche war es Aschmunaydt geworden? fragte die Zeitung. Hatte der Verschollene sein Glück übermäßig genossen und war dann beseitigt worden? Streif steckte die Zeitung in den Regenmantel.

Erst abends kam er nach Hause. Er war durch die Stadt und zuletzt am Rhein entlanggegangen. An einem Kiosk hatte er zwei Frikadellen gegessen und Bier getrunken. Sein Ziel verfehlt zu haben hinterließ in ihm nicht nur Öde und Beklemmung. Er genoß es, ganz Deutschland ein Rätsel aufgegeben zu haben. Von ihm war eine sensationelle Geschichte in die Welt gesetzt worden, und niemand wußte, wer hier dahinterstand.

In der Küche stellte Streif das Abendbrot für Aschmunaydt zusammen. Würde er jetzt dem Hunger nachgeben?

Aschmunaydt hatte das Frühstück nicht berührt. Streif ging auf ihn zu, die Scherben knackten unter seinen Sohlen. Er warf Aschmunaydt die Zeitung hin, der nach seiner Brille griff, die er zwischen Matratze und Mauer aufbewahrte. Streif setzte sich auf den Gartenstuhl und spreizte die Beine über Aschmunaydts Mahl.

»Jetzt soll ich auch noch als schwule Tunte herhalten«, platzte Aschmunaydt los.

»Das steht da nicht.«

»Sie Scheißkerl wollen meinen Ruf zerstören.«

Streif hob beschwichtigend die Hände. »Wollen Sie nicht essen?«

Aschmunaydt spuckte auf die Schnitten. Streif prostete ihm mit dem Milchglas zu und empfahl, nicht zu lange auf Nahrung zu verzichten. »In Ihrem Alter«, mahnte er, »dürfen Sie dem Körper nicht zu viel zumuten.«

»Sie Dreckskerl«, brummte Aschmunaydt und schwor, erst dann wieder zu essen, wenn er aus diesem Loch heraus sei.

»Und wenn ich den Speiseplan ändere?« Streif biß in eine Banane, die für Aschmunaydt gedacht gewesen war.

»Auch nicht bei Kaviar und Schampus.«

»Dazu reicht mein Gehalt nicht aus.«

»Sie verdienen noch immer zuviel.«

»Ihr Hungerstreik ist kindisch.« Streif häufte die Brote vom Teller auf die vom Morgen. Aschmunaydts Augen glühten. Er war überzeugt, keine andere Wahl zu haben. Streif konnte ihn nicht verhungern lassen. Dieser trat einen Schritt zurück, Aschmunaydt stank. Aber zu weiteren Waschungen war Streif nicht bereit.

»Was ist?« Streif deutete auf Aschmunaydts Abendessen, erhielt aber keine Antwort. Bevor er die Tür erreichte, rief Aschmunaydt: »Warum fahren wir nicht in irgendein anderes Land, dort können Sie mich an einer einsamen Stelle absetzen, und Sie verduften.«

Beide verbrachten eine unruhige Nacht.

Streif lag auf dem Bett und rauchte. Daß er nicht das Zeug zum Entführer besäße, hatte ihm Aschmunaydt von

Anfang an gesagt. Dazu fehlten ihm die Nerven. Wie hätte er das Lösegeld übernehmen sollen? Wo immer er es übernommen hätte, wäre ihm die Polizei auf den Fersen geblieben, auch wenn man ihm das Gegenteil versichert hätte. Er kannte die AG, niemand hätte die Verantwortung dafür übernommen, die Kripo aus dem Spiel zu lassen.

Aschmunaydt war für Streif zu einer Belastung geworden. Er wich der Frage aus, wie lange er sich dieser aussetzen würde.

Aschmunaydt trank wieder Wasser aus der Toilette. Er stellte sich vor, wie Streif bald versuchen würde, ihn zu füttern. Dann wollte er die Zähne zusammenbeißen und nicht einen Bissen schlucken. Streif würde das nicht lange aushalten und ihn vor einem Krankenhaus oder der Tür eines Arztes absetzen. Er kannte ihn: Streif hatte immer das gemacht, was er von ihm verlangt hatte. Ein irregeführter Junge war der, dem Nina diese wahnwitzige Idee in den Kopf gesetzt hatte. Wo war sie bloß? Strich sie etwa diese elenden Schnitten? Sie mußte ihn hassen, schließlich hatte er ihr flottes Leben beendet. Jetzt durfte sie die Küche selbst aufwischen. Wie recht ihr das geschah!

Aschmunaydt verweigerte energisch das sonntägliche Frühstück. »Wie lang ist eigentlich Ihre Leitung?«

Streif war nicht zum Streiten aufgelegt. Sein Blick fiel auf die unberührten Brote.

»Wie Sie wollen.«

Er kickte eine Glasscherbe in den Weinkeller. In Aschmunaydts Ausdünstungen mischte sich jetzt auch noch der Geruch von sauer gewordener Milch. Streif trieb es in die frische Luft. Er ließ das Licht an. Wie lange würde Aschmunaydt den Broten widerstehen?

»Grüßen Sie Ihre verehrte Gattin!« rief Aschmunaydt ihm nach.

Streif schlug die Tür zu. Aschmunaydt richtete sich auf

und trat gegen den Teller mit den Broten, dann gegen die beiden Gläser mit Milch, die auf dem Zement zerschellten. Er schmiß die Bananen gegen die Wand und schrie: »Verdammte Scheißbande!«

Daß Nina sich im Haus aufhielt, wurde für ihn zum Wahn. Nachts, wenn er schlief, weidete sie sich bestimmt an seinem Anblick. Wo lungerte sie bloß herum? Er schleppte sich in die Toilette, wo er sich über die Kloschale krümmte und Wasser schlürfte.

Am späten Vormittag stand der Rotschopf vor dem Haus. Er bat um Wasser und zeigte mit dem Finger auf einen gelben Plastikeimer.

»Was machen Sie da drüben?« Streif wies zum Wohnwagen.

»Was alle machen.«

»Alle machen nicht das gleiche.«

»Im Grunde doch«, entgegnete der Rotschopf, in dessen Blick nichts Freches war.

Streif führte ihn zu einem Wasserhahn, der neben dem Garagentor aus der Wand ragte. Die Arme des Mannes waren mit Schweinen tätowiert. Sein Alter war schwer bestimmbar. Diese alterslosen Karottengesichter, dachte Streif.

Nachmittags stand Hilda vor dem Gartentor und hielt einen Feldblumenstrauß in der Hand. Unangemeldet hatte sie Streif aufgespürt und sagte: »Ich wollte nur kurz bei Ihnen vorbeischauen.«

Er nahm sie mit ins Wohnzimmer. Pfeifend entwich die Luft aus den Polstern der braunen Kunststoffsessel. Hilda blickte sich um, dann auf die Blumen in ihren Händen. Streif fragte, was sie trinken wollte.

»Machen Sie sich bitte keine Umstände.« Sie spürte, wie er sich um Freundlichkeit bemühte, aber doch nur frostig war. Einer wirren Hoffnung nachgebend, hatte sie ihn aufgesucht. Was fing schon einer wie er mit der Öde eines Sonntagnachmittags an? Daß sie ihn hier überrascht hatte, war ihm vor allem peinlich.

Wie üblich sprachen sie über die AG, bis es Streif zuviel wurde. Endlich nahm er ihr die Blumen ab und kochte Kaffee in der Küche. Sie wollte helfen, was er rundweg ablehnte. Als sie an dem heißen Kaffee nippte, kam sie auf Aschmunaydt zu sprechen. Daß dessen Mercedes gefunden worden war, hatte sie gerade von Streif erfahren. Am Wochenende leistete sie sich keine Zeitung.

»Was muß das für ein Schock für seine Frau sein«, sagte Hilda. »Aber Sie müßten sich darüber freuen, nach allem, was er Ihnen angetan hat.«

»Ja, ja«, sagte Streif. »Aber es ist mir zu anstrengend.«

Hilda lachte, und nun erzählte sie Streif, daß seit zwei Tagen alle eingehenden Gespräche in der AG abgehört würden. Vermutlich würden sich die Entführer bald melden. Streif wunderte sich, daß man nur an die Möglichkeit einer Entführung dachte.

Hilda faßte Mut, wanderte durch das Wohnzimmer, blickte aus den Fenstern und beugte sich plötzlich, für Streif völlig unerwartet, über ihn. Ihre Lippen berührten die seinen. Er wußte nicht, wie ihm geschah. Sie küßte ihn. Er ließ es geschehen, kurz darauf aber löste er sich mit einer Entschiedenheit von ihr, die weitere Liebkosungen ausschloß.

Bevor sie ihr winziges Auto aufschloß, küßte sie Streif noch einmal, dann sank sie hinter das Steuer und sah zu ihm auf: »Wie du dich verstellen kannst. Am Ende bist du es noch gewesen, der Aschmunaydt umgebracht hat.«

»Wie kommst du darauf!« rief er und lachte leise, was ihm gut gelang. Hilda entschuldigte sich für ihren dummen Witz.

»Glaubst du, Aschmunaydt lebt nicht mehr?« fragte er

und erfuhr, daß ihr Chef das für möglich hielt. Er hatte es geschafft, in den Krisenstab aufgenommen zu werden. Jetzt hatte er nahezu unbegrenzten Kontakt zu allen Nachtschwarzen, vor allem zu Kampe.

Am Abend versuchte Streif, Aschmunaydt zum Essen zu überreden. »Sie haben zwei Tage gefastet, es ist höchste Zeit, daß Sie was essen!« Streif stand im Gestank des Kellers. Um Aschmunaydt lagen überall Scherben. Er hatte inzwischen drei Teller und ebenso viele Gläser zerschlagen.

»Lassen Sie mich raus«, knurrte er.

»Sie sollten mit einem längeren Aufenthalt rechnen und sich nicht zu viel zumuten.« Streif näherte sich seinem Gefangenen, unter seinen Sohlen knackte wieder das splitternde Glas. Er kauerte sich vor Aschmunaydt, der auf der Matratze hockte.

»Wie wär's mit einem Schluck Milch?« Streif reichte Aschmunaydt ein volles Glas.

Aschmunaydt tat so, als griffe er nach dem Glas, holte aus und traf es mit den Handschellen. Splitter flogen Streif um die Ohren.

»Sie gottverdammter Idiot!« schrie er und sprang auf.

Aschmunaydt rutschte an den Rand der Matratze, wo er den Teller mit den Füßen erreichen konnte. Streif wischte sich mit dem Taschentuch über das Gesicht. Aschmunaydt traf den Teller mit dem Fuß erst beim zweiten Versuch.

»Sie machen sich nur kaputt!« Streif ging auf die Kellertür zu.

»Lassen Sie sich was einfallen!« sagte Aschmunaydt. Er klang beherrscht. »Und zwar schnell! Sind Sie wirklich so dumm, um aus der AG nichts herauszuschlagen? Seien Sie einmal konsequent!«

Streif ließ die Hand auf die Klinke fallen.

»Sie kennen Corpus«, beschwor ihn Aschmunaydt. »Die zahlen jeden Preis, nehmen Sie sich bitte zusammen.«

Streif schloß die Tür, das Licht vergaß er auszuschalten. In der Küche trank er Bier und sah aus dem Fenster. Über dem Brachland dämmerte es. Aschmunaydt würde ihn nicht zu einer aussichtslosen Tat treiben.

Nina empfing McCumber im Malerkittel. Er trug ein Polohemd und weiße Shorts.

Sie gingen durch das Wohnzimmer, von dem aus man die Freiheitsstatue sehen konnte.

»Könnt ihr euch das leisten?« fragte McCumber. »Oder hast du geerbt?«

»An der Wohnung darf man nie sparen.« Kampe hatte Nina versprochen, nach seiner Rückkehr umgehend zwei Monatsmieten zu überweisen. Sie fragte McCumber, was er trinken wollte. Sie hatte Champagner kaltgestellt, aber er wollte nur Mineralwasser.

»Euer Penthouse war auch Karl zu teuer«, sagte er. »Müßt ihr denn über den ganzen Central Park schauen?«

»Ich habe immer gewußt, daß er ein Spießer ist, aber nicht im Traum daran gedacht, wie falsch er ist.« Nina goß sich Champagner ein. McCumber wollte ihr helfen und legte seine Hand auf die ihre. Fast wäre die Flasche auf den Boden gefallen.

»Du bist zu kritisch«, sagte er. »Ich kenne Karl sehr viel länger als du.«

»Mein Mann hat nicht mal ein eigenes Telephon mehr, er kann nur intern telefonieren. Aschmunaydt hat ihn kleingemacht.«

»Ist sein Job wirklich so mies?« McCumber sah Nina aus hellen blauen Augen an. Sicher trug sie nichts unter dem Kittel. Sie öffnete die Tür zu ihrem Atelier, dessen Wände Austernbilder bedeckten.

Auf der Terrasse lehnte eine lange Reihe ihrer Kunstwerke zum Trocknen. In den letzten Tagen war Nina sehr fleißig gewesen. Die leeren Schalen bekam sie aus Lokalen, in denen sie oft mit Streif gewesen war und in die sie sich jetzt einladen ließ.

McCumber strich über ein Gebilde bläulich irisierender Schalen. »Das sehe ich zum ersten Mal.«

»Weil es originell ist.«

Er schnüffelte an einem von Ninas Werken, nicht wissend, was er von den Klebereien halten sollte. Die auf der Terrasse trocknenden Bilder leuchteten in Rottönen. McCumber fragte: »Hast du deine Kunst schon mal jemandem gezeigt, der etwas davon versteht?«

»Bisher traute sich keiner ran, weil es eben etwas sehr Neues ist.« Den Reinfall mit Gordon Gray verschwieg Nina. Sie bückte sich, holte aus einem Eimer zwei unbearbeitete Schalen und sprühte sie rot und blau ein, worauf sie sich violett verfärbten. Ihr Kittel verrutschte, schloß sich aber wieder, als sie sich streckte. Er machte einen Schritt auf sie zu.

»Archaisch ist das, verstehst du? Ich verfremde mit meinen Farben.« Sie hielt ihm die Schalen unter die Augen.

»Bitte, belämmere mich nicht mit so was. Die Leute, die wir zu deiner Ausstellung einladen, haben genausowenig Ahnung wie ich.«

28

Am Montagmorgen rief Nina Streif wieder an. »Zieh nicht mehr um. Ich hole dich bald zurück!« Als Streif schwieg, fragte sie, ob er inzwischen vernünftiger esse.

»Immer noch dasselbe – und sonst in der Kantine«, sagte er.

»In dem Fraß sind doch keine Vitamine.« Nina hatte inzwischen im International Herald von Aschmunaydts Verschwinden gelesen. Er war dort als Tycoon bezeichnet worden. Streif meinte, nur in Düsseldorf hätte es Aschmunaydt zu was bringen können. In den Staaten sei er bei seinem ersten großen Firmenkauf gleich auf die Schnauze gefallen. Er ließ eine Serie deutscher und amerikanischer Flüche folgen, von denen »motherfucker« am wenigsten auf Aschmunaydt zutraf. Doch klang er fröhlich, schon lange war ihr Streif nicht mehr so entspannt erschienen.

»Aus dem Gröbsten sind wir bald raus«, verhieß Nina. Und da sei noch eine Überraschung, über die sie noch nicht reden könne.

An Frühstück war jetzt nicht mehr zu denken. Streif wollte sich nun erst recht nicht in der AG verspäten. Und Aschmunaydt? Ach was, dachte er.

Kaum hatte Streif mit Brettschneider Kaffee getrunken, bat ihn Kowalski zu sich. In dessen Büro duftete es atemberaubend. Zitrone, dachte Streif, Jasmin oder beides zusammen?

Kowalski hatte einen neuen Körperspray aus Freude darüber gekauft, daß Streifs Memorandum von einem Himmelblauen gelesen worden war, der es für interessant befunden und mit einem höher weisenden Verteiler versehen hatte. Vor sich hatte er zwei Boulevardblätter ausgebreitet, Aschmunaydt waren mehrere Seiten gewidmet. Aschmunaydt, der Reden hielt, Interviews gab, zu Hause oder auf Reisen, Fabriken einweihte, Aschmunaydt allein oder in Gesellschaft wichtig aussehender Männer.

»Von dem, was er sonst noch getrieben hat, steht nichts drin.« Kowalski schob Streif, der sich vorbeugte und dabei in Kowalskis Duft zu ersticken glaubte, einige Seiten zu.

Streif trug nicht viel dazu bei, was Kowalski gerne gehört hätte. Er bemerkte nur, daß Aschmunaydt mit den Chinesinnen nicht zu spät ins Bett gegangen sei.

»Um Zeit zum Bumsen zu haben«, fügte Kowalski hinzu.

»Darum habe ich mich nicht gekümmert.«

»Deswegen hat er Sie auch abgesägt.« Kowalski grinste hämisch, wurde jedoch gleich wieder freundlich. Mit Streif, den er heimlich sein bestes Pferd im Stall nannte, wollte er es sich nicht verderben.

Als dieser nun mittags vor den silbernen Türmen auf Hilda und Lucy wartete, traf er Tarik Sfeir, einen alten Partner der AG in der Türkei. Er gehörte zu den Menschen, die immer wieder Streifs Weg kreuzten.

»They have screwed you.« Er umarmte Streif.

»So schlimm ist es nicht.« Streif lächelte verlegen.

»Fuck them!« Lachend meinte er, daß Streif dies wohl noch vorhätte, sonst wäre er nicht mehr hier. Diese Orientalen mit ihren Antennen, dachte Streif.

Während des Mittagessens sprachen Hilda und Lucy nur über Aschmunaydt. In der AG gab es kein anderes Thema mehr. Unzählige Arbeitsstunden gingen verloren. Lucy sagte, man überlege jetzt, in der Firma zu untersuchen, ob vielleicht ein Mitarbeiter für die Entführung in Frage komme. Das habe ein Sonderkommando der Kripo geraten. Man bezweifelte, daß Aschmunaydt in der Puffgegend hochgenommen oder sogar umgelegt worden sei, wohingegen der Krisenstab das für absolut möglich hielt. Hildas Chef tippte auf linke Kreise. Zur Gewerkschaft hätte Aschmunaydt immer schon ein gespanntes Verhältnis gehabt. Vielleicht seien dort die Drahtzieher zu finden, und bestimmt gebe es extrem linke Gruppen auch in der AG.

Daß die Roten sich Aschmunaydt geschnappt hätten, hielt auch Lucys Chef nicht für unwahrscheinlich. Er meinte, daß dafür vor allem junge Leute in Frage kämen, da die Jugend links sei. Mit Sicherheit habe man es mit mehreren Tätern zu tun. Einem allein fehle die Infrastruktur. Diesen Satz hatte Lucy von ihrem Chef wörtlich übernommen. Sie fand ihn so gut, daß sie ihn zweimal wiederholte.

»Wurden denn schon Forderungen gestellt?« fragte Streif.

Die beiden Frauen antworteten gleichzeitig mit einem überzeugenden »Nein«.

»Das ist es ja, was uns so verwirrt«, sagte Lucy. »Seit zehn Tagen ist Aschmunaydt verschollen, und niemand hat sich gemeldet.«

Hilda hatte gehört, daß Frau Aschmunaydt aus dem Krankenhaus entlassen worden war. Daß ihr Mann sich zuletzt in einem Bordell aufgehalten hätte, hielt sie für einen plumpen Trick, der irreführen sollte.

»Das Transvestitenlokal scheidet aus«, meinte Streif. »Ich kann mir Aschmunaydt nicht mit Perücke und tiefem Ausschnitt vorstellen.«

Als Streif zu Brettschneider zurückkehrte, empfing der ihn mit einem neuen Gerücht. Von einem Freund im Verkehrsdienst, der angeblich das Gras wachsen hörte, hatte er erfahren, Aschmunaydt sei von einem Zigeunerstamm entführt worden, der wahrscheinlich der eigene sei. Wie schon lange geflüstert worden sei, stamme Aschmunaydt eben doch von Zigeunern ab.

Inzwischen glühte Brettschneider vor Eifersucht. Streif war ihm zuviel mit Kowalski zusammen. Und jetzt wußte er endlich etwas, wovon Streif offensichtlich keine Ahnung hatte. Und er hatte noch mehr gehört: »Die Zigeuner haben schon immer von reichen Verwandten den Zehnten verlangt. Das hat Aschmunaydt abgelehnt, knickrig, wie er ist.«

»Ja, knickrig«, sagte Streif.

»Aber jetzt haben sie Aschmunaydt in die Mangel genommen.« Er bat Streif, diese Neuigkeit für sich zu behalten, es sei nicht für jedermanns Ohren bestimmt, womit er vor allem Kowalski meinte, dem er diese Geschichte als erstem erzählen wollte.

Streif trat in den Regen, bis zu seinem Parkplatz war es eine Viertelstunde. Er spannte den Regenschirm auf und schlug den Mantelkragen hoch, als neben ihm ein großer dunkelgrüner BMW hielt, aus dem Kampe seinen Kopf steckte. »Steigen Sie ein, wo haben Sie geparkt?«

»Ziemlich weit weg.«

»Kommen Sie, bitte!« Kampe stieß die Tür auf, und Streif setzte sich neben ihn.

»So ein Scheißwetter!« schimpfte Kampe. »Kaum glaubt man, der Sommer ist endlich da, ist er auch schon wieder vorbei.«

»Es wird wieder besser.« Streif sog den Duft ein, welcher dem Leder im Wagen entströmte.

»Mit Ihnen wird sich auch bald was tun.«

»Ja, ja, es wird Zeit.«

»Seit zehn Tagen ist Aschmunaydt verschwunden, und mit jedem Tag steigen Ihre Chancen.«

»Glaube ich nicht, er hat mich gründlich fertiggemacht.«

»Vergessen Sie mich nicht.«

»Nein, natürlich nicht.« Streif sah zweifelnd zu Kampe.

»Was wohl mit Aschmunaydt passiert ist?«

»Wenn man das wüßte.«

»Glück für Sie, daß man es nicht weiß.« Kampe lachte leise, und Streif stimmte in dessen Lachen mit ein.

Kampe bremste vor Streifs Parkplatz, ließ Streif aussteigen und raste beschwingt nach Hause. Fauenkirk hatte ihn zwei Stunden vorher am Telefon gelobt. Er habe es mit Nina richtig gemacht, die jetzt auf dem Kriegspfad sei. Fauenkirk war überzeugt davon, daß Nina herausfinden würde, ob McCumber tatsächlich dreißig Millionen Dollar Kickback an Aschmunaydt gezahlt hatte. Aber eigentlich sah er jetzt schon seinen Verdacht bestätigt. Wenn Aschmunaydt je wiederauftauchte, hätten sie ihn an der Gurgel, hatte Fauenkirk frohlockt, der den Kampes in den nächsten Tagen ein Album mit Fotos von Waisenkindern zuschicken wollte. Kampe müsse nun schleunigst Vater werden, wie solle er sonst die glaubwürdige Vaterfigur der AG abgeben. Aber das war es nicht allein. Mit jedem Tag fuchste es Fauenkirk mehr, nicht überall als Großvater mitreden zu können. Ein großes Thema ging ihm unter seinesgleichen stets verloren.

Streif fuhr wütend nach Hause, von Kampe hatte er noch nie viel gehalten. Er glaubte ihm kein Wort. Aber die AG hatte ihre Sensation, und die verdankt sie nur mir, dachte Streif. Tausende, die sich von einem Wochenende zum anderen langweilten, hatte er angeregt, ja aufgeheizt. Rätsel, alle paar Stunden ein neues Gerücht – so interessant würde es für die allermeisten bis zur Pensionierung nicht mehr werden. Bloß er ginge dabei leer aus. Der einzige zu sein, der wußte, was mit Aschmunaydt geschehen war, belastete ihn. Er würde Aschmunaydt nun zum Essen zwingen.

In der Küche legte er die Brote auf ein Holzbrett. Teller wollte er keine mehr verwenden, es waren nur noch drei übrig, und von den Gläsern war mehr als die Hälfte zu Bruch gegangen. Aschmunaydt würde aus der Flasche trinken müssen.

In der Waschküche holte Streif die Pistole aus ihrem Versteck, einer leeren Waschpulvertrommel. Aschmunaydt lag mit angezogenen Beinen auf der Matratze. Milchlachen umgaben ihn. Es stank nach Schweiß, Gärung und Zersetzung. Streif fragte sich, wie Aschmunaydt das aushielt, aber dieser nahm den Gestank kaum mehr wahr. In ihm wütete der Hunger, der ihn urplötzlich und immer wieder in Wellen überfiel.

Am Nachmittag hatte er fast das Bewußtsein verloren. Er war von Schwindeln erfaßt worden und hatte geglaubt, in die Lüfte gerissen zu werden. Etwas später hatte er den Weg zur Toilette geschafft. Wenn er Wasser getrunken hatte, ging es ihm besser.

»Ist Ihnen was eingefallen?« fragte er.

»Wieso?«

»Ihre Phantasielosigkeit regt mich schon lange auf. Immer muß ich mir etwas ausdenken, aber jetzt sind Sie dran. Sie haben uns in diese Situation gebracht.«

»Stimmt es, daß Sie von Zigeunern abstammen?«

»Wie? Von wem haben Sie denn das?«

»Über Sie hört man jetzt so vieles.«

»Gerüchte, die Sie verbreiten.«

»Dazu reicht meine Phantasie nicht aus.« Streif baute das Abendessen mit gezogener Pistole auf.

»Wollen Sie mich abknallen?«

»Essen!« Streif richtete die Waffe auf Aschmunaydt und näherte sich mit angewinkelten Armen. In der linken Hand hielt er ein Käsebrot. Aschmunaydt kniff die Lippen zusammen und rutschte auf dem Hintern von Streif weg, bis er mit dem Rücken an die Wand stieß. Streif folgte ihm auf den Knien.

»Mund auf!« brüllte er und preßte das Brot zwischen Aschmunaydts Lippen, drang jedoch nicht in dessen Mund. Aschmunaydt biß fest die Zähne zusammen und schwenkte wie wild den Kopf.

»Drücken Sie doch ab, Sie Pisser!« Aschmunaydt wollte einen Fluch folgen lassen, doch kam er nicht dazu. Streif hatte ihm das Brot in den Mund gestoßen. Aschmunaydt würgte, spie Schleim und Krumen in Streifs Gesicht. Streif wich zurück und ließ die Pistole sinken. Aschmunaydt stürzte sich auf ihn, holte mit den gefesselten Armen wie mit einer Axt aus, traf jedoch nur Streifs hochgerissene Faust, die den Pistolenknauf umspannte. Die Pistole flog in den Keller. Ein Schuß löste sich und schlug in die Decke.

Streif taumelte. Beinahe wäre er hingefallen. Plötzlich war Aschmunaydt auf den Beinen und holte zum zweiten Schlag aus, nun von oben. Streif duckte sich. Die Handschellen schrammten sein Kinn und rissen es auf.

Streif sprang Aschmunaydt an, rammte die Fäuste in dessen Bauch. Aschmunaydt torkelte und schlug nach einer halben Drehung mit dem Kopf gegen die Mauer. Aus seinem Schädel quoll Blut.

Schleim und Brösel verklebten Streifs Augen. Er nahm Aschmunaydt nur noch als dunkle Masse wahr, auf die er einschlug. Seiner Wut und Enttäuschung ließ er rauschhaft Lauf. Aschmunaydt leistete keinen Widerstand mehr. Ihrer beider Blut besudelte Streifs Hände.

Als er innehielt, hatte Aschmunaydt längst die Besinnung verloren. Streif zitterte, ein Schüttelfrost, der nicht aufhören wollte. In der Küche trank er ein Wasserglas Aquavit. Vom Kinn tropfte Blut auf den Boden. Langsam beruhigte er sich. Im Badezimmer wusch er die schmerzende Kinnwunde und verband sie. Ausgepumpt fiel er auf sein Bett und starrte auf den Himalaja, bis er einschlief.

Am nächsten Morgen zwang sich Streif, in den Keller zu steigen. Aschmunaydt lag auf dem Rücken, die Beine von sich gestreckt. Er atmete unregelmäßig, die Lider waren geschlossen, die Nase gebrochen und angeschwollen. Gesicht und Schädel waren mit Platzwunden übersät. Im Hinterkopf klaffte ein Loch, das von dem Sturz gegen die Mauer herrührte. Streif tippte mit der Schuhspitze an Aschmunaydts Schulter und trat dann fester zu. Aschmunaydt öffnete die Augen, sein Blick ging an Streif vorbei. Die Pupillen waren leicht nach innen gerichtet, als schielte er.

In der Küche fand Streif eine halbvolle Flasche Milch. Als er sich vor Aschmunaydt hinkniete, hatte dieser die Augen wieder geschlossen. Streif versuchte, den schweren Körper aufzurichten. Immer wieder sackte Aschmunaydt in sich zusammen. Streif hob Aschmunaydts Kopf, stützte ihn und setzte die Milchflasche an die zerschundenen Lippen. Aschmunaydt saugte.

Streif schaffte es, an den Pförtnern vorbeizukommen, ohne notiert zu werden, obwohl er sich um vier Minuten verspätet hatte.

Für das verletzte Kinn hatte er sich eine Erklärung zurechtgelegt, und die bekam Brettschneider als erster zu hören. Er sei beim Duschen ausgerutscht, in Deutschland seien die Bäder eine Zumutung, alle viel zu eng, die Klos neben der Wanne, und von Bidets habe wohl noch niemand etwas gehört.

Streifs Klage über deutsche Bäder interessierte Brettschneider nicht und dessen Verletzung noch weniger. Was er empfand, war Schadenfreude. Er trauerte bereits Streifs magenkrankem Vorgänger nach, obwohl der ihn gezwungen hatte, in der Toilette zu rauchen.

Eine halbe Stunde später erfuhr Streif von Kowalski, daß Aschmunaydt von Zigeunern entführt worden sei, weil er, obschon einer von ihnen, sie immer nur ausgenommen habe. Gefühlvoll knetete Kowalski seine kurzen Finger.

»Ja, ja«, sagte Streif. »Gierig war er schon immer.«

Dieses Gerücht machte in der AG zwar die Runde, geriet aber schnell in Vergessenheit. Schon am Nachmittag berichtete ein Regenbogenblatt in seiner Spätausgabe, Aschmunaydt sei von der PLO verschleppt worden, auf jeden Fall aber von Arabern. Deren angebliche Forderung von zehn Millionen Dollar ließ Streif bescheiden aussehen.

Das Mittagessen nahm er alleine ein. Er war weder auf neuen Klatsch aus, noch wollte er die Kinnwunde erklären müssen. Auf dem Heimweg kaufte er Verbandszeug und Medikamente. In einem Supermarkt besorgte er das Übliche und dazu noch zwölf Joghurtbecher.

Streif fand Aschmunaydt in der gleichen Haltung vor, wie er ihn verlassen hatte, beträufelte dessen Wunden mit Jod und verband ihn. Aschmunaydt fiepte und jaulte, schrie auf und wand sich vor Schmerzen. Sein linker Arm blieb schlaff, als wäre er gelähmt. Bevor Streif die Handschellen abnahm, zögerte er. Konnte das alles wieder eine Finte sein?

Widerstandslos schlürfte Aschmunaydt Milch und Joghurt. Streif befreite ihn von den Ketten, zog ihm die kotverschmutzten Hosen und Shorts aus und warf sie in die Waschmaschine, dann kettete er ihn wieder an.

Aus dem Schlafzimmer der toten Eltern holte er Bettwäsche und Handtücher, zog die Wachstuchdecke vom Küchentisch ab. Bevor er wieder zu Aschmunaydt hinunterstieg, trank er ein Bier und fragte sich, wie es mit ihnen weitergehen sollte.

29

McCumber führte Nina durch die Fortune III, auf der die Ausstellung stattfinden sollte. Das Bett in der Eignerkabine war so groß wie das in der Suite eines Fünf-Sterne-Hotels. Auf einem Ölbild besprang ein Rappe eine Schimmelstute. Über dem Bett tat ein schwarzweiß gefleckter Bulle auf einem Plakat gleiches mit einer braunen Kuh. McCumber öffnete einen kleinen Kühlschrank und trank Mineralwasser. Nina hatte sich auf das Bett gesetzt. Auf der Jacht rechnete sie mit Platz für etwa vierzig Bilder. McCumber war das zuwenig. In den Kabinen wollte Nina ihre Muschelklebereien wie in Schaufenstern ausstellen. Die Gäste würden die Kunstwerke vom Gang aus betrachten und hoffentlich kaufen. Darüber machte sich McCumber allerdings keine Sorgen. Für ihn war der »recycled garbage«, wie er sich ausdrückte, schon an den Mann gebracht.

»Ich lade nur stinkreiche Leute ein. Bevor sie an Bord sind, bekommen sie was Ordentliches zu trinken.« McCumber drückte auf eine Klingel, ein chinesischer Butler trat ein. »Mach uns zwei Singapur Slings«, sagte McCumber.

Zwei Matrosen, Filipinos, schleppten mehr als ein Dutzend Austernklebereien herein. Der Butler brachte die Cocktails.

»Hauptsächlich Früchte«, sagte McCumber. »Aber bei deiner Ausstellung schütten wir jede Menge Gin in das Gesöff.«

»Hoffentlich geht das Boot nicht unter.« Nina trug ein durchgeknöpftes Jeanskleid, McCumber sein Segeloutfit. Die Shorts fand Nina zu kurz, und das dünne Hemd lag ihm zu eng auf der Haut. Die ausgeprägte Brustmuskulatur hob sich deutlich unter dem weißen Gewebe ab. Nina glaubte zu verstehen, warum McCumber auch die dritte Frau abgehauen war.

Sie plazierte ihre Bilder. Die Filipinos nahmen die gerahmten Fotos von den Wänden, die McCumber zu Pferde oder zu Wasser in Siegerpose zeigten. An die kopulierenden Pferde und Rinder ließ McCumber die Filipinos nicht ran und stellte sie in einen Wandschrank. Er meinte, das Maritime in Ninas Bildern passe ausgezeichnet zum Boot. Nina wollte das Geld aus den Verkäufen für die Reinhaltung des Meeres stiften. »Vielleicht für die Adria«, sagte sie, »in der schwimmen doch hauptsächlich Quallen und Plastiktüten.«

»No, sister«, sagte McCumber. »Die Adria, was ist denn das? Du behältst das Geld natürlich.«

»Mit einer Spende anzufangen ist doch gutes Marketing.«

»Wo hast du das bloß aufgeschnappt?« McCumber verscheuchte die Filipinos mit einer Handbewegung. Nina knöpfte den obersten Knopf ihres Kleides auf. McCumber sank auf das Bett und streckte die Beine aus. Nina öffnete den zweiten Knopf. McCumber beobachtete sie, dann sagte er: »Ich kenne Karl sehr lange, was ist mit ihm bloß passiert?«

»Keinen Schimmer.« Nina fingerte an dem dritten Knopf.

»Wenn es dir zu warm ist, lasse ich die Aircondition stärker laufen.« McCumber zog den Bauch ein und stopfte das enge Hemd in die Hose. »Ob Karl sich umgebracht hat?«

»Warum sollte er?« Nina rutschte an das Fußende des Betts, McCumbers Füße ragten vor ihr auf.

»In seinem Leben lief auch nicht alles glatt ab. Mit euch ist er zu weit gegangen, aber er bleibt mein Freund, der vielleicht schon tot ist. Und wegen dieser Freundschaft stehe ich in eurer Schuld.«

Nina rückte an McCumbers Füße heran und drehte den dritten Knopf zwischen den Fingern.

»Du mußt bei mir nichts abarbeiten, Nina«, sagte McCumber. »Es ist alles schon kompliziert genug.«

»Was waren eigentlich Aschmunaydts Probleme?«

»Das gehört nicht hierher.«

»Hat er deswegen meinen Mann fertiggemacht? Bei Corpus hat er keine Chance mehr.«

»Warum ist er dann noch dort und nicht hier? Ich könnte ihm weiterhelfen, er ist ein guter Mann. Das hat auch Karl immer gesagt.«

Kampe wartete in seinem Büro auf Minter. Seit Aschmunaydt verschollen war, fühlte er sich wie befreit und meinte, neue Kräfte gewonnen zu haben. Wenn er mit Minter gesprochen hatte, wollte er Nina anrufen. So wie er die Fäden zu ziehen glaubte, fühlte er sich beschwingt. Ein Glück, daß die Streifs erreichbar geblieben waren.

Minter wurde durch die Sprechanlage gemeldet. Er ging auf Kampe zu, der sitzen blieb und ihm die Hand über den Schreibtisch reichte. Minter nahm Platz und sackte vor Kampe zusammen, der sagte: »Es geht Ihnen nicht gut.«

»Das ist nicht meine Schuld, die KEO hätte nie gekauft werden dürfen.«

»Sie wurde aber gekauft, und wir erwarten von Ihnen, daß Sie die Probleme lösen, so hoch bezahlt, wie Sie sind.«

»In China verlieren wir viel Geld, und dafür kann ich überhaupt nichts.«

»Waren Sie dort?«

Minter schüttelte den Kopf und stieß die Luft aus. Kampe bekam dessen sauren Atem in die Nase. Angewidert fragte er, warum Minter noch nicht in China war.

»Weil ich nicht Chinesisch kann.«

»Wollen Sie mich hochnehmen?«

»Nein, ganz bestimmt nicht.« Minter tastete an seiner dunkelroten Fliege.

»Wie ging es mit dem Kraftwerk weiter, das von der KEO geliefert wurde?«

»Es ist in die Luft geflogen.«

»Doch nicht das ganze Werk.«

»Nein, das nicht, aber zweimal ist was explodiert, und jetzt ist in einer ganzen Provinz das Licht ausgegangen.«

»Hören sie auf!« rief Kampe. »So was von untechnisch, Sie hätten nie Ingenieur werden können.«

»Aber Betriebswirt.«

»Selbst dafür reicht es bei Ihnen nicht. Fahren Sie sofort nach China, nehmen Sie zwei Diplomingenieure und einen Dolmetscher mit, und bringen Sie die Sache in Ordnung.«

»Mit den Chinesen haben schon viele unserer Ingenieure verhandelt und nichts erreicht, und das ist alles die Schuld von Herrn Streif.«

»Machen Sie sich nicht lächerlich.« Kampe war kurz davor, die Beherrschung zu verlieren. Als Minter ihn verlassen hatte, schlug er so heftig mit der Faust auf den Schreibtisch, daß er fürchtete, die Hand gebrochen zu haben. Nach drei Tagen war sie noch immer geschwollen.

Es war später Nachmittag geworden. Fauenkirk hatte zweimal angerufen, aber Kampe hatte sich verleugnen lassen, obwohl der Schwiegervater hinterlassen hatte, wie dringend er mit ihm sprechen mußte. Die Sekretärin meldete einen Azurblauen, Krackwaller, der die argentinische Corpusniederlassung leitete. Kampe konnte ihn nicht ausstehen. Er gehörte zu Aschmunaydts Ziehsöhnen. Elegant und selbstbewußt erklärte Krackwaller, wie die Hyperinflation das Gesellschaftskapital auffräße. Außerdem seien sie unterkapitalisiert gewesen, so, wie es in der AG üblich sei.

»Sie haben das Geld versust«, unterbrach ihn Kampe.

»Außer Herrn Aschmunaydt hat mir niemand zugehört.«

»Sie haben die Leute nicht genügend sensibilisiert, weder bei uns noch in Buenos Aires. In acht Wochen läuft Ihre Firma wieder.« Kampe hatte sich gerade entschlossen, Krackwaller zu feuern. Sollte Aschmunaydt es schaffen, in die AG zurückzukehren, wollte Kampe schon eine Erklärung finden.

»Ich habe die Inflation nicht erfunden«, entgegnete Krackwaller. »Wenn Sie keine Kapitalspritze genehmigen, sind wir in vier Wochen pleite.«

»Ich bin keiner, der gutes Geld schlechtem nachwirft.« Kampe sah auf die Uhr. »Noch was?«

»Überlegen Sie sich das bitte noch einmal.« Krackwaller stand auf. Er war hoch gewachsen und wischte sich die hellen Haare aus der Stirn. Kampe fiel jetzt der leichte Hamburger Akzent Krackwallers auf, der Aschmunaydts Günstlingen oft eigen war, die Kampe schon aus Prinzip nicht ausstehen konnte.

Die Sekretärin brachte Pfefferminztee und verabschiedete sich.

Kampe wählte Ninas Nummer und hatte Glück. »Kampe«, sagte er. »Wir haben ausgemacht, daß ich heute wieder anrufe.«

»Freitagabend, Ihre Zeit. Freuen Sie sich schon auf das Wochenende?«

»Doch, ja, natürlich freue ich mich«, erwiderte Kampe, was nicht stimmte, da die Schwiegereltern im Anzug waren.

»Sind Sie noch da?« rief Nina in den Hörer. »McCumber organisiert für mich eine Ausstellung.«

Kampe beglückwünschte sie und fragte, ob sie etwas über Aschmunaydt herausbekommen hätte, mußte sich aber erst einmal anhören, wie leid es McCumber tue, daß Streif in der AG derartig unter die Räder gekommen sei.

»Das wird sich ändern«, versicherte er.

»Lange macht das mein Mann nicht mehr mit. In New York haben wir einen guten Namen.«

»Ihr Mann wird wieder in New York sein, sobald wir wissen, was zwischen Aschmunaydt und McCumber gelaufen ist.«

»Dafür muß ich noch mehr Vertrauen aufbauen.«

»Das fällt Ihnen doch nicht schwer.« Kampe fand, daß er immer besser wurde. Die Sicherheit, mit der er mit einer Frau wie Nina sprach, gefiel ihm. Nina dankte für die Miete, und er wünschte ihr eine erfolgreiche Ausstellung. Daß Streif mit dem Gedanken spielte, Corpus zu verlassen, war verständlich. Ihm mußten jetzt klare Zeichen gesetzt werden, das hatte Fauenkirk seinem Schwiegersohn schon ein paar Mal geraten.

Frohgestimmt verließ Kampe das Büro. Der Fahrer war mit seiner Frau in deren Auto unterwegs. Kampe hatte den großen dunkelgrünen BMW für sich, dessen Motor er hatte frisieren lassen.

Hinter Köln bog er von der Autobahn auf eine Bundesstraße, die in die Eifel führte und eine seiner Strecken war. Abends, am liebsten im Zwielicht, spielte er das, was er »chicken« nannte. Er hielt auf entgegenkommende Autos zu, um ihnen im letzten Moment auszuweichen. Wenn er das vier- oder fünfmal gemacht hatte, reichte es ihm wieder. Er war ein hervorragender Fahrer, geschickt und kaltblütig, so wie er am Telefon seine besten Momente hatte.

An diesem Abend erschreckte er einen belgischen Immobilienhändler, der zu den Scientologen gehörte, einen Theologiestudenten, der professionell Jade aus Burma in die Bundesrepublik schmuggelte, sowie die Besitzerin einer Apfelweinkneipe in Sachsenhausen und einen nigerianischen Diplomaten. Eine Hebamme aus Bittburg kam mit dem geringsten Schrecken davon.

In einem Vorstadtkino in der Nähe von Corpus sah Streif »Wallstreet«. Er hatte keine Lust gehabt, gleich nach dem Büro nach Hause zu fahren. Aschmunaydt und das Haus schlugen ihm aufs Gemüt. Die Abende wurden immer länger.

Die Vorstellung war schwach besucht. Streif saß mit zwei Rentnern in einer Reihe, die Sitze hinter ihm waren unbesetzt. Es wurde dunkel. Werbespots einer Brauerei und für ein Shampoo flimmerten über die Leinwand. Danach hätte man sich Biertrinken und Haarewaschen abgewöhnen können. Streif hörte hinter sich Schritte, jemand nahm hinter seinem Rücken Platz. Er hörte das Rascheln von Papier und dann, wie eine Kunststoffolie aufgerissen wurde. Während des Vorspanns, der in einen Western locken sollte, vernahm Streif zwischen Schußsalven, wie der Besucher in seinem Rücken auf splitternde Nüsse oder Mandeln biß. Etwas Hartes fiel auf den Boden, vielleicht ein Stück Schokolade, das jetzt mit dem Fuß wegbefördert wurde.

Das Licht ging an. Eine grauhaarige Frau verkaufte Eiscreme.

»Bitte Vanilleeis«, hörte Streif hinter sich Kampes Stimme. Streif drehte sich um. Kampe zahlte und sagte: »Filme mit Michael Douglas lasse ich mir nicht entgehen.«

Die Eisverkäuferin sah Streif fragend an. »Auch Vanille«, sagte er.

»Süßigkeiten schmecken im Kino am besten.« Kampe lutschte an seinem Eis.

Streif fühlte sich gestört. Warum und wofür suchte Kampe ihn zu gewinnen? Als der Film anfing, beugte er sich vor. »Bleiben Sie bei uns«, flüsterte er. »Mit jedem Tag sieht es für Sie besser aus.«

»Und wenn Aschmunaydt zurückkommt?«

»Der kommt nicht mehr.«

»Was wollen Sie eigentlich von mir?« Streif sah auf das dunstige Manhattan an einem frühen Wintermorgen.

»Sie wollen doch wieder dorthin, ich helfe Ihnen, und Sie helfen mir.«

»Und wie?«

»Nicht hier.« Kampe stand auf und verließ das Kino.

Streif konnte sich nicht auf den Film konzentrieren. Hätte Kampe nur gewußt, daß von Aschmunaydt nichts mehr zu befürchten war! Er überlegte, auch das Kino zu verlassen, doch dann sagte Michael Douglas: »I don't create, I buy.« Streif blieb bis zum Ende des Films.

Am Sonntagnachmittag hatte Streif gerade beschlossen spazierenzugehen, als es an der Haustür klingelte. Er öffnete die Tür. Vor ihm stand Lucy in rotem Rock und leichter Bluse.

»Du«, rief Streif. »Was willst du denn hier?«

»Dir was Gutes zu essen kochen.« Sie hatte Steaks, Salat und eine scharfe Sauce mitgebracht und ging an ihm vorbei ins Haus. Im Wohnzimmer fragte sie: »Warum wohnst du eigentlich so beschissen?«

»Es gibt Schlimmeres.«

»Für jemanden wie dich ist das unter aller Sau.« Sie ließ sich auf einen der Kunststoffsessel fallen.

»War deine Frau schon einmal in diesem Idyll?« fragte Lucy.

»Am schönsten fand sie die Aussicht.«

Streif bot Lucy etwas zu trinken an. Sie mochte weder Aquavit noch Bier. »Warum hast du nichts Besseres?«

»Weil das am besten hierherpaßt.«

»Dein Haus gefällt mir nicht. Man könnte glatt auf die Idee kommen, hier würde ab und zu ein dickes Ding gedreht.«

»So was findet in Reihenhäusern und Neubauwohnungen statt.«

»Eins beide, Klischee gegen Klischee.« Lucy verschwand in der Küche und schlug den Kühlschrank noch angewiderter als Nina zu, dann briet sie die Steaks. Streif wusch den Salat. Sie aßen in der Küche und unterhielten sich über die AG. Lucy meinte, daß sie alle mit Kampe noch was erleben würden, und hoffte, daß Aschmunaydt zurückkehrte, dann hätten sie alle noch fünf vernünftige Jahre, länger wolle sie ohnehin nicht arbeiten.

Die Steaks waren aus Argentinien und riesig. Lucy war ihres zu groß, sie spießte die Hälfte mit der Gabel auf und legte das Fleisch auf Streifs Teller. »Damit du groß und stark wirst.« Sie lachte. »Wo schläfst du eigentlich?«

Streif deutete mit dem Messer zur Decke.

»Kann man da mal rauf? Vielleicht gibt's ja ein Badezimmer.« Sie erhob sich, Streif aß noch zu Ende. Als er fertig war, folgte er ihr. Er fand Lucy im Schlafzimmer der toten Eltern. Die Kuhle im Ehebett hatte sie mit Kissen ausgelegt, die sie in einem der Schränke gefunden hatte. Über die Matratze hatte sie Handtücher gebreitet.

»Was soll das?« fragte Streif. »Warum nicht in meinem Bett?«

»Da hast du mit deiner Frau geschlafen.«

Streif sah unschlüssig in den beginnenden Regen. Von der Müllhalde drang Motorenlärm herüber.

»Ab in die Kissen«, sagte Lucy, »oder ich lasse das Haus von der Polizei durchsuchen.«

30

Über vier Wochen waren vergangen, seit Streif Aschmunaydt in seine Gewalt gebracht hatte. Sein Opfer war wieder zu Kräften gekommen, aber dessen Verstand war zu dem eines kleinen Kindes geschrumpft.

Streifs Zorn war verflogen. Der Aschmunaydt, den er gehaßt hatte, war mit einem letzten Gewaltausbruch von ihm geschieden. Nur seinen Körper hatte er hinterlassen, und den pflegte Streif aus Pflichtgefühl und bald auch aus Gewohnheit. Streif wußte nicht, was mit Aschmunaydt geschehen sollte. Er ließ nun alles auf sich zukommen. Die Auseinandersetzungen und Kämpfe hatten ihm zugesetzt, so daß die Telefongespräche mit Nina zu den wenigen Lichtblicken in diesen Tagen gehörten. Sie erschien ihm voller Optimismus und sorgte sich um seine Gesundheit.

Streif dachte immer öfter daran, Corpus bald zu verlassen. In New York würde er schon etwas Interessantes finden, am leichtesten bei der Konkurrenz. Bloß wußte er nicht, was er mit Aschmunaydt machen sollte. Von Kampes Versuchen, ihn bei Laune zu halten, hielt er nicht viel.

Streif hatte keine Ahnung von Kampes Gesprächen mit Nina und erst recht nicht, daß dieser sie, dem Rat Fauenkirks folgend, auf McCumber angesetzt hatte. Kampe hatte Nina beschworen, darüber so lange wie möglich zu schweigen.

Nina hatte tiefes Mitleid mit Streif, noch nie hatte sie so stark für ihn empfunden. So, wie er jetzt geschlagen und mutlos vor sich hin lebte, kannte sie ihn eigentlich gar nicht. Schon deshalb wollte sie ihn nicht mit McCumber belasten. Bestimmt würde er versuchen, sie von Kampes Manöver abzuhalten. Von Kampe hatte er nie eine gute Meinung gehabt.

Streif traf sich nach wie vor mit Hilda und Lucy beim

Mittagessen. Sie sprachen viel über Aschmunaydt, doch langsam begann das Interesse der beiden Frauen an diesem nachzulassen. Streif war anregender. Die Presse wollte noch nicht ganz auf Aschmunaydt verzichten, er war auf die hinteren Seiten zurückgefallen. Es fehlte an Stoff. Aschmunaydts vermeintliche Laster hatten sich abgenützt, und auch die Araber gaben nichts mehr her. Daß Aschmunaydt die AG um Millionen geprellt und sich mit einer jungen Chinesin aus dem Staub gemacht hätte, wurde von der AG dementiert. Das Magazin, das diese Geschichte gebracht hatte, bereitete sich auf eine saftige Schadenersatzklage vor.

Einige Frauenzeitschriften hatten sich Frau Aschmunaydts angenommen, die immer wieder beteuerte, was für ein fabelhafter Ehemann ihr Gatte sei. Da diese Artikel nicht zu der Art von Beiträgen zählten, die das Leserinteresse dauerhaft wachhielten, verschwand Frau Aschmunaydt bald aus diesen Blättern.

Lucy glückte es, noch einmal mit Streif zu schlafen, was nach einem Film stattfand. Ihre Eltern waren aus den Ferien zurück, und Streif mochte nicht mit ihr zu sich nach Hause fahren, wozu auch Lucy keine Lust hatte. Sie kannte ein Hotel, in dem nicht viel gefragt wurde. Streif dachte an die Kosten, aber es gab kein Zurück, und Lucy liebte die Liebe in solchen Herbergen. Bei viel Radau, der durch Fenster und Wände drang, war Streif gezwungen, sein Bestes zu geben.

Bei Hilda war es gemütlicher, dort trank er jetzt Whisky, den er mitgebracht hatte, und ließ sich von ihr mit Selbstgebackenem verwöhnen. Er küßte sie, wenn er kam, und küßte sie, wenn er ging.

Aschmunaydt fesselte Streif ans Haus. Immerhin konnte er sich auf die Toilette schleppen, und was Streif ihm zu essen brachte, verzehrte er bis auf den letzten Bissen. Sein linker Arm blieb gelähmt, ein Bein zog er nach. Die Schneidezähne fielen langsam aus, und manchmal weinte Aschmunaydt, wobei seine Tränen im Wildwuchs des Bartes versickerten.

Streif legte Aschmunaydt die Handschellen nie wieder an, aber von den Ketten befreite er ihn nicht. Tagsüber ließ er das Licht für ihn brennen. Den Keller hatte er gründlich gereinigt, doch stank es weiter. Alle drei bis vier Tage spritzte er Aschmunaydt mit dem Schlauch ab. Dann setzte er ihn auf einen Hocker, von dem er zu rutschen drohte, wenn er kichernd nach dem Wasserstrahl haschte. Streifs Ekel vor Aschmunaydt wuchs mit jeder Waschung. Aus den von Aschmunaydt ausgestoßenen Lauten und Rufen war kein einziges Wort zu entnehmen. Er hatte die Sprache verloren.

Inzwischen empfand Streif sein Dasein im Büro als geradezu grotesk. Brettschneider war unterwürfig, ja liebedienerisch geworden. Er kochte Kaffee, wann immer Streif es wünschte, und überließ ihm abends die Zeitung. Brettschneider war nicht entgangen, wie Kowalski um Streif herumscharwenzelte, dessen Memorandum den ersten Mausgrauen erreicht hatte. Je höher es gestiegen war, desto größeres Befremden hatte es ausgelöst. Die wenigsten hatten überhaupt gewußt, daß Kowalskis Truppe mit ihrem sinnlosen Tun existierte. Kowalski war jedoch noch immer von der Aussicht auf wachsende, wenn auch späte Bedeutung geblendet. Die Anrufe von Bordeauxfarbenen bis Mausgrauen hörten nicht auf. Sie alle schlugen den gleichen verständnisvollen und doch so scheinheiligen Ton derer an, die zu entscheiden haben und nicht wissen, worum es dabei eigentlich geht.

Während Kowalski von dem großen Tag träumte, an dem er zu den Bordeauxfarbenen gehören würde, bewegte er sich unaufhaltsam auf die Frühpensionierung zu.

Eines Morgens, kurz vor halb neun, tranken Brettschneider und Streif Kaffee, als Kampe an die Tür klopfte und sofort eintrat. Brettschneider erkannte Kampe nicht – er hatte ihn bisher nur auf Fotos in der Corpuspost gesehen. Als Streif ihn mit: »Guten Morgen, Herr Kampe« begrüßte, schnellte Brettschneider hoch und rief »Guten Morgen« und dann, wie unter Atemnot: »Herr Dr. Kampe.«

»Was verschafft uns die Ehre?« fragte Streif und reichte Kampe die Hand, dessen Blick auf einen Haufen Computerauszüge fiel. Kampe fixierte Brettschneider: »Erklären Sie mir, was Sie da machen?«

»Wir rechnen«, sagte Streif.

»Ich wollte das von diesem Herrn wissen.« Kampe wies mit dem Daumen auf Brettschneider. »Was rechnen Sie da?«

»Wir vergleichen die Produktionskosten von Flaschen weltweit.«

»Interessant, interessant.« Kampe wiegte den Kopf.

»Jetzt sind die Einliterflaschen in Afrika dran.« Brettschneider war sicherer geworden. »Im Kongo wären sie am billigsten.«

»Warum?«

»Die Schwarzen arbeiten fast umsonst.«

»Interessant, interessant.« Kampe wandte sich an Streif: »Wer ist Ihr Chef?«

»Kowalski.«

»Könnten Sie mich bitte in sein Büro begleiten.« Auf dem Gang bedauerte er Streif, es täte ihm wirklich leid, wie Aschmunaydt ihn durch den Wolf gedreht hätte. Er ging auf den Fahrstuhl zu. Streif fragte, ob er denn nicht zu Kowalski wollte?

»Bloß nicht!« Mit siegessicherer Miene hob Kampe den Arm zum Abschied. »Sie hören von mir.«

Kampes Wochenende mit den Schwiegereltern war noch mühsamer als üblich gewesen. Die Schwiegermutter hatte unentwegt gekocht und während des Essens Kampe und ihrer Tochter immer wieder aufgelegt. Vom Schweinebraten über Hirschragout bis Buttertorte hatte das Ehepaar Unmengen essen müssen, worauf die Schwiegermutter bestanden hatte, die solche Freuden bei ihrem Mann nicht genießen konnte, der Vegetarier war. Er hatte den Hirsch in dem Revier geschossen, das er mit Kampe teilte. Der wiederum hatte noch immer nicht mit Nachhilfestunden bei einem Schützenmeister begonnen, was ihm von dem Schwiegervater mehrmals vorgehalten wurde.

Jedesmal, wenn Kampe oder seine Frau sich weigerten, weiter zu essen, hatte die Schwiegermutter etwas von Enkelkindern gestammelt, die bestimmt nichts liegen ließen. Fauenkirk hatte Kampe für sein Geschick in New York gelobt, ohne auf Nina einzugehen, und ihm dringend empfohlen, sich um Streif zu kümmern, dem sehr bald etwas Vernünftiges angeboten werden müßte.

Fauenkirk hatte zwei Alben mitgebracht, eines mit Fotos von afrikanischen, das andere mit solchen von asiatischen Waisenkindern. Die kleinen Geschöpfe sollten farbig sein, das würde, so Fauenkirk, ein klares Zeichen setzen. Auch müßten Kampe und seine Frau wieder in einem Bett, oder zumindest im gleichen Zimmer, schlafen – für Eltern kleiner Kinder gehöre sich das so.

Während eines Spaziergangs hatte Fauenkirk den Kampes von dem Fonds erzählt, den er mit einem kleinen Startkapital für farbige Waisen gegründet hatte. In den Fonds wollte er in den Jahren, die ihm noch blieben, sein gesamtes Vermögen einbringen, falls Enkelkinder ausblieben.

Nachdem die Sekretärin am frühen Abend gegangen war, rief Kampe bei Aschmunaydt zu Hause an. Er ließ das Telefon zehnmal läuten, dann hängte er ein. Nach einer Viertelstunde versuchte er es wieder und sah dabei mit aufkeimendem Triumph auf die abendliche AG-Landschaft.

Halblaut zählte er den Rufton mit. Jetzt nahm Frau Aschmunaydt ab.

»Hallo«, sagte sie, dann rief sie es.

Kampe horchte schweigend auf ihren schneller gehenden Atem.

»Was soll denn das!« rief Frau Aschmunaydt, die vor einer Woche aus dem Krankenhaus entlassen worden war. Seit einigen Tagen wurde sie immer wieder von jemandem angerufen, der sich nicht zu erkennen gab.

Auf der Heimfahrt fuhr Kampe Umwege. Er erschreckte einen Scheidungsanwalt aus Bochum und einen Weinbauern aus Eltville, der zu seiner Verlobten unterwegs war.

Am nächsten Morgen rief Kampe in Streifs Büro an. Brettschneider nahm ab und nannte seinen Namen.

»Ich will nicht Bretterschwund, wo ist Streif?« rief Kampe.

Wortlos reichte Brettschneider den Hörer an Streif, den Kampe in seinem Büro zu sprechen wünschte, und zwar sofort.

Kampes Büro hatte etwas von einem ungemütlichen Salon. Chintzbezogene Sessel standen um einen flachen Tisch, dessen Platte aus AG-Stahl geschmiedet war. Zwischen falschen Chippendaleschränken hingen abstrakte Bilder in düsteren Farben, deren aggressive Kreativität Kampe gern vor Besuchern rühmte. Gutgelaunt kam er mit federnden Schritten Streif entgegen. Von seinem Schwiegervater hatte er soeben erfahren, daß der Aufsichtsrat höchstens drei oder vier Wochen mit seiner Ernennung zum Nachfolger Aschmunaydts warten wollte, vorausgesetzt, Aschmunaydt würde bis dahin nicht wiederauftauchen.

Kampe reichte Streif die Hand: »Sie haben Glück gehabt, daß Aschmunaydt sich scheinbar in Luft aufgelöst hat.«

»Wo er wohl steckt?«

»Vor mir müssen Sie keine Krokodilstränen vergießen. Sie werden Kowalskis Nachfolger und räumen dessen Schlafwagen auf.«

»Sie meinen – entlassen?«

»Auf jeden Fall so früh wie möglich pensionieren.«

»Man könnte umschulen. Ich nehme an, Sie haben mein Memorandum gelesen.«

»Die haben zu lange diesen Unsinn getrieben.«

»Das ist nicht deren Schuld.«

»Spielen sie nicht Jesus Christus. Wenn Sie einige von diesen Pfeifen in anderen Abteilungen unterkriegen, soll es mir recht sein.«

Es roch nach Minze. Streif atmete tief ein. Was hatte Kampe wirklich mit ihm vor? Streif hätte gern geraucht. »Was wird nun aus mir?« fragte er.

»Nicht so ungeduldig, ab jetzt sind Sie zinnoberrot.«

Als Kowalski in die Personalabteilung gerufen wurde, folgte er der Bitte eines gewissen Herrn Schwerner. Kowalski war überzeugt, daß seine große Stunde gekommen war.

Was er zunächst vernahm, war ein Loblied auf seine Treue und sein Pflichtgefühl, Tugenden, die er siebenunddreißig Jahre bewiesen hätte. Doch bald sprach Schwerner von der Notwendigkeit zu rationalisieren, die Konkurrenz sei gnadenlos. Schwerner, der sommers wie winters graue Halbschuhe mit Kreppsohlen trug, hatte eine lange Reihe solcher Gespräche geführt, und er liebte sie.

Er hörte sich gern selbst zu und fand, daß seine Sätze eine Geschmeidigkeit erreicht hatten, die eines Nachtschwarzen würdig war. Zudem schwelgte er in dem hohen Gefühl, der AG wertvolle Dienste zu leisten, und meinte wie viele seiner Kollegen, in der Hierarchie der Farbpunkte eine dunklere Tönung verdient zu haben. Während er weiter schwafelte, wurde Kowalski nervös. Sein Gegenüber schien einige wichtige Tatsachen durcheinanderzubringen. Schwerner betonte die gespannte Ertragslage der AG, wo doch selbst in der Corpuspost zu lesen war, daß man auch in diesem Jahr mit hohen Gewinnen rechnete. Kowalski hielt es nicht mehr aus und wollte wissen, ab wann er mit Bordeaux rechnen könne.

Schwerner, der sich angegriffen fühlte, streckte die Beine aus und rieb die Kreppsohlen aneinander.

»Sie irren!« rief er. »Sogar gewaltig!« Und nun erfuhr Kowalski ohne jede Geschmeidigkeit, daß er pensioniert sei, und zwar mit sofortiger Wirkung. Kowalskis Entsetzen stimmte Schwerner milder, der nun von den Freuden schwärmte, die ein Neuundfünfzigjähriger genießen könne; er pries die AG, die finanzielle Sorgen im Alter von einem Langgedienten fernhielte, und schloß damit, wie sehr er Kowalski beneiden und am liebsten mit ihm tauschen würde. Diesen Satz hatten schon viele vor Kowalski hören müssen. Auf ihn war Schwerner besonders stolz.

Kowalski verließ die AG in aller Stille. Er verabschiedete sich von den Kollegen und beglückwünschte Streif, den er dabei etwas zu lang ansah. Streif hielt diesem Blick mühelos stand. Auf Kowalskis Nachfolge war er nun wirklich nicht scharf gewesen.

Brettschneider stotterte, er sei sprachlos, alles komme so plötzlich, so völlig unerwartet, wie leid ihm das tue. Er sprach von Leistungen, die in Kowalskis Gruppe erbracht worden seien, wobei er sich mit einbezog, und bald redete er mehr über sich als über den Scheidenden.

Wie jeden Abend trank Streif einen großen Schluck Aquavit, bevor er zu Aschmunaydt in den Keller stieg.

Aus einem Glas zu trinken, die Brote in den Mund zu stopfen, das schaffte Streifs Gefangener. Selbst die Bananen konnte er schälen. Zum Glück hatte er überlebt. Eine Leiche spurlos zu beseitigen erschien Streif sehr schwierig, obschon er es mit einem toten Aschmunaydt doch leichter gehabt hätte. Streif konnte sich zu nichts aufraffen, um Aschmunaydt loszuwerden.

Aschmunaydt stieß zufriedene Grunzlaute zwischen Schmatzern aus. Nach dessen Fütterung fuhr Streif in die Siedlung und hielt vor der Wirtschaft, in die er mit Nina eingekehrt war.

Er stellte sich an die Theke. Die Männer unterhielten sich im Dialekt der Gegend, kippten Bier und Schnäpse. Streif hörte zu, ohne sich an der Unterhaltung zu beteiligen. Der Wohnwagen auf dem Brachland war abgeschleppt worden, höchste Zeit sei das gewesen.

Streif dachte, der Rotschopf würde es nun mit der Polizei zu tun bekommen, aber da sagte ein junger Mann, es seien nicht die Bullen gewesen, sondern Typen aus der Innenstadt. Mit denen habe es Streit gegeben, einiges sei in Scherben gegangen.

»Was war eigentlich mit dem Karawan los?« fragte Streif.

»Sie sind wohl nicht von hier«, entgegnete einer der Männer. Streif antwortete nicht und zahlte.

Als Streif die Zähne putzte, fuhr die Polizeistreife vorbei und hielt vor dem Garten. Streif blickte aus dem Fenster und sah, wie die beiden blonden Polizisten, gefolgt von einem Grauhaarigen, auf das Haus zugingen.

Als es an der Tür klingelte, trat Streif ins Freie. Die Polizisten suchten eine Bande von Autodieben, die ihre Beute in den Balkan verschob.

»Wir waren ja schon bei Ihnen«, sagte der Feistere der beiden Blonden. »Das ist reine Routine.«

»Da wäre noch was.« Der Grauhaarige blickte ihn, für Streif etwas zu lang, an.

»Wir suchen auch ein hohes Tier, den Corpusboß.«

»Sie meinen Aschmunaydt«, ergänzte Streif.

»Den haben sie längst um die Ecke gebracht«, sagte der weniger Feiste.

»Kannten Sie ihn?« fragte der Grauhaarige, den die Blonden mit »Herr Oberwachtmeister« anredeten.

Streif nickte. »Ein großartiger Mann, er wird uns allen fehlen.«

Der Oberwachtmeister machte zwei Schritte auf die offene Haustür zu.

»Bitte, kommen Sie herein!« Streif machte eine einladende Handbewegung.

Aber dann besann sich der Grauhaarige eines anderen und kehrte um. »Wir verplempern hier unsere Zeit«, sagte er zu den beiden jungen Kollegen.

31

Aschmunaydts Wunden waren verheilt. Das Loch unterhalb der Tonsur hatte sich geschlossen. Seit fünf Wochen hatte er nicht das Tageslicht gesehen.

Aschmunaydt hatte aus Brot Kugeln geformt, die er über den Boden rollen ließ, soweit es die Ketten erlaubten. Gerieten sie außer Reichweite, kniete oder legte er sich hin und fischte nach den Kugeln, wobei er Pfeiftöne ausstieß. Je mehr er sich dabei anstrengen mußte, desto schriller wurden sie. Wenn ihm Streif das Essen brachte, ließ er sich nicht stören.

Wenige Tage nach Kowalskis Pensionierung zog Streif in dessen Büro ein. Sogleich öffnete er die beiden Fenster, die er erst wieder schloß, als es heftig zu regnen begann. Kowalskis Duft wollte nicht weichen. Der Teppichboden und die Tapeten waren davon durchdrungen. In diesem Raum hatte Kowalski vierundzwanzig Jahre verbracht. Streif war aufgegeben worden, zweiunddreißig Zitronengelbe und Rosarote umzustrukturieren, wie es hieß. An den Unfug der Internationalen Kostenkontrolle waren die meisten so gewöhnt, daß sie nur in Abteilungen unterzubringen waren, in denen es ähnlich geisttötend zuging. Streif kannte kaum einen von ihnen. Nur mit wenigen hatte er hin und wieder ein paar Worte gewechselt, einzig Brettschneider war ihm vertraut.

Als er die ihm unbekannten Namen in Altersgruppen aufteilte, stieg in ihm ein Gefühl von Macht auf. Er gab zu, daß er auch das vermißt hatte, und belächelte sich. Darüber war er doch eigentlich hinaus, und war er mit der Macht nicht immer behutsam umgegangen? Oder unterschied ihn wirklich nichts von den meisten anderen, für die das höchste Glück ein tiefgetönter Punkt auf dem Firmenausweis war? Als er dann mit einem Bordeauxfarbenen über die Auflösung der Abteilung sprach, ertappte er sich dabei, wie er in dessen geschäftigen Ton verfiel.

Am Nachmittag überzeugte er drei junge Männer, umgehend zu kündigen. Die AG, sagte er, sei nichts für sie. Nur Zahlen aneinanderzureihen, das dürfe nicht der Sinn des Daseins sein. Mit noch nicht mal dreißig müsse man das Leben suchen. Seine aufmerksamen Zuhörer ließen sich mit sechs Gehältern abfinden und verabschiedeten sich herzlich. Am nächsten Morgen besorgte er zwei Endvierzigern Arbeitsplätze in der Altablage. Einen knapp Vierzigjährigen, der sich an die AG wie an ein Rettungsboot klammerte, brachte er mit Mühe in der Kundenbuchhaltung unter. Für Brettschneider fand er eine Aufgabe in der Speditionsabteilung, die als ausbaufähig galt. Zwei Tage lang räumte Brettschneider das Büro auf. Er schmiß fast alles in den Papierkorb, wozu ihm Streif geraten hatte.

Ninas Ausstellung fand an einem wolkenlosen Abend statt. Es war angenehm warm, vom Fluß her wehte eine schwache Brise. Der Jachthafen gehörte zu den besten Adressen in New York. In einem fünf Hektar großen Park stand das weiße Clubhaus, ein Kolonialbau aus dem letzten Jahrhundert. Alle Präsidenten des Clubs hatten in der Geschichte der Stadt oder des Landes eine Rolle gespielt. Hohe Bäume und dichte Buchsbaumhecken schirmten das Anwesen nach außen hin ab. Das Hafenbecken säumten zwei Quais, an deren Enden Schutzmauern aufeinander zuliefen, dazwischen lag die Einfahrt zum Hafen. Die Fortune III war das vorletzte Schiff einer langen Reihe von Motor- und Segeljachten, sie ankerte zwischen einer Chris Craft und einem mächtigen Katamaran.

Ninas Bilder hatten nicht alle in die Fortune III gepaßt, ein Teil war an dem Geländer des Quais, der Reling und in der Takelage der Jacht angebracht. McCumber hatte sich über das Wetter keine Sorgen gemacht. Bei Regen hätte er Ninas Klebereien im Clubhaus ausstellen lassen.

»Deine Ausstellung is the talk of the town«, sagte er immer wieder zu Nina. Kurz vor Einbruch der Dunkelheit sollte der Hafen mit Fackeln beleuchtet werden. In der Fortune III würden Kerzen den Schalengebilden eine besondere Tiefe geben, meinte er.

Die ersten Gäste erschienen pünktlich um sieben. Es waren dies der Erfinder der Wegwerfkamera und der größte Ballonschneider in den Staaten mit ihren Frauen. Ihnen folgten zwei arabische Prinzen mit je vier verschleierten Frauen.

Gleich darauf kam eine Gruppe junger Leute, Softwaremillionäre mit ihren noch unbekannten Freundinnen. Danach wurde McCumber von einem kubanischen Immobilienhändler umarmt, von dem es hieß, er habe sich noch nie geirrt. Ein Trupp aus der Hochfinanz, jüdische und arabische Banker, schritten einträchtig auf die Jacht zu. Die kanadischen Stahl- und Lebensmittelmagnaten erregten ebensowenig Aufsehen wie die nichtsnutzigen Erben eines

Elektrokonzerns, denen Jonathan folgte, obwohl er sich mit Nina wegen der immens hohen Telefonrechnung verkracht hatte. Sehr beachtet wurde ein Schauspielerehepaar, das sich nach dem Gewinn zweier Oscars einander entfremdet hatte und getrennt erschien. Von Alkohol und Rauschgift war gemunkelt worden. Ein deutscher Schäferhund, der auf Kokain abgerichtet war, hatte dieser Ehe am meisten geschadet.

Ein Showmaster umarmte bekannte und unbekannte Gäste mit überschäumender Herzlichkeit. Unter ihnen waren viele von McCumbers Polofreunden, meist ältere Männer mit ihren Frauen oder Freundinnen, die Nina für sein neues Verhältnis hielten. Der Besitzer von sechs Kraftwerken, ein glatzköpfiger Armenier, dachte da anders. Er war an der KEO interessiert gewesen, aber zu einem wesentlich billigeren Preis. Der chinesische Besitzer einer koscheren Fastfoodkette und ein Serbe, dem eines der effizientesten Detektivbüros auf dem amerikanischen Kontinent gehörte, gingen in der Menge völlig unter. Sie waren Freunde McCumbers aus einer Zeit, in der er große geschäftliche Probleme gehabt hatte.

Ein farbiger Stahlhändler, einer der größten seiner Zunft, erkundigte sich bei Nina nach Streif. Seitdem er New York verlassen hatte und Aschmunaydt verschollen war, klappten die Preisabsprachen nicht mehr. »Wir warten auf Johns Rückkehr«, sagte der Stahlhändler. »Mit Minter, dieser Flasche, ist nichts los.«

Die Fortune III füllte sich. In der Eignerkabine wurden Ninas Werke am schnellsten verkauft. Etwa zwei Dutzend Gäste rekelten sich auf McCumbers Bett. In konzentrierter Form wirkte der Singapur Sling schnell. Der erste war auf dem Quai gereicht worden, der zweite vor Betreten der Jacht obligatorisch gewesen. Junge Leute mit langen Haaren oder kahlen Köpfen taten in schick schludrigen Klamotten so, als ob sie Künstler wären, und gaben Tiefsinniges über Ninas Œuvre von sich. Sie waren für siebzig Dollar pro Kopf von einer Werbeagentur angeheuert worden, die McCumber gehörte. Einen solchen Aufwand hatte Nina nicht erwartet.

Bald war die Fortune III so überfüllt, daß viele über die zwei steilen Treppen aufs Deck in die frische Luft kletterten. Die Bilder an der Reling und in der Takelage wurden als Werke aus Ninas rosa Periode gepriesen und für zehntausend Dollar verkauft. Spottbillig, wie es hieß, und für einen guten Zweck. Die Namen der Käufer wurden auf gelben Stickern gut sichtbar an die Leinwand geklebt. Als die Bilder rar wurden, kam es zum Streit zwischen einem Autor, der monatlich einen pornographischen Kriminalroman veröffentlichte, und der Frau eines indischen Herzchirurgen, der nur noch operieren ließ. Unentwegt wurden Slings angeboten.

Als es Abend wurde, gab es Spanferkel und Dönerkebab, und noch immer strömten Gäste, die in ihren Büros festgehalten worden waren, zur Fortune III. McCumber empfing sie jetzt auf dem Quai, wo noch unverkaufte Bilder hingen.

»Entscheide dich sofort für eines oder zwei dieser erstaunlichen Werke«, sagte er zu Gordon Gray, der schon wieder die Freundin gewechselt hatte, die auch herzzerreißend miauen konnte. Ein Ölmühlenbesitzer, der es schon lange auf Nina abgesehen hatte, kaufte drei, und selbst Jerry, der Börsenmakler, den Nina persönlich eingeladen hatte, erwarb ein Austerngebilde. Inzwischen waren auch die Fotografen großer Zeitungen eingetroffen, die nach dem ersten Sling alles durcheinandertranken.

Der Besitzer eines bekannten Teams in der NBA wäre beinahe als erster über Bord gegangen. Er war auf alkoholhaltigen Früchten ausgerutscht. Ein schwarzer Boxpromoter hatte ihn gerade noch aufgefangen.

Als nahezu alle Klebereien verkauft waren, erfaßte eine

riesige Welle die Boote und Jachten, der unverzüglich eine zweite folgte. Die Fortune III krachte erst gegen den Katamaran und dann gegen die Chris Craft. Im Schiff fielen die Gäste auf- und übereinander und schrien vor Angst. Die Betrunkenen kreischten und lachten hysterisch. An Deck klammerten sich die Gäste in panischer Angst an alles, was Halt bot. Die Fortune III knallte noch zweimal an die beiden Schiffe, zwischen denen sie geankert hatte. Ninas Bilder klatschten ins Wasser.

Die Wellen waren von einem Boot der Wasserpolizei und einer Riviera, die Heroin übergeben sollte, verursacht worden. Rechtzeitig hatten die Drogenhändler erkannt, daß sie dabei waren, in eine Falle zu laufen. Die Boote der Drogenmafia waren an Pferdestärken nicht zu schlagen, die Wasserpolizei fiel schnell zurück. Sie hatte zwar das Feuer eröffnet, die Riviera jedoch nicht stoppen können. Die Mafiosi hatten mit einem Kugelhagel, dicht über die Köpfe der Beamten hinweg, geantwortet.

Von Ninas Klebereien war nicht mehr viel übrig. Auf dem Quai und auf dem Deck waren sie von den Wellen zerfetzt und ins Wasser gerissen worden. Im Inneren der Fortune III waren sie auf den Boden gefallen und lagen zertrampelt auf dem Boden. Nachdem die Jacht wieder im Gleichgewicht war, drängten die Geladenen auf den Quai. McCumber suchte die Menge zu beruhigen, richtete aber nicht viel aus. Die Gäste, die in der Jacht gewesen waren, glaubten, ein Erd- oder Seebeben überlebt zu haben, und befürchteten neue Stöße.

Nina half der Crew. Sie holte eine alte Dame aus dem Klo, die das Türschloß nicht mehr öffnen konnte, begoß Betrunkene mit Eiswasser oder führte sie zu einer der Treppen. Sie war dem Erfolg so nahe gewesen, McCumber hatte die Ausstellung perfekt organisiert. Sie hätte heulen können.

Naß und verdreckt suchten die Gäste das Weite. Niemand fand ein Wort des Trostes für McCumber oder Nina. Viele flüchten, ohne sich zu verabschieden. Immerhin war die Fortune III nicht leckgeschlagen.

Als der letzte Gast außer Sicht war, machte sich McCumber mit Nina auf den Heimweg und hinterließ seiner asiatischen Crew ein verschmutztes, halb zerstörtes Boot. Viel machte ihm das nicht aus, er war versichert. Nina tat ihm leid, er legte den Arm um ihre Schulter.

»So eine Scheiße«, flüsterte sie.

McCumber fuhr sie nach Hause. Dabei fragte er: »Wirst du weiter Austern kleben?«

»Weiß ich noch nicht.«

»Wie wär's mit Schnecken oder Krebsen?«

Sie blieb ihm die Antwort schuldig.

»Sorry.«

Als er unter dem Penthouse der Streifs hielt, fragte sie ihn, ob er nicht für ein Glas heraufkommen wolle, der Abend habe es schließlich in sich gehabt.

Über der Terrasse wölbte sich ein sternenklarer Himmel. Im Mondlicht wurde Manhattan zu einem Gebilde aus dunklen und hellen Blöcken. Im Westen senkten sich zwei Flugzeuge mit blinkenden Lichtern auf die Stadt. Unten heulte die Sirene einer Ambulanz. McCumber bat um ein Mineralwasser.

»Möchtest du nicht einmal was Richtiges trinken?« fragte Nina.

»Es gibt keinen Anlaß.« McCumber setzte sich in einen Liegestuhl. Nina holte Weißwein und Mineralwasser.

»Warum wehrst du dich so gegen Alkohol?« Sie trank einen Schluck Wein.

»Der Sport.«

»Ist mir zu anstrengend.«

»Das hat Karl auch immer gesagt, bis er zu joggen anfing.«

»Ob er sich verlaufen hat?« Nina füllte ihr Glas nach.

»Unmöglich, bei euch sind doch selbst die Bäume numeriert.«

»Möglich ist bei uns alles, du siehst doch, was sie mit ihm gemacht haben.«

»John beging einen einzigen Fehler«, sagte McCumber. »Er hat Karl blind vertraut.« Er brach plötzlich ab. Nina schwieg. Noch ein, zwei Minuten, dann würde sie direkt werden. Er räusperte sich und fuhr sich über die Haare. Nina mußte zugeben, daß er noch immer ein gutaussehender Mann war.

»Ich wußte von Anfang an, auf was du aus warst«, sagte McCumber schließlich. »Die Ausstellung war nur ein Vorwand, allerdings ein guter, aus dem sich etwas machen ließ. Deshalb habe ich dir auch Erfolg gewünscht.«

»Warum hat uns Aschmunaydt geopfert? Du findest doch auch, daß er sich uns gegenüber schlecht benommen hat.«

»Was nützt es dir, das zu wissen?«

»Es interessiert mich, wozu Menschen fähig sind, vor allem wenn man dabei selbst der Dumme ist.«

McCumber ging an den Rand der Terrasse und stützte sich auf das Geländer, Nina trat neben ihn. »Hat sich Aschmunaydt bei eurem Geschäft etwas in die Tasche gesteckt?«

»Nein!« rief McCumber.

»Aber etwas ist zwischen euch gelaufen.«

»Cool sister!«

»Du schadest Aschmunaydt nicht mehr und kannst ein Unrecht wiedergutmachen, das du selbst mitverschuldet hast.«

McCumber drehte sich um und wollte gehen. Nina verstellte ihm den Weg.

»Du bist nicht nur an Johns Unglück schuld!« rief sie. »Du hast auch meine Bilder kaputtgemacht. Du wolltest mit deiner Jacht protzen, deswegen wurden alle diese Ignoranten eingeladen.«

»Für deinen Mann habe ich immer einen Job.«
»Soviel wie Aschmunaydt wird er nie verdienen.«
»Der hat nichts verdient.«
»Und sein Sohn?«
»Der erst recht nichts.« McCumber hielt inne. »Nina«, drohte er. »Laß die Finger von dieser Sache.«

Kampe wartete in seinem Arbeitszimmer zu Hause auf Ninas Anruf. Sie hatte ihm in einem verschlüsselten Fax mitgeteilt, am Abend um halb sieben anzurufen, inzwischen war es kurz vor acht. Den Code hatte sie mit Kampe vereinbart. Vom Büro aus konnte Kampe nicht mehr mit ihr telefonieren. Noch immer wurden alle Leitungen abgehört. Man hatte Aschmunaydt nicht aufgegeben, obwohl er nun seit über sechs Wochen verschwunden war.

Kampe war nervös. Er mußte auf die Toilette, fürchtete aber, daß gerade dann Nina anrufen würde. Bestimmt würde seine Frau abheben. Sie saß am PC und arbeitete Analysen aus. Seit ihr Freund, der forschende Chemiker, nicht mehr forschte und im Essigsäurebetrieb seiner Firma arbeitete, klappte es mit ihm nicht mehr.

Die Minuten verstrichen. Kampe wurde immer unruhiger. Fauenkirk, der sich zum Abendessen angesagt hatte, konnte jeden Moment eintreffen. Dessen Wunsch nach Enkelkindern wurde für Kampe zu einer immer unangenehmeren Marotte. Seine Frau war bereit nachzugeben, sonst würde ihr Erbe verlorengehen. Sie kannte ihren Vater gut genug, um zu wissen, wie ernst es ihm war. Kampe sah mit wachsendem Entsetzen, daß er um die Kinder nicht herumkommen würde. Am Erbe war ihm nicht viel gelegen. Er lebte mit seiner Frau, die für die Waisen ein Kindermädchen engagieren wollte, in Gütertrennung.

In dem Moment, als Kampe sich entschlossen hatte, auf die Toilette zu gehen, rief Nina an.

»Er hat uns alle geleimt«, sagte sie und entschuldigte den

verspäteten Anruf mit keinem Wort. Voller Absicht hatte sie Kampe warten lassen.

»Also doch!«

»Er hat es wegen seines Sohns gemacht, der sich verspekuliert hatte, Derivate, oder wie heißt das? Dollar gegen Yen oder umgekehrt, über Schweizer Franken gedreht oder was auch immer, und dann war das Geld irgendwie weg. Ich habe das nicht verstanden.«

»Da sind Sie nicht allein. Wieviel hat er verloren?«

»Dreißig Millionen.« Nina hatte McCumber nicht aus der Tür gelassen. Er hatte ihr am Ende nicht widerstehen können und danach alles erzählt.

»Mein Gott!« rief Kampe. »Tatsächlich dreißig Millionen.«

»Dollar«, sagte der Schwiegervater hinter ihm, der schon wieder Fotoalben unter den Arm geklemmt hatte.

»Was haben Sie mit meinem Mann vor?« fragte Nina.

»Viel, er ist schon wieder bei Zinnoberrot.«

Damit beendete Kampe das Gespräch. Hinter ihm stand Fauenkirk mit einem aufgeschlagenen Album voller farbiger Waisenkinder, das er Kampe unter die Augen hielt. Ein schmaler, weißhaariger Mann, dessen Augen seinen Schwiegersohn hinter einer goldgerahmten Brille unerbittlich musterten.

32

Kampe war schlechter Laune. Lebte Aschmunaydt doch noch? Die Chancen dafür schienen gestiegen zu sein. Ein Magazin hatte berichtet, daß der Bundesnachrichtendienst unter höchster Geheimhaltung mit einer internationalen Terroristengruppe verhandeln würde, selbst Corpus wüßte nichts davon.

Seit einigen Tagen schon wollte Kampe mit Streif reden. Nach zwei Wochen waren von den zweiunddreißig Frauen und Männern der Internationalen Kostenkontrolle noch zehn übrig. Die meisten hatte Streif in der AG untergebracht. Schwierig war es mit den über Fünfzigjährigen, die vom Wert ihrer Arbeit überzeugt waren und nicht einsehen wollten, warum die Abteilung aufgelöst werden sollte. Über dreißig Jahre hätten sie der AG gedient, und nun sollten sie sang- und klanglos abgeschoben werden.

Die Abstände zwischen den Mittagessen mit Hilda und Lucy wurden länger. Beide bewunderten Streif. Wie schnell war er wieder auf die Füße gefallen!

Streif hatte für Aschmunaydt Glasmurmeln gekauft, die der nun hinter seinen aus Brot geformten Kugeln hinterherrollen ließ. Stießen sie aneinander, brach er in ein leises, unheimlich klingendes Jaulen aus.

Spaß machten Aschmunaydt die Malbücher für Kleinkinder, die Streif in einem Sonderangebot gefunden hatte. Aschmunaydt malte die weißen Vorlagen mit Buntstiften an, die der Indienfahrer hinterlassen hatte. Er malte Wiesen violett oder blau an, den Himmel rot oder grün, einen Esel hellblau und eine Krähe gelb. Er hielt sich auch nicht an die vorgezeichneten Formen, sondern kritzelte über sie hinweg, so daß sie oft nur noch schlecht zu erkennen waren.

Aschmunaydt war Streifs Kind geworden. Brachte der ihm das Essen, malte er oder blätterte in den Heften, wenn er nicht mit den Murmeln spielte.

Kampe hatte Streif zum Mittagessen in ein Restaurant in den Hügeln eingeladen. Als Streif das Lokal betrat, erwartete ihn Kampe in einer Ecke an einem weißgedeckten Tisch. Er hatte bereits bestellt und entschuldigte das mit einer Sitzung, die vorgezogen worden war: »Bei meinem Terminkalender würde Ihnen schwindelig werden.«

»Ja, ja«, sagte Streif. »Immer diese Hetze.«

»Für Sie wird das Tempo auch bald wieder schneller.«

Um Kampe und Streif herum waren nur Männer, die wenig aßen und gedämpft, aber intensiv miteinander redeten. Als eine kalte Ochsenschwanzsuppe serviert wurde, sagte Kampe: »Für Sie sieht es gut aus, solange Aschmunaydt nicht zurückkommt.«

»Ja«, pflichtete Streif bei, »das sollte nicht sein.«

»Weil er Sie sonst zur Sau machen wird.«

»Das hat er schon gemacht.«

»Es war nur der Anfang. Sie sind der einzige Zeuge seines größten Mißerfolgs. Er hätte Sie bald aus der Firma geprügelt und dafür gesorgt, daß Ihnen auch in den Staaten kein Job mehr angeboten worden wäre.«

»Wie man so charakterlos sein kann.«

»Ach was, diese Spielchen sind täglich angesagt.« Kampe legte den Suppenlöffel zur Seite und faltete die kalkweißen Hände. Streif sah auf Kampes roßlederne Schuhe, die dicken Absätze und Sohlen. Drei Zentimeter größer, dachte er.

»Kowalskis Schlafwagen haben Sie ja schon fast ausgeräumt«, lobte Kampe.

»So was muß schnell gehen.«

Während der Kellner winzige Portionen auf riesigen Tellern servierte, schwiegen die beiden Männer. Streif überlegte, ob ihn Kampe wirklich in sein Lager aufnehmen wollte. Ohne Jünger kam kein Nachtschwarzer aus. Für bedingungslose Hingabe wurden Schutz und Karriere geboten. Viele Jahre hatte Streif zu Aschmunaydts Garde gehört. Beabsichtigte Kampe, ihn nur auszunützen, um ihn dann wieder über Bord zu werfen?

Kaum hatte der Kellner sie allein gelassen, sagte Kampe: »Es ist in unser beider Interesse, daß Aschmunaydt nie wieder die Firma betritt.« Er zog die Gabel über das gestärkte Tischtuch und erzählte, was Fauenkirk über Aschmunaydt und dessen Sohn gehört hatte und was von Nina bestätigt worden war. Natürlich nannte er keine Namen. Streif hatte still zugehört.

»So eine Gemeinheit!« sagte er dann laut, worauf Kampe die Hand beruhigend auf den Arm seines Gegenübers legte. Streif sprach leise weiter: »So was von Scheinheiligkeit ist schon eine besondere Schweinerei. Um Richard zu retten, hat er also die KEO gekauft, mit McCumber dieses Theater vorgespielt und mich in den Sack gehauen!« Er wunderte sich, daß er nicht viel wütender war, vor Zorn bebte. Aber den Aschmunaydt von einst, den gab es ja nicht mehr. Der war ihm als Kleinkind erhalten geblieben.

»Sie kennen sich doch bei Aschmunaydt zu Hause aus, nicht wahr?« fragte Kampe.

Streif nickte und sah auf die bewaldeten Hügel, über die sich feiner Nebel legte.

»Wissen Sie auch, wo er seine Akten aufhebt?«

»Im Studio – das nennt er so.«

»Dreißig Millionen Dollar wurden in kleineren Beträgen von den Bahamas wahrscheinlich auf sein Schweizer Konto transferiert und von dort dann gleich weiter, um seinen Sohn vor dem Knast zu bewahren.«

»Da gehört er hin.«

Kampe schluckte einen Bissen hinunter und sagte feierlich: »Ich habe Sie für Marineblau empfohlen und angemeldet.« Und so, wie Kampe ihn anblickte, spürte Streif, wie sehr es dieser genoß, Schicksal zu spielen und ihn auf dem Schachbrett der AG zu bewegen.

»Mit allem, was dazugehört, hoffe ich«, sagte Streif.

»Sie müssen nur die nächste Sitzung des Personalausschusses für Himmel- und Marineblaue abwarten.« Kampe schlug mit dem Messer an den Rand des Tellers. »Wir brauchen die Belege, alles, was Aschmunaydt belastet. Das ist für Sie sehr wichtig.«

»Nicht nur für mich.«

Kampe lachte: »Sie gefallen mir immer besser.«

»Ich mir auch, am besten in New York.«

»Das ist Ihnen sicher, Minter macht's nicht mehr lange.«

»Was haben Sie mit ihm vor?«

»Nichts.«

Ein Eissoufflee wurde serviert. Kampe sah auf die Uhr. »Das können wir uns doch schenken. Ich muß los.«

Streif stand am Gartentor vor Aschmunaydts Villa und blickte zu den Blautannen hoch. Ihn drückte schlechtes Gewissen. Aschmunaydt, der Blautannen liebte, hatte die Bäume vor fünfundzwanzig Jahren selbst gepflanzt. Streif betätigte den Klingelknopf in der Gartenmauer. Er hatte sich für den Morgen angesagt.

»Herr Streif?« klang Frau Aschmunaydts Stimme aus der Sprechanlage.

Das Gras stand hoch im Garten. Vor gut zehn Wochen war der Rasen zum letzten Mal von Aschmunaydt geschnitten worden. Seine Frau erschien in der Haustür und freute sich offensichtlich, Streif wiederzusehen. Aschmunaydt hatte ihr nichts von Streifs Schicksal erzählt. Sie streckte die Arme aus und fragte ihn, wann er New York verlassen hätte.

»Vor einigen Monaten.« Streif folgte ihr in das Haus.

»Und?« fragte sie. »Sind Sie gern bei uns? Wie kommt Ihre Frau zurecht?«

»Sie ist noch in New York.«

»Dann lebt sie ja auch von ihrem Mann getrennt! Für mich ist es das erste Mal, und dann gleich so!« Sie sah gealtert aus, hatte Gewicht verloren, und ihr Gesicht war gelblich. Die Haaren waren fast weiß geworden. Streif bezweifelte, daß sie wirklich wieder gesund war.

Sie stand vor dem türkisfarbenen Kamin, hatte für Streif Brötchen mit Kalbsleberwurst bestrichen und eine Flasche von Aschmunaydts liebstem Rotwein geöffnet.

»Glauben Sie, mein Mann lebt noch?« Sie bat ihn, Platz zu nehmen.

»Ich hoffe das sehr.«

»Wenn man nur einmal etwas von ihm gehört hätte.« Sie sah Streif voller Trauer an, er fühlte sich unbehaglich.

»Manchmal denke ich, er hat sich gewehrt und ist dabei getötet worden.«

»Das sollten Sie nicht denken.«

»Warum lassen die Entführer nichts von sich hören, er muß doch entführt worden sein.«

»Etwas anderes kann ich mir auch nicht vorstellen.« Streif füllte die Gläser.

»Was hört man in der Firma von meinem Mann?«

»Vor allem Gutes.«

»Wenn er gekidnappt wurde, war es wahrscheinlich einer aus der AG.«

»Wie kommen Sie darauf?«

»Ich habe das geträumt.«

»Ihr Mann hat nie etwas von Träumen gehalten.« Streif zündete sich eine Zigarette an.

»Seit wann rauchen Sie?«

»In Deutschland habe ich wieder angefangen.«

»Sollten wir meinen Mann nicht wiedersehen, sieht es für Sie in der AG nicht mehr so gut aus.«

»Daran will ich gar nicht denken.« Streif sprang auf. Der Wind war stärker geworden, die Vorhänge wehten in den Raum. Streif schloß die Fenster und sah in der offenstehenden Garage den japanischen Mittelklassewagen.

»Wenn mein Mann umgebracht worden wäre, hätte man doch seine Leiche finden müssen.« Sie trank einen Schluck Wein.

»Das finde ich auch.« Streif biß in ein Brötchen, die Wurst war köstlich.

»Sie weichen aus, was denken Sie wirklich? In der AG

hoffen viele, daß mein Mann nicht mehr lebt, vor allem Kampe.«

Streif spürte, daß sie eben noch etwas hatte sagen wollen und es sich verkniffen hatte. Er gab sich einen Ruck: »Frau Aschmunaydt, in der AG sucht man nach Unterlagen, die Ihr Mann wahrscheinlich mit nach Hause genommen hat.«

»Sind Sie nur deswegen gekommen? Aber Sie kennen sich ja bei uns aus.« Sie wies zu Aschmunaydts Studio. Streif lächelte und ahnte, wie betreten sein Lächeln wirkte. »Wie oft habe ich dort mit Ihrem Mann Pläne geschmiedet!«

»Und Cognac getrunken.«

»Carlos Primero, den mochte Ihr Mann am liebsten.«

»Er mochte auch Sie, von Ihnen hat er viel gehalten.«

»Ja, ja, wir mochten uns.« Streif wurde es zuviel. Er erhob sich und bat, jetzt nach den Unterlagen suchen zu dürfen. Im Studio zog er die Rolläden hoch. Er hätte das Zimmer gern gelüftet, aber der Wind war inzwischen noch stärker geworden. Auf seinen Schreibtisch, einen englischen Partnerdesk, war Aschmunaydt stolz gewesen. Dessen Schubladen waren unverschlossen. Aschmunaydt hatte immer befürchtet, Einbrecher könnten sie aufbrechen und dabei den Schreibtisch beschädigen, wenn er ihn abgeschlossen hätte. Streif schob einen Stapel ungeöffneter Post beiseite, ließ sich dann auf Aschmunaydts Ledersessel nieder und kämpfte gegen ein eigenartiges Gefühl. Er streckte die Füße aus und sah sich um. In den Regalen standen Bücher und Akten. Persönliche Unterlagen hatte Aschmunaydt wohl im Schreibtisch aufgehoben. Streif begann mit der obersten Schublade auf der rechten Seite, die mit Fotos und Malereien der Enkel gefüllt war, und ihm kam der Gedanke, daß sie jetzt wohl besser als ihr Großvater malten. Darunter fand er alte Pässe, Briefpapier und Prospekte von luxuriösen Hotels. In der untersten Schublade hatte Aschmunaydt Telefon- und Stromrechnungen neben Steuerbescheiden und Gehaltsabrechnungen aufbewahrt. Aus der Korrespondenz mit einer Krankenversicherung rutschten Fotos von einer nahezu nackten Tänzerin.

Auf der linken Seite waren Schnellhefter verschiedener deutscher Banken, von einem Schweizer Konto fehlte jede Spur. In der nächsten Schublade wurde Streif fündig. Auf einem dicken Ordner stand McC mit rotem Filzstift. Streifs Finger zitterten. Als er die Belege der Gutschriften verschiedener Konten von Banken in den Antillen umblätterte, wußte er, daß sich seine Position in der AG in diesem Augenblick erheblich verbesserte. Vorsichtig faltete er die Belege zusammen und steckte sie in seine Jackentaschen. Das Geld war dann aus den Bahamas von mehreren Banken überwiesen worden und ergab in der Summe wenig mehr als dreißig Millionen Dollar. Streif lehnte sich zurück und sah in die im Wind wogenden Blautannen. So hatte Aschmunaydt oft vor ihm gesessen, in Hemd oder Pullover. Mit den Jahren hatte sich der Bauch immer deutlicher abgezeichnet.

Bis jetzt hatte es Streif nicht ganz glauben können, wie hinterhältig ihn Aschmunaydt hintergangen hatte. Jetzt hatte er die Gewißheit. Trotzdem spürte er noch immer keine Wut, nicht den geringsten Haß. Diese Gefühle waren ausgelebt. Er hörte Schritte.

Es war Richard, der abends oft bei der Mutter vorbeischaute und sich nun vor Streif auf den Schreibtisch setzte. »Denkst du über vergangene Zeiten nach?«

»Ja, ja, früher war alles besser.« Streif störte es, wie Richard sich anzog, den Anzug von Armani, die Hemden von Ralph Lauren. Auch Aschmunaydt hatte diese Designerklamotten, wie er sich gern ausdrückte, nicht ausstehen können.

Streif und Richard duzten sich. Aschmunaydt hatte das an einem Neujahrsabend vorgeschlagen. Sein Wunsch, daß

Streif ein richtiger Freund seines Sohnes werden würde, hatte sich jedoch nie erfüllt.

»Hoffentlich hat er nicht zu lange gelitten«, sagte Richard.

»Wie kommst du darauf?«

»Er lebt bestimmt nicht mehr, etwas ist bei seiner Entführung danebengegangen.«

»Das muß nicht sein.« Streif sah auf die Uhr. Er wollte mit Richard nicht weiter über Aschmunaydt sprechen, aber der ließ ihn nicht fort. Er freute sich, Streif endlich einmal wieder getroffen zu haben. Vor dem Kamin erfuhr Streif, daß Richard schon wieder seine Stellung verloren hatte.

»Weißt du nicht etwas für mich?« Richard sah Streif verlegen an. »Du kennst doch viele Leute.«

»Wenn nur mein Mann da wäre.« Frau Aschmunaydt setzte sich zu den beiden.

»Mal sehen, laß mir etwas Zeit.« Streif leerte sein Glas und wollte nur noch weg. Als Richard ihn durch den Garten begleitete, dachte Streif, daß er wenigstens den Rasen mähen könnte.

33

Streif hatte sich von seinem letzten Mitarbeiter verabschiedet, einem noch jüngeren Mann, der das Elektrogeschäft seines Onkels übernehmen wollte. Die Internationale Kostenkontrolle bestand nicht mehr, nur Streif war übriggeblieben.

Kampe trumpfte überall mit der Auflösung dieses nutzlosen Ressorts auf. Seine Ernennung zum Vorstandsvorsitzenden stand kurz bevor und sollte bald gemeinsam mit einem ehrenden Nachruf auf Aschmunaydt bekanntgegeben werden. Kampe konnte den großen Tag kaum noch erwarten. Jeder Vorwand war ihm recht, um sich in Aschmunaydts Büro aufzuhalten. Als erstes mußten die Möbel ausgewechselt werden, die ihm zu altväterlich waren. Der Raum müsse hell und licht werden, hatte ihm seine Frau geraten. Aus seinem alten Büro solle er nichts mitnehmen. Die Tischplatte aus AG-Stahl könne er verschrotten und die aggressiven Bilder gleich mit dazu.

Seit einigen Tagen war Streif im Besitz von Aschmunaydts Bankbelegen, hatte sich aber erst jetzt in Kampes Büro gemeldet. Als dieser sehr bald zurückgerufen hatte, war in ihm ein ungutes Gefühl aufgestiegen. Und jetzt saß er Kampe gegenüber und zögerte sogar, ihm die Belege zu übergeben.

Kampe gratulierte ihm. »So, wie Sie diese Penner verabschiedet haben, das war professionell. Keine Klagen vom Betriebsat und nicht ein Ton aus der Gewerkschaft.«

»Ja, ja, Gott sei Dank.«

»Tun Sie nicht so bescheiden, aber wenn Sie auch so effizient an Ihre Zukunft denken, können Sie von mir aus ewig in New York bleiben.«

Die Sekretärin, eine magere Blondine, brachte Kaffee und blickte Streif etwas zu lange an. Von Hilda und Lucy wußte sie einiges über ihn. Zu ihrem Bedauern schwiegen die beiden Männer, bis sie wieder aus der Tür war. Sie hatte längst mitbekommen, daß Kampe etwas mit Streif drehte. Das hatte sie von Streif nicht erwartet. Sie hatte eine Schwäche für Märtyrer und konnte Kampe nicht leiden.

Als sie wieder allein waren, sagte Kampe: »Sollten Sie mir etwas mitgebracht haben, sähe Ihre Zukunft noch rosiger aus.«

»Auf jeden Fall marineblau, und Aschmunaydt kann Ihnen nicht mehr gefährlich werden.«

»Das schließt Sie mit ein, sollten Sie das entsprechende Material bei sich haben.«

Streif zog einen Umschlag aus der Jacke. Kampe riß ihn auf und lächelte zufrieden.

»Für mich ist sein Verschwinden schon sehr mysteriös.« Er sah über einen Fußballplatz in einen wolkenlosen Himmel. »Wäre Aschmunaydt nicht mehr am Leben, wäre es für uns beide, für die ganze AG das beste.«

»Halten Sie es wirklich für möglich, daß er nicht mehr lebt?«

»Hoffentlich ist er nicht gequält worden.« Kampe nahm eine Flasche Cognac aus einem Schrank. »Auf gute Zusammenarbeit, wir werden prächtig miteinander auskommen.« Kampe prostete Streif zu.

»Auf New York!«

»Sie müssen schnell zurück, Minter ist völlig durcheinander.«

Durch die Sprechanlage kündigte die Sekretärin Besucher aus Toronto an. Streif verabschiedete sich und warf einen letzten Blick auf den Umschlag auf Kampes Schreibtisch.

Kampe flog wieder nach New York, in die Stadt, in die er am liebsten reiste. Zum ersten Mal war er dort als Student gewesen und hatte in einer Bank gearbeitet. Jetzt flog er erster Klasse. Man wußte, wer er war, und alle dienerten um ihn herum. Vom Flughafen war er direkt zu McCumber ins Büro gefahren.

Jetzt saß er ihm an einem flachen Tisch gegenüber, sie tranken Kräutertee. Ein junge Frau öffnete umständlich eine Flasche Mineralwasser.

»Ist schon okay«, sagte McCumber. »Laß uns bitte allein, Jane.«

Im Vorbeigehen warf sie Kampe einen prüfenden Blick zu, dem sofort aufgefallen war, wie schlecht McCumber aussah. Sein Gesicht war schmal geworden, die Augen lagen tief in den Höhlen. Noch schien der Körper kräftig zu sein, doch strengte es McCumber an, längere Zeit aufrecht zu sitzen und sich auf ein Thema zu konzentrieren. Er hatte Leberkrebs, der zu spät erkannt worden war und nun mit Vehemenz wucherte. Er verzichtete auf jede Therapie. Nur wenn er sich noch länger quälen wolle, hatte der befreundete Arzt gesagt. McCumber bemühte sich, am Ende seines Lebens alles in Ordnung zu bringen: die geschiedenen Frauen, die Kinder aus den Ehen und alles, was er alten Freunden schuldig zu sein glaubte.

McCumber arbeitete nur noch vormittags im Büro. Kampe hatte er nicht empfangen wollen, ihm dann aber nachgegeben, weil er ihm regelrecht gedroht hatte.

»Zu Ihrer Zeit wurden zwei Kraftwerke nach China geliefert«, sagte Kampe. »Keines hat jemals ein Kilowatt Strom produziert, und das in der Mandschurei ist auch noch in die Luft geflogen.«

»Das war Sabotage.«

»Das glauben auch nur Sie. Die Chinesen zahlen nicht, wir reden von einer Milliarde Dollar.«

»Sie haben Bankgarantien.«

»Die nichts nützen, die Banken haben uns verklagt.« Kampe reckte sich. »Als wir die KEO kauften, hatten wir keine Ahnung von den Schwierigkeiten in China, weil Sie uns falsch informiert und alle Probleme geschickt verschleiert haben.«

»Wir wußten selbst nichts davon.« Über McCumbers Gesicht liefen Schweißtropfen. »Der Bau der Kraftwerke war noch nicht abgeschlossen.«

»Das ist nicht wahr, sie waren technisch nicht abgenommen.«

»In China weiß man nie, wann ein Geschäft abgeschlossen ist.«

»Bitte keine Binsenweisheiten.« Kampe gewann an Boden. Von dem McCumber, den er kannte, war nicht viel geblieben.

»Sie hätten Streif nicht abziehen dürfen. Er hätte eine Lösung gefunden.« McCumber schwitzte immer stärker.

»Hat Minter mit Ihnen gesprochen?« Kampe hoffte, daß es dieser nicht getan hatte.

»Wer ist Minter?«

»Eine Fehlbesetzung.« Kampe ging vor McCumber auf und ab. Daß es seinem Gegenüber so schlechtging, hatte er nicht gewußt. Er hatte nur gehört, daß er seit Wochen zurückgezogen lebte. Ninas Ausstellung war sein letzter öffentlicher Auftritt gewesen. Kampe betrachtete die Pokale in den Regalen. Für Sport hatte er sich nie interessiert und auch keinen betrieben. Für ihn käme auch keiner in Frage, ließ seine Frau manchmal fallen. Er sah auf die bunten Fische in den Aquarien und steckte zwei Finger ins Wasser.

»Fischen Sie?« fragte er.

»Haie, Barakudas, nur große Fische.«

»Aschmunaydt war ein besonders großer.«

»Er ist einer meiner ältesten Freunde. Streif kann Ihnen das bestätigen.«

»Okay, okay, immer wieder Streif.« Kampe stand mit dem Rücken zu McCumber und fuhr mit einem Finger durch das Wasser. Durch das Aquarium liefen kleine Wellen.

»Sie haben Streif sehr schlecht behandelt.« McCumbers Stimme klang heiser. »Was immer auch gewesen sein mag, Sie hätten ihn nicht zum Prügelknaben machen dürfen. Warum hat ihn Corpus nicht in New York gelassen?«

»Das müssen Sie Ihren Freund Aschmunaydt fragen.«

»Streif war ihm ergeben.«

»Meinen Sie, er hätte Ihren Kickback vertuscht?« Kampe glaubte am Ziel zu sein, aber McCumber antwortete nicht. Er war in sich zusammengesackt, die Augen halb geschlossen. Mit den Fingern umkrampfte er einen goldenen Kugelschreiber.

»Geht es Ihnen nicht gut?« fragte Kampe.

»Das sehen Sie doch«, flüsterte McCumber. »Was wollen Sie eigentlich von mir?«

»Ihr Verständnis.«

»Kommen Sie morgen früh wieder, morgens geht es mir besser. Ich brauche jetzt Ruhe.«

Kampe hatte sich mit Nina zum Abendessen verabredet. An den Abend im »Byblos« dachte er gerne zurück. Er hatte es genossen, mit einer auffallenden Frau allein an einem Tisch eines erstklassigen Restaurants gesehen zu werden. Mehr hatte er nicht von ihr gewollt, und mehr wollte er noch immer nicht von ihr.

Er holte Nina zu Hause ab und küßte ihre Hand. Es war ein milder Spätsommerabend. Ninas ärmellose Bluse und der kurze Seidenrock ließen sehr viel mehr von ihr ahnen als die keusche Bekleidung bei ihrem ersten Abendessen.

Im Taxi fragte sie ihn, ob Minter nicht den Abend mit ihm hätte verbringen müssen.

»Bloß nicht, aber wohin wollen Sie mich entführen?«

»Zu George, Spaghetti mit Kaviar.«

»Können wir den nicht ohne Spaghetti essen?«

Idiot, dachte Nina und schüttelte den Kopf. Sie hätte gern gewußt, was Kampe in New York vorhatte.

George war Vietnamese und begrüßte Nina wie eine geliebte Schwester. Er führte sie zu einem Tisch, der durch einen schwarzrot lackierten Paravent teilweise verdeckt war. Kampe ließ zwei Kir Royal kommen. Nina animierte ihn, schnell auszutrinken. Sie wollte herausfinden, wie weit Kampe zu gehen bereit war – diesen kleinen Spießer mußte man wie ein Hündchen an der Leine führen.

»McCumber geht es gesundheitlich schlecht«, sagte Kampe. »Wissen Sie, was er hat?«

»Nichts Ernstes«, log Nina, die von McCumber wußte, daß er Leberkrebs hatte. Sie hatte ihm aber versprochen, es für sich zu behalten. Er kämpfte mit der Versicherung, die zwar willens war, für die Schäden an der Fortune III aufzukommen, für Ninas Klebereien aber einen Schadenswert festgelegt hatte, den McCumber viel zu niedrig fand.

Kampe aß und trank rasch. Nina hielt mit. Der französische Weißwein war leicht, und Kampe bestellte bald eine zweite Flasche. Sie sprachen über die AG, was Kampe am leichtesten fiel, und immer wieder über Aschmunaydt, ob er noch lebe und wie tragisch sein Schicksal doch sei. Nina hatte schnell erkannt, daß Kampe von ihr überhaupt nichts wollte. Einmal hatte sie aus Versehen seine Hand gestreift, die er aber zurückgezogen hatte, als hätte ihn eine Schlange gebissen.

Vom Weißwein beschwingt, erzählte Kampe von sich als dem großen Wirtschaftsführer, von seinen Plänen, wenn er nun bald Aschmunaydts Nachfolge antreten würde. Nina drückte die Hoffnung aus, daß in seinen Plänen gebührend Platz für Streif sei. Meist hörte sie jedoch aufmerksam zu und stellte Fragen, die leicht zu beantworten waren und Kampe in immer hellerem Licht erstrahlen ließen. Sie wartete auf eine Gelegenheit, um Kampe an die nächste Mietzahlung zu erinnern, die ausstand.

Ab und zu wurde Kampes Redestrom von Gästen unterbrochen, die Nina küßten und sich interessiert nach Streif erkundigten.

Die Spaghetti waren »al dente«, graugoldene Perlen Kaviar klebten an ihnen. Kampe wischte die wenigen restlichen Fischeier in der Schüssel mit Weißbrot aus.

Schon lange war er sich nicht mehr so großartig vorgekommen. So hatte er sich dieses Abendessen mit Nina als einmalige Wiederholung des ersten vorgestellt.

Am nächsten Morgen, gleich nach dem Frühstück, saß Kampe wieder vor McCumber in dessen Büro. Jane hatte ihm Kaffee gebracht, den er ablehnte, und nun trank er wie

McCumber Kräutertee. Kampe zählte elf Pillen, homöopathische Mittel, die McCumber mit dem Tee hinunterspülte. Die beiden Männer spiegelten sich in den verglasten Scheiben eines Wandschranks zwischen den Aquarien.

McCumber schien Kampe noch geschwächter als am Vortag zu sein. Seine Gesichtsfarbe schwankte je nach Lichteinfall zwischen hellem Grau und dunklem Gelb.

»Gestern verlangten Sie von mir Verständnis, was meinten Sie damit?« McCumber hob die Tasse, aber seine Hand zitterte so stark, daß er sie wieder absetzen mußte.

Kampe war überrascht und zögerte, dann erwiderte er: »Sie werden mir so viel zahlen, wie Sie Aschmunaydt bezahlt haben. Ich habe unfehlbare Beweise, also dreißig Millionen auch an mich.« Kampe setzte sich angriffslustig in Positur. Er kam sich ungeheuer kühn vor.

»Sie hatten mit dem Verkauf der KEO wenig zu tun. Als wir verhandelten, spielten Sie den Seekranken.«

»Das war eine billige Show und keine Verhandlung.« Kampe hielt McCumber Kopien der Bankgutschriften unter die Augen. »Ihr Freund Aschmunaydt war ein ordentlicher Mensch. Glücklicherweise, wenn ich so sagen darf.« Er las von den Kopien die Beträge und Namen der Banken ab. McCumbers Unterschrift fehlte nirgends.

»Karls Sohn war in Schwierigkeiten.«

»So ist das mit Kindern, aber jetzt bin ich dran.«

»Was wollen Sie mit so viel Geld, brauchen Sie es so dringend wie Karl?«

»Brauchen oder nicht brauchen, ich will es!«

»Zehn Millionen und die Originale der Belege.«

»Die nützen Ihnen nichts, wenn es hart auf hart geht.«

»Mir weniger, aber Karl.«

»Ihm auch nicht, höchstwahrscheinlich lebt er nicht mehr.«

Sie feilschten über eine Stunde, während der McCumber zusehends erschöpfte, was Kampe gnadenlos ausnützte, bis sie sich auf zwanzig Millionen einigten, die McCumber schließlich akzeptierte, weil bei einem Prozeß das hohe Risiko bestand, daß der Verkauf der KEO annulliert worden wäre und McCumber, neben hoher Strafen, den überhöhten Kaufpreis an Corpus zurückzuzahlen hätte. Das Geld wollte Kampe gleichfalls auf verschiedene Konten überwiesen haben, von Montevideo bis Singapur.

McCumber war schweißüberströmt und so geschwächt, daß er Kampe im Sitzen die Hand zum Abschied reichte. Kampe hielt das Risiko seiner Erpressung für gering. Er kalkulierte mit zwei Toten. Daß McCumber schwer krebskrank war, hatte er schnell erkannt. Sein Vater und dessen Eltern waren an Krebs gestorben, und er hatte große Angst, den gleichen Tod zu erleiden.

Kampe besaß viel weniger, als man vermutet hätte. Seine Frau gab sehr viel von seinem Verdienst für ihre Forschung aus. Der Schwiegervater zahlte keinen Pfennig. Kampe sehnte sich nach Reichtum, nur um zu besitzen, nicht um auszugeben. Es ging ihm um ein optimales Gefühl von Macht. Neben der sichtbaren in der AG strebte er eine versteckte an, welche ihm die völlige Unabhängigkeit, vor allem von Fauenkirk, sicherte.

34

Nina war wieder in Düsseldorf, von einem Tag auf den anderen hatte sie sich entschieden, mit Streif Ferien zu machen, egal, wo. Er mußte mal ausspannen, raus aus der AG und vor allem aus diesem Haus.

Streif wollte nicht, wie sollte er auch? Was würde aus Aschmunaydt werden? Er suchte nach Ausflüchten und Vorwänden. Er hatte Nina vom Flughafen abgeholt, jetzt saßen sie in den braunen Kunststoffsesseln.

»Ich kann nicht weg«, beharrte Streif. »Ich habe zu viel zu tun.«

»Was denn, hast du jetzt wenigstens eine Sekretärin?«

»Ich löse eine Abteilung auf.«

»Mit oder ohne Sekretärin?«

»Mit.« Aber das stimmte nicht mehr. Kowalskis Sekretärin hatte sich als einzige der Truppe aus eigenem Willen für die Frühpensionierung entschieden, an täglich acht Stunden Arbeit könne sie sich nicht mehr gewöhnen. Streif ging deshalb auf Ninas Frage nicht weiter ein und behauptete, er müsse sich außerdem auf New York vorbereiten, was auch nicht stimmte. Immerhin hatte Kampe, wenn auch verspätet, die Miete anweisen lassen.

»Laß uns abhauen«, sagte sie. »Auf ein paar Tage kommt es nicht an.«

»Doch, jeder Tag zählt.«

»Wie lange willst du noch in diesem Schrott vergammeln?« Ohne Streifs Antwort abzuwarten, ging Nina in die Küche. Sie hatte im Flugzeug das Essen zurückgewiesen, es sei gesundheitsschädlich. Im Kühlschrank fand Nina mehr als bei ihrer ersten Visite vor. Aschmunaydt wurde inzwischen besser versorgt. Streif kochte abends für ihn. Die Zeit der Schnitten war vorbei. Streif fürchtete, Aschmunaydt könnte erkranken, vielleicht sogar sterben. Seine Widerstandskraft mußte erheblich geschwächt sein.

»Wenigstens ernährst du dich jetzt besser«, lobte Nina und schnitt ein Stück von der Leberwurst ab, die Aschmunaydt besonders gern mochte. Im Tiefkühlfach fand sie ein Hühnchen und Hackfleisch.

»Du verwöhnst dich ja richtig, hoffentlich ißt du immer allein.« Sie küßte Streif auf den Mund und strich zärtlich über seinen Hintern. In der AG lag wohl das Schlimmste hinter ihm. Sie wollte das Abendessen zubereiten und für Streif ein Omelette machen.

Streif fiel Aschmunaydt ein, der nichts zu sich genommen hatte und gewöhnt war, gegen sieben zu essen. »Ich mach das schon«, sagte er. »Warum packst du nicht aus?«

»Wieso denn, wenn wir morgen in die Sonne fahren?«

»Morgen bestimmt nicht.« Er schob sie vom Herd weg.

»Warum bist du so komisch, glaubst du, ich kann kein Omelette machen?«

Sie nahm aus dem Kühlschrank drei Eier, die ihr Streif wegnehmen wollte und dabei fast zerquetscht hätte.

»Was ist denn mit dir los?« rief sie.

Streif sah ein, daß Nina ihm nicht genügend Zeit für Aschmunaydts Fütterung ließe. Dann mußte der im Keller eben warten, vielleicht sogar fasten.

Nina bereitete für Streif ein bengalisches Omelette zu, wie sie es nannte. In einem Schränkchen, in das Streif noch nie geschaut hatte, fand sie Curry, Sambal und Knoblauchzehen. Streif aß mit großem Appetit und meinte, so was Gutes schon lange nicht mehr bekommen zu haben. Nina aß den größten Teil der Leberwurst auf.

Streif wollte ins Bett, aber Nina klagte über Jetlag und darüber, daß sie noch überhaupt nicht müde sei. Also zog Streif sie in der Küche aus. Im Wohnzimmer liebten sie einander, bis Nina ermattet ins Bad hochstieg.

Eilig bestrich Streif einige Brote mit dem Rest der Leberwurst, dann nahm er noch ein paar Pfirsiche für Aschmunaydt in den Keller mit. Eine Milchflasche hatte er sich wie üblich unter den Arm geklemmt.

Der Schlüssel steckte im Schloß der Kellertür. Streif ließ ihn seit längerem stecken. Aschmunaydt schlief. Unter dem T-Shirt hob und senkte sich der Bauch, der an Umfang beträchtlich abgenommen hatte. Streif weckte den Schlafenden, der sich die Augen rieb und sich dann schweigend über das Abendessen hermachte. Streif sammelte das Frühstücksgeschirr vom Boden auf. Während der Woche bekam Aschmunaydt, da Streif arbeitete, nur zwei Mahlzeiten, am Wochenende waren es dann drei.

Streif begab sich nach oben und stieß auf Nina, die eine Nachtcreme im Koffer vergessen hatte, der noch am Eingang stand. Streif verschwand in der Küche und stellte das Tablett neben die Spüle. Nina folgte ihm. Sie hatte die Haare gewaschen und ein Handtuch um die Hüften gebunden. Wassertropfen liefen über ihren nackten Oberkörper. »Was hast du denn da unten gemacht?«

»Ich wußte nicht mehr, ob ich die Waschmaschine abgestellt hatte.« Streif trug nur eine Unterhose, auf seiner Brust stand Schweiß. Nina sah still auf das Tablett. Streif leckte die Tropfen von ihrer Schulter ab und löste das Handtuch.

»Bitte«, flüsterte er.

Am nächsten Morgen kletterte Streif vorsichtig über Nina aus dem Bett. Sie hatte sich geweigert, im Ehebett der toten Eltern zu schlafen, obgleich Streif die tiefe Kuhle mit Kissen ausgefüllt hatte. Trotz aller Vorsicht wachte Nina auf, doch stellte sie sich schlafend. Streif versorgte als erstes Aschmunaydt. Als Nina in die Küche trat, frühstückte Aschmunaydt bereits. Streif aß einen Joghurt, Nina trank Orangensaft aus der Tüte.

»Schlaf dich gründlich aus«, riet Streif. »Was willst du sonst auch machen?«

»Unsere Ferien vorbereiten.«

»Bitte nicht, für mich geht's jetzt doch wieder richtig los.«

»Ebendeshalb!« Sie begleitete ihn zur Garage und sah ihm nach, bis das Auto in der Siedlung verschwunden war. Die Hunde hinter der Fabrikmauer jaulten. Nina hört das Kratzen ihrer Tatzen, wenn sie an den Backsteinen hochsprangen.

Sie eilte in den Keller. Der Schlüssel steckte im Türschloß. Nina öffnete die Tür und erblickte den immer noch frühstückenden Aschmunaydt, der angekettet auf der Matratze hockte. Sie wünschte guten Morgen – etwas anderes fiel ihr nicht ein.

Aschmunaydt kaute ruhig weiter, und Nina machte einige kurze Schritte auf ihn zu. Von der schlechten Luft wurde ihr fast übel. Aschmunaydt nahm keine Notiz von ihr. Seine grauen Haare waren gewachsen und lagen in Strähnen über der Tonsur. Der dichte Bart stand struppig ab. Die Platzwunden hatten Narben hinterlassen. Nina blieb neben dem Gartenstuhl stehen, unter dem noch ein Papierblock lag. Ihr Mund war trocken, und die Knie waren ihr weich geworden. Aber in kitzligen Situationen hatte sie schon immer die Nerven behalten.

Sie sah auf die Murmeln, die Brotkugeln und die vielen verschmierten Malhefte. Aschmunaydt blickte kurz auf und rutschte auf dem Hintern zur Mauer. Nina hielt sich an der Stuhllehne fest.

»Herr Aschmunaydt«, sagte sie. »Das sind Sie doch!«

Er schwieg und drehte ihr den Rücken zu. Sie machte noch zwei Schritte und war ihm jetzt ganz nah. Er drückte sich an die Wand. Nina erkannte, daß er nicht mehr Herr seiner Sinne war. Wie war das geschehen, zu was hatte sich Streif hinreißen lassen? Jetzt wußte sie, warum er keine Ferien machen wollte.

Als sie an die Matratze trat, bedeckte Aschmunaydt das Gesicht mit den Händen. Sie drehte sich um und zwang sich, langsam aus dem Keller zu gehen, dann hastete sie die Treppe hoch und lief ins Freie. Es regnete leicht, was sie kaum wahrnahm. Die feuchte Luft tat ihr gut.

Wie hatte es Streif so lange mit Aschmunaydt aushalten können? Er und auch sie befanden sich in Gefahr. Eine Hausdurchsuchung war jederzeit möglich.

Den Tag verbrachte sie in nervösem Warten auf Streif. Sie telephonierte mit niemandem. Wie konnte das passieren, fragte sie sich pausenlos, während sie durch den Garten wanderte. Als ihr die Haare naß und strähnig ins Gesicht hingen, setzte sie sich in die Küche und sah in den stärker gewordenen Regen.

Um zwölf Uhr mittags schlugen die Glocken in der Siedlung. Nina bereitete ein Mittagessen für Aschmunaydt zu. Sie briet Hamburger mit Zwiebelringen, kochte Reis mit indischen Gewürzen, mixte eine scharfe Sauce und toastete zwei Brötchen. Seit langem hatte Aschmunaydt nicht mehr so köstlich gegessen.

Am frühen Abend war Streif wieder zu Hause. Es hatte zu regnen aufgehört, langsam klarte es auf. Über der Siedlung schwebten Wolkenberge, die von der niedrig stehenden Sonne angestrahlt wurden.

Streif hatte groß eingekauft. Nina half ihm, die Einkaufstüten in die Küche zu tragen. Sie ordneten die Lebensmittel in den Kühlschrank ein, den Nina am Nachmittag gründlich gereinigt hatte.

»Du hast toll zugeschlagen«, sagte sie. »Aber wir sind ja auch zu dritt.«

»Wen hast du eingeladen?« fragte Streif.

»Niemanden. Aber Herr Aschmunaydt muß ja auch was essen.«

»Nina!« rief er und dann wieder: »Nina, Nina!« Er schlug den Kühlschrank zu und stand mit hängenden Schultern vor ihr.

»Du hast doch nicht mehr alle Tassen im Schrank, was hast du dir dabei gedacht?«

»Eine ganze Menge, leider ist es schiefgelaufen.«

»Du hast dich strafbar gemacht.«

»Das hat er mir oft genug vorgehalten.« Streif schilderte, wie er sich ständig mit Aschmunaydt gestritten und dieser ihn zweimal angegriffen hatte.

»Er ist wie ein kleines Kind, so kann es mit ihm nicht weitergehen.« Sie sah ihm zu, wie er für Aschmunaydt Brote strich. Er fühlte sich befreit und war froh, Nina endlich zum Mitwisser zu haben. Sie war die einzige, die ihn verstehen konnte.

»Vor Wut mußt du ja verrückt gewesen sein«, sagte sie. »Doch jetzt ist Schluß, wir trennen uns von ihm.« Sie setzte Wasser auf, um für Aschmunaydt eine Brühe aus Suppenpulver zu kochen, und schlug zwei Eier in die Pfanne. »Er muß was Anständiges zu essen bekommen, wir werden mit ihm verreisen.«

»Wann denn?«

»Nach dem Abendessen. Du hast lange genug mit ihm Kind gespielt. Schaffen wir es mit deinem Auto nach Süddeutschland, am besten nach Bayern? Ins Ausland traue ich mich nicht mit ihm, und fair wäre es auch nicht.« Nina hatte in einem Schrank einen verschossenen Regenmantel für Aschmunaydt gefunden. Aus Streifs Garderobe sollte er ausgeleierte Jeans, ein weites Hemd und einen Pullover bekommen, den Streif gekauft hatte, den aber Nina nicht mochte.

»Du hast an alles gedacht«, sagte Streif.

»Ich hatte ja nichts anderes zu tun.«

Es war Freitagabend. Streif würde keinen Urlaub nehmen müssen und nicht auffallen, wenn man Aschmunaydt endlich gefunden hatte.

Streif spritzte Aschmunaydt wie üblich in der Waschküche ab und beträufelte ihn von oben bis unten mit einem nach Zitrone duftenden Geschirrspülmittel. Eine vielstündige Autofahrt hätten sie mit ihm sonst nicht ausgehalten. Er grunzte wohlig, mit dem gesunden Arm haschte er nach dem Wasserstrahl und pustete in die an der Brust klebenden Schaumflocken.

Streif trocknete ihn ab und zog ihn dann an. Die Jeans waren Aschmunaydt zu lang und zu eng. Durch die Gürtelschlaufen zog Streif einen Strick, die Hosenbeine schlug er um. Der Pullover spannte über dem Bauch. Der Regenmantel paßte, nachdem Streif die Rückennaht mit einem Messer aufgeschlitzt hatte. Aschmunaydt ließ sich widerstandslos ankleiden. Streif band ihm die Joggingschuhe zu.

Als er ihn aus der Waschküche zur Treppe führen wollte, hielt sich Aschmunaydt an der Tür fest und winselte. Stufe um Stufe schob ihn Streif nach oben.

In der Küche verzehrte er die aufgewärmten Spiegeleier und vier Brote mit großem Appetit, die Brühe löffelte er bis auf den letzten Tropfen aus. Zum Nachtisch bekam er Eiscreme und eine Banane. Während des Essens sah er Nina nicht einmal an. Hob er den Kopf, blickte er auf Streif. Im Regenmantel und mit dem wilden Bart sah er wie eine Mischung aus Clochard und Waldschrat aus.

Streif kippte den letzten Rest einer Aquavitflasche herunter. Die bisher finsterste Etappe seines Lebens näherte sich ihrem Ende.

Aschmunaydt wollte nun auch nicht die Küche verlassen, klammerte sich an den Herd und machte das gleiche Theater wie eben schon einmal, bis ihm Streif mit einem Kochlöffel auf die Finger schlug.

Nina war vorausgeeilt und wartete im Freien. Streif stieß Aschmunaydt über den Gang zur Haustür und schubste ihn in den Garten. Die Nacht war kühl und sternenklar. Kein Mensch war weit und breit zu sehen. Die hinter der Fabrikmauer bellenden Hunde erschreckten Aschmunaydt, dessen Gesicht sich vor Furcht verzerrte. Er drückte sich ängstlich an Streif.

Sie fuhren in Richtung Koblenz, ließen Düsseldorf hinter sich. Der Verkehr war schwächer, als Streif erwartet hatte. Er suchte im Radio nach Musik. Aschmunaydts leise gewordener Atem hörte sich an, als sei er am Einschlafen. Er saß neben Streif, Nina dahinter. Streif hatte ihn angeschnallt und den Sitz zurückgestellt. Von außen sah es so aus, als ruhte er.

»Ich weiß jetzt, warum er dich so fertiggemacht hat.«

Für Nina war der Moment gekommen, um über Aschmunaydts Verrat zu reden. Streif schwieg, er hatte noch Hemmungen.

»Interessiert dich das nicht?« fragte Nina.

»Aber natürlich!«

»Wegen seines Sohnes.«

»Diese Pfeife.«

»Richard hat dreißig Millionen Dollar vermasselt, Devisengeschäfte, frag mich nicht, wie.«

»Derivate, denke ich, er hat spekuliert und konnte nicht aufhören.« Streif überholte einen Tankwagen, auf dem in meterhohen Buchstaben »Hochexplosiv« stand.

»Richard wäre im Knast gelandet, wenn Aschmunaydt nicht dich geopfert hätte.« Nina sah dem Tankwagen nach.

»Woher weißt du das?«

»Von McCumber, Aschmunaydt hatte mit ihm den Überpreis abgesprochen.«

»Den Kickback, diese Schweine.« Streif bog auf die Autobahn und fuhr den Rhein hoch. Er erzählte ausführlich, wie ihn Kampe überredet hatte, nach den Gutschriften der Banken in Aschmunaydts Villa zu suchen, und erfuhr von Nina, wie sie von diesem auf McCumber angesetzt worden war. »Er hat Krebs, unheilbar«, sagte sie.

»Das auch noch.« Streif drückte die Zigarette aus.

»Mit der Leber hat es angefangen.« Nina kam wieder auf Kampe und das Abendessen mit ihm zu sprechen und darauf, daß dieser die Miete durch Corpus zahlen ließ.

»Warum erzählst du mir das erst jetzt?«

»Weil ich Kampe versprechen mußte, niemandem, auch dir nichts, davon zu sagen, um dich nicht unnötig zu belasten.«

»Mit mir hat er sein Spielchen so ähnlich getrieben. Von den Bankbelegen solltest du auch nichts wissen, überhaupt von dem ganzen miesen Deal.«

»Aber das bleibt unter uns«, machte Nina Kampe nach.

»Mir hat er New York versprochen, dort muß es chaotisch zugehen.«

»Minter hat sich im Büro eingeigelt. Die Amis halten ihn für nicht ganz normal, weil er nur über die Verluste der KEO spricht und dir die Schuld in die Schuhe schiebt. Und das haben wir alles Ihnen zu verdanken, mein lieber Herr Aschmunaydt.« Nina zupfte an dessen Bart. Aschmunaydt hatte den Hinterkopf in die Kopfstütze gelegt, die Augen geschlossen, sein Atem ging gleichmäßig.

»Er hat gut abgenommen«, sagte Nina.

»Das dürfte ihm jetzt ziemlich egal sein.«

Vor Koblenz tranken sie Mineralwasser aus der Flasche. Sie hatten sich über Kampe unterhalten, den sie beide merkwürdig, aber vor allem unsympathisch fanden.

»Mit den Bankbelegen hat er unseren Freund hier voll in der Hand!« Streif deutete auf Aschmunaydt. »Noch mehr wird er sich darüber freuen, daß Aschmunaydt ihm nicht mehr gefährlich werden kann. Dieses Glück ist ihm eigentlich nicht zu gönnen.«

»Auf jeden Fall wirst du einen Chef haben, der kaum schlimmer sein könnte. So was von verklemmt und machthungrig. Da war unser Grautier, trotz allem, schon besser.« Nina strich Aschmunaydts Haare über der Tonsur zurecht.

Am Frankfurter Kreuz hätte sich Streif beinahe verfahren, wenn Nina nicht im letzten Moment auf die Abzweigung Richtung Würzburg gewiesen hätte.

Im Spessart fand Streif eine Raststelle. Der Parkplatz war nahezu leer, es ging auf ein Uhr morgens zu. Er brachte Aschmunaydt zur Toilette. Als er die Tür öffnete, sprangen zwei Männer an ihnen vorbei, die sich auf ein Motorrad schwangen, das im Schatten einer Tanne gestanden hatte. Aschmunaydt hatte die Männer kaum wahrgenommen und war nur einen Schritt zurückgetreten. Die vorbeirasenden Lastwagen erschreckten ihn erheblich mehr. Er hielt sich die Ohren zu und stieß leise Klagelaute aus. Er blieb dicht bei Streif, wie ein Hund, der Angst hat, seinen Herrn zu verlieren. Als Streif in den sternenklaren Himmel schaute, drängte sich Aschmunaydt dicht an ihn. Hinter ihnen rauschte der Wald, vor ihnen toste der nächtliche Fernverkehr.

Sie näherten sich Würzburg. Ein Streifenwagen überholte sie mit durchdringendem Sirenengeheul. Streif fuhr ganz rechts. Aus einer Senke ragte ein Fabrikschornstein, aus dem Funken stoben. Sie passierten eine Unfallstelle, ein Lastwagen hatte einen Geländewagen gerammt. Die Polizisten schwangen Fackeln, am Straßenrand lag eine Frau im Gras, über die eine Decke geworfen worden war. Aschmunaydt schnaufte. Streif zündete sich eine Zigarette an. Nina aß Schokolade und schob ein Stück zwischen Aschmunaydts Lippen.

Eine halbe Stunde später hielt Streif auf einem dunklen Parkplatz und füllte den Tank aus einem Kanister nach. Nina meinte, sie hätten auch an einer Tankstelle halten können, Aschmunaydt benähme sich ja wirklich gut.

»Sicher ist sicher.« Streif wollte ein bißchen ausruhen. Sie tranken Kaffee aus der Thermoskanne. Aschmunaydt bekam keinen, er war eingeschlafen. Sie fuhren weiter. Bald schlief auch Nina trotz des Kaffees ein. Streif hörte Musik im Verkehrsfunk, manchmal pfiff er leise mit. Als sie an Nürnberg vorbeifuhren, lag Nebel in den Kiefernwäldern. Am frühen Morgen, noch vor Sonnenaufgang, tauchten die Hopfengärten der Hallertau auf.

Als es hell wurde, hatten sie München hinter sich gelassen, die Alpen stiegen vor ihnen auf. Streif zog es in eine Gegend, in der er öfter die Sommerferien mit seinen Eltern verbracht hatte. Das Wettersteingebirge zeichnete sich überklar gegen den föhnigen Himmel ab. Alp- und Zugspitze schienen zum Greifen nahe.

Streif bog nach Eschenlohe ab. Vor dem Dorf steuerte er

den Wagen auf eine ungeteerte Straße, die er bald wieder verließ, um einem einspurigen Ziehweg zu folgen, der zu einer der heiligen Magdalena geweihten Kapelle führte. Kurz vor der Kapelle hielt Streif vor einer Bank, die von der Kreissparkasse gestiftet worden war. Sie hatten ihr Reiseziel erreicht.

Unter ihnen lag das Dorf in der Morgensonne. Streif stieg aus, streckte sich, atmete tief die frische Luft ein und machte sich daran, Aschmunaydt aus dem Auto zu schaffen, der sich an das Steuerrad klammerte und erst losließ, als Nina ihm ein Stück Schokolade vor die Nase hielt. Zu dritt nahmen sie auf der Bank Platz. Aschmunaydt saß zwischen Nina und Streif. Er stieß eigenartige Laute aus, die weder hoch noch tief waren, und stierte auf eine leere Keksschachtel im Gras. Nina legte ein paar Bananen und eine Flasche Mineralwasser auf Aschmunaydts Schoß.

Streif steckte ihm Geld in den Mantel. Er blickte über die Wiesen, auf denen er einst mit Kindern aus dem Dorf gespielt hatte, und auf das Schindeldach des Gasthofs, in dem er mit den Eltern übernachtet hatte. Der Staffelsee blendete an diesem Föhnmorgen, als sei er aus Spiegelglas.

Streif gab sich einen Ruck und stand auf. Aschmunaydt wollte sich schwerfällig erheben. Streif drückte ihn auf die Bank und rannte zum Auto. Nina folgte ihm. Er ließ sich hinter das Steuer fallen und stieß die Tür für sie auf. Aschmunaydt war aufgestanden, doch rührte er sich nicht von der Stelle. Streif gab Gas, drehte vor der Kapelle und fuhr an dem regungslosen Aschmunaydt vorbei.

Nachdem das Auto hinter einer Biegung verschwunden war, griff Aschmunaydt in den Mantel, zog die Scheine heraus und zählte sie.

»Immerhin«, sagte er leise. »Sehr großzügig, Herr Streif.« Mit einigen langen Schritten war er an der Straße, auf der er nun sicher zu Tal schritt. Die Bananen hatte er auf der Bank liegen lassen, nie wieder Bananen, das hatte er sich geschworen. Nach einigen hundert Metern fand er eine weggeworfene Zeitung am Straßenrand und hob sie mit der linken Hand auf. Es war eine zwei Wochen alte »Süddeutsche«. Aschmunaydt setzte sich in die Sonne und las. Ab und zu trank er einen Schluck Mineralwasser aus der ihm von Nina überlassenen Flasche.

Eine halbe Stunde später schlenderte er durchs Dorf. Der Frisör hatte noch geschlossen, aber in einem kleinen Hotel wurde Frühstück serviert. Er nahm ein Zimmer, wusch und duschte sich gründlich, stellte fest, wie sehr er abgenommen hatte. Dann rief er den völlig verblüfften Richard an und erklärte ihm, wo er zu finden war.

Aschmunaydt genoß das Frühstück, ein weiches Ei, frische Semmeln, Erdbeermarmelade und dazu Bohnenkaffee. Es erschien ihm alles so unglaublich, und dennoch hatte er immer auf einen solchen Moment gehofft. Im Auto hatte er jedes Wort mitbekommen. Auf Streif sah er neues Unheil zukommen, von Nina war er beeindruckt.

Nachdem er gefrühstückt hatte, wollte er sich die Haare schneiden und den Bart stutzen lassen. Bevor er das Hotel verließ, wurde er von einem jungen Mann an den Empfang gebeten, wo man ihn um eine Anzahlung bat.

Während Aschmunaydt auf seinen Sohn wartete, spielte Fauenkirk Großvater mit den Waisen, die er am Morgen mit seiner Tochter aus einem Heim zur Probe geholt hatte.

Es war spätsommerlich warm. Die zwei Kinder, die Kampe zunächst »Die Asiaten« nannte, wollten unbedingt in den Pool, konnten aber nicht schwimmen. Fauenkirk ordnete an, daß ein Zaun um das Becken gezogen werden müßte, und wurde erstmals mit den Kindern streng, die kaum Deutsch sprachen, aber intuitiv verstanden, daß sich hinter den gütigen Zügen dieses Mannes ein eiserner Wille verbarg.

Der Junge war sieben und Inder, das Mädchen fünf, es kam aus Thailand. Sie wurden von einer philippinischen Hilfe betreut, die auch kein Deutsch, aber Englisch konnte. Fauenkirk hatte für sie eine Arbeitsgenehmigung beschafft. Noch waren die Waisen folgsam und verhielten sich ruhig.

Als erstes müßten sie Deutsch lernen, bestimmte Fauenkirk und hatte die Idee, einen Intensivkurs mit fünf sich abwechselnden Deutschlehrern bei Kampes zu Hause zu organisieren. Frau Kampe hielt dagegen, man solle die Kinder vor den Fernseher setzen, dann ginge es mit dem Sprechen von ganz allein.

Nach der Mittagsruhe wurde Blindekuh gespielt. Die Kinder mochten nicht, daß man ihnen die Augen verband. Erst weinte der Junge, dann heulte das Mädchen los.

Kampe suchte sich unbemerkt zu verkrümeln, was nicht gelang. Er hatte es bis in die Nähe der Garage geschafft, als der Schwiegervater ihm etwas zurief, was Kampe zum Glück nicht verstand. Er antwortete mit wirren Handbewegungen und nahm Zuflucht bei seinen Autos.

Kampe rollte im Ferrari aus der Garage. Er fuhr rheinabwärts, wie von Sinnen. Als er endlich ruhiger wurde, ließ er seine sich füllenden Konten und Depots Revue passieren. McCumber war dabei, Million für Million zu überweisen. Dann raste Kampe wieder los.

Der erste, den er fürchterlich erschreckte, war ein Bäkkermeister aus Goch. Am schlimmsten erwischte es einen Frührentner der Bayer AG, der gerade noch halten konnte, bevor er sich erbrach.

35

Der Wind trieb die Regentropfen schräg gegen die Windschutzscheibe. Streif ließ die Scheibenwischer schneller laufen. Er wartete vor einer Ampel an einer Kreuzung, der ersten großen hinter Corpus. Seit der Fahrt in die Alpen war eine gute Woche vergangen. Tagsüber saß er in Kowalskis Büro und hatte kaum noch etwas zu tun. Zum Mittagessen hatte er sich mit Lucy getroffen, die wußte, daß Nina bei ihm war. Lucy hatte sie mit Streif in einem Straßenkaffee an der Königsallee gesehen.

Streif hoffte auf die Mitteilung, bald wieder zu den Marineblauen zu gehören. Lucy wußte von ihrem Chef, daß der zuständige Ausschuß erst in drei Wochen tagte. Streif hatte mehrmals versucht, mit Kampe zu sprechen, diesen aber nicht erreichen können. Die Öde seines Büros, die Leere auf dem Gang und in den Räumen der ehemaligen Internationalen Kostenkontrolle machten ihn nervös und manchmal auch beklommen. Er trank viel Kaffee, schrieb Briefe an Freunde in aller Welt und hatte meist gegen Mittag schon die erste Packung Zigaretten geraucht.

Kampes Ernennung zum Nachfolger Aschmunaydts stand kurz bevor.

Gerade als Streif, immer noch in den Regen blickend, sich entschlossen hatte, an Kampe ein scharfes Memorandum zu schreiben, wurde die rechte Wagentür geöffnet. Ehe es sich Streif versah, setzte sich ein älterer Mann mit kurz geschnittenem Vollbart neben ihn. Ein dunkler Hut und eine ebenso dunkle Brille verdeckten dessen Stirn und Augen. Als der Eindringling den Hut abnahm, erkannte Streif ihn sofort, es war Aschmunaydt.

»Gut, daß Sie Ihr Auto nicht von innen absperren«, sagte er. »Ich warte hier schon seit drei Tagen auf Sie, heute hatte ich Glück.«

Streif war wie gelähmt, sein Fuß rutschte vom Gaspedal. Der Motor soff ab.

»Das gibt's doch nicht«, keuchte er.

Die Ampel schaltete auf Grün. Hinter ihnen erschollen Dutzende von Hupen.

»Nur ruhig«, sagte Aschmunaydt.

Endlich sprang der Wagen an. Streif schoß über die vor ihm leere Kreuzung und bremste scharf, als er die vor ihm weggefahrenen Autos eingeholt hatte. Er steckte eine Zigarette zwischen die Lippen und suchte sein Feuerzeug, bis Aschmunaydts Hand mit dem glühenden Zigarettenanzünder unter seiner Nase war. Er bat Streif, zum Wehrhahner Weg zu fahren, dort könnten sie sich ungestört unterhalten.

»Über was?«

»Unsere Zukunft!« Aschmunaydt öffnete das Fenster ein Stückchen.

Streif kam gegen seine Nervosität nicht an. Die Füße zitterten, der Wagen bewegte sich mehr in Bocksprüngen, als daß er fuhr. Die beiden Männer wurden in ihren Sitzen durchgerüttelt. Streif ließ den Wagen am Straßenrand ausrollen und hielt vor einer Wäscherei.

»Halteverbot«, mahnte Aschmunaydt. »Hier können wir nicht bleiben. Soll ich fahren?«

Streif antwortete nicht, die Autos brausten an ihnen vorbei.

»Alle aus der AG«, sagte Aschmunaydt.

»Wollen Sie wirklich rauf in den Wald?«

»Sie waren bestimmt auch schon länger nicht mehr dort oben.«

Aus der Wäscherei lief ein dicker Mann mit Drohgebärden auf sie zu. Streif versuchte, die Zigarette im Aschenbecher auszudrücken, doch sie qualmte weiter. Aschmunaydt warf sie aus dem Fenster, als Streif anfuhr. Der Dicke fluchte hinter ihnen her.

»Daß Sie sich so gut verstellen können«, sagte Streif nach einer Weile.

»Ich habe Ihnen doch erzählt, daß ich in der Schule immer den Clown spielen durfte.« Aschmunaydts Haare und Bart waren kurz geschnitten, die Tonsur war wieder sichtbar. »Am schlimmsten war die Langweile«, sagte er.

»Sie hätten bloß die Briefe schreiben müssen.«

»Fangen Sie bitte nicht wieder damit an.« Aschmunaydt hob die Hände, seine Manschetten verrutschten. Streif sah die Narben an den Stellen, an denen er die Handschellen angelegt hatte. Aschmunaydt erzählte ihm jetzt, daß er sich zu Hause versteckte, nur seine Frau und Richard wüßten, daß er am Leben sei.

»Wie lange wollen Sie so weitermachen?«

»Später.«

»Hat Sie denn noch niemand erkannt?«

»Wie denn?« Aschmunaydt strich über Backen und Kinn. »Meine Frau wollte schon immer wissen, wie ich mit einem Vollbart aussehe. Außerdem gehe ich nur nachts in den Garten, um mir die Füße zu vertreten.«

Streif bog auf die Autobahn, die er nach wenigen Kilometern in Richtung der Wälder wieder verließ. Es regnete nur noch leicht.

»Ohne Ihre Frau säße ich noch immer in Ihrem Keller«, sagte Aschmunaydt, als sie durch eine Ortschaft fuhren, hinter der die Straße anstieg. Aschmunaydt erzählte, wie er sich die Zeit vertrieben hatte. Er hatte sein Leben rekapituliert und sich Stück für Stück so genau wie möglich zu erinnern versucht. Vieles hatte er so weit ausgesponnen, bis es kaum noch etwas mit dem ursprünglich Geschehenen gemeinsam hatte.

Der Wegweiser zum Wehrhahner Weg tauchte vor ihnen auf. Streif preschte zu der menschenleeren Lichtung hoch, wo die beiden Männer auf der Bank Platz nahmen. Es regnete nicht mehr.

»Wir sind quitt.« Aschmunaydt knöpfte den Mantel auf. »Sie wissen, warum ich Sie abgesägt habe, und Sie haben mich dafür gründlich zur Rechenschaft gezogen.« Er machte eine kurze Pause. »Wir nehmen uns jetzt Kampe zur Brust. Haben Sie noch nie daran gedacht? So wie er Sie benützt hat, könnten Sie das ausnützen. Er wäre erledigt, wenn herauskäme, wie er Sie zum Diebstahl in meinem Haus angestiftet hat.«

»Er wollte nur beweisen, daß Sie die AG um dreißig Millionen beschissen haben, und was mich anbetrifft, würde ich ein tolles Eigentor schießen.«

»Das allein würde auch nicht ausreichen, um ihm die Hölle wirklich heiß zu machen.« Aschmunaydt sah Streif triumphierend an. »Kampe hat Ihnen und Ihrer Frau eingeredet, er wünschte nur, daß ich meinen Job nicht weitermachen könnte, falls ich wiederauftauchen sollte. Er war aber viel raffinierter. Er erpreßte McCumber mit den Belegen, die Sie geklaut haben.«

»Der auch? Stehlen denn alle Vorstände von Corpus wie die Raben?«

»McCumber hat Kampe von dreißig auf zwanzig Millionen heruntergehandelt. Aus Kampes Erpressung will er nun für uns Kapital schlagen. Kampe wurde gefilmt, während er McCumber unter Druck setzte. Die Kamera war zwischen den Aquarien hinter der Glastür des Einbauschranks versteckt und wurde von seiner Sekretärin bedient. Ihnen und Ihrer Frau gegenüber hat McCumber ein richtig schlechtes Gewissen. Und mir will er auch noch einmal helfen!«

»Jane ist eben doch nicht so dumm.«

»Überhaupt nicht, es war auch nicht ihr erster Film.«

»Woher wissen Sie das alles?«

»Ich habe mit McCumber telefoniert. Nach allem, was ich während unserer Fahrt von Ihnen beiden gehört hatte, wollte ich mit ihm sprechen. Um Kampe in die Hand zu bekommen, wird mir McCumber eine Kopie des Films schikken.«

»Damit will ich nichts zu tun haben.«

»Haben Sie aber. Sie entführten mich und stahlen die Belege!«

»Kampe hat mir New York versprochen, das ist alles, was ich will.«

»Daraus wird nichts, wetten?« Aschmunaydt erhob sich, ging ein paar Schritte und blieb in der Mitte der Lichtung stehen. »Hier haben Sie mich chloroformiert, ich war schon sehr leichtsinnig.«

»Ich mache da nicht mit, das läuft ohne mich.«

Aschmunaydt näherte sich den Holzstapeln, die Hände in den Manteltaschen vergraben. »Von hier aus haben Sie mich beobachtet, bis ich in Ihr Netz ging. Das war nicht ungeschickt. Aber unsere Geschichte ist auch für Sie noch nicht zu Ende. Sie können sich finanziell sanieren, und ich will es auch. Kampe hat es schon getan.«

»Hatte er das nötig?«

»Sie haben keine Ahnung, wie es bei dem zu Hause zugeht. Sein Schwiegervater hätte auch bei der Mafia groß Karriere gemacht, und statt seiner Frau hätte Kampe auch ein Krokodil heiraten können. Jetzt verfügt er über zwanzig Millionen Dollar. Was glauben Sie, welche wunderbaren Gefühle das freisetzt.«

»Halten Sie mich da raus!«

Aschmunaydt legte seinen Arm um Streifs Schulter. »Bringen Sie mich bitte nach Hause.«

Nina konnte die Geschichte kaum glauben, die Streif ihr von Aschmunaydt erzählt hatte. Über dessen schauspielerische Leistung kam sie so schnell nicht hinweg. Während sie Streif zuhörte, aß sie einen Apfel nach dem anderen, es war ihr Obsttag. Als sie aber erfuhr, was Aschmunaydt mit Kampe vorhatte, schenkte sie sich ein Glas Weißwein ein.

»Aschmunaydt hat nichts mehr zu verlieren«, sagte sie. »Er handelt konsequent.«

Eigentlich hatte sie früh ins Bett gehen wollen, aber das konnte sie jetzt nicht mehr, dafür war sie zu aufgeregt. Am liebsten wäre sie sofort mit Streif nach New York geflogen und hätte alles, was Corpus war, hinter sich gelassen.

Während Nina mit Streif besprach, wie sie sich beide verhalten sollten und wie weit Aschmunaydt und Kampe zu trauen war, telefonierte Kampe mit seinen Anlageberatern. Er sprach von zu Hause aus, wo es bewegt zuging. Der Fernseher war implodiert, und das kleine Thaimädchen hatte sich in der Speisekammer eingesperrt.

Kampe dachte mehr an Streif und Nina, als ihm lieb war. Sie belasteten ihn mit jedem Tag mehr. Mit ihnen war er für seine Begriffe zu intim geworden. Daß er sich von Streif noch nicht getrennt hatte, lag daran, daß ihm vor allem Nina sympathisch geworden war, was bei ihm höchst selten vorkam. Die meisten Menschen weckten in Kampe negative Gefühle, so wie Fauenkirk, den er eigentlich haßte. Der neue Reichtum aber verlieh Kampe dem Schwiegervater gegenüber eine Sicherheit, die buchstäblich mit jeder Stunde wuchs.

Zwei Tage später wurde Streif zu Branshans in die Personalabteilung bestellt, zu dessen Überraschung Streifs Akte wieder bei denen der Marineblauen gelandet war. Um so verwirrter reagierte er, als er von Kampe persönlich angerufen wurde und den Auftrag erhielt, Streif fristlos zu entlassen. Warum, erfuhr er kurz danach aus einem Memorandum, das ein Assistent Kampes zusammengeschustert hatte. Darin hieß es, Streif hätte die Zahlungsausfälle in China verhindern können, obwohl sich das chinesische Desaster der KEO erst nach Streifs Abzug aus New York derartig dramatisiert hatte. Außerdem wurde ihm vorgeworfen, bei der Auflösung der Internationalen Kostenkontrolle nicht mit genügend Fingerspitzengefühl vorgegangen zu sein, er hätte sich wie ein Elefant im Porzellanladen benommen, was dem Ansehen der Firma sowohl in der Belegschaft als auch bei den Aktionären schwer geschadet hätte.

Kampe hatte nun den ihm ergebenen Assistenten als

Nachfolger für Minter vorgesehen, der tatsächlich viel intelligenter als jener und völlig gefühllos war. Für Kampe verging die Zeit viel zu langsam, obwohl der Schwiegervater dafür gesorgt hatte, daß er bereits in sieben Tagen zu Aschmunaydts Nachfolger ernannt werden sollte. Ohne sich um einen Vorwand zu scheren, verbrachte er Stunden in dessen Büro.

Soeben hatte Kampe wieder mit Branshans telefoniert und diesen ermächtigt, Streif ein Gehalt pro Dienstjahr anzubieten, was ohnehin üblich war. Während er dann mit seiner Bank in Singapur telefonierte, betrat Streif Branshans' Büro in der Annahme, zum zweiten Mal zu Marineblau befördert zu werden.

Mit einer fahrigen Handbewegung bedeutete Branshans Streif, Platz zu nehmen. »Daß wir uns in diesem Büro noch einmal wiedersehen.«

»Hätte ich auch nicht geglaubt«, entgegnete Streif.

»Es sah alles so gut aus.« Branshans seufzte und blickte zu Frau Branshans mit der Tochter im Silberrahmen und schöpfte Kraft.

Erstaunt fragte Streif: »Was ist denn los?«

»Sie sind entlassen.« Branshans zupfte an der Seidenkrawatte, der die Reinigung nicht gutgetan hatte.

»Entlassen!« rief Streif. »Sind Sie noch zu retten?«

»Sie bestimmt nicht mehr.«

»Und warum?« Streif glaubte zu vereisen, ihn übermannte das gleiche Gefühl wie damals, als Branshans ihn schon einmal degradiert hatte.

»Die Verluste der KEO werden jeden Tag größer, und das ist Ihre Schuld. Sie haben sich außerdem äußerst ungeschickt bei der Auflösung Ihrer Abteilung benommen und uns allen großen Schaden zugefügt. Herr Aschmunaydt hat das bestätigt.«

»Aschmunaydt, das darf doch nicht wahr sein!«

»Ist es auch nicht, ich meinte Herrn Kampe. Wie erfreulich, daß er Aschmunaydts Nachfolger wird.«

Streif war sprachlos vor Wut, aber noch gelang es ihm, sich zu beherrschen. Er sagte: »Die Verluste der KEO in China oder sonstwo gehen nicht auf meine Kappe, das haben Sie von mir schon einmal gehört, und jetzt geht das wieder los. Es war Aschmunaydts Schuld, das weiß Kampe so gut wie ich.«

»Aschmunaydt gibt es nicht mehr, und so toll ist der auch nicht gewesen. Was über den alles in der Zeitung stand. Kampe ist ein anderes Kaliber, sauber, fähig und aktiv.« Branshans griff in eine Schublade und steckte sich ein Stück Lakritze in den Mund.

»Hören Sie auf, Sie Schwachkopf!« rief Streif. »Wie haben Sie es nur so weit gebracht.« Streif zeigte auf die vier Fenster des Büros.

»Ich könnte Sie jetzt wegen Beleidigung verklagen.« Branshans verschluckte sich.

»Und ich verklage Sie wegen Rechtsbruch und Rufschädigung.«

»Nicht mich, die AG!« stieß Branshans hustend aus.

»Sie Schranze!«

»Das kommt alles ins Protokoll.« Branshans hustete weiter, schließlich sagte er: » Wir bieten Ihnen pro Dienstjahr ein halbes Gehalt an, wenn Sie selbst kündigen.«

Streif erkannte sofort, daß Branshans besonders schlechte Bedingungen herausschlagen wollte, um bei Kampe Punkte zu sammeln, und fragte: »Ist die andere Hälfte für Sie?«

»Was fällt Ihnen ein?«

»Die AG ist ein Selbstbedienungsladen geworden, wußten Sie das noch nicht?«

»Was meinen Sie damit?« fragte Branshans lauernd.

»Nichts, ich meinte Saftladen.«

»Beide Läden kommen ins Protokoll.« Branshans notierte, sah auf. »Sind sie also einverstanden?«

»Zwei Gehälter, off shore gezahlt.«

»Wir sind keine Ölgesellschaft.«

»Es geht um die Steuer.«

»Die Sie off shore zahlen wollen.«

»Eben nicht.« Streif schlug mit der flachen Hand auf Branshans' Schreibtisch.

»Auch noch den Staat betrügen! Ich denke nicht daran, Ihnen so viel Geld nachzuwerfen. Herr Kampe ist da ganz meiner Meinung.«

»Lassen wir's, ich rede mit ihm.« Streif verließ grußlos das Büro.

»Sie sind trotzdem entlassen«, rief ihm Branshans nach.

Streif versuchte Kampe den ganzen Tag über zu erreichen, vergeblich. Kampes Sekretärin vertröstete ihn auf einen der nächsten Tage, bemerkte aber auch, wie schwierig das sei. Kampe habe unheimlich viel um die Ohren. Streif kochte. Kurz vor Büroschluß schoß er mit dem Lift in die Spitze des mittleren der drei silbernen Türme.

In Kampes Vorzimmer wurde ihm gesagt, daß Kampe nicht in seinem Büro sei, was stimmte. Der nämlich wanderte vor den acht Fenstern in Aschmunaydts Büro auf und ab und überlegte, wie er die Einrichtung ändern sollte. Vornehmlich Weiß mit jugendlichem Schwung hielt er für zeitgemäß, er dachte auch an ein Aquarium, so wie bei McCumber, aber mit Piranhas.

Auf dem Korridor traf Streif den Fliegenden Holländer, Aschmunaydts Sekretärin.

»Ich suche Kampe«, sagte er.

»Den suchen jetzt viele. Keine Ahnung, wo er ist, aber trösten Sie sich, er hat auch mir nahegelegt, zu kündigen. Es gibt eine Liste mit über sechzig Leuten, die über die Wupper gehen werden. Was hat man Ihnen angeboten?«

»Ein halbes Gehalt.«

»Zum Lachen, bei Ihnen ist viel mehr drin.«

»Hoffentlich, aber jetzt sagen Sie mir bitte, wo ich Kampe finde!«

»In Aschmunaydts Büro«, flüsterte sie. Streif wollte an ihr vorbei, sie hielt ihn an der Jacke fest. »Aber bleiben Sie hier draußen, und warten Sie, bis er rauskommt, es kann nicht lange dauern.« Sie gab Streif einen mütterlichen Klaps und verzog sich in ihr Vorzimmer.

Streif lehnte sich an ein Fenster und wartete. Eine Gruppe Himmel- und Marineblauer, angeführt von einem Mausgrauen, kam auf ihn zu, betrat jedoch ein Sitzungszimmer, bevor sie ihn erreicht hatte. Wenige Minuten später verließ Kampe Aschmunaydts Büro, um in den gleichen Raum zu streben. Streif verstellte ihm den Weg. »Ich muß mit Ihnen sprechen, Sie wissen, warum.«

»Ich habe jetzt keine Zeit.« Kampe sah gehetzt auf die Uhr.

»Nur fünf Minuten für einen verdienten Mitarbeiter, der in Ihrem Auftrag sogar gestohlen hat.«

»Davon weiß ich nichts, aber in einem hatte Aschmunaydt recht. Bei dem Kauf der KEO haben Sie mehr als schlampig recherchiert und uns alle blamiert.«

Streif machte einen schnellen Schritt auf Kampe zu, der zurückwich und ängstlich um sich schaute. Der Gang war leer.

»Sie Schwein«, sagte Streif leise. »Ich sollte Sie grün und blau schlagen.«

»Dann sehen Sie keinen Pfennig von uns.«

»Ich bin Ihnen unbequem geworden, und jetzt wollen Sie mich loswerden.«

»Das ist doch Unsinn, wie kommen Sie darauf?«

Streif holte zum Schlag aus und traf Kampes Kinn und Nase und gleich darauf den Magen. Kampe starrte Streif ungläubig an, wollte etwas sagen, doch dann sackte er lautlos zusammen. Streif stieg über ihn und lief über die nahe Treppe in das nächste Stockwerk hinunter, wo er mit einem der Aufzüge in die Tiefe sauste.

Am nächsten Vormittag wurde Streif wieder zu Branshans gerufen, der ein Kündigungsschreiben in Streifs Namen vorbereitet hatte. Streif unterschrieb und erhielt zwei Gehälter pro Dienstjahr steuerfrei, wozu Kampe den verwirrten Branshans ermächtigt hatte.

In diesem Augenblick rief Kampe aus der werksärztlichen Abteilung an, wo der Verband in seinem Gesicht gewechselt wurde. Streif wollte sich gerade erheben.

»Hat er akzeptiert?« fragte Kampe.

»Alles klar«, erwiderte Branshans, wobei er den Nacken krümmte.

»Wenn es noch Probleme geben sollte, will ich das sofort wissen, aber das bleibt unter uns.« Kampe hängte ein. Zu Hause und in der AG hatte er erzählt, er sei in der Toilette ausgerutscht.

Branshans sah Streif bedauernd an, der wußte, wie falsch dieses Bedauern war. Der Personalchef der Marineblauen streckte die Hand zum Abschied hin. »Ich verstehe nicht, warum Sie sich immer mit denen da oben anlegen.«

»Ja, ja«, sagte Streif. »Immer ganz oben.«

36

Es war ein kühler Abend, es hatte aufgeklart. Im Licht der untergehenden Sonne waren die Reihenhäuser überdeutlich zu erkennen. Nina und Streif besprachen ihre Abreise, Nina war froh, mit Corpus nichts mehr zu tun zu haben, und wunderte sich, daß Kampe Streifs Forderung genehmigt hatte.

Kampe war bald nach Streifs Attacke wieder zu sich gekommen, niemand hatte ihn auf dem Boden liegen sehen. Er war in die Vorstandstoilette gewankt und auf den Klositz gesunken, dann hatte er sich auf das Waschbecken gestützt. Aus seiner Nase war Blut gelaufen, das er mit Toilettenpapier aufzuhalten versuchte. Er hatte sich miserabel gefühlt und mitleiderregend ausgesehen. Streif hatte ihm Angst eingejagt, und mit einem Mal regte sich in ihm der Verdacht, daß Streif Aschmunaydt umgebracht hatte. Kampe hätte Streif auch drei Gehälter zugestanden, wenn der darauf bestanden hätte. Nachdem er sich etwas besser gefühlt hatte, war er in sein Büro getaumelt. Auf dem Spannteppich hatte er eine Spur feiner Blutflecken hinterlassen. Das erste Erschrecken seiner Sekretärin hatte sich rasch in Schadenfreude verwandelt.

Nina hatte das Abendessen auf dem Eßtisch in der Nische im Wohnzimmer gedeckt. Zur Feier des Tages, wie sie sagte. Da die Tischplatte nicht zu säubern war, hatte sie ein Bettlaken über sie geworfen. In der Siedlung hatte sie einen türkischen Delikatessenladen entdeckt, in dem sie großzügig eingekauft hatte, sogar echten Kaviar vom Schwarzen Meer, dazu Wodka und Champagner.

Streif war noch nicht darüber hinweg, daß die vielen guten Jahre mit Corpus ein so schlechtes Ende genommen hatten. Kampe hatte noch einmal Hoffnungen geweckt. Da klingelte es an der Haustür.

Nina sah Streif fragend an, der hoffte, daß es nicht Hilda oder Lucy war. Aber von den beiden hatte er sich schon mit einem Mittagessen verabschiedet. Beide hätten sich zu gern noch einmal mit Streif allein getroffen, doch wußten sie, daß Nina bei ihm war.

Streif öffnete die Haustür, vor ihm stand Aschmunaydt in Hut und Regenmantel. Er hielt einen Strauß Nelken in den Händen und sagte: »Ich muß mit Ihnen sprechen.«

»Hätten wir uns nicht woanders treffen können?« fragte Streif.

»Hier sieht mich keiner.«

»Kommen Sie rein!« Streif erkannte hinter dem Gartenzaun den japanischen Mittelklassewagen und half Aschmunaydt aus dem Mantel. Nina kam aus der Küche. Sie trug ein kurzes rotes Baumwollkleid und nichts darunter. Sie verschränkte die Arme über der Brust, den letzten Abend in Düsseldorf hatte sie mit Streif allein verbringen wollen.

»Ich weiß, daß ich störe.« Aschmunaydt überreichte ihr die Nelken. »Bitte, verzeihen Sie mir.« Er lächelte sie so voller Bewunderung an, daß sie ihm für die Nelken dankte und ihn ins Wohnzimmer bat.

Aschmunaydt sah um sich, sein Blick strich an den flekkigen Wänden entlang und fiel dann auf die Kunststoffsessel. »Ich hatte mir das Haus komfortabler vorgestellt, aber die Küche war ja schon eine Zumutung.«

Er trat an ein Fenster, auf der Müllhalde lud ein Lastwagen mit aufgeblendeten Scheinwerfern ab. »Um dieses Loch zu finden, haben Sie lange suchen müssen?«

»Es gab nichts Billigeres.«

»Und so auffällig, daß es nicht mehr auffällig war.« Aschmunaydt trug eine neue rotbraune Tweedjacke, die Kordhosen hatte seine Frau enger gemacht.

»Wo kaufen Sie ein?« fragte Nina.

»Mein Sohn macht das für mich. Ich glaube zwar nicht, daß ich erkannt werden würde, aber ich will nichts riskieren.« Aschmunaydt setzte sich in einen Sessel, pfeifend entwich die Luft.

»Das sind ja merkwürdige Töne«, sagte er und erblickte den gedeckten Tisch. »Jetzt ist mir das aber wirklich peinlich.« Er war verlegen, jedenfalls wirkte er so.

»Sie essen mit uns.« Nina deckte für ihn, und Streif bot ihm ein Glas Champagner an. »Wir feiern.«

»Weil Kampe Sie gefeuert hat. Ich halte Kontakt mit meiner Sekretärin.« Aschmunaydt nahm Streif das Glas aus der Hand.

»Kampe will auch sie nicht mehr in der Firma haben.«

»Sie hat gesehen, wie Sie ihm eine verpaßt haben. Dazu wollte ich Ihnen gratulieren, aber deswegen bin ich nicht hier.«

Sie setzten sich an den Tisch. Aschmunaydt saß zwischen Nina und Streif und sagte: »Ich sollte nichts essen, sonst muß ich wieder mit Joggen anfangen.« Aber dem Kaviar konnte er nicht widerstehen. Wohlgefällig blickte er über die Delikatessen auf dem Tisch und wandte sich an Streif: »Immerhin wissen Sie noch, wie man gut ißt. Wo hatten Sie bloß diesen entsetzlichen Käse gekauft? Der Schmelzkäse war noch schlimmer als die Scheibletten. Wer stellt denn so was überhaupt noch her?«

»Wir lebten billig.« Streif wurde langsam nervös und wünschte, Aschmunaydt würde aufhören, um das, was er wollte, herumzureden. Aber Nina fand die Unterhaltung amüsant.

»Wie fühlen Sie sich als machtloser Privatmann?« fragte sie.

»Eigentlich ganz gut, ich esse weniger und atme reine Luft. Ohne Macht zu leben ist für mich kein Problem mehr. In Ihrem Keller hatte ich genügend Zeit, darüber nachzudenken, und nun ist es eben etwas früher passiert. Schlimm ist nur, daß ich kaum Geld habe.« Aschmunaydt trank einen Schluck Wodka.

»Sie hatten doch was in der Schweiz«, erinnerte Streif. »Auch in Deutschland.«

»Das hat leider nicht gestimmt, ich habe Ihnen nicht die Wahrheit gesagt. Meine gesamten Ersparnisse sind bei Richards Pleite draufgegangen. Es waren mehr als dreißig Millionen Dollar, nur wußte er das erst später, weil er sich verrechnet und die Kontrolle verloren hatte. Auf mein Haus mußte ich eine Hypothek aufnehmen, eigentlich müßte ich es verkaufen. Aber das kann ich meiner Frau nicht zumuten.«

»Mit Ihrem Sohn haben Sie es wirklich schwer.« Nina fuhr über Aschmunaydts Handrücken. »Wie kommen Sie da raus?«

»Deshalb bin ich hier.«

»Ach, immer noch die gleiche Chose.« Streif schnitt mit einem Messer in den Camembert.

»Seit heute nicht mehr, Ihre Situation hat sich entscheidend geändert. Sie sind nicht mehr Angestellter von Corpus.«

»Geflogen, allerdings mit einer Abfindung.«

»Das ist doch nicht viel, eine Jahresmiete für Ihr Penthouse, wenn Sie es halten wollen.« Aschmunaydt sah Nina fragend an.

»Das geben wir auf«, sagte sie.

»Sie werden trotzdem bald Geld brauchen.« Aschmunaydt wandte sich an Streif. »Und im Vergleich zu Kampe sitzen Sie jetzt schon auf dem trocknen.«

»Mit dem vergleiche ich mich nicht.«

»Ab heute sollten Sie es. Kampes Nase haben Sie schon eingeschlagen, jetzt holen Sie sich auch noch die Millionen. Vor Ihnen hat er Angst! Für ihn sind Sie unangreifbar, solange er nicht beweisen kann, daß Sie mich entführt haben.«

»So also läuft der Hase.« Streif spielte mit einem Flaschenkorken, Aschmunaydt machte ihn nervös, obwohl der ihn jetzt begütigend ansah: »Verstehen Sie mich nicht falsch, ich möchte Sie nicht erpressen oder in etwas hineinziehen, das Sie ablehnen. Nur dürfen Sie eines nicht vergessen: Wenn ich vor Gericht gestellt werde, wird man von mir wissen wollen, wo ich die letzten Monate verbracht habe. Weder die Weltreise mit der Geliebten noch eine Schauergeschichte über linke oder rechte Terroristen halten dann länger als eine Viertelstunde stand.

»Und dann bin ich dran, das meinen Sie doch.« Streif zerkrümelte den Korken.

»So ist es.« Aschmunaydt zog die Brauen hoch und sah Nina an. »Aber dazu wird es hoffentlich nicht kommen. Was haben Sie für eine Idee? Bisher haben Sie alles richtig gemacht.«

»Wo ist McCumbers Film, mit dem ist doch dann alles wieder im Lot.«

»Den werden Sie morgen mit Kurier bekommen, McCumber hat mir das versprochen.« Aschmunaydt lächelte.

»Sie haben nicht eine Minute vertrödelt«, lobte Nina.

»Kampe hat Ihnen beiden und McCumbers Film nichts entgegenzusetzen, und mir wird es ein Vergnügen sein, dieses Treffen zu moderieren.«

Kampe rechnete, im Haus war es still. Seine Frau ging ihren Forschungen nach, die Kinder hatten sich in den Schlaf geweint. Und kein Besuch drückte sich herum. Das Telefon läutete. Kampe hob ab und hörte: »Aschmunaydt.«

»Bitte, wer?«

Aschmunaydt wiederholte seinen Namen.

»Machen Sie keine Witze!« rief Kampe. »Identifizieren Sie sich, sagen Sie was, das nur wir beide wissen.«

»Zusammen haben wir fünfzig Millionen Dollar geklaut.«

»Wo sind Sie?«

»In Ihrer Garage. Ich rufe mit dem Handy an.«

»Ich komme.« Kampe eilte durch den nächtlichen Garten und dachte, daß er mehr für seine Sicherheit tun mußte. Das Garagentor stand halb offen, in der Garage war es stockfinster. Kampes Autos waren so unsichtbar wie Aschmunaydt, bis dieser aus dem Jaguar blinkte, sich aus dem Fenster beugte und das Standlicht anschaltete. Aschmunaydt war mit dem Wagen seiner Frau gekommen, dessen Umrisse Kampe jetzt hinter dem Gartenzaun wahrnahm.

»Wo waren Sie so lange?« fragte er.

»Erzähle ich Ihnen ein anderes Mal.«

»Was wollen Sie von mir?« Kampes Worte hallten durch die Garage.

Er war zutiefst beunruhigt, daß Aschmunaydt über ihn Bescheid wußte. Sollte er seine Erpressung McCumbers beweisen können, befanden sie beide sich in einer Pattsituation.

»Warum sind Sie hier, anstatt sich in der Firma zu melden?« Je länger Kampe vor Aschmunaydt stand, desto wütender wurde er. Es durfte einfach nicht wahr sein, daß Aschmunaydt gerade noch rechtzeitig aufgetaucht war, um weiter in seinem Büro zu regieren. Kampe stampfte mit dem Fuß auf.

In diesem Moment hörten sie ein Auto, das sich schnell näherte und vor der Einfahrt zur Garage hielt.

»Meine Frau«, zischte Kampe und legte sich bäuchlings auf die hinteren Sitze. Aschmunaydt krümmte sich um die Knüppelschaltung. Das Gartentor quietschte in den Angeln, Frau Kampe ließ den Wagen vor der Garage stehen. Die beiden Männer hörten, wie sich ihre Schritte entfernten.

»Wir können jetzt nicht weiterreden, aber was ist dabei, wenn man weiß, daß Sie leben und wieder frei sind?« bluffte Kampe und richtete sich auf. Im Licht der Deckenbeleuchtung sah ihm Aschmunaydt voll ins Gesicht. »Für uns beide ist es sehr viel einfacher, wenn ich als verschollen gelte, bis wir uns geeinigt haben.«

»Über was?«

»Geld.« Kampe war erleichtert, und genau das hatte Aschmunaydt beabsichtigt. Er wollte verhindern, daß Kampe womöglich aus Wut und Enttäuschung die Fassung verlor.

»Wir haben eine Jagdhütte im Hochsauerland, dort können wir uns treffen.« Kampe klang wie befreit.

»Wir wollen doch keine gemeinsamen Ferien verbringen.« Aschmunaydt bestand darauf, daß sie sich bereits am nächsten Tag träfen. Kampe solle seine Termine absagen, was sie zu besprechen hätten, sei wichtiger. Beim Abschied fragte er: »Was ist mit Ihrer Nase passiert? Hatten Sie einen Unfall?«

»Sie müssen zum Zahnarzt«, entgegnete Kampe. »Als ich Sie zuletzt sah, fehlten Ihnen keine Zähne.«

Aschmunaydt rief Streif am nächsten Morgen vor dem Frühstück an. Kampe hatte ihm eine Wegbeschreibung gefaxt, am frühen Nachmittag wollten sie sich treffen. Seinen Schwiegervater hatte er davon unterrichtet, daß er die Hütte für eine wichtige Besprechung bräuchte. Da sie sich die Kosten teilten, hatten sie vereinbart, einander zu informieren, wenn einer von ihnen oben im Wald war.

Aschmunaydt wollte mit Nina und Streif fahren, aber Streif bestand darauf, daß Aschmunaydt seinen Wagen nähme, er würde folgen. Sein Auto hatte er gestern verkauft und sollte es am heutigen Abend abgeben.

Drei Stunden später waren sie in zwei Autos unterwegs. Es war ein kühler, nasser frühherbstlicher Tag. Der Asphalt war glatt und glänzte.

Aschmunaydt fuhr miserabel. Das schlechte Wetter verunsicherte ihn obendrein. Die letzten zwanzig Jahre war er von Chauffeuren gefahren worden, und Autos hatten ihn nie wirklich interessiert. Hauptsache war, daß sie nicht stehenblieben.

Streif rauchte eine Zigarette nach der anderen. In New York wollte er damit wieder aufhören. Er mokierte sich über Aschmunaydts Fahrweise, der stockend fuhr und öfter gefährlich die Kurven schnitt. Nina hing ihren Gedanken nach. Am frühen Morgen war der Film mit Kurierpost angekommen. McCumber hatte geschrieben, daß für ihre zerstörten Bilder von der Versicherung doch einiges zu erwarten sei. Sie hatte sich den abendlichen Rückflug von Aschmunaydt ausreden lassen und ihn um vierundzwanzig Stunden verschoben.

In der vergangenen Nacht hatte Streif mit Nina das Haus aufgeräumt, am meisten hatten sie im Keller gearbeitet. Er hatte die Mauerhaken aus der Wand gestemmt und die Löcher zugegipst. Die Matratze und die Ketten hatte er zur Müllhalde gefahren, die Ketten vergraben und die Matratze angezündet. Doch stank es im Keller weiter, der üble Geruch hatte sich gegen alle Putzmittel als resistent erwiesen. Dem Indienfahrer hatte er drei Monatsmieten überwiesen, so wie es der Vertrag bei Versetzung ins Ausland vorsah. Den Hausschlüssel hatte er, wie vereinbart, über dem Garagentor versteckt.

Bevor die Haustür zum letzten Mal zugefallen war, hatte sich Nina in der Küche mit Aschmunaydt unterhalten, der bei ihnen eine Tasse Kaffee getrunken hatte. Er hatte ihnen erklärt, wie sie nun an das große Geld kämen. Kampe würde er erzählen, daß er beim Joggen entführt, nachts mit verbundenen Augen von einem Versteck in das andere transportiert worden und daß er schließlich bei einem heftigen Gewitter vor einer roten Ampel im dichten Verkehr aus einem Auto entkommen sei.

Die offizielle Version sollte jedoch so aussehen, daß Kampe mit den Entführern allein verhandelt und ihnen das Lösegeld übergeben habe – worauf sie bestanden hatten. Kampe habe absolutes Stillschweigen schon aus Gründen der eigenen Sicherheit akzeptieren müssen, wobei er jetzt zweifellos auch noch als großer Held gefeiert werden würde. Das Lösegeld stammte natürlich aus den schwarzen Konten der AG.

Streif war sich des Planes nicht so sicher wie Aschmunaydt und befürchtete, daß der sich vielleicht doch mit Kampe verkalkuliert hatte, doch saßen sie alle drei durch den Kauf der KEO und dessen Folgen in einem Boot. Er und Aschmunaydt hatten Kampe in der Hand, solange dieser nicht wußte, wer Aschmunaydt entführt hatte.

Die Straße wurde steiler, die Talböden verschwammen im Dunst. Die Dörfer waren menschenleer, bei diesem Wetter ging keiner auf die Straße. »Daß wir uns auch das noch antun müssen.« Nina blickte skeptisch in den grauen Himmel.

»Kungeln mit der Konzernspitze.«

»Hoffentlich geht das gut.«

»Es muß! Kampe wird dafür sorgen, daß alles unter uns bleibt. Er kommt doch ganz groß heraus und ist Aschmunaydt los, der sich in allen Ehren pensionieren läßt. Seine Entführung wird eines der vielen ungelösten Verbrechen bleiben, ein bißchen mysteriös, aber nicht außergewöhnlich. Schließlich wird nur ein Drittel aller Straftaten aufgedeckt.«

Kampe hatte sich eine gelbe Regenhaut übergezogen. Er rieb sich die kalten Hände und machte das Tor auf.

»Sie haben ja gut heraufgefunden«, empfing er die Ankommenden. Er war überrascht und erschrocken, daß Aschmunaydt von Streif und Nina begleitet wurde, ließ sich aber nichts anmerken.

Die Jagdhütte lag am oberen Ende des Gartens und hatte etwas von einer Baracke. Sie war holzverkleidet und ebenerdig gebaut, die Fenster waren schmal und vergittert. Dahinter begann der Wald, das Jagdgebiet, das Kampe unter dem Druck seines Schwiegervaters mit diesem zusammen gepachtet hatte. Fauenkirk war der Meinung, daß in Deutschland eine Jagd wichtiger sei als eine Mitgliedschaft im Rotaryclub oder bei den Freimaurern.

Im Wohnzimmer brannte der Kamin. Trophäen von Böcken und Hirschen zierten die Wände.

Kampe war kurz vor den anderen eingetroffen und hatte Kaffee gekocht. Aschmunaydt hatte eine Filmkamera mitgebracht, die er mit beiden Händen auf dem Schoß festhielt. Nina füllte die Tassen. Aschmunaydt nahm keine Milch, und Streif schüttete zwei Löffel Zucker in die Tasse.

Auf Safaristühlen saßen sie um einen flachen Holztisch vor dem Feuer.

Aschmunaydt schaltete die Kamera ein, blickte kurz auf das Bild und reichte den laufenden Apparat an Kampe. Die Ohrenstöpsel für den Ton baumelten an den Seiten herunter.

Kampe sah kurz auf das Bild, erkannte sofort McCumbers Büro und verzichtete darauf, zu allem auch noch seine eigene Stimme zu hören. »Nicht schlecht, von McCumber kann man lernen.«

»Wollen Sie sich nicht doch ein bißchen selbst zuhören?« fragte Aschmunaydt. »Sie haben gut angefangen, so unglaublich unverschämt. McCumber glaubte seinen Ohren nicht zu trauen.«

»So überrascht war er auch wieder nicht. An die Größenordnung war er schon mit Ihren dreißig Millionen gewöhnt.«

»Ich habe ihn nicht erpreßt.«

»Sie teilten sich den Überpreis mit McCumber und haben dabei Corpus beschissen.« Kampe blies in den Kaffee und unterdrückte ein Rülpsen.

»Sie haben die Firma genauso betrogen. Sie hätten McCumber schwer unter Druck setzen können, aber zum Nutzen der Firma.«

»Ich gebe zu, von Ihrem Betrug profitiert zu haben. Sie haben mich auf die Idee gebracht, wie McCumber hochzunehmen war.«

»Und dabei sind Sie um zwanzig Millionen Dollar reicher geworden, haben Streif übel ausgenützt und einen todkranken Mann gequält.«

»Halten sie keine Moralpredigten, kommen sie zur Sache«, sagte Kampe ärgerlich, dem das Gespräch vor Nina peinlich wurde.

Aschmunaydt deutete auf Streif mit der Geste eines Großinquisitors: »Er war eine unserer großen Hoffnungen. Unsere Arrangements mit McCumber sind auf seinem Rücken ausgetragen worden, und Sie haben ihn gefeuert.«

»Und Sie hätten ihn genausogern rausgeschmissen. Ober sticht Unter, das war schon immer so.« Kampe wich Ninas Blick aus.

»Nicht immer!« rief Aschmunaydt. »Ihnen gegenüber hat Streif die besseren Karten. Er besitzt den Film, und Sie können ihm nichts anlasten.«

»Er hat die Bankbelege aus Ihrem Haus gestohlen.«

»Wozu Sie mich angestiftet haben«, wurde Kampe von Streif unterbrochen. »Aber die Belege nützen Ihnen nichts mehr. Sollten Sie die gegen Herrn Aschmunaydt ausspielen wollen, wird er aller Welt verkünden, was Sie mit McCumber veranstaltet haben.«

»Können Sie nicht etwas leiser reden!« Kampe hatte sich Streif zugewandt und klopfte mit den Knöcheln auf die Tischplatte. »Wer hat eigentlich Aschmunaydt entführt oder versteckt? Für mich spricht viel dafür, daß Sie es waren.« Kampe reckte sich und rief: »Stimmt's?«

»Daß Sie mir so viel zutrauen, ehrt mich«, entgegnete Streif ruhig. »So viel Phantasie hätte ich nicht von Ihnen erwartet.«

»Finde ich überhaupt nicht. Wissen Sie nicht, daß die Phantasie stets hinter der Wirklichkeit herhinkt?«

»Langweilen Sie uns nicht mit Ihren aufgeschnappten Sprüchen«, sagte Aschmunaydt. »Ich bin untergetaucht, weil ich dringend Geld brauchte. Sie aber werden zwölf Millionen Dollar Lösegeld an meine Entführer, das heißt an mich, bezahlen. Dafür werden Sie fünf Jahre früher als vorgesehen mein Nachfolger und gehen als Held in die Annalen von Corpus ein, weil Sie ganz allein mit den Halunken verhandelt und mich befreit haben. Natürlich können Sie das Lösegeld auch von Ihrer Beute bezahlen, obwohl die AG Ihnen das nie danken wird.«

Kampes Züge verzogen sich vor Ärger, dann hatte er sich

wieder in der Gewalt. »Ich wäre auch so Ihr Nachfolger geworden.«

»Aber bestimmt nicht jetzt. Wir haben uns gegenseitig in der Hand, Streif hat Sie schon darauf aufmerksam gemacht. In fünf Jahren kann außerdem viel passieren. Schauen Sie ihn an!« Aschmunaydt deutete auf Streif. »Vor einem halben Jahr war er noch für höchste Weihen vorgesehen. Nachtschwarz wäre in acht bis zehn Jahren für ihn möglich gewesen, aber dann verließ ihn das Glück. Das kann auch Ihnen passieren. Sie wissen, wie das ist, wenn einer einmal ins Rutschen kommt.«

»Sie reden doch nur dumm herum. Sagen Sie mir lieber, wo Sie in den letzten Monaten gewesen sind. Schließlich muß ich das in der Firma und vor der Presse verkaufen.« Kampe sah ausdruckslos an Aschmunaydt vorbei und wandte sich an Nina: »Es tut mir leid, daß Sie sich das anhören müssen. Aschmunaydt hätte Ihnen das Theater ersparen sollen.«

Nina schwieg, und Aschmunaydt entgegnete: »Sie gehört dazu, das wissen Sie.« Dann log er Kampe vor, wie er gekidnappt worden sei und sich am Ende habe befreien können, genauso wie er es Streif und Nina geschildert hatte.

»Klingt nicht schlecht«, sagte Kampe. »Auf jeden Fall haben Sie keine Ahnung, wo Sie die ganze Zeit über gewesen sind. Das macht sich auch vor der Polizei gut aus, die hoffentlich nicht lange nachforschen wird, und ich muß sowieso den Mund halten.« Er lächelte hinterhältig. »Das klingt alles recht schlüssig, herzlichen Glückwunsch!«

»Den können Sie sich sparen«, brummte Aschmunaydt. »Hören Sie lieber zu, wie wir zu unserem Geld kommen.«

»Ich höre.« Kampe warf ein Holzscheit in das Feuer.

»Da Sie wohl nichts von Ihrem Beutegut abgeben wollen, kommt nur Corpus in Frage. Sie überweisen persönlich sechs mal zwei Millionen Dollar von unseren schwarzen Konten. Morgen treffe ich Sie gleich nach dem Frühstück im Dolder in Zürich und gebe Ihnen meine Konten, dann fahren wir die Banken ab. Sie überweisen, und ich warte mit Herrn und Frau Streif in einem Café. Mit Gome & Pichler fangen wir an.«

»Ich weiß, warum Sie es so eilig haben.« Kampe blickte triumphierend in die Runde. »Ihr Sohn hat wieder einmal Scheiße gebaut und ist entlassen worden.«

»Wir treffen uns um neun in der Lobby vom Dolder«, sagte Aschmunaydt. »Nach Gome & Pichler geht's zu Sfeir Finance und dann zu Gartman Freres.«

»Wir können auch bei Sfeir Finance anfangen«, entgegnete Kampe. »Aber es ist schon bedauerlich, wie sehr Ihr Sohn danebengeraten ist. Mit so einer Null hat man doch keine ruhige Stunde.«

»Bis morgen früh in Zürich.« Aschmunaydts Stimme vibrierte. »Wann geht Ihr Flug?«

»Warum wollen Sie das wissen?«

»Weil ich nicht mit Ihnen zusammen fliegen will, ich könnte womöglich neben Ihnen zu sitzen kommen.« Aschmunaydt wollte jedoch noch am Abend mit dem Auto seiner Frau nach Zürich fahren und in der Nähe der Stadt im Wagen ein paar Stunden schlafen. Das war ihm am unauffälligsten.

Kampe wandte sich an Streif: »Und Sie werden mit Ihrer Frau mit von der Partie sein?«

»Natürlich«, erwiderte Aschmunaydt. »Die beiden werden mir die Zeit vertreiben, wenn ich auf Sie warte, um danach Ihre Überweisungen vor Ort zu prüfen.«

»Und hoffentlich gerecht zu teilen.« Kampe lächelte Streif spöttisch zu. »Schön, wenn man einen so einfallsreichen Gönner hat.« Er fuhr sich über das Pflaster auf der Nase.

Streif und Nina verließen die Jagdhütte als erste. Sie hatten in der Stadt noch einiges zu erledigen. Aschmunaydt mußte mit Kampe noch besprechen, wie er sich bei ihm dann als Freigelassener meldete, nachdem die Transfers in Zürich über die Bühne gegangen waren. Polizei und Medien hätten sich mit kurzen Erklärungen zu begnügen. Einzelheiten dürften nicht bekannt werden, um Kampes und Aschmunaydts Sicherheit und die ihrer Familien nicht zu gefährden. Aschmunaydt würde Kampe nicht in der Firma, sondern bei ihm zu Hause aufsuchen, überhaupt wollte er sich in Corpus kaum noch sehen lassen und seine Pensionierung einleiten.

»Wie werden Sie sich die Zeit vertreiben?« fragte Kampe.

»Ich werde mich schon nicht langweilen, außerdem habe ich drei Enkel.«

»Na, dann viel Spaß, aber ich kann es immer noch nicht glauben, daß man Sie entführt hat und Sie sich selbst befreit haben.«

»Sehe ich aus, als käme ich aus der Sommerfrische?«

»So gut haben sie noch nie ausgesehen, Sie haben enorm abgenommen. Vielleicht haben Sie bloß eine Abmagerungskur hinter sich.«

»Unter erschwerten Bedingungen war es das auch.« Aschmunaydt blickte in den Wald, der hinter dem Gartenzaun wie eine dunkle Mauer anstieg. Er hörte Schritte und drehte sich um.

Es war Fauenkirk, der seinem überraschten Schwiegersohn die Hand reichte, auf der anderen Seite des Tisches Platz nahm und sich vorstellte. Aschmunaydt kannte Fauenkirk, schwieg wie Kampe, war aber nicht wie dieser bis ins Mark erschrocken.

»Ich will es kurz machen«, begann Fauenkirk. »Ich habe in einem Raum nebenan alles mitbekommen, was Sie besprochen haben, auch das mit dem jungen Ehepaar.« Er schlug ein Bein über das andere, wirkte feingliedrig, nahezu grazil und hochkontrolliert. »Was Sie sich alle geleistet haben, geht auf keine Kuhhaut, aber es paßt in unsere

Zeit, und ich bin sehr froh, daß ich im letzten Moment noch eingreifen kann, um Sie alle vor dem Schlimmsten zu bewahren.« Er wandte sich an Kampe und bat ihn um ein Glas Wasser. Während sich der Schwiegersohn erhob, betrachtete er ihn mit strafendem Ernst.

»Die zwanzig Millionen von McCumber wirst du nicht behalten«, sagte er zu ihm. »Das Geld wirst du meinem Fonds für farbige Waisenkinder überweisen, dem Gustav-Fauenkirk-Kinderfonds in Liechtenstein.« Sein Blick wurde fordernd, zornig. »Bitte, bring mir Wasser, ich habe Durst!« Er blickte jetzt Aschmunaydt an, putzte kurz die Brille und setzte sie wieder auf. »Ich kenne Sie eigentlich ganz gut, in den letzten Jahren habe ich mich oft mit Ihnen befaßt. Sie waren meinem Schwiegersohn im Weg, jetzt sind Sie es nicht mehr. Ich weiß sogar, wann Sie im Laguna Rock in New York waren und wie oft Sie im Tropicana Hof gehalten haben. Eine erfreuliche Potenz, aber Sie sind ja noch jung.«

Aschmunaydt dankte.

»Nach Zürich sollten Sie eigentlich nicht mehr fliegen, um dort meinen Schwiegersohn und Ihren Freund Streif zu treffen.«

»Was fällt Ihnen ein, Ihre Selbstgefälligkeit ist unerträglich«, fiel ihm Aschmunaydt ins Wort.

»Ein wenig müssen Sie mir noch zuhören, damit Sie wissen, wie wir diese schmutzige Geschichte aus der Welt schaffen. Also, die Konten von Corpus werden von Ihnen nicht angetastet. Es ist für mich unfaßbar, wie mein Schwiegersohn sich auch darauf noch einlassen konnte. Bei einer Revision hätte er keine Chance.«

»Die Revision schwarzer Konten ist undramatisch«, entgegnete Aschmunaydt. »Wollen Sie denn von jedem, der bestochen wurde, eine Quittung verlangen?«

»Aber Sie halten sich da raus, und das gilt auch für Streif.«

»Er wird sich nicht so ohne weiteres abspeisen lassen«, entgegnete Aschmunaydt. »Streif kann Ihrem Schwiegersohn die Hölle heiß machen und wird mit mir morgen in Zürich überprüfen, ob korrekt überwiesen wurde.«

Fauenkirk faltete schweigend die feinen, blaugeäderten Hände und lächelte überaus freundlich. Aschmunaydt bemerkte einen Siegelring mit Wappen auf blauem Grund an Fauenkirks Finger. Kampe brachte eine Flasche Mineralwasser mit drei Gläsern.

»Das hat aber lange gedauert.« Fauenkirk drehte an dem Siegelring. »Ich habe deinem früheren Chef gerade nahegelegt, sich aus diesem Unfug herauszuhalten. Er und Streif überschätzen sich.«

Aus dem Wald trat ein mächtiger Hirsch, der sich äsend am Zaun entlangbewegte. Fauenkirk verfolgte ihn mit seinem Blick. Das Tier war keine dreißig Meter von ihnen entfernt. Aschmunaydt sagte zu Kampe: »Also morgen um neun Uhr im Dolder, das bleibt doch dabei?«

Kampe sah zu Fauenkirk, der den Kopf schüttelte, dann senkte er den Blick. »Ich glaube, daraus wird nichts.«

»Auf keinen Fall«, sagte Fauenkirk.

»Ich habe Ihren Schwiegersohn gefragt, er ist alt genug, um zu wissen, was er zu tun hat.« Aschmunaydt hielt Fauenkirk die Kamera hin, er ließ den Film laufen. »Vielleicht haben Sie das, von wo Sie uns belauscht haben, überhört.«

Wie Kampe genügten Fauenkirk wenige Blicke. »Na gut, dann morgen so gegen neun bei Züberli, aber nicht im Dolder, das ist zu auffällig.« Fauenkirk trank ein zweites Glas Wasser in langen Zügen und sagte zu Aschmunaydt: »Sie sollten täglich zwei Liter trinken, dann werden Sie so alt wie ich.« Er fuhr sich durch die weißen Haare, und Aschmunaydt überlegte, was diesen Mann so sicher machte.

Nachdem Kampe seinen Schwiegervater unterrichtet hatte, daß er in der Jagdhütte einen Termin wahrnehmen wollte, hatte Fauenkirk gewittert, daß es sich um eine wichtige Angelegenheit handelte, die er besser überwachen sollte. Am frühen Morgen hatte er sich von seinem Chauffeur, den er dann wieder nach Hause geschickt hatte, in den Wald hochfahren lassen. Fauenkirk war in den letzten Wochen aufgefallen, wie Kampe sehr viel selbstsicherer geworden war, und das wohl nicht nur wegen Aschmunaydts Nachfolge, die in nächste Nähe gerückt war. Dafür kannte er Kampe viel zu gut, den er seit seiner Eheschließung führte. Jetzt würde er im Alter von sechsundsiebzig noch einmal einen der größten Konzerne Europas in allen wichtigen Beschlüssen so beeinflussen können, wie er es für richtig hielt.

Aschmunaydt machte Anstalten, sich zu erheben, und wandte sich an Kampe: »Also morgen um neun.« Er wiederholte den Namen des Cafés, das Fauenkirk genannt hatte und in dem sie sich mit Nina und Streif etwa eine Stunde später treffen wollten.

Kampe nickte nur. Fauenkirk sah ihn mit Spuren eines Lächelns an, und wie so oft hätte ihm Kampe an die Gurgel gehen können. Aber bei allen bedeutenden Entscheidungen, die der Schwiegervater für ihn getroffen hatte, hatte er fast immer recht gehabt. Aschmunaydt nahm die Kamera mit dem Film an sich und verließ mit einer leichten Verbeugung zu Fauenkirk hin die Jagdhütte.

Fauenkirk und Kampe hörten, wie Aschmunaydt sich bemühte, den Motor anspringen zu lassen.

»Du hast dich mal wieder wie ein dummer Junge benommen«, sagte Fauenkirk. »Streif sitzt am längeren Hebel. Aber ich lasse dich nicht hängen, doch stelle ich drei Bedingungen. Die erste kennst du bereits: Die zwanzig Millionen Dollar, die du von McCumber ergaunert hast, gehen in meinen Waisenfonds ein. Zweitens führst du ein normales Familienleben, schläfst wieder mit deiner Frau in einem Zimmer und kümmerst dich um deine Kinder, an Wochentagen mindestens ein bis zwei Stunden, wenn du nicht geschäftlich auf Reisen bist. An Wochenenden und Feiertagen verbringst du wenigstens vier Stunden täglich mit den Kindern. Damit du die Zeit dafür hast, verkaufst du deine Autos, den Firmen-BMW tauschst du gegen den kleinsten Mercedes um. Damit setzt du in Corpus ein Zeichen für Sparen und Maßhalten.«

»Nein!« schrie Kampe. »Das kannst du nicht von mir verlangen, ich akzeptiere alles, aber laß mir die Autos.«

»Nicht eines.«

»Ich liebe sie!«

»Ebendeshalb.«

Sie hörten, wie Aschmunaydt, dem es gelungen war, den Motor zu starten, draußen wendete. Fauenkirk drängte zum Aufbruch, sie hätten beide viel zu tun und eine Menge Zeit verloren. Aschmunaydt hatte das Gartentor offengelassen. Ohne es zu schließen, fuhr Kampe mit seinem Jaguar auf die Straße, dann schoß er los.

»Laß mir die Autos«, bat er Fauenkirk, der neben ihm saß.

»Willst du das Erbe deiner Frau aufs Spiel setzen?«

»Du kannst das nicht von meinen Autos abhängig machen.«

»Doch, ich weiß, wie du bist.«

Kampe gab Gas. Er saß mit durchgedrückten, fast steifen Armen hinter dem Steuer. Er schwieg. Der Regen peitschte ihnen entgegen, die Schlaglöcher waren zu tückischen Pfützen geworden.

»Bist du verrückt!« rief Fauenkirk, dann schrie er: »Idiot, fahr langsamer, willst du uns umbringen?«

Kampe schnitt die Kurven, hätte fast einen Lastwagen und wenig später einen Bus gerammt, dann preschte er wieder eng an der Böschung entlang. Vor ihnen tauchte Aschmunaydts Auto auf. Kampe blieb bedrohlich nah, nur Zentimeter, hinter ihm und hupte. Aschmunaydt wich nach rechts aus, aber da er nicht viel Platz hatte und ihm die Böschung zu nah war, riß er den schleudernden Wagen wieder nach links. Kampe gab um nichts nach. Es sah aus, als wären die beiden Autos mit einem Abschleppseil verbunden. Der Regen war noch stärker geworden, es schüttete.

»Entweder du hörst sofort auf«, sagte Fauenkirk plötzlich ganz ruhig. »Oder du machst ihn fertig.«

In diesem Moment fuhr Aschmunaydt rechts an den Straßenrand, um zu halten. Da traf ein gewaltiger Stoß sein Auto von hinten, das mit Aschmunaydt ins Tal flog. Als letztes durchzuckte ihn ein kurzer, aber tödlicher Schmerz.

In Zürich warteten Nina und Streif in dem vereinbarten Café zwischen den Banken auf Aschmunaydt und Kampe. Es war bereits kurz nach elf. Um sie herum saßen hauptsächlich ältere und alte Menschen, betuchte Pensionäre, die sich hier an jedem frühen Vormittag versammelten. Es roch nach Kaffee, Toast und Sahnetorte. Die Zeit kroch dahin. Nina und Streif hatten bereits drei Cappuccinos getrunken und Streif viermal so viele Zigaretten geraucht. In New York wollte er regelmäßig Squash spielen und mehr ins Theater gehen. Nina würde wieder Malstunden nehmen und sich erneut mit Russisch beschäftigen.

Als Streif ein weiteres Mal Cappuccinos bestellte, trat Fauenkirk in das Cafe und sah suchend um sich. Streif ging ihm entgegen. Fauenkirk nahm zwischen Nina und Streif Platz und tat erstaunt, daß Aschmunaydt noch nicht anwesend war, er hätte doch längst hier sein müssen. Streif zündete sich eine Zigarette an, machtlos gegen ein schlechtes Gefühl, das in ihm aufstieg. Es lief nicht wie geplant.

»Ihr Schwiegersohn ist wohl noch in einer der Banken.« Nina sah an Fauenkirk vorbei.

»Er ist in der Firma, in seinem Büro.« Fauenkirks Blick, in dem sich Belustigung und Überlegenheit mischten, traf Ninas voll.

»Ich dachte, er …«, stammelte Nina, aber Streif fragte ungerührt: »Hatte er heute nicht etwas anderes vor?«

»Er hat seine Meinung geändert.«

»Hat er sich das auch gut überlegt?« Streif klang drohend, irgendwie war er darauf gefaßt gewesen, daß an das große Geld nicht so leicht heranzukommen war, jedenfalls nicht, wie es sich Aschmunaydt vorgestellt hatte.

»Seien Sie beruhigt, mein Schwiegersohn hat sich alles genau durch den Kopf gehen lassen, und Sie sollten sich ganz schnell an den Gedanken gewöhnen, daß aus den Millionen nichts wird.«

Der Kellner servierte die Cappuccinos. Ohne zu fragen, griff Fauenkirk nach einer der beiden Tassen. Streif spürte, wie er es genoß, zwischen ihnen zu sitzen und eine hoffnungsfrohe Erwartung zu zerstören, doch schwieg er, bis Fauenkirk sagte: »Sie können meinem Schwiegersohn überhaupt nichts anhaben. Ich habe seit gestern abend genügend Beweise dafür, daß Sie Aschmunaydt in Ihrem Keller gefangenhielten. Eigentlich wußte ich das schon bei unserem gestrigen Treffen, aber noch fehlte die letzte Sicherheit. Ich habe Ihre Behausung gestern abend noch untersucht.« Er griff in seine Westentasche und zog einen gelblichen Zahn heraus. »Den hat Aschmunaydt bei Ihnen verloren, Sie haben schlecht sauber gemacht. Ich habe auch Bart und Kopfhaare von ihm, sogar Blutspuren wurden gefunden, und dann auch noch dieser üble Geruch.«

Ein Zeitungsverkäufer bahnte sich einen Weg durch die Tische. »Aschmunaydt tot«, sprang die Schlagzeile Streif und Nina in die Augen. Fauenkirk kaufte drei Blätter und bemerkte leise: »Jetzt geht Ihre Rechnung überhaupt nicht mehr auf. Aschmunaydt hatte die Kamera mit dem Film in seinem Auto, das verbrannte. Sie haben nichts mehr in der Hand. Ich könnte Sie ins Zuchthaus bringen, Sie haben Aschmunaydt entführt.«

»Und Sie haben ihn umgebracht«, entfuhr es Streif.

»Sagen Sie das nicht noch einmal, ich warne Sie!«

Nina stand als erste auf.

»Verschieben Sie bloß nicht Ihren Flug!« rief ihnen Fauenkirk nach. »Aber wir sehen uns noch. Ich kann mir nicht helfen, Sie imponieren mir.«

Während Streif und Nina bedrückt zum Flughafen fuhren, transferierte Kampe zwölf Millionen Dollar aus schwarzen Corpuskonten über Off-shore-Firmen der AG in aller Welt auf Nummernkonten, die ihm von Fauenkirk angegeben worden waren und die den Grundstock von Fauenkirks Fonds erheblich erhöhten. Kampes von McCumber erpreßte Millionen folgten einige Tage später. Fauenkirk hatte ihn daran erinnern müssen.

Paul Kampe war danach zwölf Jahre Erster unter den Nachtschwarzen. Während dieser Zeit überwies er jährlich viele Millionen aus den schwarzen Konten der AG an den Kinderfonds des Schwiegervaters, wozu ihn dieser immer wieder mit Nachdruck ermunterte.

Der Gustav-Fauenkirk-Kinderfonds wurde unter Nina Streifs Leitung zu einer bedeutenden Hilfsorganisation in der Dritten Welt.